渭南文集箋校

〔宋〕陸游 著
朱迎平 箋校

五

上海古籍出版社

渭南文集箋校卷第四十四

入蜀記第二

【題解】

本卷收録入蜀記乾道六年七月一日至七月十六日記文。

七月一日。黎明，離瓜洲，便風掛帆。晚至真州，泊鑒遠亭〔一〕。州本唐揚州揚子縣之白沙鎮。楊溥有淮南，徐温自金陵來覲溥於白沙，因改曰迎鑾鎮〔二〕。或謂周世宗征淮時〔三〕，諸將嘗於此迎謁，非也。國朝乾德中，升爲建安軍。祥符中，建玉清昭應宫，即軍之西北小山置冶，鑄玉皇、聖祖、太祖、太宗四聖像〔四〕。既成，遣丁謂、李宗諤爲迎奉使、副〔五〕。至京，車駕出迎，肆赦，建軍曰真州，而於故冶築儀真觀〔六〕。政和中修九域圖志〔七〕，又名曰儀真郡。舊以水陸之衝，爲發運使治所〔八〕，今廢。

【箋注】

〔一〕真州：隸淮南東路。在今江蘇儀徵。鑒遠亭：輿地紀勝卷三八：「鑒遠亭在潮閘西，米元章書。」

〔二〕「楊溥」三句：楊溥爲吴王楊行密四子。唐末楊行密控制江北淮南。後楊行密死，長子楊渥繼位，被張顥所殺。徐温殺張顥，立楊渥弟楊渭，漸掌大權。楊渭死，徐温迎楊溥即位。順義四年（九二四），楊溥至白沙鎮檢閲舟師，徐温自金陵來拜見，改白沙爲迎鑾鎮。事見新五代史吴世家。

〔三〕周世宗：即柴榮，後周皇帝，九五七至九五九年在位。征淮：九五六年，柴榮率大軍伐南唐，渡淮直抵壽春，淮南爲後周所有。

〔四〕祥符：即大中祥符，宋真宗年號，一〇〇八至一〇一六年。祥符二年四月，詔修道觀玉清昭應宫，至七年十一月完工。置冶：設置冶鑄場。四聖像，宋真宗崇奉道教，稱夢見九天人皇下降，自稱爲趙氏始祖，遂上封號爲聖祖上帝，并將玉皇大帝、聖祖上帝、宋太祖、宋太宗並稱「四聖」，鑄造銅像，四時祭祀。

〔五〕丁謂（九六六—一〇三七）：字謂之，長洲（今江蘇吴縣）人。淳化三年進士。官至尚書左僕射。宋史卷二八三有傳。李宗諤（九六五—一〇一三）：字昌武，深州饒陽（今屬河北）

人。李昉子。端拱進士。官至右諫議大夫。宋史卷二六五有傳。 副：副使。

〔六〕肆赦：緩刑，赦免。書舜典：「眚災肆赦，怙終賊刑。」孔傳：「眚，過；災，害；肆，緩；賊，殺也。過而有害，當緩赦之。」 故冶：冶鑄場舊址。 儀真觀：輿地紀勝卷三八：「大中祥符六年，司天臺言，建安軍西山有旺氣。即其地鑄聖像，時有青鸞、白鶴、景雲盤繞爐冶之處，詔即其地建儀真觀，立青鸞、白鶴二亭。」

〔七〕九域圖志：北宋地理總志。真宗朝曾修九域圖，神宗朝曾修九域志（即今元豐九域志），徽宗政和年間再修九域圖志，未完成。

〔八〕發運使：官名。北宋在京師及淮南、江浙、荆湖設置此官，專掌漕運，兼制置茶鹽。南渡後漸廢。

二日。見知州右朝奉郎王察。市邑官寺〔一〕，比數年前頗盛。携統遊東園〔二〕。園在東門外里餘，自建炎兵火後，廢壞滁地，漕司租與民，歲入錢數千。昔之閎壯巨麗，復爲荆棘荒墟之地者四十餘年，乃更葺爲園。以記考之，惟清醺堂、拂雲亭、澄虛閣粗復其舊，與右之清池、北之高臺尚存。若所謂「流水横其前」者，湮塞僅如一帶，而百畝之園，廢爲蔬畦者，尚過半也，可爲太息〔三〕。登臺望下蜀諸山，平遠可愛，裴回久之〔四〕。過報恩光孝寺，少留。辛巳之變〔五〕，儀真焚蕩無餘，而此寺獨存。堂中僧百人，長老妙湍，常州人。

【箋注】

〔一〕官寺：官署，衙門。漢書翼奉傳：「地大震於隴西郡，毀落太上廟殿壁木飾，坏敗豲道縣城郭、官寺及民室屋。」

〔二〕東園：在真州東門外，北宋發運使施正臣、許子春在監軍廢營地建之，日游其中。歐陽修爲作真州東園記，蔡襄書，人稱園、記、書爲三絶。王安石有真州東園詩。

〔三〕「以記考之」九句：歐陽修真州東園記：「園之廣百畝，而流水横其前，清池浸其右，高臺起其北。臺，吾望以拂雲之亭；池，吾俯以澄虚之閣；水，吾泛以畫舫之舟。敞其中以爲清讌之堂，闢其後以爲射賓之圃。芙渠芰荷之的歷，幽蘭白芷之芬芳，與夫佳花美木列植而交陰，此前日之蒼煙白露而荆棘也；高甍巨桷，水光日景動摇而上下，其寬閒深靚可以答遠響而生清風，此前日之頹垣斷塹而荒墟也；嘉時令節，州人士女嘯歌而管弦，此前日之晦冥風雨、鼪鼯鳥獸之嗥音也。吾於是信有力焉。」

〔四〕下蜀：鎮名。在今江蘇句容長江南岸。平遠：平夷遠闊。裴回：同「徘徊」。

〔五〕辛巳之變：指紹興三十一年金主完顏亮大舉南侵。

三日。右迪功郎監稅務聞人堯民來。堯民，茂德删定之兄子，以恩科入官〔一〕。北山永慶長老藴常來。郡集於平易堂，遍遊澄瀾閣、快哉亭，遂至壯觀以歸。壯觀舊有米元章所作賦石刻，今亡矣〔二〕。初問王守儀真觀去城遠近，云在城南里許。方怪與國史異，既歸，亟往游，則信城南也。有老道士出迎，年七十餘，自言廬州人，能述儀真本末。云舊觀實在城西北數里小土山之麓，祥符所鑄乃金銅像，并座高三丈，以黄麾全仗道門幢節迎赴京師〔三〕，皆與國史合①。故當時樂章曰：「範金肖像中嚴奉，宫館狀翬飛。萬靈拱衛瑞煙披，堤柳映黄麾〔四〕。」道士又言賜號瑞應福地，則史所不載也。今所謂儀真觀者，昔黄冠入城休憩道院耳〔五〕。晚，大風，舟人增纜。

【校記】

①「史」，原作「吏」，據弘治本、汲古閣本改。

【箋注】

〔一〕茂德删定：即聞人滋，陸游任敕令所删定官時同事。參見卷四三之六月五日注〔三〕。恩科：宋代科舉禮部試多次未中者，可在皇帝親試時别立名册呈奏，特許附試，稱爲特奏名，大多得中，故稱恩科。

〔二〕「郡集」五句：輿地紀勝卷三八：「平易堂在州治。澄瀾閣在州治。快哉亭在州城上。壯觀亭在城北五里山之頂。米元章書榜，有賦云：『壯哉，江山之觀也。』」

〔三〕黃麾全仗道門幢節：道教游行的全部儀仗。黃麾仗，皇帝出行的儀仗。幢節，旗幟儀仗。

〔四〕「範金」四句：無名氏建安軍迎奉聖像導引四首其二聖祖天尊。

〔五〕黃冠：道士束髮之冠。借指道士。

四日。風便，解纜挂帆，發真州。岸下舟相先後發者甚衆，煙帆映山，縹緲如畫。有頃，風愈厲，舟行甚疾。過瓜步山〔一〕，山蜿蜒蟠伏，臨江起小峰，頗巉峻。絶頂有元魏太武廟〔二〕，廟前大木可三百年。一井已眢〔三〕，傳以爲太武所鑿，不可知也。太武以宋文帝元嘉二十七年南侵至瓜步，建康戒嚴。太武鑿瓜步山爲蟠道，於其上設氈廬，大會羣臣，疑即此地〔四〕。王文公詩所謂「叢祠瓜步認前朝」是也〔五〕。梅聖俞題廟云：「魏武敗忘歸，孤軍駐山頂。」按太武初未嘗敗，聖俞誤以佛貍爲曹瞞耳〔六〕。山出瑪瑙石〔七〕，多虎豹害人，往時大將劉寶，每募人捕虎於此。周世宗伐南唐，齊王景達自瓜步渡江，距六合二十里設柵，亦此地也〔八〕。入夾行數里，沿岸園疇衍沃，廬舍竹樹極盛，大抵多長蘆寺莊〔九〕。出夾望長蘆，樓塔重複。自江淮兵火，官寺民廬莫不殘壞，獨此寺之盛不減承平，至今日常數百衆。江面渺瀰無際，殊可畏。李太白詩云「維舟至長蘆，目送煙雲高」是也〔一〇〕。晚泊竹篠港，有居民二十餘家，距金陵三十里〔一一〕。

【箋注】

〔一〕瓜步山：輿地紀勝卷三八：「在揚子縣西四十七里，曰瓜步山。後魏太武南伐起行宫於此，諸軍同日皆臨江，即此也。鮑照瓜步山揭文云：『瓜步山者，亦江中渺小山也，徒以因迥爲高，據絶作雄，而凌清瞰遠，擅奇含秀，是亦居勢使之然也。』」

〔二〕元魏太武：即拓跋燾（四〇八—四五二），字佛貍。北魏皇帝，鮮卑族。登基後起用漢族大臣，攻滅諸族，統一北方。四五〇年大舉攻劉宋，軍至瓜步，攻城不克，被迫撤退。後爲宦官所殺。在位二十八年，謚曰太武皇帝。魏書卷四、北史卷二有本紀。

〔三〕智：枯竭。

〔四〕「太武」六句：事見魏書卷五。蟠道，盤曲的山路。氈廬，氈帳。新唐書北狄傳奚：「逐水草畜牧，居氈廬，環車爲營。」

〔五〕「王文公」句：王安石送真州吴處厚使君：「拱木延陵瞻故國，叢祠瓜步認前朝。」叢祠，建在叢林中的神廟。

〔六〕梅堯臣重過瓜步山：「魏武敗忘歸，孤軍處山頂。雖鄰江上浦，鑿岩山巔井。」佛貍：即北魏太武帝。「曹瞞」：魏武帝曹操，小名阿瞞。此謂梅聖俞錯將北魏太武帝當作魏武帝曹操了。

〔七〕瑪腦石：即瑪瑙。礦物名，種類繁多，顏色光美，可做器皿和裝飾物。

〔八〕「周世宗」四句：九五六年，周世宗柴榮率軍伐南唐。南唐中主李璟命其弟齊王李景達駐守建康。景達從瓜步渡江，卻在六合附近設柵防守，失去進攻時機，終爲周軍所破，南唐精兵消耗殆盡。事見資治通鑑卷二九三。六合，地區名。在長江北岸，今屬江蘇南京。

〔九〕夾：指長江的支流水道。長江水濶風大，航船多利用支流航行確保安全。長蘆：即長蘆寺，在六合地區，與隔江的栖霞寺遥遥相對。始建於梁武帝普通年間，北宋天聖年間首次重建，南宋淳熙初被江水淹没，遷址再建。此仍指在原址之長蘆寺。寺莊：佛寺的地産田莊。

〔一〇〕「李白」句：李白送當塗趙少府赴長蘆：「仙尉趙家玉，英風凌四豪。維舟至長蘆，目送烟雲高。」

〔一一〕竹篠港：景定建康志卷十九：「竹篠港，西至靖安，東至石步，南連直瀆，北臨大江，屬上元縣金陵、長寧兩鄉。由靖安港口至城二十里，由石步港口至城四十里。在唐世已曰竹篠港。」金陵：即建康府。

五日。大風，將曉，覆裌衾，晨起淒然如暮秋。過龍灣，浪湧如山，望石頭山不甚高，然峭立江中，繚繞如垣牆〔一〕。凡舟皆由此下至建康，故江左有變，必先固守石頭，真控扼要地也。自新河入龍光門〔二〕。城上舊有賞心亭、白鷺亭，在門右，近又創二水亭在門左，誠爲壯觀〔三〕。然賞心爲二亭所蔽，頗失往日登望之勝。泊秦淮亭。説者以爲鍾阜艮山，得庚水爲宗廟水。秦鑿淮，本欲破金陵王氣，然庚水反爲吉〔四〕。天下事信非人力所能勝也。見留守右朝請大夫祕閣修撰唐瑑〔五〕、通判右朝散郎潘恕。建康行宮在天津橋北〔六〕，琢青石爲之，頗精緻，意其南唐之舊也。晚，小雨。右文林郎監大軍倉王烜來。王言京口人用七月六日爲七夕，蓋南唐重七夕，而常以帝子鎮京口，六日輒先乞巧〔七〕，翌旦，馳入建康赴内燕〔八〕，故至今爲俗云。然太宗皇帝時，嘗下詔禁以六日爲七夕，則是北俗亦如此。此説恐不然。

六日。見左朝散大夫太府少卿總領兩淮財賦沈复、武泰軍節度使建康諸軍都統郭振。右宣教郎知江寧縣何作善、右文林郎觀察推官褚意來。作善字百祥，意字誠叔。晚，見秦伯和侍郎。伯和名塤，故相益公檜之孫〔九〕。延坐畫堂，棟宇閎麗，前臨大池，池外即御書閣，蓋賜第也。家人病創，托何令招醫劉仲寶視脈。

【箋注】

〔一〕龍灣：市名。景定建康志卷十六：「龍灣市在上元縣金陵鄉，去城一十五里。」石頭山：景定建康志卷十七：「石頭山在城西二里。案輿地志：『環七里一百步，緣大江，南抵秦淮口，去臺城九里。自六朝以來皆守石頭以爲固，以王公大臣領戍軍爲鎮，其形勝蓋必争之地云。』」

〔二〕新河：景定建康志卷十九：「新河在白鷺洲西南，流通大江二十餘里。」龍光門：景定建康志卷二十：「今府城八門：由尊賢坊東出曰東門，由鎮淮橋南出曰南門，由武衛橋西出曰西門，由清化市而北曰北門，由武定橋溯秦淮而東曰上水門，由飲虹橋沿秦淮而西出折柳亭前曰下水門，由斗門橋西出曰龍光門，由崇道橋西出曰柵寨門。」

〔三〕「城上」四句：景定建康志卷二二：「賞心亭在下水門之城上，下臨秦淮，盡觀覽之勝。丁晉公謂建。」又：「白鷺亭接賞心亭之西，下瞰白鷺洲。柱間有東坡留題。」又：「二水亭在下水門城上，下臨秦淮，西面大江，北與賞心亭相對。歲月寖久，舊址僅存。乾道五年秋，留守史公正志因修築城壁重建，自爲記。」

〔四〕「説者」五句：此謂講風水者認爲鍾山衹有山，需得水才能具山川之險，足以稱王。而當年秦始皇相信方士「金陵有王者之氣」的説法，開掘秦淮河以斷地脈，破王氣，結果秦淮河反而成就了六朝的都城。鍾阜，即鍾山，又名蔣山，在金陵東南。艮山，「艮」爲八卦之一，其象爲山。庚水，古代以天干與五行相對應，庚爲金，金生水，故稱庚水。宗廟，指稱王立國。秦鑿淮，許嵩建康實録：「當始皇三十六年，始皇東巡，自江乘渡。望氣者云：『五百年後金陵有天子氣。』因鑿鍾阜，斷金陵長隴以通流，至今呼爲秦淮。乃改金陵邑爲秣陵縣。」

〔五〕留守：建康府爲南宋陪都，設留守，由地方長官兼任。

〔六〕行宫：皇帝巡幸時所居宫殿。景定建康志卷一：「行宫在天津橋之北，御前諸軍都統制司之南。」

〔七〕乞巧：七月七日夜，婦女在庭院向織女星乞求智巧。宗懔荆楚歲時記：「七月七日爲牽牛、織女聚會之夜。是日，人家婦女結彩縷，穿七孔鍼，或以金銀鍮石爲鍼，陳瓜果於庭中以乞巧，有喜子網於瓜上則以爲符應。」

〔八〕内燕：同「内宴」。宫廷宴會。

〔九〕秦伯和：即秦塤，字伯和。江寧（今江蘇南京）人。秦檜孫，秦熺子。紹興二十四年進士。任實録院修撰，次年檜病篤，奉詔提舉太平興國宫。益公檜：即秦檜，曾封益國公。

七日。早，遊天慶觀〔一〕，在冶城山之麓。地理家以爲此山脈絡自蔣山來〔二〕，不可知也。吴、晉間城壘，大抵多因山爲之。觀西有忠烈廟，卞壺廟也，以嵇紹及壺二子眕、旴配食〔三〕。紹死於惠帝時，在壺前，且非江左事〔四〕，而以配壺，非也。廟後叢木甚茂，傳以爲壺墓。墓東北又有亭，頗疏豁，曰忠孝亭。亭本南唐忠貞亭，後避諱改焉〔五〕。忠貞，壺謚，今曰忠孝，則并以其二子死父難也。雲堂道士陳德新，字可久，姑蘇人，頗開敏〔六〕，相從登覽。久之，遂出西門，遊清涼廣慧寺〔七〕。寺距城里餘，據石頭城，下臨大江，南直牛頭山〔八〕，氣象甚雄，然壞於兵火。舊有德慶堂，在法堂前，堂榜乃南唐後主撮襟書〔九〕，石刻尚存，而堂徙於西偏矣。又有祭悟空禪師文曰：「保大九年，歲次辛亥九月，皇帝以香茶乳藥之奠，致祭於右街清涼寺悟空禪師〔一〇〕。」按南唐元宗以癸卯歲嗣位，改元保大，當晉出帝之天福八年，至辛亥，實保大九年，當周太祖之廣順元年〔一一〕。則祭悟空者，元宗也。建康志以爲後主，非是。長老寶餘，楚州人，留食，贈德慶堂榜墨本。食已，同登石頭，西望宣化渡及歷陽諸山，真形勝之地〔一二〕。若異時定都建康，則石頭仍當爲關要〔一三〕。或以爲今都城徙而南，石頭雖守無益，蓋未之思也。惟城既南徙，秦淮乃横貫城中，六朝立栅斷航之類，緩急不可復施〔一四〕。然大江天險，都城臨之，金湯之勢，比六朝爲勝，豈必依淮爲固邪？左迪功郎新湖州武康尉劉煒，右迪功郎監比較務李膺來。煒，秦伯和館客也，言秦氏衰落可念，至屢典質，生産亦薄。問其歲入幾何，曰米七萬斛耳〔一五〕。

【箋注】

〔一〕天慶觀：景定建康志卷四五：「天慶觀在府治西北。觀臺係晉朝冶城故址。本朝大中祥符間賜額改爲祥符宫，續又改爲天慶觀。建炎兵火後羽流結茅屋以居。至紹興十七年，留守晁公謙之請於朝重建之。」

〔二〕蔣山：即鍾山，景定建康志卷十七：「鍾山一名蔣山，在城東北一十五里，周回六十里，高一百五十八丈。東連青龍山，西接青溪，南有鍾浦，下入秦淮，北接雉亭山。漢末有秣陵尉蔣子文逐盜，死事於此，吴大帝爲立廟，封曰蔣侯。大帝祖諱鍾，因改爲蔣山。」

〔三〕卞壼（二八一—三二八）：字望之，晉濟陰冤句（今山東菏澤）人。起家著作郎，後爲太子中庶子，侍講東宫。明帝時領尚書令，受遺詔共輔幼主。蘇峻反，卞壼率六軍拒擊，力戰至死。其二子卞眕、卞盱亦相繼戰死。晉書卷七十有傳。嵇紹（二五三—三〇四）：字延祖，晉譙郡銍縣（今安徽宿縣）人。嵇康子。徵爲秘書監，累官至侍中。惠帝「八王之亂」時，嵇紹以身護帝，死於帝側，血濺御服。後追謚忠穆。晉書卷八九有傳。配食：祔祭，配享。

〔四〕江左：指東晉。

〔五〕避諱：宋仁宗名禎，故改忠貞爲忠孝。

〔六〕開敏：通達明敏。漢書循吏傳：「乃選郡縣小吏開敏有材者張叔等十餘人，親自飭厲，遣詣京師。」

〔七〕清涼廣慧寺：景定建康志卷四六：「清涼廣慧寺在石頭城，去城一里。僞吴順義中，徐温建爲興教寺，南唐昇元初改爲石城清涼大道場，國朝太平興國五年閏三月改今額。舊傳此寺嘗爲李氏避暑宫，寺中有德慶堂，今法堂前舊基是也。後主嘗留宿寺中。德慶堂名乃後主親書，祭悟空禪師文乃後主自爲之碑刻，今并存。」

〔八〕牛頭山：景定建康志卷十七：「牛頭山狀如牛頭，一名天闕山，又名仙窟山。在城南三十里，周回四十七里，高一百四十丈。」

〔九〕南唐後主：即李煜。撮襟書：書體名。宣和書譜李煜：「（煜）善書畫，其作大字，不事筆，卷帛而書之，皆能如意，世謂撮襟書。」

〔一〇〕悟空禪師：即釋齊安，俗姓李，唐代高僧。道行高深，主持杭州鹽官海昌寺。圓寂後，唐宣宗敕謚悟空。宋高僧傳卷十一有傳。

〔一一〕元宗：即李璟，南唐中主。癸卯歲：即九四三年。保大：南唐年號，九四三至九五七年。晉出帝：即石重貴，後晉皇帝，九四三至九四六在位。天福：後晉年號，八年爲九四三年。辛亥：爲九五一年，即保大九年。周太祖：即郭威，後周開國皇帝。九五一至九五四在位。廣順：後周年號，九五一至九五三年。

〔一二〕歷陽：即和州，在江北。即今安徽和縣。形勝：指地勢險要。史記高祖本紀：「秦，形勝之國，帶河山之險，縣隔千里。」

〔三〕「若異時」二句：陸游早年主張遷都建康。參見卷三上二府論都邑劄子。

〔四〕立柵斷航：六朝時秦淮河在金陵城外，作爲防禦。孫吴時曾夾淮立柵以拒敵，又曾撤河上浮橋斷航守城。　緩急：指危急之時。

〔五〕可念：可憐。　典質：典當抵押。　斛：容量單位，十斗爲一斛。

八日。晨，至鍾山道林真覺大師塔焚香〔一〕。塔在太平興國寺〔二〕，上寶公所葬也。塔中金銅寶公像，有銘在其膺，蓋王文公守金陵時所作〔三〕。僧言古像取入東都啓聖院，祖宗時每有祈禱，啓聖及此塔皆設道場，考之信然〔四〕。塔西南有小軒，曰木末。其下皆大松，鬣甲夭矯如蛟龍，往往數百年物。木末，蓋後人取王文公詩「木末北山雲冉冉」之句名之〔五〕。建康志謂公自命此名，非也。塔後又有定林庵〔六〕。舊聞先君言，李伯時畫文公像於庵之昭文齋壁，着帽束帶，神彩如生〔七〕。文公没，齋常扃閉，遇重客至，寺僧開户〔八〕，客忽見像，皆驚聳，覺生氣逼人，寫照之妙如此。今庵經火，尺椽無復存者。予乙酉秋，嘗雨中獨來遊，留字壁間，後人移刻崖石，讀之感歎，蓋已五六年矣〔九〕。歸途過半山，少留。半山者，王文公舊宅，所謂報寧禪院也〔一〇〕。自城中上鍾山，此爲中途，故曰半山，殘毁尤甚。寺西有土山，今謂之培塿，亦後人取文公詩所謂「溝西雇丁壯，擔土爲培塿」名之也〔二〕。寺後又有謝安墩〔三〕，文公詩云「在冶城西北」，即此是也。

【箋注】

〔一〕道林真覺大師：即寶志（四一八—五一四），一作寶誌，下文又稱上寶公、寶公。齊梁僧人。俗姓朱，金城（今甘肅蘭州）人。少年出家，修業於建康道林寺。名聲頗大，傳言能分身，預知吉凶，屢顯神異。齊武帝曾收其入獄，梁武帝解其禁，虔敬事之。高僧傳卷十有傳。

〔二〕太平興國寺：景定建康志卷四六：「蔣山太平興國禪寺去城一十五里。梁武帝天監十三年，以定林寺前崗獨龍阜葬誌公，永定公主以湯沐之資造浮圖五級於其上。十四年即塔前建開善寺，今寺乃其地也。唐乾符中改爲寶公院，南唐昇元中徐德裕重修，後主又改爲開善道場。本朝太平興國五年改賜今額。」

〔三〕膺：胸。　王文公：即王安石。　守金陵：熙寧九年，王安石自請解除相職，以鎮南軍節度使、同平章事、判江寧府退居金陵。

〔四〕東都：即汴京。　啓聖院：宋太宗所建寺院。鐵圍山叢談卷五：「太宗皇帝以東都有誕育之地，乃新作啓聖禪院。」太平興國末，太宗曾命從金陵取寶公像置啓聖院側殿。

〔五〕「木末」二句：王安石木末：「木末北山煙冉冉，草根南澗水泠泠。繰成白雪桑重綠，割盡黃雲稻正青。」木末，樹梢。

〔六〕定林庵：景定建康志卷四六：「定林寺有二。上定林寺舊在蔣山應潮井後，宋元嘉十六年禪僧竺法秀造，在下定林寺之西。乾道間僧善鑒請其額於方山重建。下定林寺在蔣山寶公塔西北，宋元嘉元年置，後廢。今爲定林庵，王安石舊讀書處。」

〔七〕先君：陸游稱其父陸宰。李伯時：即李公麟（一〇四九—一一〇六）字伯時，號龍眠居士，舒州（今安徽潛山）人。熙寧三年進士。歷泗州録事參軍等，以陸佃薦爲中書門下後省删定官及御史檢法。以風痹致仕，歸老龍眠山。好古博學，精通禪法，善畫山水、人物及馬。宋史卷四四四有傳。文公：指王安石。

〔八〕扃閉：鎖閉。重客：貴客。史記高祖本紀：「沛中豪桀吏聞令有重客，皆往賀。」

〔九〕「予乙酉秋」六句：乙酉，即乾道元年（一一六五）。該年陸游由鎮江通判調任隆興通判，過金陵曾游鍾山。其鍾山題名：「乾道乙酉七月四日，笠澤陸務觀冒大雨獨游定林。」

〔一〇〕報寧禪院：景定建康志卷四六：「半山報寧禪寺在城東七里，距鍾山亦七里。王荆公安石故宅也。其地名白塘，舊以地卑積水爲患。自荆公卜居，乃鑿渠決水，以通城河。元豐七年，安石病聞，神廟遣國醫診視既愈，乃請以宅爲寺，因賜額報寧禪寺。寺後有謝公墩，其西有土山曰培塿，乃安石決渠積土之地。由城東門至鍾山，此半道也，故今亦名半山寺。」

〔一一〕「亦後人」句：王安石示元度營居半山園作：「今年鍾山南，隨分作園囿。鑿池搆吾廬，碧水寒可漱。溝西僱丁壯，擔土爲培塿。扶疏三百株，蒔楝最高茂。」

〔二〕謝安墩：即謝公墩。謝安（三二〇—三八五），字安石，東晉陳郡陽夏（今河南太康）人。官至丞相。曾指揮晉軍在淝水之戰中打敗前秦苻堅百萬大軍。卒葬建康梅岡。晉書卷七九有傳。

九日。至保寧、戒壇二寺〔一〕。保寧有鳳凰臺、攬輝亭，臺有李太白詩云：「三山半落青天外，二水中分白鷺洲〔二〕。」今已廢爲大軍甲仗庫，惟亭因舊趾重築，亦頗宏壯。寺僧言，亭牓本朱希真隸書〔三〕，已爲俗子易之。法堂後有片石，瑩潤如黑玉，乃宋子嵩詩〔四〕，題云：「鳳臺山亭子，陳獻司空，鄉貢進士宋齊丘。」司空者，徐知誥也，後改姓名曰李昪，是爲南唐烈祖〔五〕。而齊丘爲大臣。後又有題字云：「昪元三年奉勑刻石。」蓋烈祖既有國，追念君臣相遇之始，而表顯之。昪、齊丘雖皆不足道，然當攘奪分裂橫潰之時，其君臣相遇，不如是亦不能粗成其功業也。戒壇額曰「崇勝戒壇」寺，古謂之瓦棺寺。有閣，因岡阜，其高十丈，李太白所謂「鍾山對北户，淮水入南榮」者，又橫江詞「一風三日吹倒山，白浪高於瓦棺閣」是也〔六〕。南唐後主時，朝廷遣武人魏丕來使〔七〕，南唐意其不能文，即宴於是閣，因求賦詩。丕攬筆成篇，末句云：

「莫教雷雨損基扃〔八〕。」後主君臣皆失色。及南唐之亡，爲吴越兵所焚。國朝承平二百年，金陵爲大府，寺觀競以崇飾土木爲事，然閣終不能復。紹興中，有北僧來居，講惟識百法論，誓復興造，求偉材於江湖間，事垂集者屢矣〔九〕，會建宫闕，有司往往輒取之。僧不以此動心，愈益經營，卒成盧舍那閣，平地高七丈，雄麗冠於江東。舊閣基相距無百步，今廢爲軍營。秦伯和遺醫柴安恭來視家人瘧。柴，邢州龍岡人〔一〇〕。晚，褚誠叔來。誠叔嘗爲福州閩清尉，獲盜應格，當得京官，不忍以人死爲己利，辭不就，至今在選調〔一一〕。又有爲它邑尉者，亦獲盜，營賞甚力，卒得京官。將解去〔一二〕，入郡，過刑人處，輒掩目大呼，數日神志方定。後至他郡，見通衢有石幢〔一三〕，問此何爲，從者曰「法場也」，亦大駭叫呼，幾墜車。自此所至皆迂道，以避刑人之地。人之不可有愧於心如此。移舟泊賞心亭下。秦伯和送藥。

【箋注】

〔一〕保寧、戒壇二寺：景定建康志卷四六：「保寧禪寺在城内飲虹橋南保寧坊内。吴大帝赤烏四年爲西竺康僧舍建，寺名建初。晉宋有鳳翔集此山，因建鳳凰臺於寺側。晉宋更寺名曰祇園，齊更名曰白塔。唐初復名曰建初，開元更名曰長慶，南唐更名曰奉先。本朝太平興國中賜額曰保寧，祥符六年增建經鐘樓、觀音殿、羅漢堂、水陸堂，東西方丈，莊嚴盛麗，安衆五百。又建靈光、鳳凰、凌虛三亭，照映山谷，圍甃磚墻五百丈，茂林修竹，松檜蓁蔚。」又：「崇勝戒壇院即古瓦官寺，又爲昇元寺，在城西南隅。晉哀帝興寧二年詔移陶官於淮水北，遂以南岸窑地施僧慧力造瓦官寺。」

〔二〕「保寧」三句：景定建康志卷二二：「鳳凰臺在保寧寺後。」又：「攬輝亭在今保寧寺後鳳凰臺舊基側。寺有攬輝亭，碑刓缺不可讀，莫詳其人。惟歲月可考，蓋熙寧三年夏四月也。」李太白詩，指李白登金陵鳳凰臺：「鳳凰臺上鳳凰游，鳳去臺空江自流。吴宫花草埋幽徑，晉代衣冠成古丘。三山半落青天外，二水中分白鷺洲。總爲浮雲能蔽日，長安不見使人愁。」

〔三〕朱希真：即朱敦儒，字希真。參見卷十五達觀堂詩序注〔一〕。

〔四〕宋子嵩：即宋齊丘（八八七—九五九），字子嵩，五代豫章（今江西南昌）人。歷任吴國和南唐左右僕射平章事。結黨專權，放歸九華山。絶其食，以餒卒。謚醜繆。新五代史卷六二、南唐書卷四有傳。

〔五〕徐知誥：即李昪（八八八—九四三），字正倫，徐州（今屬江蘇）人。本孤兒，爲楊行密擄爲養子，後予徐温，改名徐知誥。後奪取吴國政權，建立南唐，改號昇元，恢復原名。在位七年卒。謚烈祖。舊五代史卷一三四、新五代史卷六二、南唐書卷一有傳。

〔六〕「李白」二句：李白登瓦官閣：「晨登瓦官閣，極眺金陵城。鍾山對北户，淮水入南榮。」（一曰李賓作）又李白横江詞六首其一：「人道横江好，儂道横江惡。一風三日吹倒山，白浪高於瓦官閣。」南榮，南方之地。楚辭九懷：「玄武步兮水母，與吾期兮南榮。」王逸注：「南方冬溫，草木常茂，故曰南榮。」横江，即横江浦，在今安徽和縣，與南岸采石磯隔江相對。

〔七〕魏丕：字齊物，相州（今河南安陽）人。由後周入宋，歷任武官之職，官至左驍衛大將軍。宋史卷二七〇有傳。

〔八〕基扃：泛指城闕。文選鮑照蕪城賦：「觀基扃之固護，將萬祀而一君。」李善注：「説文曰：『扃，外閉之關也。』凡文士之言基扃，泛論城闕。」

〔九〕垂集：垂成，接近完成。

〔一〇〕邢州：隸河北路。在今河北邢臺。

〔一一〕應格：合格，符合標準。選調：指候補官員等待遷調。吴處厚青箱雜記卷一：「（張居業）滯選調三十餘年，年六十餘，始轉京秩。」

〔一二〕解去：指解職離去。

〔一三〕通衢：四通八達的道路。班昭東征賦：「遵通衢之大道兮，求捷徑欲從誰。」石幢：刻有經文的石柱。此指行刑之處。

十日。早，出建康城，至石頭〔一〕，得便風，張帆而行。然港淺而狹，行亦甚緩。宿大城岡。金陵岡隴重複，如梅嶺岡、石子岡、佘讀如蛇。婆岡，尤其著者也〔二〕。居民數十家，亦有店肆。

十一日。早，出夾，行大江，過三山磯、烈洲、慈姥磯、采石鎮，泊太平州江口〔三〕。謝玄暉登三山還望京邑，李太白登三山望金陵，皆有詩〔四〕。凡山臨江，皆曰磯。水湍急，篙工併力撐之，乃能上。然今年閏餘秋早〔五〕，水落已數尺矣，則盛夏可知也。三山自石頭及鳳凰臺望之，杳杳有無中耳。及過其下，則距金陵財五十餘里。晉伐吳，王濬舟師過三山，王渾要濬議事，濬舉帆曰：「風利不得泊。」即此地也〔六〕。是日便風，擊鼓挂帆而行。有兩大舟東下者，阻風泊浦漵〔七〕，見之大怒，頓足詬罵不已。舟人不答，但撫掌大笑，鳴鼓愈厲，作得意之狀。江行淹速，常也，得風者矜，而阻風者怒，可謂兩失之矣。世事蓋多類此者，記之以寓一笑。烈洲在江中，上有小山曰烈山，草木極茂密，有神祠在山巔。慈姥磯，磯之尤巉絶峭立者。徐師川有慈姥磯詩，序云：「磯與望夫石相望，正可爲的對，而詩人未嘗挂齒牙〔八〕。」故其詩云：「離鸞只說閨中恨，舐犢誰知目下情。」然梅聖俞護母喪歸宛陵發長蘆江口詩云：「南國山川都不改，傷心慈姥舊時磯。」師川偶忘之耳。聖俞又有過慈姥磯下及慈姥山石崖上竹鞭詩，皆極高奇，與此山稱。

【箋注】

〔一〕石頭：指石頭津。景定建康志卷十六：「石頭津在城西，方山津在石頭津之東。隋食貨志云：『郡西有石頭津，東有方山津，各置津主一人，曹一人，直水五人，以檢察禁物及亡叛者。』」

〔二〕岡隴：山岡。梅嶺岡、石子岡：景定建康志卷十七：「梅嶺岡在城南九里，長六里，高二丈。舊經云：東豫章太守梅頤家於岡下，因名之。上有亭，爲士庶游春所。」又：「石子岡一名石子墩，在城南一十五里，長二十里，高一十八丈。舊經云：俗説此岡多細花石，故名石子岡。」

〔三〕三山磯：太平寰宇記卷九十：「三山在（江寧）縣西五十七里，周回四里。其山孤絶，面東，西截大江。按輿地志云：『其山積石，濱於大江，有三峰，南北接，故曰三山。舊爲吴津所。』」景定建康志卷十九：「三山磯在城西南七十五里。」烈洲：太平寰宇記卷九十：「烈洲在（江寧）縣南八十里，周回六十里。輿地志：『吴舊津所。内有小水，堪泊船，商客多停此，以避烈風，故以名焉。王濬伐吴，宿於此。簡文爲相時，會桓温於此。亦曰栗洲，洲上有山，山形如栗。伏滔北征賦謂之烈洲。』」慈姥磯：太平寰宇記卷一〇五：「慈母山在（當塗）縣北七十里臨江，亦謂之慈姥山。山有慈姥祠。」采石鎮：太平寰宇記卷一〇五：「采石，戍名也，在（當塗）縣西北牛渚山之上，最狹。侯景東渡，路由於此。隋平陳，置赭圻鎮。

貞觀初於此置戍。」太平州：隸江南東路，轄當塗、蕪湖、繁昌三縣。州治在今安徽當塗。

〔四〕謝玄暉：即謝朓，字玄暉。齊梁詩人。謝朓晚登三山還望京邑：「灞涘望長安，河陽視京縣。白日麗飛甍，參差皆可見。餘霞散成綺，澄江靜如練。喧鳥覆春洲，雜英滿芳甸。去矣方滯淫，懷哉罷歡宴。佳期悵何許，淚下如流霰。有情知望鄉，誰能鬒不變？」「李太白」句：李白三山望金陵寄殷淑：「三山懷謝朓，水澹望長安。蕪沒河陽縣，秋江正北看。盧龍霜氣冷，鳷鵲月光寒。耿耿憶瓊樹，天涯寄一歡。」

〔五〕閏餘：指閏月。劉言史奉酬：「閏餘春早景沉沉，禊飲風亭恣賞心。」此指乾道六年閏五月。

〔六〕「晉伐吴」六句：二八〇年，晉伐孫吴，王濬由蜀統軍沿江東下，王渾率軍出横江。王濬舟師過三山而不停，直入建康滅吴。事見晉書王濬傳。王濬，字士治，弘農湖縣（今河南靈寶）人。西晉名將，官至撫軍大將軍。晉書卷四二有傳。王渾，字玄冲，太原晉陽（今屬山西）人。西晉名臣，官至侍中、録尚書事。晉書卷四二有傳。

〔七〕浦漵：指江邊。

〔八〕徐師川：即徐俯，字師川。江西派詩人。參見卷十五曾裘父詩集序注〔一〇〕。望夫石：太平寰宇記卷一〇五：「望夫山在（當塗）縣西四十七里。昔人往楚，累歲不還，其妻登此山望夫，乃化爲石。周回五十里，高一百丈，臨江。」的對：貼切的對句。此指慈姥磯和望夫石。

采石一名牛渚，與和州對岸，江面比瓜洲爲狹，故隋韓擒虎平陳及本朝曹彬下南唐，皆自此渡〔一〕。然微風輒浪作不可行。劉賓客云「蘆葦晚風起，秋江鱗甲生」，王文公云「一風微吹萬舟阻」，皆謂此磯也〔二〕。磯，即南唐樊若冰獻策作浮梁渡王師處〔三〕。初若冰不得志於李氏，詐祝髮爲僧，廬於采石山，鑿石爲竅，及建石浮圖，又月夜繫繩於浮圖，棹小舟急渡，引繩至江北，以度江面，既習知不謬，即亡走京師上書。其後王師南渡，浮梁果不差尺寸。予按隋煬帝征遼，蓋嘗用此策渡遼水，造三浮橋於西岸。既成，引趨東岸，橋短丈餘不合，隋兵赴水接戰，高麗乘岸上擊之，麥鐵杖戰死，始斂兵。引橋復就西岸，而更命何稠接橋，二日而成，遂乘以濟〔四〕。然隋終不能平高麗，國朝遂下南唐者，實天意也，若冰何力之有？方若冰之北走也，江南皆知其獻南征之策，或請誅其母妻。李煜不敢，但羈置池州而已。其後若冰自陳母妻在江南，朝廷命煜護送，煜雖憤切，終不敢違，厚遺而遣之。然若冰所鑿石竅及石浮圖，皆不毁，王師卒用以繫浮梁，則李氏君臣之暗且怠亦可知矣。雖微若冰，有不亡者乎！張文潛作平江南議〔五〕，謂當縛若冰送李煜，使甘心焉；不然，正其叛主之罪而誅之，以示天下，豈不偉哉！文潛此説，實天下正論也。予自金陵得疾，是日方小愈，尚未能食。夜雨。

【箋注】

〔一〕「采石」五句：輿地紀勝卷十八：「采石山在當塗縣北二十餘里，牛渚北一里。江源記云：『商旅於此取石，因名采石山。』北臨江有磯曰采石，曰牛渚。上有峨眉亭，下有廣濟寺、中元水府廟及承天觀。」和州，隸江南西路，轄歷陽、含山、烏江三縣。州治在今安徽和縣。韓擒虎（五三八—五九二），字子通，河南東垣（今河南新安）人。世代將門。隋時爲廬州總管。開皇八年（五八八）末，隋大舉伐陳，韓擒虎爲先鋒，從横江夜渡采石，攻入建康滅陳。官終涼州刺史。隋書卷五二有傳。曹彬（九三一—九九九），字國華，真定靈壽（今屬河北）人。開寶七年（九七四）受命率軍滅南唐，在采石磯以預製浮橋渡江。回師後任樞密使，加同平章事。宋史卷二五八有傳。

〔二〕劉賓客：即劉禹錫，字夢得。唐代詩人。劉禹錫晚泊牛渚：「蘆葦晚風起，秋江鱗甲生。殘霞忽變色，游雁有餘聲。戍鼓音響絶，漁家燈火明。無人能詠史，獨自月中行。」「王文公句：王安石牛渚：「歷陽之南有牛渚，一風微吹萬舟阻。」

〔三〕樊若冰：即樊知古，字仲師，其先長安人，後徙居池州。父爲南唐縣令，若冰舉進士不第，北歸投宋。在采石偵測江面寬度，宋軍南征據以造浮橋以過江。太宗朝累任轉運使等，後黜知均州卒。宋史卷二七六有傳。「偵測江寬」事見本傳。浮梁：浮橋。

〔四〕「予按」十四句：隋煬帝征遼，大業八年至十年（六一二—六一四），隋煬帝連續三年發兵征伐高句麗，互有勝敗，最終高麗王遣使請降。事見隋書煬帝紀。用此策渡遼水，指首次攻伐，用造浮橋渡之法過遼水。事見隋書麥鐵杖傳、何稠傳。麥鐵杖，始興（今廣東韶關）人。驍勇善戰，任右屯衛大將軍。在渡遼水時爲前鋒，力戰死。隋書卷六四有傳。何稠，字桂林。博學多識，善於製作。遼東之役中任右屯衛將軍，造橋成功。後歸唐，授將作少匠。隋書卷六八有傳。

〔五〕張文潛：即張耒（一〇五四—一一一四），字文潛，楚州淮陰（今屬江蘇）人。熙寧六年進士。「蘇門四學士」之一。累官起居舍人，坐元祐黨籍，屢貶宣州、復州。徽宗時召爲太常少卿，出知潁州、汝州，再貶房州别駕。晚居陳州。宋史卷四四四有傳。

十二日。早，移舟泛姑熟溪五里〔一〕，泊閱武亭。初詢舟人，云：「江口泊船處，距城二十里，須步乃可入。」及至閱武，乃止在城闉之外〔二〕。徽猷閣直學士左朝請郎知州周元特操，聞予病，與醫郭師顯俱來視疾。自都下相别，迨今八年矣〔三〕。太平州本金陵之當塗縣〔四〕，周世宗時，南唐元宗失淮南，僑置和州於此，謂之新和州，改爲雄遠軍。國朝開寶八年下江南，改爲平南軍，然獨領當塗一邑而已。太平興國二年，遂以爲州，且割蕪湖、繁昌來屬，而治當塗，與興國軍同時建置，故分紀年以名之〔五〕。

十三日。通判右朝請郎葉棼、員外通判左朝奉郎錢同仲耕、軍事判官左文林郎趙子覸、知當塗縣右通直郎王權來。午後，入州見元特，呼郭醫就坐間爲予切脈，且議所用藥。州正據姑熟溪北，土人但謂之姑溪，水色正緑，而澄澈如鏡，纖鱗往來可數。溪南皆漁家，景物幽奇。兩浮橋悉在城外，其一通宣城，其一可至浙中〔六〕。姑熟堂最號得溪山之勝，適有客寓家其間，故不得至。又有一酒樓，登望尤佳，皆城之南也。往時溪流分一支貫城中，湮塞已久。近歲嘗浚治，然惟春夏之交暫通，今七月已絶流矣。李太白集有姑熟十詠〔七〕，予族伯父彦遠嘗言：東坡自黄州還，過當塗，讀之撫手大笑曰：「贋物敗矣，豈有李白作此語者！」郭功父争以爲不然，東坡又笑曰：「但恐是太白後身所作耳！」功父甚愠。蓋功父少時，詩句俊逸，前輩或許之，以爲太白後身，功父亦遂以自負，故東坡因是戲之〔八〕。或曰十詠及歸來乎、笑矣乎、僧伽歌、懷素草書歌，太白舊集本無之，宋次道再編時，貪多務得之過也〔九〕。

【箋注】

〔一〕姑熟溪：輿地紀勝卷十八：「寰宇記云：姑浦在縣南二里。姑孰即縣地名。按江浦記，今當塗即晉姑孰城。姑溪有港，舊經城中，建炎中太守郭偉始築新城，限溪流於外，西入大江。」

〔二〕城闉：城内重門，亦泛指城郭。魏書崔光傳：「誠宜遠開闕里，清彼孔堂，而使近在城闉，面接宫廟。」

〔三〕周元特：即周操，字元特，湖州歸安（今浙江湖州）人。紹興五年進士。歷國子學録、吏部員外郎、監察御史、右正言、侍御史等，知衢、太平、泉三州，復召爲太子詹事。爲人氣岸磊落，政績著聞。嘉泰吴興志卷十七有傳。　都下相别：指隆興元年陸游除鎮江通判，去國赴任。時周操在朝中任殿中侍御史。

〔四〕太平州：太平寰宇記卷一〇五：「本宣州當塗縣，周世宗畫江爲界之後，僞唐於縣立新和州，又爲雄遠軍。皇朝開寶八年平江南，改爲平南軍。太平興國二年升爲太平州，割當塗、蕪湖、繁昌三縣以隸焉。」

〔五〕興國軍：隸江南西路，轄永興、大冶、通山三縣。治所在今湖北陽新。　分紀年以名之：指用太平興國年號分别命名太平州和興國軍。

〔六〕宣城：縣名，隸寧國府。即今安徽宣城。　浙中：指今浙江金華、衢州一帶。

〔七〕姑熟十詠：組詩，歌咏姑孰境内十個代表性景觀，包括姑孰溪、丹陽湖、謝公宅、凌歊臺、桓公井、慈姥竹、望夫山、牛渚磯、靈墟山和天門山。

〔八〕「予族伯父」十六句：彦遠，陸游同族伯父，幼時曾從其就學。參見劍南詩稿卷四三齋中雜興十首其一。郭功父，即郭祥正，字功父。當塗人。相傳其母因夢李白而生。參見卷四三入蜀記六月四日注〔一二〕。姑熟十詠的作者，歷來有争議。蘇軾東坡志林卷二：「過姑熟堂下，讀李白十詠，疑其語淺陋不類太白。孫邈云：聞之王安國，此李赤詩，祕閣下有赤集，此詩在焉。白集中無此。赤見柳子厚集，自比李白，故名赤。卒爲厠鬼所惑而死。今觀此詩止如此，而以比太白，則其人心疾已久，非特厠鬼之罪。」陸游認爲非李白贋作。見卷四四「二十四日」記文。

〔九〕「或曰」四句：苕溪漁隱叢話前集卷五：「東坡云：今太白集中有歸來乎、笑矣乎及贈懷素草書數詩，決非太白作，蓋唐末五代間學齊己輩詩也。余舊在富陽，見國清院太白詩，絶凡近。過彭澤興唐院，又見太白詩，亦非是。良由太白豪俊，語不甚擇，集中亦往往有臨時率然之句，故使妄庸輩敢耳。若杜子美，世豈復有僞撰邪？」宋次道，即宋敏求（一〇一九—一〇七九），字次道，趙州平棘（今河北趙縣）人。宋綬子。寶元二年賜進士出身。歷館閣校勘、史館修撰等，預修新唐書、仁宗實録、兩朝正史。藏書三萬卷，熟悉朝廷典故。曾編李白詩集。宋史卷二九一有傳。直齋書録解題卷十六著録李翰林集三十卷，又稱：「别有蜀刻大小二本，卷數亦同，而首卷專載碑、序，餘二十三卷歌詩，而雜著止六卷。有宋敏求後序，言舊集歌詩七百七十六篇，又得王溥及唐魏萬集本，因裒唐類詩諸編洎石刻所傳，廣之無慮千篇。」

十四日。晚晴，開南窗觀溪山。溪中絶多魚，時裂水面躍出，斜日映之，有如銀刀。垂釣挽罟者彌望，以故價甚賤，僮使輩日皆饜飫〔一〕。土人云此溪水肥宜魚，及飲之，水味果甘，豈信以肥故多魚耶？溪東南數峰如黛，蓋青山也〔二〕。

十五日。早，州學教授左文林郎吴博古敏叔、員外教授左文林郎楊恂信伯來。飯已，遊黄山東嶽廟、廣福寺，遂登凌歊臺〔三〕。嶽廟棟宇頗盛，本謂之黄山大監廟。大監者，不知何神，蓋淫祠也〔四〕。今既爲嶽廟，而大監反寓食廡下。廣福本壽聖寺，以紹興壬午詔書改額。敗屋二十餘間，殘僧三四人，蕭然如古驛。主僧惠明，温州平陽人。凌歊臺正如鳳凰、雨花之類，特因山巔名之〔五〕。宋高祖所營，面勢虚曠，高出氛埃之表〔六〕。南望青山、龍山、九井諸峰〔七〕，如在几席。龍山即孟嘉登高落帽處〔八〕，九井山有桓玄僭位壇〔九〕。稍西，江中二小山相對，云東梁、西梁也〔一〇〕。北户臨和州新城，樓櫓歷歷可辨〔一一〕。蓋自絶江至和州，財十餘里，李太白有黄山凌歊臺送族弟泛舟赴華陰詩〔一二〕，即此地也。臺後有一塔，塔之後又有亭曰懷古云。余初至當塗，飲姑熟溪水，喜其甘滑。已而遍飲城中水，皆甘，蓋泉脈佳也。

十六日。郡集於道院〔一三〕，歷遊城上亭榭，有坐嘯亭，頗宜登覽。城濠皆植荷花。

是夜，月白如晝，影入溪中，摇蕩如玉塔，始知東坡「玉塔卧微瀾」之句爲妙也〔四〕。

【箋注】

〔一〕挽罟：拉漁網。　彌望：滿視野，滿眼。　漢書元后傳：「大治第室，起土山漸臺，洞門高廊閣道，連屬彌望。」　饜飫：指口腹滿足。

〔二〕青山：輿地紀勝卷十八：「青山在當塗縣東南三十里。晉書：『袁宏爲桓温府記室，嘗以游青山飲歸，命桓同載。』即此山也。寰宇記：『齊宣城太守謝脁築室於山南，遺址猶存。絶頂有池，稱爲謝公池。唐天寶改爲謝公山。』文選有脁詩云『還望青山郭』，即此山也。」

〔三〕黄山：輿地紀勝卷十八：「黄山在當塗縣北五里出。傳浮邱翁牧雞於此山。山巔有凌歊臺、懷古臺、誓清堂、浮圖塔，臺下有廣福寺、東嶽行宫。」

〔四〕淫祠：指不合禮儀而設置的祠廟，邪祠。　宋書武帝紀：「淫祠惑民費財，前典所絶，可并下在所除諸房廟。」

〔五〕凌歊臺：輿地紀勝卷十八：「凌歊臺在城北黄山之巔，宋孝武大明七年南游登臺，建離宫。」

〔六〕氛埃：借指塵世。　劍南詩稿卷三嚴君平卜臺：「先生久已蜕氛埃，道上猶傳舊卜臺。」

〔七〕龍山、九井：輿地紀勝卷十八：「龍山在當塗縣南十里。舊經載孟嘉落帽事。」又：「九井在當塗縣。文選有殷仲文南州九井作，即此山也。史載桓玄築壇於九井山。」

〔八〕孟嘉登高落帽：晉書孟嘉傳：「九月九日，（桓）温燕龍山，僚佐畢集。時佐吏并着戎服。有風至，吹嘉帽墮落，嘉不之覺。温使左右勿言，欲觀其舉止。嘉良久如厠，温令取還之，命孫盛作文嘲嘉，著嘉坐處。嘉還見，即答之，其文甚美，四坐嗟嘆。」孟嘉，字萬年，江夏鄳縣（今河南羅山）人。東晉名士。晉書卷九八有傳。

〔九〕桓玄僭位：晉書桓玄傳：「百官到姑孰勸玄僭僞位，玄僞讓，朝臣固請，玄乃於城南七里立郊，登壇篡位。」桓玄，字敬道，譙國龍亢（今安徽懷遠）人。桓温子。官至相國、大將軍，晉封楚王。大亨元年（四〇三），威逼晉安帝禪位，建立桓楚。不久劉裕舉兵起義，桓玄敗逃被殺。晉書卷九九有傳。

〔一〇〕「稍西」三句：江中二小山相對，即天門山。輿地紀勝卷十八：「天門山在當塗縣西南三十里。晏公類要云：『有二山夾大江，東曰博望，西曰梁山，相對如門，故謂之天門。』」博望即東梁，梁山即西梁。

〔一一〕北户：北窗。　樓櫓：軍中用於瞭望攻守的高臺。此指城樓。

〔一二〕「李太白」句：李白黄山凌歊臺送族弟溧陽尉濟允泛舟赴華陰：「送君登黄山，長嘯倚天梯。小舟若鳧雁，大舟若鯨鯢。開帆散長風，舒捲與雲齊。」

〔一三〕道院：輿地紀勝卷十八：「道院在設廳西北，太守吴芾名。」

〔一四〕玉塔卧微瀾：蘇軾江月五首其一：「一更山吐月，玉塔卧微瀾。正似西湖上，湧金門外看。冰輪横海闊，香霧入樓寒。停鞭且莫上，照我一杯殘。」

渭南文集箋校卷第四十五

入蜀記第三

【題解】

本卷收録入蜀記乾道六年七月十七日至八月七日記文。

十七日。郡集於青山李太白祠堂，二教授同集〔一〕。祠在青山之西北，距山尚十五里。墓在祠後〔二〕，有小岡阜起伏，蓋亦青山之别支也。祠莫知其始，有唐劉全白所作墓碣及近歲張真甫舍人所作重修祠碑〔三〕。太白烏巾，白衣錦袍。又有道帽氅裘，侑食於側者，郭功甫也〔四〕。早飯罷，遊青山。山南小市有謝玄暉故宅基〔五〕，今爲湯氏所居。南望平野極目，而環宅皆流泉奇石、青林文篠，真佳處也。遂由宅後登山，路極險巇，凡三四里，有兩道人持湯飲迎勞於松石間。又里許，至一庵，老道人出迎，年七十餘，姓周，濰州人〔六〕，居此山三十年，顴頰如丹，鬚鬢無白者。又有李媼，八十矣，耳目聰明，談笑不衰，自言嘗得異人祕訣。庵前有小池曰謝公池，水味甘冷，雖盛夏不竭。絶頂又有小亭，亦名謝公亭。下視四山，如蛟龍奔放，争赴川谷，絶類吾鄉舜山〔七〕。但舜山之巔，豐沃夷曠，無異平陸，此所不及也。亭北望正對歷陽〔八〕。周生言元顔亮入寇時，戰鼓之聲震於山中云。夜歸舟次，已一鼓盡矣。坐間，信伯言桓温墓亦在近郊〔九〕，有石獸石馬，製作精妙，又有碑，悉刻當時車馬衣冠之類，極可觀，恨不一到也。

【箋注】

〔一〕二教授：指十五日記文所言州學教授吴博古和員外教授楊恂。

〔二〕墓在祠後：輿地紀勝卷十八：「唐李白墓在（當塗）縣東一十七里青山之北。李陽冰爲當塗令，白往依之，悦謝家青山，欲終焉。寶應元年卒，葬龍山東。今采石亦有墓及太白藁殯之地，後遷龍山。元和十二年，宣歙觀察使范傳正委當塗令諸葛縱改葬青山之址，去舊墳六里。」

〔三〕劉全白：唐代詩人，幼以詩受知於李白。貞元中任池州刺史，至龍山憑吊李白，并出資請當塗令整修白墓，又撰唐故翰林學士李君碣記，刻石立於墓前。白墓遷青山後碑碣留存於祠堂。張真甫：即張震，字真甫。廣漢（一説綿竹，均屬四川）人。紹興二十一年進士。歷太常博士、秘書省正字、著作佐郎、殿中侍御史、中書舍人，知夔州，改成都府，卒於官。宋史翼卷二十有傳。老學庵筆記卷六：「張真甫舍人，廣漢人，爲成都帥，蓋本朝得蜀以來所未有也……然歲餘，真甫以疾不起。」

〔四〕氅裘：羽毛所製外衣。侑食：勸食，侍奉尊長進食。周禮天官膳夫：「以樂侑食。」鄭玄注：「侑，猶勸也。」郭功甫：即郭祥正，字功甫。曾被稱爲「太白後身」。參見卷四三入蜀記六月四日注〔二〕。

〔五〕謝玄暉故宅：輿地紀勝卷十八：「謝公宅在城東南三十里青山。寰宇記云：『齊宣城太守謝朓築室鑿池於山南，遺址今在人呼爲謝家青山。』李白詩有『宅近青山同謝朓』之句。天寶十二年改爲謝公山。」謝玄暉，即謝朓，字玄暉。曾任宣城太守，人稱謝宣城。

〔六〕濰州：隸京東路，轄北海、昌邑、昌樂三縣。治所在今山東濰坊。

〔七〕舜山：亦稱虞山，在餘姚縣。太平寰宇記卷九六：「虞山在縣西三十里。太康志：『舜避丹朱於此。』」

〔八〕歷陽：郡名，即和州，隸淮南西路。在今安徽和縣。

〔九〕桓温墓：輿地紀勝卷十八：「寰宇記云：『桓元父墓今謂之司馬陵。』」太平寰宇記卷一〇五：「司馬陵，晉司馬桓玄篡立，僞尊爲陵。今俚人猶呼之，碑闕俱在。去縣一十一里青陽東北隅。」桓温，字元子，譙國龍亢（今安徽懷遠）人。東晉明帝時封駙馬都尉，穆帝時執朝政。後立簡文帝，以大司馬鎮姑孰，專擅朝政。病卒。晉書卷九八有傳。劍南詩稿卷二吊李翰林墓：「飲似長鯨快吸川，思如渴驥勇奔泉。客從縣令初何有，醉忤將軍亦偶然。駿馬名姬如昨日，斷碑喬木不知年。浮生今古同歸此，回首桓公亦故阡。（桓温冢亦在當塗。）」

十八日。小雨，解舟出姑熟溪，行江中。江溪相接，水清濁各不相亂。挽行夾中三十里，至大信口泊舟〔一〕。蓋自此出大江，須風便乃可行，往往連日阻風。兩小山夾江，即東梁、西梁，一名天門山〔二〕。李太白詩云：「兩岸青山相對出，孤帆一片日邊來〔三〕。」王文公詩云：「崔嵬天門山，江水遶其下〔四〕。」梅聖俞云：「東梁如仰蠶，西梁如浮魚〔五〕。」徐師川云：「南人北人朝暮船，東梁西梁今古山〔六〕。」皆得句於此也。水滸小兒賣菱芡蓮藕者甚衆〔七〕。夜行堤上，觀月大信口。歐陽文忠公于役志謂之帶星口〔八〕，未詳孰是。于役志蓋謫夷陵時所著也〔九〕。

【箋注】

〔一〕挽行：拉縴而行。大信口：在當塗西南。

〔二〕「兩小山」三句：太平寰宇記卷一〇五：「天門山在（當塗）縣西南三十里。有二山夾大江，東曰博望，西曰天門。按郡國志云：『天門山亦云峨眉山，楚獲吴艅艎於此。』按其山相對，時人呼爲東梁山、西梁山，據縣圖爲天門山。輿地志云：『博望、梁山，東西隔江。相對如門，相去數里，謂之天門。』」

〔三〕「李太白」三句：李白望天門山：「天門中斷楚江開，碧水東流至此回。兩岸青山相對出，孤帆一片日邊來。」

〔四〕「王文公」三句：王安石寄曾子固二首其二：「崔嵬天門山，江水繞其下。寒渠已膠舟，欲往豈無馬。」

〔五〕「梅聖俞」三句：梅堯臣阻風宿大信口：「東梁如印蠶，西梁如游魚。二山夾大江，早暮潮吸噓。」

〔六〕「徐師川」三句：徐俯太平州二首其二：「南人北人朝暮船，東梁西梁今古天。兹地何時復回首，泝流千里到家園。」

〔七〕水濟：水邊。　菱芡：菱角、芡實。芡實，俗稱鷄頭，可食，亦可入藥。

〔八〕于役志：歐陽修所撰日記。景祐三年（一〇三六），范仲淹因直言獲罪貶饒州，歐陽修據理力争，亦謫夷陵。沿汴絶淮，入江西行，顛沛百餘日方抵任所。其間按行程起止，撰成日記于役志，實爲陸游入蜀記先聲。

〔九〕夷陵：縣名。隸荆湖北路峽州。在今湖北宜昌。

十九日。便風，過大、小褐山磯〔一〕。奇石巉絶，漁人依石挽罾〔二〕，宛如畫圖間所見。過梟磯〔三〕，在大江中，聳拔特起。有道士結廬其上，政和中，賜名寧淵觀。舊説梟磯有梟能害人，故得名。方郡縣奏乞觀額時，惡其名，因曰磯在水中，水常沃石，故曰澆磯。今觀屋亦二十餘間，然止一道人居之。相傳有二人，則其一輒死，故無敢往者。至蕪湖縣，泊舟吴波亭〔四〕。知縣右通直郎吕昭問來。按，漢丹楊郡有蕪湖縣①，吴陸遜屯蕪湖〔五〕，又杜預注春秋，楚子伐吴克鳩兹，亦云在蕪湖〔六〕。至東晉，乃改名于湖，不知所自〔七〕。王敦反，屯于湖，今故城尚存。又有玩鞭亭，亦當時遺迹〔八〕。唐温飛卿有湖陰曲叙其事〔九〕。近時張文潛以爲晉書所云「帝至于湖，陰察營壘」，當以于湖爲句，飛卿蓋誤讀也，作于湖曲以反之〔一〇〕。劉夢得歷陽書事詩，叙道中事云：「望夫人化石，夢帝日環營。」蓋夢得自夔州移牧歷陽，過此邑也〔一一〕。邑人云，數年前邑境有盜，發大墓，棺槨已壞，得鏡及刀劍之屬甚衆，甓塼有「大將軍墓」四字〔一二〕，或疑爲敦墓云。

【校記】

①「楊」，弘治本同，汲古閣本作「陽」。

【箋注】

〔一〕褐山磯：輿地紀勝卷十八：「褐山在當塗縣西南三十里，大信口、天門山之南，臨大江。繫年録云：『紹興二年，命沿江岸置烽火臺於當塗之褐山東，采石、慈湖、繁昌、三山，以爲斥堠。』」

〔二〕罾：一種用木棍或竹竿做框的方形漁網。

〔三〕梟磯：輿地紀勝卷十八：「蟂磯在蕪湖縣西南七里大江中。上有舊寧淵觀。蟂，老蛟也。今磯南有一石穴，廣深叵測，此蟂所居，昔時嘗出害人。」

〔四〕吴波亭：方輿勝覽卷十五：「吴波亭，張安國書，取温庭筠曲『吴波不動楚山碧』之句。」張孝祥滿江紅于湖懷古：「千古凄涼，興亡事、但悲陳迹。凝望眼、吴波不動，楚山叢碧。」

〔五〕陸遜（一八三—二四五）：字伯言，吴郡吴縣（今江蘇蘇州）人。孫吴大將，官至丞相。孫權經營江東之時，陸遜屯駐蕪湖，除賊安民。三國志卷五八有傳。

〔六〕「又杜預」三句：左傳襄公三年：「三年春，楚子重伐吴，爲簡之師，克鳩兹，至于衡山。」杜預注：「鳩兹，吴邑，在丹陽蕪湖縣東，今皋夷也。」杜預（二二二—二八四），字元凱，京兆杜陵（今陝西西安）人。司馬昭妹夫。晉武帝時拜鎮南大將軍，太康元年（二八〇）指揮滅吴。官至司隸校尉。著有春秋左氏傳集解。晉書卷三四有傳。春秋，此指春秋左氏傳，即左傳。

〔七〕「至東晉」三句：資治通鑑晉太寧元年（三二三）「（王）敦移鎮姑孰，屯于湖」，胡三省注：「于湖縣，本吴督農校尉治，武帝太康二年，分丹楊縣立于湖縣。」通典：「當塗有于湖故城，在縣南。」

〔八〕王敦（二六六—三二四）：字處仲，瑯琊臨沂（今屬山東）人。與從弟王導擁戴晉元帝建立東晉，遷大將軍。後舉兵反叛，攻入建康，拜丞相。還屯武昌，移鎮姑孰。明帝時再次進兵建康，卒於軍中。晉書卷九八有傳。玩鞭亭：輿地紀勝卷十八：「玩鞭亭在蕪湖縣北二十里。晉王敦鎮姑孰，明帝時敦將舉兵内向，帝密知之，乃乘巴滇駿馬，微行至湖陰，察敦營壘。敦正晝寢，夢日環其城，驚起曰：『此必黄鬚鮮卑奴來也。』乃使五騎追帝。帝亦馳去，見逆旅賣食嫗，以七寶鞭與之，曰：『後有騎來，可以此示之。』俄而追者至，因以鞭示之。五騎傳玩稽留，帝僅獲免。亭名以此。」

〔九〕温飛卿：即温庭筠，字飛卿。晚唐詩人。湖陰曲：即温庭筠湖陰曲序曰：「晉王敦舉兵至湖陰，明帝微行，視其營伍，由是樂府有湖陰曲。後其辭亡，因作而附之。」詩曰：「祖龍黄須珊瑚鞭，鐵驄金面青連錢。虎髯拔劍欲成夢，日壓賊營如血鮮。海旗風急驚眠起，甲重光摇照湖水。蒼黄追騎塵外歸，森索妖星陣前死。五陵愁碧春萋萋，灞川玉馬空中嘶。羽書如電入青瑣，雪腕如槌催畫鞞。白虯天子金煌鋩，高臨帝座回龍章。吴波不動楚山晚，花壓闌干春晝長。」

〔一〇〕張文潛：即張耒，字文潛。北宋文人。于湖曲：即張耒于湖曲：「武昌雲旗蔽天赤，夜築于湖洗鋒鏑。巴滇騄駿風作蹄，去如滅没來不斷。日圍萬里纏孤壁，虜氣如霜已潛釋。蛇矛賤士識天顔，玉帳髯奴落妖魄。君不見銅駝陌上塵沙起，胡騎春來飲瀍水。浮江天馬是龍兒，蹙踏揚州開帝里。王氣高懸五百秋，弄兵老濞空白頭。石城戰骨卧秋草，更欲君王分上流。」

〔一一〕「劉夢得」六句：長慶四年（八二四），劉禹錫由夔州遷任和州刺史，任内撰有歷陽書事七十韻，記述和州名勝。劉夢得，即劉禹錫，字夢得。中唐詩人。

〔一二〕甃塼：墓塼。甃塼砌井壁。

二十日。寧國太平縣主簿左迪功郎陳炳來見〔一〕，泛小舟往謝之。則寓寧淵觀下院，以提刑司檄來督大禮錢帛〔二〕。寧淵在梟磯，隔大江，故置下院於近邑。道流十餘，壇宇像設甚盛，有觀主何守誠者，今選居太一宫矣〔三〕。炳字德先，婺州義烏人，自言其從姑得道徽宗朝，賜號妙静練師，結廬葛仙峰下〔四〕。平生不火食，惟飲酒，啗生果，爲人言禍福死生，無毫釐差。每風日清和時，輒掩關獨處。或於户外竊聽之，但聞若二嬰兒聲，或歌或笑，往往至中夜方止，莫有能測者。年九十，正旦，自言四月八日當遠行，果以是日坐逝。每爲德先言：「汝有仙骨，當遇異人。」後因得疾委頓，有皖山徐先生來餌以藥，即日疾平。徐因留，教以絶粒訣〔五〕。德先父母方望其成名，固不許。然自是絶滋味，日食淡湯餅及飯而已〔六〕。如此者六年，益覺身輕，能日行一二百里。會中第娶妻，復近葷血，徐遂告别。臨行，語德先曰：「汝一紀後當復從我究此事〔七〕。」德先送至溪上，方呼舟欲渡，徐褰裳疾行水上而去〔八〕，呼之不復應。德先至今悵恨，有棄官入灊皖之意〔九〕。予遂遊東寺，登王敦城以歸〔一〇〕。城並大江，氣象宏敞。邑出緑毛龜〔一一〕，就船賣者不可勝數。將午，解舟，過三山磯〔一二〕。磯上新作龍祠。有道人半醉立蘚崖峭絶處，下觀行舟，望之使人寒心，亦奇士也。江中江豚十數出没〔一三〕，色或黑或黄，俄又有物長數尺，色正赤，類大蜈蚣，奮首逆水而上，激水高二三尺，殊可畏也。宿過道口。

【箋注】

〔一〕寧國太平縣：寧國爲府，本爲宣州，乾道二年升爲府。隸江南東路，下轄宣城、南陵、寧國、旌德、太平、涇六縣。

〔二〕提刑司：宋代路一級司法機構。大禮錢帛：爲朝廷舉行重大祭祀或慶典向地方徵收的錢税。

〔三〕太一宫：一作太乙宫。祭祀太一神的宫殿。

〔四〕從姑：父親的叔伯姐妹。葛仙峰：在今江西鉛山葛仙山，相傳爲葛仙公修道之處，上有葛仙祠。葛仙公，即葛玄，字孝先，丹陽句容（今屬江蘇）人。葛洪從祖。相傳孫吴時隨左慈學道成仙。事迹見葛洪神仙傳卷八。

〔五〕絶粒：即辟穀。指道家摒除火食、不進五穀，以求延年益壽的修身術。孫綽游天台山賦序：「非夫遺世玩道、絶粒茹芝者，烏能輕舉而宅之。」

〔六〕湯餅：水煮的麵片。俗稱片兒湯。束晳餅賦：「玄冬猛寒，清晨之會，涕凍鼻中，霜凝口外。充虚解戰，湯餅爲最。」

〔七〕二紀：二十四年。古代以十二年爲一紀。究：完成。

〔八〕褰裳：撩起下裳。詩鄭風褰裳：「子惠思我，褰裳涉溱。」

〔九〕灊皖：即潛山。在今安徽潛山。

〔一〇〕王敦城：指王敦所鎮姑孰之城樓。

〔一一〕緑毛龜：背上生着龜背基枝藻的淡水龜。藻體呈緑絲狀，長達七八寸，在水中如被毛狀，被稱爲神龜。

〔二〕三山磯：輿地紀勝卷十八：「三山磯在繁昌東北四十里。」

〔三〕江豚：俗稱江豬。哺乳類動物，形狀像魚，無背鰭，頭短眼小，全身黑色。郭璞江賦：「魚則江豚海豨。」

二十一日。過繁昌縣，南唐所置，初隸宣城，及置太平州，復割隸焉〔一〕。晚泊荻港〔二〕，散步堤上，遊龍廟。有老道人守之，台州仙居縣人〔三〕，自言居此十年，日伐薪二束賣之以自給。雨雪，則從人乞，未嘗他營也。又至一庵，僧言隔港即銅陵界〔四〕。遠山嶄然，臨大江者，即銅官山〔五〕。太白所謂「我愛銅官樂，千年未擬還」是也，恨不一到〔六〕。最後至鳳凰山延禧觀〔七〕，觀廢於兵燼者四十餘年，近方興葺。羽流五六人，觀主陳廷瑞，婺州義烏縣人，言此古青華觀也〔八〕。有趙先生，荻港市中人，父賣茗。先生幼名王九，年十三，疾亟，父抱詣青華，願使入道。是夕，先生夢老人引之登高山，謂曰「我陰翁也」，出柏枝啗之，及覺，遂不火食。後又夢前老人教以天篆數百字，比覺，悉記不遺。太宗皇帝召見，度爲道士，賜冠簡，易名自然，給裝錢遣還，遂爲觀主。祥符間，再召至京師，賜紫衣，改青華額曰延禧。先生懇求還山養母，得歸，一日，無疾而逝。門人葬之山中，行半途，棺忽大重不可舉，其母曰：「吾兒必有異。」命發棺，果空無尸，惟劍履在耳，遂即其處葬之。今冢猶在，謂之劍冢。自然，國朝有傳①，大概與廷瑞言頗合，惟劍冢一事無之〔九〕。荻港，蓋繁昌小墟市也。歸舟已夜矣〔一〇〕。

【校記】

①「朝」，弘治本、汲古閣本作「史」。

【箋注】

〔一〕「過繁昌縣」五句：太平寰宇記卷一〇五：「繁昌縣本宣州南陵縣地，在南陵之西南大江，西對廬州江口，以地出石緑兼鐵，由是置冶。自唐開元已來，立爲石緑場。其地理枕江，舟旅憧憧，實津要之地。以南陵地遠，民乞輸税於場，僞唐析南陵之五鄉立爲繁昌縣。」

〔二〕荻港：輿地紀勝卷十八：「荻港在繁昌縣西南二十里，與赭圻相屬，西對無爲軍，蓋江流險要之地。」

〔三〕台州仙居縣：隸兩浙路。今浙江仙居。

〔四〕銅陵：縣名，隸池州。在今安徽銅陵。

〔五〕銅官山：在銅陵縣長江邊，以産銅著稱。

〔六〕「太白」二句：李白銅官山醉後絶句：「我愛銅官樂，千年未擬還。要須回舞袖，拂盡五松山。」

〔七〕鳳凰山延禧觀：輿地紀勝卷十八：「鳳凰山在繁昌縣西南二十里，有延禧觀。」

〔八〕羽流：道士。婺州義烏縣：隸兩浙路。今浙江義烏。

〔九〕「有趙先生」至「一事無之」一段：參見宋史卷四六一趙自然傳。天篆，扶乩所書之文字圖形。以木架懸錐在沙盤上劃成文字圖形，作爲神示，筆勢多類篆書而不可識。蘇軾有天篆記。裝錢，指置辦裝束的費用。

〔一〇〕墟市：鄉村集市。范成大曉出古城山：「墟市稍來集，鉤籠轉山忙。」

二十二日。過大江，入丁家洲夾，復行大江。自離當塗，風日清美，波平如席，白雲青嶂，遠相映帶，終日如行圖畫，殊忘道塗之勞也。過銅陵縣〔一〕，不入。晚泊水洪口。江湖間謂分流處爲洪，王文公詩云「東江木落水分洪」是也〔二〕。

二十三日。過陽山磯，始見九華山〔三〕。九華本名九子，李太白爲易名〔四〕。太白與劉夢得皆有詩，而劉至以爲可兼太華、女几之奇秀〔五〕。南唐宋子嵩辭政柄，歸隱此山，號九華先生，封青陽公，由是九華之名益盛〔六〕。惟王文公詩云「盤根雖巨壯，其末乃修纖」，最極形容之妙〔七〕。大抵此山之奇，在修纖耳。然無含蓄敦大氣象，與廬阜、天台異矣〔八〕。岸旁荻花如雪。舊見天井長老彦威云，廬山老僧用此絮紙衣〔九〕。威少時在惠日亦爲之，佛燈珣禪師見而大嗔云〔一〇〕：「汝少年輒求温暖如此，豈有心學道耶？」退而問兄弟，則堂中百人，有荻花衣者財三四，皆年七十餘矣。威愧恐，亟除去。泊梅根港〔一一〕。巨魚十數，色蒼白，大如黄犢，出没水中，每出，水輒激起，沸白成浪，真壯觀也。

【箋注】

〔一〕銅陵縣：輿地紀勝卷二二：「九域志云：『在州東北一百四十里，本漢南陵縣梅根監。』十道志云：『梅根監歲鑄四萬貫。』南唐保大中爲縣，屬昇州。皇朝開寶八年屬池州。」

〔二〕「王文公」句：王安石東江：「東江木落水分洪，伐盡黄蘆洲渚空。南澗夕陽煙自起，西山漠漠有無中。」

〔三〕陽山磯：陽山磯在銅陵西。陸游乾道元年七月曾宿陽山磯，作有夜宿陽山磯將曉大雨北風甚勁俄頃行三百餘里遂抵雁翅浦（劍南詩稿卷一）。九華山：輿地紀勝卷二二：「九華山在青陽縣界。九域志云：『舊名九子山。』輿地志云：『上有九峰，出碧雞之類。』」

〔四〕「九華」二句：李白改九子山爲九華山聯句序：「青陽縣南有九子山，山高數千丈，上有九峰如蓮華。按圖徵名，無所依據。太史公南游，略而不書。事絶古老之口，復闕名賢之紀。雖靈仙往復，而賦詠罕聞。予乃削其舊號，加以九華之目。」

〔五〕「太白」二句：李白改九子山爲九華山聯句：「妙有分二氣，靈山開九華。」又望九華贈青陽韋仲堪：「昔在九江上，遥望九華峰。天河挂緑水，秀出九芙蓉。」劉禹錫九華山歌引：「九華山在池州青陽縣西南，九峰競秀，神采奇異。昔予仰太華，以爲此外無奇；愛女几、荆山，以爲此外無秀。及今年見九華，始悼前言之容易也。惜其地偏且遠，不爲世所稱，故歌而大之。」太華，即華山。女几，在今河南洛陽（原宜陽縣）。

〔六〕宋子嵩：即宋齊丘，字子嵩。參見卷四四之九日注〔四〕。

〔七〕「惟王」二句：王安石和平甫舟中望九華：「楚越千萬山，雄奇此山兼。盤根雖巨壯，其末乃修纖。」

〔八〕敦大：厚重博大。廬阜：即廬山，在今江西九江。天台：即天台山，在今浙江台州。

〔九〕荻花：荻爲多年生草本植物，生在水邊。葉子長形，似蘆葦。秋天開花，初開爲紫色，凋謝時呈白色。天井：指天井寺，在今浙江鄞縣。紙衣：紙製的衣服。蘇易簡文房四譜紙譜：「山居者常以紙爲衣，蓋遵釋氏云，不衣蠶口衣者也。」此指以荻絮充入紙衣保暖。

〔一〇〕佛燈珣禪師：即守珣禪師，號佛燈，俗姓施，安吉人。建炎中住持何山，後居天寧寺。紹興四年圓寂。事迹見五燈會元卷十九。

〔一一〕梅根港：在銅陵，亦稱梅根河，又稱錢溪。港東即梅根監，歷代鑄錢之所。

二十四日。到池州〔一〕，泊税務亭子。州，唐置，南唐嘗爲康化軍節度，今省。又嘗割青陽隸建康，今復故。惟所置銅陵、東流二縣及改秋浦爲貴池，今因之。蓋南唐都金陵，故當塗、蕪湖、銅陵、繁昌、廣德、青陽并江寧、上元、溧陽、溧水、句容凡十一縣，皆隸畿内。今建康爲行都〔二〕，而纔有江寧等五邑，有司所當議也。李太白往來江東，此州所賦尤多，如秋浦歌十七首及九華山、青溪、白笴陂、玉鏡潭諸詩是也。秋浦歌云：「秋浦長似秋，蕭條使人愁。」又曰：「兩鬢入秋浦，一朝颯已衰。猨聲催白髮，長短盡成絲。」則池州之風物可見矣。然觀太白此歌，高妙乃爾，則知姑熟十詠決爲贋作也〔三〕。杜牧之池州諸詩正爾，觀之亦清婉可愛，若與太白詩並讀，醇醨異味矣〔四〕。初，王師平南唐，命曹彬分兵自荆州順流東下，以樊若冰爲鄉導，首克池州，然後能取蕪湖、當塗，駐軍采石，而浮橋成〔五〕。則池州今實要地，不可不備也。

【箋注】

〔一〕池州：隸江南東路。貴池、青陽、銅陵、建德、石埭、東流六縣及永豐監。州治在貴池（今安徽池州）。

〔二〕行都：首都之外另設的都城，以備必要時皇帝暫駐。

〔三〕姑熟十詠：參見卷四四之十三日記文及注。

〔四〕杜牧（八〇三—八五二）：字牧之，京兆萬年（今陝西西安）人。大和二年進士。官至中書舍人。舊唐書卷一四七、新唐書卷一六六有傳。杜牧會昌四年（八四四）起在池州任刺史兩年，作有詠池州詩作十餘首，如九日齊山登高、登池州九峯樓寄張祜、池州清溪、題池州貴池亭、題池州弄水亭等。醇醲：酒味的厚與薄。王禹偁北樓感事：「樽中有官醞，傾酌任醇醲。」

〔五〕「王師」七句：樊若冰造浮橋事，參見卷四四之十一日記文及注。

二十五日。見知州右朝議大夫直祕閣楊師中、通判右朝奉郎孫德芻。遊光孝寺〔一〕，寺有西峰聖者所留鐵笛〔二〕。聖者生當吴武王楊行密時〔三〕，陽狂不羈，好吹笛，能役鬼神蛟龍。嘗寓池州乾明寺，乾明即光孝也。及去，留笛付主事僧。笛似銅鐵而非，色緑，而瑩潤如緑玉，不知何物。僧懼爲好事者所奪，郡官求觀之，輒出一凡鐵笛充數。予偶與監寺僧有舊，獨得一見。有石刻沈叡達所作西峰銘〔四〕，文辭古雅可愛，恨非其自書也。僧言貴池去城八十里，在秀山下，江之一支，別匯爲池，四隅皆因山石爲岸，産鯉魚，金鱗朱尾，味極美，本以此得貴池之目〔五〕。秀山有梁昭明太子墓〔六〕，拱木森然。今池州城西，有神甚靈者，曰九郎，或云九郎即昭明。晚登弄水亭，杜牧之所賦詩也〔七〕。亭殊不葺，然正對清溪、齊山〔八〕，景物絶佳。州雖瀕江，然據岡阜上，頗難得水。

【箋注】

〔一〕光孝寺：江南通志卷四七：「乾明寺在（池州）府城西笠山，唐建。一曰西禪院，宋改光孝寺。有鐵佛高二丈餘，紹興二十一年鑄，又稱鐵佛禪院。」

〔二〕西峰聖者：江南通志卷七五：「五代西峰聖者，楊吴時人，陽狂不羈，好吹笛，能役鬼神蛟龍。嘗寓池州乾明寺，及去留笛，後人寶之，共相傳玩。」

〔三〕吴武王楊行密：原名楊行愍，字化源，廬州合肥（今屬安徽）人。五代時吴國開國君主，九〇二至九〇五年在位。卒謚吴武忠王。舊五代史卷一三四、新五代史卷六一有傳。

〔四〕沈叡達：即沈遼，字叡達。參見卷四三閏五月十九日注〔一〕。

〔五〕貴池：輿地紀勝卷二二：「元和郡縣志云：『梁昭明太子以其魚水之美，封其水曰貴池。』寰宇記云：『在縣南五十里，山下有穴，穴有魚似鯢，二月出游，八月復入。』」又：「秀山在貴池縣西十里。」

〔六〕昭明太子墓：輿地紀勝卷二二：「梁昭明太子廟在秋浦門外，世稱西郭九郎，元祐三年賜廟額……又有墓在貴池之秀山。」

〔七〕弄水亭：輿地紀勝卷二二：「郡有弄水亭在通遠門外。」杜牧題池州弄水亭：「弄水亭前溪，颭灩翠綃舞。綺席草芊芊，紫嵐峰伍伍。螭蟠得形勢，翬飛如軒户。一鏡奩曲堤，萬丸跳猛雨。檻前燕雁棲，枕上巴帆去。叢筠侍修廊，密蕙媚幽圃。杉樹碧爲幢，花駢紅作堵。停樽遲晚月，咽咽上幽渚。客舟耿孤燈，萬里人夜語。」

〔八〕齊山：輿地紀勝卷二二：「齊山在貴池縣南五里。按王哲齊山記：『有十餘峰其高等，故曰齊山。』或曰以齊映得名。」

二十六日。解舟，過長風沙、羅刹石〔一〕。李太白江上贈竇長史詩云：「萬里南遷夜郎國，三年歸及長風沙。」梅聖俞送方進士遊廬山云：「長風沙浪屋許大，羅刹石齒水下排。」歷此二險過溢浦，始見瀑布懸蒼崖。」即此地也〔二〕。又太白長干行云：「早晚下三巴，預將書報家。相迎不道遠，直到長風沙。」蓋自金陵至此七百里，而室家來迎其夫，甚言其遠也〔三〕。地屬舒州〔四〕，舊最號湍險。仁廟時，發運使周湛役三十萬夫，疏支流十里以避之，至今爲行舟之利〔五〕。羅刹石在大江中，正如京口鶻峰而稍大〔六〕，白石拱起，其上叢篠喬木，亦有小神祠旛竿，不知何神也。西望羣山靡迤，巖嶂深秀，宛如吾廬南望鏡中諸山〔七〕，爲之累欷。宿懷家洑。懷，姓也，吴有尚書郎懷叙，見顧雍傳〔八〕。

【箋注】

〔一〕長風沙：輿地紀勝卷四六：「寰宇記云：『在懷寧縣東一百九十里。置在江界，以防寇盜。』」羅刹石：輿地紀勝卷二二：「羅刹石在東流縣大江之中，嶄巖森白，爲舟行艱險。其中有洲謂之羅刹洲。」羅刹，佛教傳説中的喫人惡鬼。

〔二〕「李太白」九句：李白江上贈竇長史：「漢求季布魯朱家，楚逐伍胥去章華。萬里南遷夜郎國，三年歸及長風沙。」梅堯臣送方進士游廬山：「長風沙浪屋許大，羅刹石齒水下排。歷此二險過湓浦，始見瀑布懸蒼崖。繫舟上岸入松徑，三日踏穿新蠟鞋。」

〔三〕「又太白」五句：李白長干行：「妾髮初覆額，折花門前劇。……早晚下三巴，預將書報家。相迎不道遠，直到長風沙。」室家，妻子。後漢書列女傳：「安定皇甫規妻者，不知何氏女也。規初喪室家，後更娶之。」

〔四〕舒州：即安慶軍，隸淮南西路，轄懷寧、桐城、宿松、望江、太湖五縣及同安監。

〔五〕仁廟：即宋仁宗。周湛：字文淵，鄧州穰人。進士甲科，官至江淮制置發運使，徙知相州，卒。宋史卷三〇〇有傳。宋史周湛傳：「大江歷舒州長風沙，其地最險，謂之石牌灣，湛役三十萬工，鑿河十里以避之，人以爲利。」

〔六〕京口鶻峰：即鶻山。參見卷四三之二十八日記文及注。

〔七〕鏡中諸山：指故鄉山陰一帶山川。太平寰宇記卷九六：「輿地記云：『山陰南湖，縈帶郊郭，白水翠巖，互相映發若圖畫。』故王逸少云：『山陰路上行，如在鏡中游耳。』」

〔八〕「宿懷家洑」五句：三國志顧雍傳載，孫吴丞相顧雍曾遭吕壹讒毁，「後壹奸罪發露，收繫廷尉。雍往斷獄，壹以囚見，雍和顔色，問其辭狀，臨出，又謂壹曰：『君意得無欲有所道？』壹叩頭無言。時尚書郎懷敍面詈辱壹，雍責敍曰：『官有正法，何至於此！』」洑，水流回旋處。

二十七日。五鼓，大風自東北來，舟人不告，乘便風解船。過雁翅夾〔一〕，有税場，居民二百許家，岸下泊船甚衆。遂經皖口至趙屯，未朝食，已行百五十里，而風益大，乃泊夾中〔二〕。皖口即王師破江南大將朱令贇水軍處〔三〕。趙屯有戍兵，亦小市聚也〔四〕。是日大風，至暮不止，登岸，行至夾口，觀江中驚濤駭浪，雖錢塘八月之潮不過也。有一舟掀簸浪中，欲入夾者再三，不可得，幾覆溺矣，號呼求救，久方能入。北望正見皖山〔五〕。太白江上望皖公山詩云：「巉絶稱人意。」「巉絶」二字，不刊之妙也〔六〕。南唐元宗南遷豫章，舟中望皖山，愛之，謂左右曰：「此青峭數峰何名？」答曰：「舒州皖山。」時方新失淮南，伶人李家明侍側，獻詩曰：「龍舟千里颺東風，漢武潯陽事正同。回首皖公山色好，日斜不到壽杯中。」元宗爲悲憤欷歔〔七〕。故王文公詩云：「南狩皖山非故地，北師淮水失名王〔八〕。」計其處當去此不遠也。夜雨。

【箋注】

〔一〕雁翅夾：又名雁翅浦。在羅剎石以西，距陽山磯三百里。參見劍南詩稿卷一夜宿陽山磯將曉大雨北風甚勁俄頃行三百餘里遂抵雁翅浦。

〔二〕皖口：輿地紀勝卷四六：「皖水，元和郡縣志云：『西北自霍山縣流入，經懷寧縣北二里，又東南流二百四十里入大江，謂之皖口。』」趙屯：江邊小村落。劍南詩稿卷二雨中泊趙屯有感：「歸燕羈鴻共斷魂，荻花楓葉泊孤村。風吹暗浪重添纜，雨送新寒半掩門。魚市人煙横慘澹，龍祠簫鼓鬧黄昏。此身且健無餘恨，行路雖難莫更論。」

〔三〕「皖口」句：王師破朱令贇水軍，開寶八年（九七五），宋太祖命曹彬伐南唐，南唐洪州節度使朱令贇率水軍十五萬救援金陵，被阻皖口，戰艦焚毁，朱令贇被執。事見南唐書卷三。

〔四〕市聚：村落，市集。王褒僮約：「往來市聚，慎護奸偷。」

〔五〕皖山：輿地紀勝卷四六：「皖山在懷寧縣西十里。皖伯始封之國，灊屬於皖，至楚滅而縣分於灊。以地言之，則曰灊山；以國言之，則曰皖山。」

〔六〕「太白」四句：李白江上望皖公山：「奇峰出奇雲，秀木含秀氣。清宴皖公山，巉絶稱人意。獨遊滄江上，終日淡無味。但愛兹嶺高，何由討靈異。默然遥相許，欲往心莫遂。待吾還丹成，投迹歸此地。」巉絶，險峻陡峭。

〔七〕「南唐元宗」十五句：元宗南遷，伶人獻詩事，見馬令南唐書李家明傳。元宗名李璟，字伯玉，李昪子。南唐中主。在位十九年，破閩滅楚，後周世祖柴榮南征，李璟割地求和，去帝號，稱國主，建南都於洪州（即豫章）。建隆二年（九六一），李璟南遷豫章，同年卒。舊五代史卷一三四、新五代史卷六二、南唐書卷二有傳。李家明，廬州西昌人。善詼諧滑稽，李璟時爲伶官。事迹見馬令南唐書卷二五。

〔八〕「故王」三句：王安石和微之重感南唐事：「叔寶傾陳衍弊梁，可嗟曾不見興亡。齋祠父子終身費，酣詠君臣舉國荒。南狩皖山非故地，北師淮水失名王。天移四海歸真主，誰誘昏童肯用良。」

二十八日。過東流縣〔一〕，不入。自雷江口行大江〔二〕，江南群山，蒼翠萬疊，如列屏障，凡數十里不絶。自金陵以西，所未有也。是日，便風張帆，舟行甚速，然江面浩渺，白浪如山，所乘二千斛舟〔三〕，摇兀掀舞，纔如一葉。過獅子磯〔四〕，一名佛指磯，蘚壁百尺，青林緑篠，倒生壁間，圖畫有所不及。猶恨舟行北岸，不得過其下。旁有數磯亦奇峭，然皆非獅子比也。至馬當，所謂下元水府①〔五〕。山勢尤秀拔，正面山脚直插大江。廟依峭崖架空爲閣，登降者皆自閣西崖腹小石徑，捫蘿側足而上〔六〕，宛若登梯。飛甍曲檻，丹碧縹緲，江上神祠惟此最佳。舟至石壁下，忽晝晦，風勢横甚，舟人大恐失色，急下帆，趨小港，竭力牽挽，僅能入港。繫纜同泊者四五舟，皆來助牽。早間同行一舟，亦蜀舟也，忽有大魚正緑，腹下赤如丹，躍起舵旁，高三尺許，人皆異之。是晚，果折檣破帆，幾不能全，亦可怪也。入夜，風愈厲，增十餘纜。迨曉，方少定。

二十九日。阻風馬當港中，風雨淒冷，初御裌衣。有小舟冒風濤來賣薪菜豨肉，亦有賣野彘肉者，云獵蘆場中所得〔七〕。飯已，登南岸，望馬當廟〔八〕，北風吹人勁甚，至不能語。既暮，風少定，然怒濤未息，擊船終夜有聲。

【校記】

①「下元水府」，「元」字原作空圍，據弘治本、汲古閣本補。「下」，諸本同，實當作「上」。新五代史吴世家載，乾貞二年封馬當上水府寧江王，采石中水府定江王，金山下水府鎮江王。所謂「下元水府」，即金山下水府也，在鎮江，此在馬當，固當爲「上元水府」。

【箋注】

〔一〕東流縣：隸池州。輿地紀勝卷二二：「在州西一百八十里。本江州彭澤縣地，唐會昌中置東流場，南唐保大中去場置縣，隸江州。國朝太平興國中隸池州。」

〔二〕雷江口：又名雷池。輿地紀勝卷四六：「大雷池，元和郡縣志云：『水西自宿松縣流入望江縣界東南，積而爲池，經縣而入於江。又行百里，爲雷池口。』晉成帝咸和三年蘇峻反，温嶠欲入衛京師，庾亮素忌。陶侃報温嶠書曰：『吾憂西陲過於歷陽，足下無過雷池一步也。』」

〔三〕二千斛舟：指載重二千斛的船。斛，古代量器，十斗曰斛。

〔四〕獅子磯：在馬當山附近。張栻過馬當山：「千秋馬當廟，千尋獅子磯。寒風起崖腹，慘澹含陰威。孤帆駕巨浪，瞬息洲渚非。忠信儻可仗，神理兹不違。」

〔五〕馬當：太平寰宇記卷一一一：「馬當山在古縣北一百二十里。其山横枕大江，山像馬形，回風急繫，波浪涌沸，爲舟船艱阻。山腹在江中，山際立馬當山廟。」輿地紀勝卷三二：「馬當山在東流。其山横枕大江，有陸魯望詩銘在焉。」陸龜蒙馬當山銘：「言天下之險者，在山曰太行，在水曰吕梁，合二險而爲一，吾又聞乎馬當。彼之爲險也，屹於大江之旁。怪石憑怒，跳波發狂。日黯風勁，摧牙折檣。血和蛟涎，骨横魚吭。幸而脱死，神魂飛揚。殊不知堅輪蹄者，夷乎太行；仗忠信者，通乎吕梁；使舟楫者，行乎馬當。合是三險而爲一，未敵小人方寸之包藏。外若脂韋，中如劍鋩。蹈藉必死，鈎務必傷。在古已極，如今益彰。敬篆巖石，俾民勿忘！」

〔六〕捫蘿：攀援葛藤。范雲送沈記室夜别：「捫蘿正憶我，折桂方思君。」

〔七〕薪菜豨肉：柴火、蔬菜、豬肉。豨，同「豨」，豬。野彘：野豬。

〔八〕馬當廟：即上元水府。

八月一日。過烽火磯〔一〕。南朝自武昌至京口，列置烽燧，此山當是其一也。自舟中望山，突兀而已。及抛江過其下〔二〕，嵌巖竇穴，怪奇萬狀，色澤瑩潤，亦與它石迥異。又有一石，不附山，傑然特起，高百餘尺，丹藤翠蔓，羅絡其上，如寶裝屏風。是日風静，舟行頗遲，又秋深潦縮，故得盡見杜老所謂「幸有舟楫遲，得盡所歷妙」也〔三〕。過澎浪磯、小孤山，二山東西相望〔四〕。小孤屬舒州宿松縣〔五〕，有戍兵。凡江中獨山，如金山、焦山、落星之類〔六〕，皆名天下，然峭拔秀麗，皆不可與小孤比。自數十里外望之，碧峰巉然孤起，上干雲霄，已非它山可擬，愈近愈秀，冬夏晴雨，姿態萬變，信造化之尤物也。但祠宇極於荒殘，若稍飾以樓觀亭榭，與江山相發揮，自當高出金山之上矣。廟在山之西麓，額曰惠濟，神曰安濟夫人。紹興初，張魏公自湖湘還，嘗加營葺，有碑載其事〔七〕。又有别祠在澎浪磯，屬江州彭澤縣，三面臨江，倒影水中，亦占一山之勝。舟過磯，雖無風，亦浪湧，蓋以此得名也。昔人詩有「舟中估客莫漫狂，小姑前年嫁彭郎」之句，傳者因謂小孤廟有彭郎像，澎浪廟有小姑像，實不然也〔八〕。晚泊沙夾，距小孤一里。微雨，復以小艇遊廟中，南望彭澤、都昌諸山〔九〕，煙雨空濛，鷗鷺滅没，極登臨之勝，徙倚久之而歸。方立廟門，有俊鶻搏水禽〔一〇〕，掠江東南去，甚可壯也。廟祝云，山有棲鶻甚多。

【箋注】

〔一〕烽火磯：輿地紀勝卷四六：「烽火山，寰宇記云：『在宿松縣東北六十里。按郡國圖云：「齊、陳二國隔江爲界，征伐不息。齊因置烽火於此山。」』」齊，指北齊。

〔二〕拋江：江上行船熟語，指船横過江面。

〔三〕杜老：指杜甫。杜甫次空靈岸：「沄沄逆素浪，落落展清眺。幸有舟楫遲，得盡所歷妙。空靈霞石峻，楓栝隱奔峭。青春猶無私，白日亦偏照。可使營吾居，終焉托長嘯。毒瘴未足憂，兵戈滿邊徼。向者留遺恨，耻爲達人誚。回帆覬賞延，佳處領其要。」

〔四〕「過澎浪磯」二句：輿地紀勝卷四六：「小姑山在宿松縣東南一百二十里江北岸，與江州彭澤接界。山西有小姑廟，又江州有澎浪磯，語訛爲彭郎磯，遂有『小姑嫁彭郎』之語。」歐陽修歸田録卷二：「世俗傳訛，惟祠廟之名爲甚……江南有大、小孤山，在江水中嶷然獨立，而世俗轉孤爲姑，江側有一石磯謂之澎浪磯，遂轉爲彭郎磯，云『彭郎者，小姑婿也』。余嘗過小孤山，廟像乃一婦人，而敕額爲『聖母廟』，豈止俚俗之繆哉。」

〔五〕宿松縣：隸安慶軍（舒州）。

〔六〕落星：輿地紀勝卷十七：「落星山，寰宇記云：『在上元縣東北三十五里。』」梅堯臣雪中發江寧浦至采石：「落星始前瞻，瞬目已後相。」

〔七〕「紹興初」四句：紹興五年，張浚在醴陵平定楊么，自湖湘轉至淮東匯集諸將，謀劃抗金。張魏公，即張浚，字德遠，封魏國公。參見卷七賀張都督啓題解。

〔八〕「昔人」五句：蘇軾李思訓畫長江絶島圖：「山蒼蒼，水茫茫，大孤小孤江中央。崖崩路絶猿鳥去，惟有喬木攙天長。客舟何處來，棹歌中流聲抑揚。沙平風軟望不到，孤山久與船低昂。峨峨兩煙鬟，曉鏡開新妝。舟中賈客莫漫狂，小姑前年嫁彭郎。」漫狂，縱情放蕩。

〔九〕小舵：小艇。彭澤：縣名，隸江州。都昌：縣名，隸南康軍。均在今江西省。

〔一〇〕俊鶻：矯健之鶻鳥。杜甫朝二首其一：「俊鶻無聲過，飢烏下食貪。」

二日。早，行未二十里，忽風雲騰湧，急繫纜。俄復開霽，遂行。泛彭蠡口，四望無際，乃知太白「開帆入天鏡」之句爲妙〔一〕。始見廬山及大孤〔二〕。大孤狀類西梁①〔三〕，雖不可擬小孤之秀麗，然小孤之旁，頗有沙洲葭葦，大孤則四際渺瀰皆大江，望之如浮水面，亦一奇也。江自湖口分一支爲南江，蓋江西路也〔四〕。江水渾濁，每汲用，皆以杏仁澄之，過夕乃可飲。南江則極清澈，合處如引繩，不相亂。晚抵江州，州治德化縣，即唐之潯陽縣〔五〕。柴桑、栗里，皆其地也〔六〕。南唐爲奉化軍節度，今爲定江軍〔七〕。岸土赤而壁立，東坡先生所謂「舟人指點岸如赬」者也〔八〕。泊湓浦〔九〕，水亦甚清，不與江水亂。自七月二十六日至是，首尾財六日，其間一日阻風不行，實以四日半，泝流行七百里云。

【校記】

①「梁」，原作「粱」，據弘治本、汲古閣本改。按，此西梁即十八日所記西梁也。

【箋注】

〔一〕彭蠡口：彭蠡湖注入長江之處。輿地紀勝卷三十：「彭蠡湖在德化縣東四十里。大合江、漢，細納章、貢，實爲水之都會。」彭蠡湖即今鄱陽湖。「乃知」句：李白下潯陽城泛彭蠡寄黄判官：「浪動灌嬰井，尋陽江上風。開帆入天鏡，直向彭湖東。落景轉疏雨，晴雲散遠空。名山發佳興，清賞亦何窮？石鏡掛遥月，香爐滅彩虹。相思俱對此，舉目與君同。」

〔二〕廬山：輿地紀勝卷三十：「廬山在德化縣。高三千餘丈，周回二百餘里。其山九疊，川亦九派，疊嶂九層，崇巖萬仞。周武王時，康俗兄弟七人皆有道術，結廬於此，仙去空廬尚存，故曰廬山。」大孤：輿地紀勝卷三十：「大孤山在德化縣東南，與都昌分界。顧況詩：『大孤山盡小孤出，月照洞庭歸客船。』按郡國志：『彭蠡湖周回四百五十里内，有石高數十丈，大禹刻其石而紀功焉。』」

〔三〕西梁：即天門山。參見本卷十八日記文并注。

〔四〕江西路：即江南西路。轄江、贛、吉、袁、撫、筠六州及興國、建昌、臨江、南安四軍。治所在洪州（今江西南昌）。

〔五〕江州：隸江南西路，轄德化、德安、瑞昌、湖口、彭澤五縣及廣寧監。治所德化縣（今江西九江）。

〔六〕柴桑：輿地紀勝卷三十：「柴桑，昔孫權擁兵柴桑，以觀成敗，即此。」又：「栗里在縣西南栗里源，舊隱基址猶存，有陶公醉石。」陶淵明曾先後居住二地。

〔七〕定江軍：即江州。宋史地理志四：「江州……建炎元年，升定江軍節度。」

〔八〕「東坡」句：「舟人指點岸如頳」非蘇軾詩句，出自蘇轍自黄州還江州「家在庾公樓下泊，舟人遥指岸如頳」。頳，紅色。

〔九〕湓浦：輿地紀勝卷三十：「湓浦在德化縣西一里。按郡國志云：『有人此處洗銅盆，忽水暴漲，乃失盆，遂投水取之，即見一龍銜盆，奪之而出，故曰盆水。又云水出青盆山，呼爲盆水。』」

三日。移泊琵琶亭〔一〕，見知州左朝請郎周昇强仲、通判左朝散郎胡适、發運使户部侍郎史正志志道、發運司幹辦公事程坦履道、察推左文林郎蔡戡定夫。始得夔州公移〔二〕。

四日。遊天慶觀，李太白詩所謂「潯陽紫極宮」也〔三〕。蘇、黄詩刻，皆不復存〔四〕。太白詩有一石，亦近時俗書。見觀主李守智，問玉芝，亦不能答。觀皆古屋，初不更兵燼，而遺迹掃地，獨太清殿老君像乃唐人所塑〔五〕，特爲奇古。真人、女真、仙官、力士、童子各二軀，又有唐明皇帝金銅像，衣冠如道士，而氣宇粹穆〔六〕，有五十年安享太平富貴氣象。李守智者，滁州來安人，自言家故富饒，遇亂棄家爲道人，大將岳飛以度牒與之〔七〕，始爲道士。至今畫岳氏父子事之。史志道招飲於發運廨中。登高遠亭〔八〕，望廬山，天氣澄霽，諸峰盡見。志道出新鼓鑄鐵錢〔九〕。

【箋注】

〔一〕琵琶亭：輿地紀勝卷三十：「琵琶亭在西門外，面大江。白居易爲江州司馬，夜送客湓浦口，聞鄰舟琵琶聲，遇商婦爲琵琶行之地，故名其亭。」

〔二〕夔州公移：夔州官府所發公文。

〔三〕天慶觀：輿地紀勝卷三十：「紫極宮去州二里，今天慶觀乃其舊宮。」李白尋陽紫極宮感秋作：「何處聞秋聲，翛翛北窗竹。回薄萬古心，攬之不盈掬。静坐觀衆妙，浩然媚幽獨。白雲南山來，就我簷下宿。懶從唐生決，羞訪季主卜。四十九年非，一往不可復。野情轉蕭灑，世道有翻覆。陶令歸去來，田家酒應熟。」

〔四〕「蘇黄詩刻」二句：蘇軾潯陽紫極宮次李翰林韻：「李太白有潯陽紫極宮感秋作詩，紫極宮，今天慶觀也。道士胡洞微以石本示余，蓋其師卓玘之所刻。玘有道術，節義過人，今亡矣。太白詩云『四十九年非，一往不可復』。今予亦四十九歲，感之次其韻。玉芝一名瓊田草，洞微種之七八年矣，云更數年可食，許以遺予，故并記之。寄卧虚寂堂，明月浸疏竹。泠然洗我心，欲飲不可掬。流光發永嘆，自昔非予獨。行年四十九，還此北窗宿。緬懷卓道人，白首寓醫卜。謫仙固遠矣，此士亦難復。世道如弈棋，變化不容覆。惟應玉芝老，待得蟠桃熟。」黄庭堅次蘇子瞻和李太白潯陽紫極宮感秋詩韻追懷太白子瞻：「不見兩謫仙，長懷倚修竹。行遶紫極宮，明珠得盈掬。平生人欲殺，耿介受命獨。往者如可作，抱被求同宿。砥柱閲頽波，不疑更何卜。但觀草木秋，葉落根自復。我病二十年，大斗久不覆。因之酌蘇李，蟹肥社醅熟。」

〔五〕太清殿老君像：道教尊奉居於三清勝境的三位尊神，即玉清境元始天尊、上清境靈寶天尊、太清境道德天尊。老子爲道教的教主，被尊爲太上老君，亦即道德天尊。此指供奉於太清殿的太上老君像。

〔六〕真人：道教稱存養本性或修真得道之人。女真：指女道士。仙官：道士的尊稱。

力士：道觀的護衛。　二軀：指兩尊塑像。　粹穆：醇和。

〔七〕度牒：發給出家僧道的官方憑證。

〔八〕高遠亭：輿地紀勝卷三十：「高遠亭在子城内東南隅，有名公詩甚多。王十朋有詩刻存焉。」

〔九〕新鼓鑄鐵錢：鐵錢價值低，易生弊竇。

五日。郡集於庾樓，樓正對廬山之雙劍峰，北臨大江，氣象雄麗〔一〕。自京口以西，登覽之地多矣，無出庾樓右者。樓不甚高，而覺江山煙雲皆在几席間，真絶景也。庾亮嘗爲江、荆、豫州刺史〔二〕，其實則治武昌。若武昌南樓名庾樓猶有理，今江州治所，在晉特柴桑縣之湓口關耳，此樓附會甚明。然白樂天詩固已云：「潯陽欲到思無窮，庾亮樓南湓口東〔三〕。」則承誤亦久矣。張芸叟南遷録云〔四〕：「庾亮鎮潯陽，經始此樓。」其誤尤甚。

六日。甲夜〔五〕，有大燈毬數百，自湓浦蔽江而下，至江面廣處，分散漸遠，赫然如繁星麗天。土人云，此乃一家放五百椀以禳災祈福〔六〕，蓋江鄉舊俗云。

【箋注】

〔一〕「郡集」四句：庾樓，輿地紀勝卷三十：「庾樓在州治後。洪芻記曰：『其下又爲水亭月榭、涼廳燠室，山澗石池，號北林院。』言可以分東西二林之勝。」相傳爲東晉庾亮所建，實際是附會。庾亮登臨者爲武昌南樓，江州庾樓始建於唐代。雙劍峰，太平寰宇記卷一一一：「雙劍峰在州南龍門西。下有池，名小天池。峰勢插天，宛如雙劍。」

〔二〕庾亮（二八九—三四〇）：字元規，潁川鄢陵（今屬河南）人。曾與王導共同輔政，推陶侃平定動亂，爲征西將軍，兼領江、荆、豫三州刺史。北伐遇挫而卒。晉書卷七三有傳。

〔三〕「然白」二句：白居易初到江州：「潯陽欲到思無窮，庾亮樓南湓口東。樹木凋疏山雨後，人家低濕水煙中。菰蔣餵馬行無力，蘆荻編房卧有風。遥見朱輪來出郭，相迎勞動使君公。」

〔四〕張芸叟：即張舜民，字芸叟，邠州（今陝西彬縣）人。治平二年進士。歷官監察御史、右諫議大夫等，因元祐黨爭貶楚州團練副使，後任集賢殿修撰。宋史卷三四七有傳。

〔五〕甲夜：初更時分。

〔六〕五百椀：即五百燈毬。

七日。往廬山，小憩新橋市〔一〕。蓋吴蜀大路〔二〕，市肆壁間多蜀人題名。並溪喬木，往往皆三二百年物，蓋山之麓也。自江州至太平興國宮三十里〔三〕，此適當其半。是日，車馬及徒行者憧憧不絶，云上觀，蓋往太平宫焚香，自八月一日至七日乃已，謂之白蓮會〔四〕。蓮社本遠法師遺迹。舊傳遠公嘗以一日借道流，故至今太平宫歲以爲常〔五〕。東林寺亦自作會，然來者反不若太平之盛，亦可笑也。晚至清虚庵〔六〕，庵在撥雲峰下，皇甫道人所居。皇甫名坦，嘉州人，出遊旁郡，獨見其弟子曹彌深〔七〕。登紹興焕文閣，實藏光堯皇帝御書〔八〕。又有神泉、清虚堂，皆宸翰題榜〔九〕。宿清虚西室，曹君置酒堂中，炙鹿肉甚珍，酒尤清醇。夜寒，可附火。

【箋注】

〔一〕新橋市：市鎮名。在德化縣。

〔二〕吴蜀大路：由吴入蜀的官路。大路，指通驛傳的驛路，用於傳遞官方文書等。

〔三〕太平興國宫：亦稱太平宫。輿地紀勝卷三十：「太平宫在德化縣南三十里。按録異記云：『唐開元中，玄宗夢一仙人謁曰：「我九天採訪使者，循糾人間，預於廬山西北置下一宫，俄有神降於庭。」帝敕江州修奉，果有基迹。太平興國二年賜名太平興國觀，宣和間改爲宫。』繫年録云：『紹興二十八年名太平興國宫，新建本命殿曰申殿。』」

〔四〕憧憧：往來不絶貌。易咸：「憧憧往來，朋從爾思。」白蓮會：廬山行香群衆的集會，因此地有慧遠法師爲首的白蓮社。

〔五〕「蓮社」三句：東晉釋慧遠與慧永、慧持及劉遺民、雷次宗等十八人，在廬山東林寺結社，同修浄土之法，又掘池種白蓮，稱白蓮社。慧遠（三三四—四一六），俗姓賈，雁門樓煩（今山西原平）人。幼好學，博通六經，尤善莊子。後師從道安，精研般若性空之學。晉太武帝太元六年（三八一）入廬山結廬講學，結白蓮社，弘揚浄土法門，被尊爲浄土初祖。卜居廬山三十餘年，足不出山，著書立説。八十三歲圓寂，葬於廬山西嶺。高僧傳卷六有傳。借道流，指假托道教。

〔六〕清虚庵：輿地紀勝卷三十：「清虚庵在德化縣南三十里。清虚，皇甫真人坦之隱居。」

〔七〕皇甫坦：嘉州夾江（今屬四川）人。善醫術。紹興間，顯仁太后患目疾，久醫無效。人薦坦，高宗問何以治身，答「心無爲則身安，人主無爲則天下治」，治太后目疾立愈。高宗厚賜不受，書「清静」二字名其庵，并繪其像禁中。宋史卷四六二有傳。出遊旁郡：指皇甫坦外出雲游。

〔八〕紹興焕文閣：紹興年間爲高宗題字所造樓閣。光堯皇帝：即宋高宗，退位後尊封。

〔九〕神泉：輿地紀勝卷三十：「張淏雲谷雜記云：『皇甫履紹興中賜隱於廬山，高宗名其所居曰清虚庵。光宗在東宫日，嘗問履山中所乏，履曰：「山中無闕，但去水差遠，汲取頗勞。」光宗因大書「神泉」二字遺之，云：「持歸隨意鑿一泉。」履歸，乃於庵之側穿一小井，方施畚鍤，而泉已涌，深纔三二尺，味甘冽，尤宜瀹茗。奎畫今刻之泉上。』」按皇甫履當作皇甫坦。宸翰：帝王的墨迹。

渭南文集箋校卷第四十六

入蜀記第四

【題解】本卷收録入蜀記乾道六年八月八日至八月二十六日記文。

八日。早，由山路至太平興國宮，門庭氣象極閎壯。正殿爲九天采訪使者像，衮冕如帝者〔一〕。舒州灊山靈仙觀祀九天司命真君〔二〕，而采訪使者爲之佐，故南唐名靈仙曰丹霞府，太平曰通玄府，崇奉有自來矣。至太宗皇帝時，嘗遣中使送泥金絳羅雲鶴帔〔三〕，仍命三年一易。神宗皇帝時，又加封應元保運真君及賜塗金殿額。兩壁圖十真人，本吴生筆〔四〕。建炎中，李成、何世清二盜以廬山爲巢，宫屋焚蕩無餘〔五〕。先是，山中有太一宫，摹吴筆於殿廡。及太平再興，復摹取太一本，所托非善工，無復髣髴。憇於雲無心堂，蓋冷翠亭故址也。溪聲如大風雨至，使人毛骨寒慄，一宫之最勝處也。采訪殿前有鍾樓，高十許丈，三層，累磚所成，不用一木，而櫩桷翬飛〔六〕，雖木工之良者不能加也。但鍾爲磚所揜蔽，聲不甚揚，亦是一病。觀主胡思齊云：「此一樓爲費三萬緡，鍾重二萬四千餘斤。」又有經藏亦佳，扁曰雲章瓊室。太平規模，大概類南昌之玉隆〔七〕。然玉隆不經焚，尚有古趣，爲勝也。遂至東林太平興龍寺，寺正對香爐峰〔八〕。峰分一支東行，自北而西，環合四抱，有如城郭，東林在其中，相地者謂之倒掛龍格。寺門外虎溪本小澗，比年甃以磚，但若一溝，無復古趣〔九〕。予勸其主僧法才去磚，使少近自然，不知能用吾言否。食已，煮觀音泉啜茶。登華嚴羅漢閣。閣與盧舍閣、鍾樓鼎峙，皆極天下之壯麗，雖閩浙名藍，所不能逮。遂至上方、五杉閣、舍利塔、白公草堂〔一〇〕。上方者，自寺後支徑，穿松陰、躡石磴而上，亦不甚高。五杉閣前舊有老杉五本，傳以爲晉時物，白傅所謂「大十尺圍」者〔一一〕，今又數百年，其老可知矣。近歲，主僧了然輒伐去，殊可惜也。塔中作如來示寂像，本宋佛馱跋陀尊者，自西域持舍利五粒，來葬於此〔一二〕。草堂以白公記考之，略是故處。三間兩注，亦如記所云，其他如瀑水、蓮池亦皆在，高風逸韻，尚可想見〔一三〕。白公嘗以文集留草堂，後屢亡逸，真宗皇帝嘗令崇文院寫校，包以斑竹帙送寺〔一四〕。建炎中又壞於兵。今獨有姑蘇版本一帙〔一五〕，備故事耳。草堂之旁又有一故址，云是王子醇樞密庵基。蓋東林爲禪苑，始於王公〔一六〕，而照覺禪師常總實第一祖。總公有塑像，嚴重英特人也〔一七〕。宿東林。

【箋注】

〔一〕九天采訪使者：道教尊奉的巡察人間之神。事物紀原卷二引筆談：「廬山太平觀，乃九天采訪使者祠，自唐開元中創建。」參見卷四五之七日記文注〔三〕。衮冕：帝王和上公所用禮服和禮冠。國語周語：「棄衮冕而南冠以出，不亦簡彝乎。」韋昭注：「衮，衮龍之衣也；冕，大冠也。公之盛服也。」

〔二〕靈仙觀：輿地紀勝卷四六：「司命廟，九域志有司命真君之廟。皇朝賜觀額曰靈仙觀。」九天司命真君：道教尊奉的執掌命運之神，「三茅真君」之一。相傳西漢茅盈三兄弟隱居江南句曲山（即茅山），太上老君拜盈爲太元真人東嶽上卿司命真君，得道成仙。事迹見葛洪神仙傳卷五。宋真宗時封茅盈爲九天司命三茅應化真君。

〔三〕中使：宫中使者，常由宦官擔任。泥金絳羅雲鶴帔：深紅色錦緞披風，上面綴以金箔，綉以雲鶴。泥金，用金箔和膠水合成的金色顔料。用以書畫、牋紙及各種裝飾。

〔四〕吴生：指吴道子，又名道玄，陽翟（今河南禹州）人。唐代著名畫家。少孤貧，年輕時即有畫名。曾任兖州瑕丘縣尉。後流落洛陽，開元年間以善畫被召入宫廷，歷任供奉、内教博士。精於佛道、山水、人物畫，長於壁畫創作，被尊爲「畫聖」。事迹略見宣和畫譜。

〔五〕「建炎中」三句：范成大吴船録卷下：「紹興初，賊李成破江州，縱兵大掠，焚宫浄盡，所存止外門數間……凡山之故物，如袈裟、麈扇，皆以不存。承平時獨有晉安帝輦、佛馱耶舍革舄、謝靈運貝葉經，更李成亂，今皆亡去。」

〔六〕櫩桷翬飛：檐角如飛鳥衝天。櫩，同「檐」，屋檐。桷，方形屋椽。翬飛，形容宫室高峻壯麗。詩小雅斯干：「如翬斯飛。」朱熹集傳：「其簷阿華采而軒翔，如翬之飛而矯其翼也。」

〔七〕玉隆：即玉隆萬壽宫，在南昌。參見卷二六跋坐忘論注〔六〕。

〔八〕東林太平興龍寺：輿地紀勝卷三十：「東林寺，晉武帝太和十年建。唐號太平興龍寺，最爲廬山之古刹。寺有遠公袈裟、梁武帝鉢囊、謝靈運翻經貝葉五六片。潯陽志云：『東林寺自唐開元以來，迄於保大、顯德間，文人碑志、游人歌詠題名，班班猶在。』」香爐峰：輿地紀勝卷三十：「香爐峰在山西北。宋鮑照、唐李白有詩，孟浩然所謂『艤舟尋陽郭，始見香爐峰』是也。」

〔九〕虎溪：輿地紀勝卷三十：「虎溪在德化東林寺。晉慧遠法師送客過此，虎輒號鳴，故曰虎溪。」甃：砌。

〔一〇〕上方：佛院名。　白公草堂：輿地紀勝卷三十：「白公草堂在德化縣。元和中，白居易建此堂於香爐峰北，往來游處焉，自有記。後改建於東林寺。」

〔一一〕白傅：即白居易。　大十尺圍：白居易草堂記：「又南抵石澗，夾澗有古松、老杉，大僅十人圍，高不知幾百尺。」其實此非記中所言「老杉」。

〔一二〕如來示寂像：釋迦牟尼在娑羅樹下睡姿辭世的塑像。示寂，即圓寂。　佛馱跋陀：即釋覺賢，天竺僧人。東晉時入華，宋元嘉六年（四二六）圓寂。曾與鳩摩羅什同在長安譯經，後受慧遠之邀在東林寺講法譯經。事迹見高僧傳卷二。相傳曾從天竺攜五顆舍利來華，死後隨身安葬，在東林寺建塔。

〔一三〕「草堂」七句：白居易草堂記：「明年春，草堂成。三間兩柱，二室四牖，廣袤豐殺，一稱心力。」又：「堂東有瀑布，水懸三尺，瀉階隅，落石渠，昏曉如練色，夜中如環佩琴筑聲。」又：「臺南有方池，倍平臺。環池多山竹野卉，池中生白蓮、白魚。」但東林寺內草堂并非「故處」，乃略依香爐峰北草堂改建。范成大吴船録卷下：「寺東北隅有新作白樂天草堂。樂天元和十年爲州司馬，作堂香爐峰北，遺愛寺南，往來游處焉。後與寺并廢，今所作非元和故處也。」

〔一四〕「白公」四句：四庫全書總目卷一五一：「居易嘗自寫其集分置僧寺，據所自記，大和九年置東林寺者，二千九百六十四首，勒成六十卷。」後會昌年間又送去後集十卷及香山居士像。

但廣明元年均毀於高駢之亂。崇文院，北宋前期朝廷所設昭文館、集賢院、史館的總稱，負責收藏圖書、編撰國史等。斑竹帙，將斑竹劈爲細絲做成的書卷外套。

〔一五〕姑蘇版本：直齋書録解題卷十六：「今本七十一卷，蘇本、蜀本編次亦不同。」

〔一六〕王子醇樞密：即王韶（一〇三〇—一〇八一），字子醇，江州德安（今屬江西）人。嘉祐進士。官至樞密副使。宋史卷三二八有傳。庵基：指王韶所建禪苑的基址。

〔一七〕照覺禪師常總：俗姓施，延平（今福建南平）人。住持東林寺十二年。事迹見五燈會元卷十七。嚴重英特：容貌嚴肅穩重，英俊奇特。

九日。至晉慧遠法師祠堂及神運殿焚香〔一〕。憩官廳堂中。有耶舍尊者、劉遺民等十八人像，謂之十八賢〔二〕。遠公之側又有一人執軍持侍立，謂之辟蛇童子。傳云，東林故多蛇，此童子盡拾取，投之蘄州〔三〕。神運殿本龍潭，深不可測，一夕，鬼神塞之，且運良材以作此殿。皆不知實否也。然「神運殿」三字，唐相裴休書〔四〕，則此説亦久矣。官廳重堂邃廡，廚廄備設，壁間有張文潛題詩〔五〕。寺極大，連日遊歷，猶不能遍。唐碑亦甚多，惟顔魯公題名最爲時所傳〔六〕。又有聰明泉在方丈之西，卓錫泉在遠公祠堂後，皆久廢不汲，不可食，爲之太息〔七〕。食已，遊西林乾明寺〔八〕。西林在東林之西，二林之間，有小市曰雁門市。傳者以爲遠公雁門人，老而懷故鄉，遂髣髴雁門邑里作此市，漢作新豐之比也〔九〕。西林本晉江州刺史陶範捨地建寺〔一〇〕。紹興十五六年間，方爲禪居，褊小非東林比，又絶弊壞。主僧仁聰閩人，方漸興葺。然流泉泠泠，環遶庭際，殊有野趣。正殿釋迦像著寶冠，他處未見，僧云唐塑也。殿側有慧永法師祠堂，永公蓋遠公之兄。像下一虎偃伏，又有一居士立侍，不知何人〔一一〕。方丈後有磚塔不甚高，制度古朴，予登二級而止。東廂有小閣曰待賢，蓋往時館客之地，今亦頹弊。東、西林寺舊額，皆牛奇章八分書〔一二〕，筆力極渾厚。西林亦有顔魯公題名，書家以爲二林題名，顔書之冠冕也。舊聞廬山天池磚塔初成，有僧施經二匣。未幾，塔震一角，經亦失所在。是日，因登望以問僧，僧云誠然。或謂經乃刺血書〔一三〕，故致此異。又云今年天池火〔一四〕，尺椽不遺，蓋旁野火所及也。晚復取太平宫路還江州，小憩於新亭，距州二十五里。過董真人煉丹井，汲飲，味亦佳。董真人者，奉也〔一五〕。

【箋注】

〔一〕神運殿：陳舜禹廬山記卷一：「初，遠師欲徙香谷也，山神告夢曰：『此處幽静，足以栖神。』

忽於後夜，雷雨震擊，明旦視之，惟素沙匝地，兼有楩楠、文梓良木。既作殿，故名神運。」

〔二〕耶舍尊者：漢名覺民，罽賓國僧人，婆羅門種姓。由西域來華，曾在長安與鳩摩羅什同譯佛經。後南下廬山，爲慧遠之客，參加蓮社。後辭還本國，行至涼州不知所終。事迹見高僧傳卷二。十八賢：輿地紀勝卷三十：「蓮社十八賢，晉太元中，慧遠法師與慧永禪師及慧持、曇順、曇常、道昺、道生、慧叡、道敬、曇詵、白衣張野、宗炳、劉遺民、張詮、周續之、雷次宗、佛馱禪師、耶舍禪師十八人，同修浄土之法，因號蓮社十八賢。然遠公招陶潛入社，終不能致。謝靈運求入社，遠公不許。」

〔三〕軍持：即浄瓶，源出梵語。貯水備飲用及浄手。辟蛇童子：輿地紀勝卷三十：「辟蛇行者，慧遠法師居山，山多蛇蟲。山神嘗侍公行，善驅蛇，故號辟蛇行者。」蘄州：隸淮南西路，治蘄春（今屬湖北）。

〔四〕裴休：字公美，唐代孟州濟源（今屬河南）人。擢進士第。大中六年（八五二）拜相。善楷書。舊唐書卷一七一、新唐書卷一八二有傳。

〔五〕張文潛：即張耒，字文潛。參見卷四四七月十一日注〔五〕。

〔六〕「唐碑」二句：范成大吴船録卷下：「唐以來諸刻皆無恙。最可稱者，李邕寺碑，開元十九年作，并張又新碑陰，大中十年作。李訥兀兀禪師碑，張庭倩書。顏魯公題碑之兩側，略云：『永泰丙午，真卿佐吉州。夏六月，次於東林。仰廬阜之爐峰，想遠公之遺烈。升神運殿，禮僧伽衣。觀生法師麈尾扇、謝靈運翻涅槃經、貝多梵夾，忻慕不足，聊寓刻於張、李二公耶舍禪師之碑側。』自魯公題後，世因傳此石爲張李碑。又有柳公權復寺碑，大中十一年作，書法尤遒麗。又有李肇、蔡京、苗紳等碑，皆佳。」顏魯公，即顏真卿，字清臣，封魯郡公。參見卷二二僧師源畫觀音贊注〔四〕。

〔七〕聰明泉：輿地紀勝卷三十：「寰宇記云：『在五松橋，山之澗北。昔惠遠法師與殷仲堪席澗談易於此，而其下泉湧，號聰明泉。』」卓錫泉：周景式廬山記：「諸道人行，卜地息此而渴，遠法師以杖卓地，泉出。」卓，植立。錫，錫杖，僧人出行用。僧人居留爲卓錫。

〔八〕西林乾明寺：輿地紀勝卷三十：「西林寺，晉太和二年建。水石之美，亦東林之亞。白樂天詩云：『木落天晴山翠開，愛山騎馬入山來。心知不及柴桑令，一宿西林卻復回。』」西林寺於北宋太平興國年間改稱乾明寺。

〔九〕漢作新豐：漢高祖劉邦爲沛縣豐邑（今江蘇豐縣）人。稱帝後接父親太公居長安。太公思鄉，乃改驪邑（在今陝西臨潼）爲豐邑，遷豐邑之民於其中，稱爲新豐。

〔一〇〕陶範：字道則，廬江潯陽（今江西九江）人。陶侃子。太元初爲光禄勳。

〔一一〕慧永法師：俗姓潘，河内（今河南沁陽）人。年十二出家，師從竺曇現、道安。入廬山居西林寺，清心克己，厲行精苦。室恒異香，與虎同居。卒年八十三。事迹見高僧傳卷六。輿地紀勝卷三十：「慧永禪師，晉太和中住西林，號覺寂大師。與陶潛、謝靈運往來。」又：「慧永所居室中嘗有一虎，人畏之，則驅上山，人去復還，帖服如此。」慧遠有弟慧持，但未有慧永爲慧遠之兄的記載。

〔二〕牛奇章：即牛僧孺（七七九—八四七），字思黯，安定鶉觚（今甘肅靈臺）人。貞元二十一年進士。歷德宗、順宗、憲宗、穆宗、敬宗、文宗、武宗、宣宗八朝，官至丞相，封奇章郡公。舊唐書卷一七二、新唐書卷一七四有傳。　八分書：隸書的一種。

〔三〕刺血書：刺血書寫之佛經，以示虔敬。

〔四〕天池：輿地紀勝卷三十：「天池一名羅漢池，在廬山頂。嘗有天燈、錦雲、佛現之異。」

〔五〕董真人：即董奉，字君異，漢末侯官（今福建福州）人。少年學醫，信奉道教。與譙郡華佗、南陽張仲景並稱「建安三神醫」。晚年隱居廬山，治病不取錢，病愈者需植杏樹，重者五株，輕者一株，積年蔚然成林，是爲杏林。事迹見神仙傳卷十。　煉丹井：輿地紀勝卷三十：「德化縣南二十五里有太乙觀，乃董真君修行之地。又新橋有董真君煉丹井。」

十日。史志道餉谷簾水數器〔一〕，真絶品也，甘腴清冷，具備衆美。前輩或斥水品以爲不可信；水品固不必盡當，然谷簾卓然，非惠山所及，則亦不可誣也〔二〕。水在廬山景德觀。晚别諸人。連夕在山中極寒，可擁爐。比還舟，秋暑殊未艾，終日揮扇。

十一日。解舟。吴發幹約待夔州書〔三〕，因小留江口，望廬山。自到江州，至是凡十日，皆晴。秋高氣清，長空無纖雲，甚宜登覽，亦客中可喜事也。泊赤沙湖口〔四〕，東北望，猶見廬山。老杜潭州道林詩云：「殿脚插入赤沙湖〔五〕。」此湖當在湖南。然岳州華容縣及此皆有赤沙湖。蓋江湖間地名多同，猶赤壁也。

十二日。江中見物有雙角，遠望正如小犢，出没水中有聲。晚泊鱭臍洑。隔江大山中，有火兩點若燈，開闔久之。問舟人，皆不能知。或云蛟龍之目，或云靈芝丹藥光氣〔六〕，不可得而詳也。

【箋注】

〔一〕史志道：即史正志。參見卷四五之三日記文注〔一〕。谷簾水：輿地紀勝卷三十：「谷簾水在德安縣東北十里，發自廬山。陸鴻漸茶經嘗第其水爲天下第一。」廬山志卷十三：「谷簾泉。桑疏：『谷簾泉在康王谷中……如玉簾懸注三百五十丈，故名谷簾泉，亦匡廬第一觀也。』」王禹偁谷簾水：「瀉從千仞石，寄逐九江船。迢遞康王谷，塵埃陸羽篇。何當結茅屋，長在水簾前。」

〔二〕水品：唐代陸羽品評沏茶之水質，分天下之水爲二十品。惠山：在無錫西郊。其水被陸羽列爲天下第二。

〔三〕吴發幹：吴姓發運使幹辦公事，其名不詳。夔州書：夔州府公文。

〔四〕赤沙湖：即赤湖，在今江西九江，東北與長江僅一堤之隔。非湖南華容及杜甫詩所言赤沙湖。

〔五〕「老杜」二句：杜甫嶽麓山道林二寺行：「玉泉之南麓山殊，道林林壑争盤紆。寺門高開洞庭野，殿脚插入赤沙湖。」

〔六〕光氣：靈異之氣。王充論衡吉驗：「驗見非一，或以人物，或以禎祥，或以光氣。」

十三日。至富池昭勇廟，以壺酒、特豕，謁昭毅武惠遺愛靈顯王神〔一〕。神，吴大帝時折衝將軍甘興霸也。興霸嘗爲西陵太守，故廟食於此〔二〕。開寶中，既平江南，增江淮神祠封爵，始封褒國公。宣和中，進爵爲王。建炎中，大盜張遇號「一窩蜂」，擁兵過廟下，相率卜珓〔三〕。一珓騰空中不下，一珓躍出户外，羣盜惶恐引去，未幾遂敗。大將劉光世以聞〔四〕，復詔加封。岳飛爲宣撫使，大葺祠宇，江上神祠皆不及也。門起大樓曰卷雪。有釘洲正對廟，故廟雖俯大江，而可泊舟。釘洲者，以鋭下得名〔五〕。神妃封順祐夫人，神二子封紹威、紹靈侯，神女封柔懿夫人，皆有像。而後殿復有王與妃像偶坐〔六〕。祭享之盛，以夜繼日。廟祝歲輸官錢千二百緡，則神之靈可知也。舟人云：「若精虔致禱〔七〕，則神能分風以應往來之舟。」廡下有關雲長像。雲長不應祀於興霸之廟者，豈各忠所事，神靈共食，皆可以無愧耶〔八〕？徹奠〔九〕，自祠後步至旌教寺。寺爲酒務及酒官廨，像設斂置一屋，盡逐去僧輩，亦事之已甚者〔一〇〕。

富池蓋隸興國軍〔一一〕。

【箋注】

〔一〕「至富池」三句：輿地紀勝卷三三：「富池湖，源出永興之翠屏六溪，至富池口入江。」又：「富池甘將軍廟在富池口。靈應顯著，褒封薦加，邦人尊敬，飲食必祝。其顯異之迹，有碑以紀，今賜名顯勇廟。又有甘將軍墓在廟側。繫年録云：『建炎四年，詔加封吴將甘寧爲昭毅武寧靈顯王，以劉光世有請也。』夷堅志云：『建炎間巨寇馬進，自蘄黄渡江，至廟下求盃珓，欲屠興國。神不許，至於再三，進怒曰：「得勝珓亦屠城，得陽珓亦屠城，得陰珓則并廟焚焉。」復手自擲之，一墮地，一不見，俄附著於門頰上，去地數尺，屹立不墜。進驚懼拜謝而去。迄今龕護於故處，過者必瞻禮。殿内高壁上亦有二大珓，虚綴楣間，相傳以爲黄巢所擲也。』」

〔二〕甘興霸：即甘寧，字興霸，巴郡臨江（今重慶忠縣）人。三國孫吴名將。官至西陵太守、折衝將軍。三國志卷五五有傳。卒葬陽新富池半壁山，宋代起被封爲神祇。西陵：轄陽新、下雉二縣，治所在今湖北浠水。

〔三〕卜珓：一種占卜術。以杯形器物投擲於地，視其仰覆以占吉凶。

〔四〕劉光世（一〇八九—一一四二）：字平叔，保安軍（今陝西志丹）人。南宋抗金名將，與韓世忠、張俊、岳飛並列「中興四將」。官至檢校太保、殿前都指揮使。宋史卷三六九有傳。

〔五〕釘洲：狀如鐵釘的沙洲。　鋭下：面部上寬廣而下瘦削稱「豐上鋭下」，與釘狀類似。

〔六〕偶坐：並坐。

〔七〕精虔：誠敬貌。杜光庭壽春節進元始天尊幀并功德疏表：「香燈蠲潔，梵誦精虔，冀憑妙道之功，永祝無疆之壽。」

〔八〕關雲長：即關羽，字雲長，河東解縣（今山西運城）人。三國蜀漢大將。任荆州刺史，遭孫吴吕蒙偷襲，兵敗被殺。三國志卷五五有傳。關羽和甘寧分屬蜀、吴，不應同祀。

〔九〕徹奠：指完成祭奠的全過程。

〔一〇〕「寺爲」四句：指旌教寺被官府佔用爲辦公處所。像設，指被祭祀的神佛供像。斂置，收斂安置。

〔一一〕興國軍：隸江南西路，轄永興、大冶、通山三縣。治永興，在今湖北陽新。

十四日。曉雨，過一小石山，自頂直削去半，與餘姚江濱之蜀山絶相類〔一〕。拋大江〔二〕，遇一木筏，廣十餘丈，長五十餘丈。上有三四十家，妻子、雞犬、臼碓皆具，中爲阡陌相往來，亦有神祠，素所未睹也。舟人云：「此尚其小者耳，大者於筏上鋪土作蔬圃，或作酒肆，皆不復能入夾，但行大江而已。」是日，逆風挽船，自平旦至日昳〔三〕，纔行十五六里。泊劉官磯旁，蘄州界也〔四〕。兒輩登岸，歸云：「得小徑至山後，有陂湖渺然，蓮芰甚富，沿湖多木芙蕖〔五〕。」數家夕陽中，蘆藩茅舍，宛有幽致，而寂然無人聲。有大梨，欲買之，不可得。湖中小艇采菱，呼之亦不應。更欲窮之，會見道旁設機〔六〕，疑有虎狼，遂不敢往。劉官磯者，傳云漢昭烈入吴，嘗檥舟於此〔七〕。晚，觀大黿浮沉水中〔八〕。

【箋注】

〔一〕餘姚江：嘉泰會稽志卷十：「餘姚江在縣南一十步。源出上虞縣通明堰，東流十餘里，經縣江東入於海。江闊四十丈，潮上下二百餘里，雖通海而水不鹹。」蜀山：在餘姚江濱。

〔二〕拋大江：横穿長江。

〔三〕日昳：太陽偏西。書無逸：「自朝至于日中昃。」孔安國傳：「從朝至日昳不暇食。」孔穎達疏：「昃亦名昳，言日蹉跌而下，謂未時也。」

〔四〕蘄州：隸淮南西路，轄蘄春、蘄水、廣濟、黄梅、羅田五縣。治蘄春，在今湖北蘄春。

〔五〕兒輩：指隨行的陸游諸子。陂湖：陂澤，湖澤。蓮芰：蓮荷菱角。木芙蕖：即木芙蓉，亦稱木蓮。落葉灌木或小喬木，葉掌狀，秋天開花，白色或淡紅色，結蒴果，有毛。花葉可入藥。

〔六〕設機：設置捕獸的機關。

〔七〕漢昭烈：即劉備，卒謚昭烈皇帝。入吴：指章武元年（二二一）劉備率軍伐吴，報關羽被吴所殺之仇。檥舟：繫舟泊岸。

〔八〕大黿：亦稱緑團魚，俗稱癩頭黿。爬行動物，鱉科。吻突而短，脚上蹼較寬。

十五日。微陰，西風益勁，挽船尤艱。自富池以西，沿江之南皆大山，起伏如濤頭。山麓時有居民，往往作棚，持弓矢，伏其上以伺虎。過龍眼磯，江中拳石耳〔一〕。磯旁山上有龍祠。晡後，得便風，次蘄口鎮，居民繁錯，蜀舟泊岸下甚衆〔二〕。監税秉義郎高世棟來，舊在京口識之，言此鎮歲課十五萬緡，雁翅歲課二十六萬緡〔三〕。夜與諸子登岸，臨大江觀月。江面遠與天接，月影入水，蕩摇不定，正如金虬，動心駭目之觀也。是日，買熟藥於蘄口市。藥貼中皆有煎煮所須，如薄荷、烏梅之類〔四〕，此等皆客中不可倉卒求者。藥肆用心如此，亦可嘉也。

十六日。過新野夾，有石瀨茂林〔五〕，始聞秋鶯。沙際水牛至多，往往數十爲羣，吴中所無也。地屬興國軍大冶縣，當是土産所宜爾。晚過道士磯〔六〕，石壁數百尺，色正青，了無竅穴，而竹樹迸根，交絡其上，蒼翠可愛。自過小孤，臨江峰嶂無出其右。磯一名西塞山，即玄真子漁父辭所謂「西塞山前白鷺飛」者〔七〕。李太白送弟之江東云：「西塞當中路，南風欲進船。」必在荆楚作，故有「中路」之句〔八〕。張文潛云：「危磯插江生，石色擘青玉。」殆爲此山寫真。又云：「已逢娬媚散花峽，不泊艱危道士磯〔九〕。」蓋江行惟馬當及西塞最爲湍險難上。抛江泊散花洲，洲與西塞相直〔一〇〕。前一夕，月猶未極圓，蓋望正在是夕〔一一〕。空江萬頃，月如紫金盤自水中涌出，平生無此中秋也。

【箋注】

〔一〕龍眼磯：龍眼磯在蘄州西江濱。陳造龍眼磯：「誰謂石一拳，不作江流礙。朝來揚帆西，瞥若驥歷塊。龍眼風火磯，培塿視華岱。似聞潰潦時，亦復鼓湍匯。鑿去本不難，奇巧禹所愛。其上嘉樹密，其側魚網曬。居惟羡漁鄉，復欲老犢背。西歸儻得此，庸敵七里瀨。」

〔二〕晡後：申時以後，即午後三至五時後傍晚時分。蘄口鎮：亦稱蘄陽口。蘄州志：「蘄水出州東北三角山，逶迤而來至州西北與蘄水縣接境，回曲注於大江，謂之蘄口，亦曰蘄陽口。

宋置蘄口鎮於此。」〔二〕蜀舟：往來蜀地之舟。

〔三〕雁翅：亦鎮名，當在蘄口附近。

〔四〕熟藥：經加工炮製的藥材。夷堅丙志綦叔厚：「藥架甚華楚，上列白陶缶數十，陳熟藥其中。」藥貼：處方單。薄荷用於清涼解熱，烏梅用於治腹瀉。

〔五〕石瀨：水爲石阻激而生成的激流。楚辭九歌湘君：「石瀨兮淺淺，飛龍兮翩翩。」王逸補注：「瀨，湍也。」

〔六〕道士磯：一名西塞山。輿地紀勝卷三三：「西塞山在大冶縣東五十里。張志和詩云：『西塞山邊白鷺飛。』袁宏東征賦云：『沿西塞之峻崿。』今俗呼爲道士磯。」

〔七〕玄真子漁父辭：張志和漁歌子其一：「西塞山前白鷺飛，桃花流水鱖魚肥。青箬笠，緑蓑衣，斜風細雨不須歸。」玄真子，即張志和，字子同，號玄真子，金華（今屬浙江）人。年十六舉明經，授左金吾衛録事參軍。後貶南浦尉，赦還，隱居會稽。著玄真子三萬言，作漁歌子（一作漁父詞）五首。事迹見唐才子傳卷三。張志和詞中之西塞山在湖州，漁歌子源於吴歌中的漁歌，非興國軍大冶之西塞山。

〔八〕「李太白」五句：李白送二季至江東：「初發强中作，題詩與惠連。多慚一日長，不及二龍賢。西塞當中路，南風欲進船。雲峰出遠海，帆影掛清川。禹穴藏書地，匡山種杏田。此行俱有適，遲爾早歸旋。」

〔九〕「張文潛」七句：張耒道士磯：「匡廬奠九江，苗裔遍南服。横江蔽原野，内外實一族。危磯插江生，石色擘青玉。蛟龍穴亂石，猱玃在喬木。我行季冬月，江迹在山腹。扁舟如鏡面，清浄不可觸。躋攀既不可，千古長幽獨。緬想邃古初，巢居戒樵牧。」又二十三日即事：「已逢嫵媚散花峽，不怕艱危道士磯。啼鳥似逢人勸酒，好山如爲我開眉。風標公子鷺得意，跋扈將軍風斂威。到舍將何作歸遺，江山收得一囊詩。」

〔一〇〕散花洲：輿地紀勝卷三三：「散花洲在大冶縣大江中流之南。世傳周瑜敗曹操於赤壁，吴王迎之至此，釃酒散花，以勞軍士，故謂之吴王散花洲。」相直：相對。

〔一一〕望：望日。農曆每月十五日。

十七日。過回風磯，無大山，蓋江濱石磧耳〔一〕。然水急浪湧，舟過甚艱。過蘭溪，東坡先生所謂「山下蘭芽短浸溪」者〔二〕。買鹿肉供膳。晚泊巴河口，距黄州二十里，一市聚也〔三〕。有馬祈寺、吴大帝刑馬壇〔四〕。傳云吴攻壽春，刑白馬祭江神於此。自蘭溪而西，江面尤廣，山阜平遠。兩日皆逆風，舟人以食盡，欲來巴河糴米，極力牽挽，日皆行八九十里。蘇黄門謫高安，東坡先生送至巴河，即此地也〔五〕。張文潛亦有巴河道中詩云：「東南地缺天連水，春夏風高浪卷山〔六〕。」

【箋注】

〔一〕石磧：多石之沙灘。薛道衡入郴江：「跳波鳴石磧，濺沫擁沙洲。」

〔二〕蘭溪：輿地紀勝卷四七：「蘭溪在州之蘄水縣，竹所出之地也。東坡寄蘄簟與蒲傳正：『蘭溪美箭不成笛。』」又：「蘭溪水源出苦竹山，其側多蘭，唐以此名縣。」「東坡先生」句：蘇軾浣溪沙（游蘄水清泉寺，寺臨蘭溪，溪水西流）：「山下蘭芽短浸溪，松間沙路浄無泥，瀟瀟暮雨子規啼。　誰道人生無再少？門前流水尚能西！休將白髮唱黄雞。」

〔三〕巴河口：輿地紀勝卷四九：「巴河在黄岡縣東四十三里。上巴河有東尉司。」黄州：隸淮南西路，轄黄岡、黄陂、麻城三縣。治黄岡，今屬湖北。市聚：市集，村落。

〔四〕馬祈寺：劍南詩稿卷十發黄州泊巴河游馬祈寺：「南望武昌山，北望齊安城。楚江萬頃緑，著我畫舫横……晚泊巴河市，小陌聞屐聲。紫髯刑馬地，一怒江漢清。中原今何如？感我白髮生。」時淳熙五年陸游離蜀東歸再經此地。

〔五〕蘇黄門：即蘇轍，曾官門下侍郎（漢代稱黄門侍郎），故稱蘇黄門。元豐二年，蘇軾因「烏臺詩案」被貶黄州團練副使，蘇轍受牽連被貶監筠州（高安）鹽酒税。五年，蘇轍至黄州與蘇軾相聚，蘇軾有曉至巴河口迎子由，兩人多有唱和。

〔六〕「張文潛」三句：張耒自巴河至蘄陽口道中得二詩示仲達與秬同賦其一：「落月娟娟墮半環，嘔啞鳴櫓轉荒灣。東南地缺天連水，春夏風高浪卷山。旅食每愁村市散，近秋已覺暑衣單。自慚老病心兒女，三日離家已念還。」

十八日。食時方行〔一〕，晡時至黃州。州最僻陋少事，杜牧之所謂「平生睡足處，雲夢澤南州〔二〕」。然自牧之、王元之出守，又東坡先生、張文潛謫居，遂爲名邦〔三〕。泊臨皋亭，東坡先生所嘗寓，與秦少游書所謂「門外數步即大江」是也〔四〕。煙波渺然，氣象疏豁。見知州右朝奉郎直祕閣楊由義、通判右奉議郎陳紹復。州治陋甚，廳事僅可容數客，倅居差勝〔五〕。晚，移舟竹園步〔六〕，蓋臨皋多風濤，不可夜泊也。黃州與樊口正相對，東坡所謂「武昌樊口幽絶處」也〔七〕。漢昭烈用吳魯子敬策，自當陽進住鄂縣之樊口，即此地也〔八〕。

【箋注】

〔一〕食時：指早餐時候。

〔二〕杜牧憶齊安郡：「平生睡足處，雲夢澤南州。一夜風欺竹，連江雨送秋。格卑常汩汩，力學强悠悠。終掉塵中手，瀟湘釣漫流。」

〔三〕「然自」三句：杜牧會昌二年（八四二）至四年任黃州刺史。王禹偁字元之，咸平二年（九九九）至四年知黃州。蘇軾元豐三年（一〇七九）至七年以黃州團練副使謫居黃州。張耒於紹聖四年（一〇九七）以黄州酒税監督、元符二年（一〇九九）以黄州通判、崇寧元年（一一〇二）以房州别駕黄州安置先後共三次謫居黄州。

〔四〕臨臯亭：輿地紀勝卷四九：「臨臯館在朝宗門外，原名瑞慶堂。以故相秦公檜之父巘舟其下，秦公於是乎生。又有臨臯亭，東坡曾寓居焉。」秦少游：即秦觀，字少游。蘇門四學士之一。宋史卷四四四有傳。門外數步即大江：出自蘇軾王定國詩集序：「今余老，不復作詩，又以病止酒，閉門不出。門外數步即大江，經月不至江上，眊眊焉真一老農夫也。」此蓋陸游誤記。

〔五〕廳事：官署視事問案的廳堂，古作「聽事」。倅：通「萃」，亦居止意。差勝：差强人意。

〔六〕竹園步：地名。步，猶「埠」。水邊泊船之處。

〔七〕樊口：在今湖北鄂城西北樊港入江處。太平寰宇記卷一一二：「樊港源出青溪山，三百里至大港，濶三十丈，水曲并在縣内界。」又吴志云：『谷利拔劍擬舵工，急趨樊口。』即其處也。蘇軾書王定國所藏煙江疊嶂圖：「君不見武昌樊口幽絶處，東坡先生留五年。春風摇江天漠漠，暮雲卷雨山娟娟。丹楓翻鴉伴水宿，長松落雪驚醉眠。桃花流水在人世，武陵豈必皆神仙。」

〔八〕「漢昭烈」三句：指建安十三年（二〇八），劉備在當陽戰敗後，接受了東吴魯肅的建議，進住樊口，聯合孫權，爲赤壁之戰奠定了基礎。事見資治通鑑卷六五。漢昭烈，即劉備，謚號昭烈皇帝。魯子敬，即魯肅，字子敬，臨淮東城（今江蘇泗洪）人。孫權謀士，力主聯劉抗曹。官至横江將軍。三國志卷五四有傳。當陽，縣名，隸荊門軍。在今湖北當陽。

十九日。早，遊東坡〔一〕。自州門而東，岡壠高下，至東坡，則地勢平曠開豁。東起一壠頗高，有屋三間，一龜頭曰居士亭〔二〕。亭下面南一堂頗雄，四壁皆畫雪。堂中有蘇公像，烏帽紫裘，横按筇杖，是爲雪堂〔三〕。堂東大柳，傳以爲公手植。正南有橋，牓曰「小橋」，以「莫忘小橋流水」之句得名〔四〕。其下初無渠澗，遇雨則有涓流耳。舊止片石布其上，近輒增廣爲木橋，覆以一屋，頗敗人意。東一井曰暗井，取蘇公詩中「走報暗井出」之句〔五〕。泉寒熨齒，但不甚甘。又有四望亭，正與雪堂相直，在高阜上，覽觀江山，爲一郡之最〔六〕。亭名見蘇公及張文潛集中。坡西竹林，古氏故物，號南坡。今已殘伐無幾，地亦不在古氏矣。出城五里，至安國寺〔七〕，亦蘇公所嘗寓。兵火之餘，無復遺迹，惟逸寺茂林啼鳥，似猶有當時氣象也。郡集於棲霞樓〔八〕，本太守閭丘孝終公顯所作。蘇公樂府云：「小舟横截春江，卧看翠壁紅樓起。」正謂此樓也〔九〕。下臨大江，煙樹微茫，遠山數點，亦佳處也。樓頗華潔。先是郡有慶瑞堂，謂一故相所生之地，後毁以新此樓〔一〇〕。

【箋注】

〔一〕東坡：輿地紀勝卷四九：「東坡在州治之東百餘步。元豐三年，蘇軾謫居寓臨皋亭。後得此地，立雪堂而徙居焉。七年移汝州，去黄之日，遂以雪堂付潘大臨兄弟居焉。崇寧壬午，黨禁既興，堂遂毀焉。其後邦人屬神霄宫道士李斯立重建。」

〔二〕龜頭：形容高壟似龜背，居士亭似昂起之龜頭。

〔三〕雪堂：輿地紀勝卷四九：「道士冲妙大師李斯立重建東坡雪堂。何斯舉作上梁文，其警聯云：『歲在辛酉，蔚成鸞鳳之棲；堂毀崇寧，奄作鼪鼯之野。』又上梁文云：『前身化鶴，嘗陪赤壁之游；故事傳鵝，無復黄庭之字。』蓋其雪堂有觀道士作堂故也。」蘇軾雪堂記：「蘇子得廢圃於東坡之脇，築而垣之，作堂焉，號其正曰雪堂。堂以大雪中爲之，因繪雪於四壁之間，無容隙也。起居偃仰，環顧睥睨，無非雪者。蘇子居之，真得其所居者也。」

〔四〕莫忘小橋流水：蘇軾如夢令（春思）：「手種堂前桃李，無限緑陰青子。簾外百舌兒，驚起五更春睡。居士，居士。莫忘小橋流水。」

〔五〕蘇軾東坡八首其二：「荒田雖浪莽，高庳各有適。下隰種秔稌，東原蒔棗栗。江南有蜀士，桑果已許乞。好竹不難栽，但恐鞭横逸。仍須卜佳處，規以安我室。家童燒枯草，走報暗井出。一飽未敢期，瓢飲已可必。」

〔六〕四望亭：輿地紀勝卷四九：「四望亭在雪堂南高阜之上。唐太和中刺史劉嗣之所立，李紳作記。」相直：相對。

〔七〕安國寺：在黄州城南。有茂林修竹，陂池亭榭。始建於南唐保大二年，初名護國寺，嘉祐八年賜安國寺名。蘇軾作有黄州安國寺記，并載：「歲正月，男女萬人會庭中，飲食作樂，且祠瘟神，江淮舊俗也。」

〔八〕棲霞樓：輿地紀勝卷四九：「棲霞樓在儀門之外。西南軒豁爽塏，坐揖江山之勝，爲一郡奇絶。東坡所謂賦鼓笛慢者也。又閭邱太守孝終公顯嘗守黄州，作棲霞樓爲郡之絶勝。東坡次韻王鞏云：『賓州在何處，爲子上棲霞。』」

〔九〕「蘇公」四句：蘇軾水龍吟（小舟横截春江）：「小舟横截春江，卧看翠壁紅樓起。雲間笑語，使君高會，佳人半醉。危柱哀弦，豔歌餘響，繞雲縈水。念故人老大，風流未減，獨回首、煙波裏。推枕惘然不見，但空江、月明千里。五湖聞道，扁舟歸去，仍携西子。雲夢南州，武昌東岸，昔游應記。料多情夢裏，端來見我，也參差是。」

〔一〇〕「先是」三句：此或與臨皋館相淆。參見本卷之十八日注〔四〕。

酒味殊惡，蘇公「齏湯」「蜜汁」之戲不虚發〔一一〕。郡人何斯舉詩亦云：「終年飲惡酒，誰敢憎督郵〔一二〕。」然文潛乃極稱黄州酒，以爲自京師之外無過者。故其詩云：「我初謫官時，帝問司酒神，曰此好飲徒，聊給酒養真。去國一千里，齊安酒最醇。失火而得雨，仰戴天公仁。」豈文潛謫黄時，適有佳匠乎〔三〕？循小徑繚州宅之後，至竹樓，規模甚陋，不知當王元之時，亦止此邪〔四〕？樓下稍東即赤壁磯〔五〕，亦茅岡爾，略無草木。故韓子蒼待制詩云：「豈有危巢與栖鶻，亦無陳迹但飛鷗〔六〕。」此磯圖經及傳者皆以爲周公瑾敗曹操之地，然江上多此名，不可考質〔七〕。李太白赤壁歌云：「烈火張天照雲海，周瑜於此敗曹公。」不指言在黄州〔八〕。蘇公尤疑之，賦云：「此非曹孟德之困於周郎者乎？」樂府云：「故壘西邊，人道是，當日周郎赤壁。」蓋一字不輕下如此〔九〕。至韓子蒼云：「此地能令阿瞞走。」則真指爲公瑾之赤壁矣〔一〇〕。又，黄人實謂赤壁曰赤鼻，尤可疑也。晚，復移舟菜園步，又遠竹園三四里。蓋黄州臨大江，了無港澳可泊〔一一〕。或云舊有澳，郡官厭過客，故塞之。

【箋注】

〔一〕「蘇公」句：蘇軾岐亭五首其四：「酸酒如齏湯，甜酒如蜜汁。三年黄州城，飲酒但飲濕。」

〔二〕何斯舉：即何頡之，字斯舉，黄岡人。從蘇、黄學。　督郵：漢代郡之屬吏，代表太守督察縣鄉，宣達教令，兼獄訟捕亡。唐以後廢。此指地方官吏。

〔三〕文潛：即張耒。張耒詩爲冬日放言二十一首其十二。

〔四〕王元之：即王禹偁。王禹偁咸平二年至四年知黄州，撰有黄岡竹樓記。略云：「遠吞山光，平挹江瀨，幽闃遼夐，不可具狀。夏宜急雨，有瀑布聲；冬宜密雪，有碎玉聲。宜鼓琴，琴調虚暢；宜詠詩，詩韻清絶；宜圍棋，子聲丁丁然；宜投壺，矢聲錚錚然；皆竹樓之所助也。公退之暇，被鶴氅衣，戴華陽巾，手執周易一卷，焚香默坐，消遣世慮。江山之外，第見風帆沙鳥，煙雲竹樹而已。待其酒力醒，茶煙歇，送夕陽，迎素月，亦謫居之勝概也。」

〔五〕赤壁磯，輿地紀勝卷四九：「赤壁磯在州治之北。東坡作赤壁賦，謂爲周瑜破曹操處。」

〔六〕韓子蒼：即韓駒，字子蒼。參見卷二七跋陵陽先生詩草題解。韓駒登赤壁磯：「緩尋翠竹白沙游，更挽籐稍上上頭。豈有危巢與栖鶻，亦無陳迹但飛鷗。經營二頃將歸老，眷戀群山爲少留。百日使君何足道，空餘詩句在江樓。」

〔七〕考質：咨詢質疑。曾鞏侍讀制：「蓋用儒學之臣入閣侍讀，所以考質疑義，非專誦習而已。」

〔八〕「李太白」四句：李白赤壁歌送別：「二龍争戰決雌雄，赤壁樓船掃地空。烈火張天照雲海，周瑜於此破曹公。君去滄江望澄碧，鯨鯢唐突留餘迹。一一書來報故人，我欲因之壯心魄。」

〔九〕「蘇公」八句：蘇軾前赤壁賦：「西望夏口，東望武昌，山川相繆，鬱乎蒼蒼，此非孟德之困於周郎者乎？」又念奴嬌赤壁懷古：「大江東去，浪淘盡，千古風流人物。故壘西邊，人道是，三國周郎赤壁。亂石穿空，驚濤拍岸，卷起千堆雪。江山如畫，一時多少豪傑。遥想公瑾當年，小喬初嫁了，雄姿英發。羽扇綸巾，談笑間，檣櫓灰飛煙滅。故國神游，多情應笑我，早生華髮。人生如夢，一尊還酹江月。」又東坡志林卷四：「黄州守居之數百步爲赤壁，或言即周瑜破曹公處，不知果是否？」其實周瑜破曹操之赤壁在鄂州蒲圻（今湖北赤壁）。

〔一〇〕「至韓」三句：韓駒某已被旨移蔡賊起旁郡未果進發今日上城部分民兵閲視戰艦口號五首其一：「永安城外山危立，赤壁磯邊水倒流。此地能令阿瞞走，小偷何敢下蘆洲。」

〔一一〕港澳：均指港灣，泊船之處。宋史河渠志：「鎮江府傍臨大江，無港澳以容舟楫。」

二十日。曉，離黄州〔一〕。江平無風，挽船正自赤壁磯下過。多奇石，五色錯雜，粲然可愛，東坡先生怪石供是也〔二〕。挽行十四五里，江面始稍狹。隔江岡阜延袤，竹樹葱蒨〔三〕，漁家相映，幽邃可愛。復出大江，過三江口〔四〕，極望無際。泊戚磯港。

二十一日。過雙柳夾，回望江上，遠山重複深秀。自離黄，雖行夾中，亦皆曠遠。地形漸高，多種菽粟蕎麥之屬。晚泊揚羅洑①，大堤高柳，居民稠衆，魚賤如土，百錢可飽二十口，又皆巨魚。欲覓小魚飼猫，不可得。

二十二日。平旦微雨。過青山磯〔五〕，多碎石及淺灘。晚泊白楊夾口，距鄂州三十里〔六〕，陸行止十餘里。居民及泊舟甚多，然大抵皆軍人也。

【校記】

①「揚」，弘治本、汲古閣本作「楊」。

【箋注】

〔一〕「離黄州」句：劍南詩稿卷二黄州：「局促常悲類楚囚，遷流還歎學齊優。江聲不盡英雄恨，天意無私草木秋。萬里羈愁添白髪，一帆寒日過黄州。君看赤壁終陳迹，生子何須似仲謀！」

〔二〕怪石供：以似玉美石做成案頭擺設。蘇軾在齊安江上得多色美石近三百枚，以古銅盆盛之，注以清水，作爲案頭擺設贈佛印禪師，并先後作怪石供、後怪石供二文記其事。

〔三〕葱蒨：草木青翠茂盛。白行簡李娃傳：「中有山亭，竹樹葱蒨，池榭幽絶。」

〔四〕三江口：輿地紀勝卷四九：「三江口去黄岡縣三十里，在團風鎮之下。有江三路而下，至此會合爲一。」

〔五〕青山磯：在今武漢青山區東長江邊。

〔六〕鄂州：隷荆湖北路，轄江夏、崇陽、武昌、蒲圻、咸寧、通城、嘉魚七縣并寶泉監。治所在江夏（今湖北武昌）。

二十三日。便風掛帆。自十四日至是，始得風。食時至鄂州，泊税務亭。賈船客舫，不可勝計，銜尾不絶者數里，自京口以西皆不及〔一〕。李太白贈江夏韋太守詩云：「萬舸此中來，連帆過楊州〔二〕。」蓋此郡自唐爲衝要之地。夔州迓兵來參〔三〕。見知州右朝奉郎張郯之彦〔四〕、轉運判官右朝奉大夫謝師稷。市邑雄富，列肆繁錯，城外南市亦數里，雖錢塘、建康不能過，隱然一大都會也。吴所都武昌，乃今武昌縣。此州在吴名夏口，亦要害，故周公瑾求以精兵進住夏口。而晉武帝亦詔王濬、唐彬，既定巴丘，與胡奮、王戎共平夏口、武昌，順流長騖也〔五〕。自江州至此七百里泝流，雖日得便風，亦須三四日。韓文公云「盆城去鄂渚，風便一日耳」過矣，蓋退之未嘗行此路也〔六〕。

二十四日。早。謝漕招食於漕園光華堂〔七〕。依山亭館十餘，不甚葺。晚，郡集於奇章堂，以唐牛思黯嘗爲武昌節度使也〔八〕。

二十五日。觀大軍教習水戰。大艦七百艘，皆長二三十丈，上設城壁樓櫓〔九〕，旗幟精明，金鼓鞺鞳，破巨浪往來，捷如飛翔，觀者數萬人，實天下之壯觀也。

【箋注】

〔一〕「賈船」四句：范成大吴船録卷下：「鸚鵡洲前南市沿江數萬家，廛閈甚盛，列肆如櫛……蓋川、廣、荆、襄、淮、浙貿遷之會，貨物之至，無不售，且不問多少，一日可盡。其盛壯如此。」

〔二〕「李太白」三句：李白經亂離後天恩流夜郎憶舊遊書懷贈江夏韋太守良宰：「一忝青雲客，三登黄鶴樓。顧慚禰處士，虚對鸚鵡洲。樊山霸氣盡，寥落天地秋。江帶峨眉雪，川横三峽流。萬舸此中來，連帆過揚州。送此萬里目，曠然散我愁。」

〔三〕夔州迓兵：指夔州派來迎接陸游一行的士兵。

〔四〕張郯之彦：即張郯，字之彦，一作知彦。陸游晚年爲其撰有墓誌銘，稱「晚始識公於武昌，公又特期之遠，不惟以祕閣、中書故也。時方葺南樓，公朝夕召與燕飲，慨然語曰：『吾南樓，天下壯觀，要得如子者落之。子之來，造物以厚我也。』謝不敢當」。參見卷三七朝議大夫張公墓誌銘。

〔五〕「吴所都」九句：三國孫吴建都武昌，在宋代爲武昌縣（今湖北鄂州）。後又在夏口築城（在今武昌龜山）。建安十三年（二〇八），曹操佔領荆州，威脅孫吴，將士多主張歸順，周瑜力排衆議，領三萬精兵進駐夏口，爲赤壁大戰奠定勝局。事見三國志卷五四。晉武帝太康元年（二八〇）起兵伐東吴，命王濬、唐彬舟師出蜀，胡奮、王戎兵發荆州，順流直下建康，一舉滅吴。事見資治通鑑卷八一。巴丘，一名巴陵，在今湖南岳陽西南。長鶩，向遠方疾馳。

〔六〕「韓文公」二句：韓愈除官赴闕至江州寄鄂岳李大夫：「盆城去鄂渚，風便一日耳。不枉故人書，無因帆江水。故人辭禮闈，旌節鎮江圻。而我竄逐者，龍鍾初得歸。」韓文公，即韓愈，字退之。謚文，人稱韓文公。

〔七〕漕園：轉運使司衙門所在。

〔八〕奇章堂：輿地紀勝卷六六：「奇章堂在設廳。初，知州陳邦光建，名戲綵，以事親故也。後知州汪叔詹改今名，以夢前身爲奇章公，故易此名。又奇章亭在州治東南一里子城上。又有奇章臺，蓋牛僧孺嘗登燕於此。」牛思黯：即牛僧孺，字思黯，封奇章郡公。

〔九〕城壁樓櫓：指城墻和無頂蓋的瞭望臺。

二十六日。與統、紓同遊頭陀寺，寺在州城之東隅石城山〔一〕。山繚繞如伏蛇，自西亘東，因其上爲城，缺壞僅存。州治及漕司皆依此山。寺毁於兵火，汴僧舜廣住持三十年，興葺略備。自方丈西北躡支徑，至絶頂，舊有奇章亭，今已廢。四顧江山井邑，靡有遺者。李太白江夏贈韋南陵詩云：「頭陀雲外多僧氣。」正謂此寺也〔二〕。黄魯直亦云：「頭陀全盛時，宫殿梯空級〔三〕。」藏殿後有南齊王簡棲碑，唐開元六年建〔四〕。蘇州刺史張庭圭温玉書，韓熙載撰碑陰，徐鍇題額〔五〕。最後云：「唐歲在己巳〔六〕，武昌軍節度觀察留後、知軍州事楊守忠重立，前鄂州唐年縣主簿、祕書省正字韓夔書。」碑陰云：「乃命猶子夔〔七〕，正其舊本而刊寫之。」以是知夔爲熙載兄弟之子也。碑字前後一手，又作「温」字不全，蓋南唐尊徐温爲義祖〔八〕，而避其名，則此碑蓋變重書也。碑陰又云：「皇上鼎新文物，教被華夷，如來妙旨，悉已遍窮，百代文章，罔不備舉，故是寺之碑，不言而興。」按此碑立於己巳歲，當皇朝之開寶二年，南唐危蹙日甚，距其亡六年爾。熙載大臣，不以覆亡爲懼，方且言其主「鼎新文物，教被華夷」，固已可怪，又以窮佛旨、舉遺文，及興是碑爲盛，誇誕妄謬，真可爲後世發笑。然熙載死，李主猶恨不及相之〔九〕。君臣之惑如此，雖欲久存，得乎？唐制，節度使不在鎮，而以副大使或留後居任，則云知節度事，此云知軍州事，蓋漸變也。唐年縣本故唐時名，梁改曰臨夏，後唐復，晉又改臨江。然歷五代，鄂州未嘗屬中原，皆遥改耳〔一〇〕。故此碑開寶中建，而猶曰唐年也。至江南平，始改崇陽云〔一一〕。簡棲爲此碑，駢儷卑弱，初無過人，世徒以載於文選故貴之耳。自漢、魏之間，駸駸爲此體〔一二〕，極於齊、梁，而唐尤貴之，天下一律。至韓吏部、柳柳州〔一三〕，大變文格，學者翕然慕從，然駢儷之作，終亦不衰。故熙載、鍇號江左辭宗，而拳拳於簡棲之碑如此〔一四〕。本朝楊劉之文擅天下，傳夷狄，亦駢儷也〔一五〕。及歐陽公起，然後掃蕩無餘。後進之士，雖有工拙，要皆近古。如此碑者，今人讀不能終篇，已坐睡矣，而況效之乎？則歐陽氏之功，可謂大矣〔一六〕。若魯直云「惟有簡棲碑，文章巋然立〔一七〕」，蓋戲也。

【箋注】

〔一〕「與統、紓」二句：統、紓，陸游長子子虡、五子子約小名。頭陀寺，輿地紀勝卷六六：「頭陀寺在清遠門外黄鵠山上。宋大明五年建。自南齊王中作寺碑，遂爲古今名刹。黄太史詩有『頭陀全盛時，宮殿梯空級』之句。」石城山，即蛇山，亦稱江夏山、紫竹嶺、黄鵠山。形如伏蛇，與龜山隔江相望。輿地紀勝卷六六：「黄鵠山在江夏縣，起東九里至縣西北，林間甚美。」

〔二〕「李太白」三句：李白江夏贈韋南陵冰：「愁來飲酒二千石，寒灰重暖生陽春。山公醉後能騎馬，别是風流賢主人。頭陀雲月多僧氣，山水何曾稱人意。不然鳴笳按鼓戲滄流，呼取江南女兒歌棹謳。我且爲君槌碎黄鶴樓，君亦爲吾倒卻鸚鵡洲。赤壁爭雄如夢裏，且須歌舞寬離憂。」

〔三〕「黄魯直」三句：黄庭堅鄂州節推陳榮緒惠示沿檄崇陽道中六詩老懶不能追韻輒自取韻奉和其一頭陀寺：「頭陀全盛時，宮殿梯空級。城中望金碧，雲外僧𪘏𪘏。人亡經禪盡，屋破龍象泣。惟有簡棲碑，文字巋然立。」

〔四〕藏殿：置放佛教經藏之樓殿。王簡棲：即王中，字簡棲，琅邪臨沂（今屬山東）人。曾任郢州從事、征南記室。有才學，文辭巧麗。所撰頭陀寺碑文載文選卷五九。

〔五〕張庭圭：即張廷珪，字温玉，河南濟源人。弱冠應制舉。歷官監察御史、禮部侍郎及沔、蘇、宋、魏四州刺史，官至太子詹事。善楷隸，甚爲時人所重。舊唐書卷一〇一、新唐書卷一一八有傳。

韓熙載：字叔言，北海（今山東濰坊）人。後唐同光進士。南唐官至吏部侍郎，拜兵部尚書。多藝能，尤長於碑碣。陸游南唐書卷十二有傳。

碑陰：碑後面的文字。

徐鍇（九二〇—九七四），字楚金，會稽（今浙江紹興）人。徐鉉之弟。幼聰穎，精通文字學。南唐時官至内史舍人。陸游南唐書卷五有傳。

〔六〕唐歲在己巳：唐歲，指南唐。己巳爲九六九年，時南唐已去帝號。

〔七〕猶子：即侄子。禮記檀弓上：「喪服，兄弟之子，猶子也，蓋引而進之也。」後因稱兄弟之子爲猶子。

〔八〕徐温（八六二—九二七）。字敦美，海州朐山（今江蘇東海）人。少販鹽爲盜，後從楊行密仕吴。行密卒，徐温弑其子楊渥，立其弟楊隆演，遂專政，拜大丞相，封東海郡王。徐温卒，其養子李昪建立南唐，尊其爲義祖。

〔九〕「然熙載」二句：李煜賞識韓熙載之才華，又不滿其游宴挾妓。熙載卒後，李煜謂侍臣「吾竟不得相熙載」，贈其右僕射同平章事。事見南唐書卷十二。

〔一〇〕「唐年縣」七句：唐年縣爲李唐舊名，後梁、後唐、後晉均佔據北方，鄂州在南方，更名只是名義上的，故稱「遥改」。

〔二〕「至江南」二句：輿地紀勝卷六六：「唐天寶元年置唐平縣。僞吴改爲崇陽，僞唐改爲唐年。皇朝郡縣志云：『石晉改爲臨江。皇朝開寶八年改爲崇陽。』」

〔三〕駸駸：漸進貌。李翺故處士侯君墓誌：「每激發，則爲文達意，其高處駸駸乎有漢魏之風。」

〔三〕韓吏部：即韓愈。官至吏部侍郎，故稱。柳柳州：即柳宗元。官至柳州刺史，故稱。

〔四〕「故熙載」二句：王士禛香祖筆記卷五：「五代時中原喪亂，文獻放闕，惟南唐文物甲於諸邦，而鉉、鍇兄弟與韓熙載爲之冠冕。常侍詩文都雅，有唐代承平之風。」江左，江東，長江下游以東地區。拳拳，眷愛貌。劉向列女傳魏芒慈母：「拳拳若親。」

〔五〕楊劉之文：楊劉，指楊億、劉筠，均爲「西崑體」代表人物。參見卷二六跋西崑酬唱集題解。

〔六〕歐陽公：即歐陽修，字永叔。此處陸游精闢闡述了六朝駢儷文體興起和唐宋古文運動的發展歷程，高度肯定了歐陽修的功績。

〔七〕「若魯直」二句：參見注〔三〕。又劍南詩稿卷十頭陀寺觀王簡棲碑有感：「舟車如織喜身閒，獨訪遺碑草棘間。世遠空驚閱陵谷，文浮未可敵江山。老僧西逝新成塔，舊守東歸正掩關。笑我驅馳竟安往，夕陽飛鳥亦知還。」（自注：庚寅過武昌，與太守張之彦遊累日。時頭陀有老僧，持律精苦。）

渭南文集箋校卷第四十七

入蜀記第五

【題解】本卷收録入蜀記乾道六年八月二十七日至十月五日記文。

二十七日。郡集於南樓，在儀門之南石城上，一曰黄鶴山，制度閎偉，登望尤勝〔一〕。鄂州樓觀爲多，而此獨得江山之要會，山谷所謂「江東湖北行畫圖，鄂州南樓天下無」是也〔二〕。下闞南湖，荷葉彌望。中爲橋，曰廣平〔三〕。其上皆列肆，兩旁有水閣極佳，但以賣酒，不可往。山谷云「凭欄十里芰荷香」，謂南湖也〔四〕。是日早微雨，晚晴。

二十八日。同章冠之秀才甫，登石鏡亭，訪黄鶴樓故址〔五〕。石鏡亭者，石城山一隅，正枕大江，其西與漢陽相對〔六〕，止隔一水，人物草木可數。唐沔州治漢陽縣，故李太白沔州泛城南郎官湖詩序云：「白遷於夜郎，遇故人尚書郎張謂出使夏口，沔州牧杜公、漢陽令王公觴於江城之南湖。」其後沔州廢，漢陽以縣隸鄂州。周世宗平淮南，得其地，復以爲軍。太白詩云：「誰道此水廣，狹如一疋練。江夏黄鶴樓，青山漢陽縣。」大語猶可聞，故人難可見。」形容最妙〔七〕。黄魯直「宵征江夏縣，睡起漢陽城」，亦此意〔八〕。老杜有公安送李晉肅入蜀余下沔鄂及登舟將適漢陽詩，而卒於耒水〔九〕，可恨也。漢陽負山帶江，其南小山有僧寺者，大别山也。又有小别，謂之二别云〔一〇〕。黄鶴樓，舊傳費褘飛升於此，後忽乘黄鶴來歸，故以名樓〔一一〕，號爲天下絶景。崔灝詩最傳，而太白奇句得於此者尤多〔一二〕。今樓已廢，故址亦不復存。問老吏，云在石鏡亭、南樓之間，正對鸚鵡洲〔一三〕，猶可想見其地。樓榜李監篆，石刻獨存。太白登此樓，送孟浩然詩云：「孤帆遠映碧山盡，惟見長江天際流〔一四〕。」蓋帆檣映遠山，尤可觀，非江行久不能知也。復與冠之出漢陽門遊仙洞，止是石壁數尺，皆直裂無洞穴之狀。舊傳有仙人隱其中，嘗啓洞出遊，老兵遇之，得黄金數餅，後化爲石。東坡先生有詩紀其事〔一五〕。初不云所遇何人，且太白固已云：「頗聞列仙人，於此學飛術。

一朝向蓬海，千載空石室〔一六〕。」今鄂人謂之吕公洞〔一七〕，蓋流俗附會也。有道人，澧州人〔一八〕，結廬洞側，設吕公像其中。洞少南，即石鏡山麓，巖頑石也，色黄赤皴駁，了不能鑑物，可謂浪得名者。由江濱堤上還船，民居市肆，數里不絶。其間復有巷陌，往來憧憧如織。蓋四方商賈所集，而蜀人爲多〔一九〕。

【箋注】

〔一〕南樓：輿地紀勝卷六六：「南樓在郡治正南黄鵠山頂。中間嘗改爲白雲閣，元祐間知州方澤重建，復舊名。記文以爲庾亮所登故基，非也。亮所登乃武昌縣安樂宫之端門也。李巽巖燾作鄂州南樓記云『吴孫氏更名漢鄂曰武昌』，今州東百八十里武昌縣是也。今鄂州乃漢沙羡，當晉咸康時，沙羡未始有鄂及武昌之名，庾亮安復從至此。」范成大吴船録卷下：「壬午晚，遂集南樓。樓在州治前黄鶴山上，輪奐高寒，甲於湖外。下臨南市，邑屋鱗差。岷江自西南斜抱郡城東下。」

〔二〕「山谷所謂」句：黄庭堅庭堅以去歲九月至鄂登南樓歎其制作之美成長句久欲寄遠因循至今書呈公悦：「江東湖北行畫圖，鄂州南樓天下無。高明廣深勢抱合，表裏江山來畫閣。雪延披襟簟夏寒，胸吞雲夢何足言。庾公風流冷似鐵，誰其繼之方公悦。」

〔三〕南湖：輿地紀勝卷六六：「南湖在望澤門外，周二十里，舊名赤欄湖。外與江通，長堤爲限，長街貫其中，四旁居民蟻附。」廣平：輿地紀勝卷六六：「廣平橋在望澤門外。總領宋公澥所創，故名。廣平橋跨南湖，通南草市，兩旁有水閣。」

〔四〕「山谷云」句：黄庭堅鄂州南樓書事四首其一：「四顧山光接水光，憑欄十里芰荷香。清風明月無人管，并作南樓一味涼。」

〔五〕章冠之秀才甫：即章甫，字冠之，鄱陽人。徙居真州，自號易足居士。少從張孝祥游，豪放不羈。曾舉秀才，與陸游、韓元吉、吕祖謙等交往。著有自鳴集。事迹見張端義貴耳集卷中。石鏡亭：亦稱石照亭。輿地紀勝卷六六：「石照亭在黄鶴樓西。臨崖有石如鏡，石色蒼瀯，無異凡石。每爲西日所照，則烱然發光。」黄鶴樓：輿地紀勝卷六六：「黄鶴樓在子城西南隅黄鵠磯山上。自南朝已著，因山得名，鵠、鶴，古通用字也。南齊志以爲世傳仙人子安乘黄鶴過此。唐圖經又云費褘文偉登仙，駕黄鶴返憩於此。閻伯珪作記以費褘事爲信，王得臣、張栻辨之。」

〔六〕漢陽：縣名。隸漢陽軍。與武昌黄鶴樓隔江相望。在今武漢漢陽區。

〔七〕「李太白」三句：李白江夏寄漢陽輔録事：「誰道此水廣，狹如一疋練。江夏黄鶴樓，青山漢陽縣。大語猶可聞，故人難可見。君草陳琳檄，我書魯連箭。報國有壯心，龍顔不回眷。西飛精衛鳥，東海何由填。鼓角徒悲鳴，樓船習征戰。抽劍步霜月，夜行空庭遍。長呼結浮雲，埋没顧榮扇。他日觀軍容，投壺接高宴。」

〔八〕「黃魯直」二句：黃庭堅十二月十九日夜中發鄂渚曉泊漢陽親舊携酒追送聊爲短句：「接淅報官府，敢違王事程。宵征江夏縣，睡起漢陽城。鄰里煩追送，杯盤瀉濁清。祗應瘴鄉老，難答故人情。」

〔九〕卒於耒水：舊唐書杜甫傳：「永泰二年，啖牛肉白酒，一夕而卒於耒陽，時年五十九。」

〔一〇〕「其南」四句：太平寰宇記卷一三二：「小別山在縣東南四十五里。左傳定公四年：『吳子伐楚，令尹子常濟漢而陣，自小別至於大別。』杜注：『漢水自大別南入江，然則此二別在江夏界。』山形如甑，土諺謂甑山。」

〔一一〕費禕：字文偉，江夏鄳縣（今河南信陽）人，三國時蜀漢名臣。官至大將軍，封成鄉侯。後爲魏降將郭循（一作郭脩）行刺身死。三國志卷四四有傳。費禕登仙駕鶴事，見唐圖經記載，見前注。

〔一二〕「崔灝」二句：崔灝即崔顥。崔顥黃鶴樓：「昔人已乘黃鶴去，此地空餘黃鶴樓。黃鶴一去不復返，白雲千載空悠悠。晴川歷歷漢陽樹，芳草萋萋鸚鵡洲。日暮鄉關何處是？煙波江上使人愁。」李白有句云：「眼前有景道不得，崔顥題詩在上頭。」李白有關黃鶴樓詩有黃鶴樓送孟浩然之廣陵、與史郎中欽聽黃鶴樓上吹笛、望黃鶴樓、醉後答丁十八以詩譏余槌碎黃鶴樓、江夏送友人等。

〔一三〕鸚鵡洲：輿地紀勝卷六六：「舊自城南跨城西大江中。尾直黃鵠磯，黃祖殺禰衡處。衡嘗作鸚鵡賦，故遇害之地得名。」

〔一四〕「太白」四句：李白黄鶴樓送孟浩然之廣陵：「故人西辭黄鶴樓，煙花三月下揚州。孤帆遠影碧空盡，唯見長江天際流。」傳本稍異。

〔一五〕「東坡」句：蘇軾李公擇求黄鶴樓詩因記舊所聞於馮當世者：「黄鶴樓前月滿川，抱關老卒飢不眠。夜聞三人笑語言，羽衣著屐響空山。非鬼非人意其仙，石扉三叩聲清圓。洞中鏗鋐落門關，縹緲入石如飛煙。雞鳴月落風馭還，迎拜稽首願執鞭。汝非其人骨腥羶，黄金乞得重莫肩。持歸包裹敝席氈，夜穿茅屋光射天。里閭來觀已變遷，似石非石鉛非鉛。或取而有衆憤喧，訟歸有司今幾年。無功暴得喜欲顛，神人戲汝真可憐。願君爲考然不然，此語可信馮公傳。」

〔一六〕「且太白」五句：李白望黄鶴山：「東望黄鶴山，雄雄半空出。四面生白雲，中峰倚紅日。岩巒行穹跨，峰嶂亦冥密。頗聞列仙人，於此學飛術。一朝向蓬海，千載空石室。金灶生煙埃，玉潭秘清謐。地古遺草木，庭寒老芝朮。蹇予羨攀躋，因欲保閒逸。觀奇遍諸嶽，兹嶺不可匹。結心寄青松，永悟客情畢。」

〔一七〕吕公洞：輿地紀勝卷六六：「吕公洞在石鏡亭下。黄鵠磯上初無澗穴，但石迹隱然如門，扣之有聲。世傳吕洞賓嘗題詩其上。」

〔一八〕澶州：即開德府，隸河北東路，轄濮陽、觀城、臨河、清豐、衛南、朝城、南樂七縣及德清軍。

治所在濮陽（今河北濮陽）。

〔一九〕「民居」二句：范成大吳船録卷下：「泊鸚鵡洲前南市堤下。南市在城外，沿江數萬家，廛閈甚盛，列肆如櫛，酒壚樓欄尤壯麗，外郡未見其比。蓋川、廣、荆、襄、淮、浙貿遷之會，貨物之至者無不售，且不問多少，一日可盡，其盛壯如此。」　憧憧：往來不絶貌。易咸：「憧憧往來，朋從爾思。」陸德明釋文引王肅曰：「憧憧，往來不絶貌。」

二十九日。早，有廣漢僧世全、左綿僧了證來附從人舟〔一〕。日昳〔二〕，移舟江口，回望堤上，樓閣重複，燈火歌呼，夜分乃已。招醫趙隨爲靈照視脈〔三〕。

三十日。黎明離鄂州，便風掛帆，沿鸚鵡洲南行。洲上有茂林神祠，遠望如小山。洲蓋禰正平被殺處〔四〕，故太白詩云：「至今芳洲上，蘭蕙不敢生〔五〕。」梁王僧辯擊邵陵王綸軍至鸚鵡洲，即此地也〔六〕。自此以南爲漢水，禹貢所謂「嶓冢導漾，東流爲漢」者〔七〕。水色澄澈可鑑，太白云「楚水清若空」〔八〕，蓋言此也。過謝家磯、金雞洑。磯不甚高，而石皆横裂，如累層甓〔九〕。得縮項鯿魚〔一〇〕，重十斤。洑中有聚落如小縣〔一一〕。出鰟魚，居民率以賣鮓爲業〔一二〕。晚泊通濟口〔一三〕，自此入沌。「沌」讀如「篆」，字書云：「水名，在江夏。」過九月，則沌涸不可行，必由巴陵至荆渚〔一四〕。

【箋注】

〔一〕廣漢：即漢州，隸成都府路，轄雒、什邡、綿竹、德陽四縣。治所在雒（今四川廣漢）。左綿：即綿州，隸成都府路，轄巴西、彰明、魏城、羅江、鹽泉五縣。治所在巴西（今四川綿陽）。附從人舟：搭乘僕從的船。

〔二〕日昳：太陽偏西。書無逸「自朝至於日中昃」，孔傳：「從朝至日昳不暇食。」孔穎達疏：「昃亦名昳，言日蹉跌而下，謂未時也。」

〔三〕靈照：陸游女兒名，時年十九歲。參見入蜀記題解及六月七日注〔二〕。

〔四〕禰正平：即禰衡（一七三—一九八），字正平，平原般縣（今山東臨邑）人。東漢末名士。性剛傲慢。曹操欲辱衡，反爲衡所辱。後爲江夏太守黄祖所殺。有鸚鵡賦傳世。後漢書卷八〇有傳。

〔五〕「故太白」三句：李白望鸚鵡洲懷禰衡：「魏帝營八極，蟻觀一禰衡。黄祖斗筲人，殺之受惡名。吴江賦鸚鵡，落筆超群英。鏘鏘振金玉，句句欲飛鳴。鷙鶚啄孤鳳，千春傷我情。五嶽起方寸，隱然詎可平。才高竟何施，寡識冒天刑。至今芳洲上，蘭蕙不忍生。」

〔六〕「梁王僧辯」三句：梁武帝末年，侯景攻入建康，拘禁武帝蕭衍。其子湘東王蕭繹和邵陵王蕭綸均起兵討逆。蕭繹懼蕭綸擴張勢力，派大都督王僧辯進軍江夏以爲扼制。事見梁書卷二九高祖三王傳。王僧辯，字君才。梁書卷三三有傳。

〔七〕「自此」三句：太平寰宇記卷一三二：「漢水在（漢川）縣東南四十五里。禹貢：『嶓冢導漾，東流爲漢。又東爲滄浪之水，過三澨，至於大别，南入於江。』孔注：『泉始出山爲漾水，至漢中東行乃爲漢水。』」

〔八〕「太白」句：李白江夏别宋之悌：「楚水清若空，遥將碧海通。人分千里外，興在一杯中。谷鳥吟晴日，江猿嘯晚風。平生不下淚，於此泣無窮。」

〔九〕層甓：層疊的磚。

〔一〇〕縮項鯿魚：葛立方韻語陽秋卷十六：「縮項鯿出襄陽，以禁捕，遂以槎斷水，因謂之槎頭縮項鯿。孟浩然云『魚藏縮項鯿』，老杜云『漫釣槎頭縮項鯿』，皆言縮項，而東坡乃謂『一鈎歸釣縮頭鯿』。或疑坡爲平側所牽乃爾，殊不知長腰粳米、縮頭鯿魚，楚人語也。」

〔一一〕聚落：村落，人聚居之處。水經注淯水：「其聚落悉爲蠻居，猶名之爲黄郵蠻。」

〔一二〕鱘魚：又稱中華鱘、鰉魚。爲長江中最大之魚，被稱爲「長江魚王」。體呈紡錘形，頭尖吻長，是中生代留下的稀有古代魚類，介於軟骨與硬骨之間。主要分布於長江幹流金沙江以下至入海河口。鮓：用鹽和紅麯腌製的魚。吴自牧夢粱録鯗鋪：「鋪中亦兼賣大魚鮓、鱘魚鮓、銀魚鮓。」

〔一三〕通濟口：劍南詩稿卷十通濟口：「朝發嘉魚縣，晚泊通濟口。睡起喜微凉，船窗一杯酒。長漁吹浪聲恐人，巨黿露背浮淪漪。今夕風生月復暗，寄語舟人更添纜。」作於淳熙五年離蜀東歸時。

〔四〕巴陵：縣名。隸荆湖北路岳州。在今湖南岳陽。　荆渚：即荆州。在今湖北荆州。

九月一日。始入沌，實江中小夾也〔一〕。過新潭，有龍祠甚華潔。自是遂無復居人，兩岸皆葭葦彌望，謂之百里荒〔二〕。又無挽路，舟人以小舟引百丈〔三〕，入夜財行四五十里，泊叢葦中。平時行舟，多於此遇盜，通濟巡檢持兵來警邏，不寐達旦〔四〕。

二日。東岸葦稍薄缺，時見大江渺瀰，蓋巴陵路也。晡時〔五〕，次下郡，始有二十餘家，皆業漁釣，蘆藩茅屋，宛有幽致。魚尤不論錢。自此始復有挽路，登舟背望竟陵遠山〔六〕。泊白臼，有莊居數家，門外皆古柳侵雲。

三日。自入沌，食無菜。是日，始得菘及蘆服，然不肯斸根，皆刈葉而已〔七〕。過八疊洑口，皆有民居。晚泊歸子保，亦有十餘家，多桑柘榆柳。

四日。平旦，始解舟。舟人云，自此陂澤深阻，虎狼出没，未明而行，則挽卒多爲所害。是日早，見舟人焚香祈神，云：「告紅頭須、小使頭、長年三老，莫令錯呼錯唤。」問何謂長年三老，云梢工是也，長讀如長幼之長。乃知老杜「長年三老長歌裏，白晝攤錢高浪中」之語蓋如此〔八〕。因問何謂攤錢，云博也。按梁冀「能意錢之戲」，注云「即攤錢也」。則攤錢之爲博，亦信矣〔九〕。過綱步，有二十餘家，在夕陽高柳中，短籬曬罾〔一〇〕，小舫往來，正如畫圖所見，沌中之最佳處也。泊畢家池，地勢爽塏〔一一〕，居民頗衆。有一二家雖茅荻結廬，而窗户整潔，藩籬堅壯，舍傍有果園甚盛，蓋亦一聚之雄也。與諸子及二僧步登岸，遊廣福永固寺，闃然無一人〔一二〕。東偏白雲軒前，橙方結實，雖小而極香，相與烹茶破橙。抵莫〔一三〕，乃還舟中。畢家池蓋屬復州玉沙縣滄浪鄉云。

【箋注】

〔一〕小夾：江邊小水道。

〔二〕百里荒：范成大吴船録卷下：「庚辰，行過所謂百里荒者，皆湖濼茭蘆，不復人迹，巨盜之所出没。月色如晝，將士甚武，徹夜鳴櫓，弓弩上弦，擊鼓鉦以行，至曉不止。」

〔三〕百丈：牽船的篾纜。程大昌演繁露卷十五：「杜詩舟行多用百丈，問之蜀人，云水峻，岸石又多廉稜，若用索牽，即遇石輒斷，不耐，故劈竹爲大辦，以蔴索連貫其際，以爲牽具，是名百丈。百丈，以長言也。南史朱超石傳：宋武北伐，超石董舟師入河陽，『人緣河南岸牽百丈』，則知有百丈矣。」參見本月二十日記文。

〔四〕通濟巡檢：負責通濟口航行安全的巡檢使。警邏：警戒巡邏。劍南詩稿卷二夜思：「露泣啼螿草，潮聲宿雁汀。經年寄孤舫，終夜托丘亭。楚澤無窮白，巴山何處青？四方男子事，不敢恨飄零。」

〔五〕晡時：即申時，午後三點至五點。

〔六〕竟陵：亦作景陵，縣名。隸荆湖北路復州。在今湖北天門。

〔七〕菘：蔬菜名。又名白菜、黄芽菜等。蘆服：即蘿蔔。劚：砍，挖。

〔八〕「乃知」句：杜甫夔州歌十絶句其七：「蜀麻吴鹽自古通，萬斛之舟行若風。長年三老長歌裏，白晝攤錢高浪中。」仇兆鰲注：「峽人以把篙相水道者曰長年，正梢者曰三老。」

〔九〕攤錢：賭博之一種。梁冀：字伯卓。東漢外戚，任大將軍，專斷朝政近二十年。桓帝時自殺。後漢書卷三四有傳。後漢書梁冀傳：「性嗜酒，能挽滿、彈棋、格五、六博、蹴鞠、意錢之戲，又好臂鷹走狗，騁馬鬥鷄。」李賢注引何承天纂文：「詭億一曰射意，一曰射數，即攤錢也。」

〔一〇〕罾：用木棍或竹竿作支架的方形漁網。

〔一一〕爽塏：高爽乾燥。左傳昭公三年：「子之宅近市，湫隘囂塵，不可以居，請更諸爽塏者。」杜預注：「爽，明；塏，燥。」

〔一二〕闃然：寂静無聲貌。裴鉶傳奇昆侖奴：「侍衛皆寢，鄰近闃然。」

〔一三〕莫：同「暮」。

五日，泊紫湄。

六日。過東塲。並水皆茂竹高林，堤浄如掃，雞犬閒暇，鳧鴨浮没。人往來林樾間，亦有臨渡唤船者，使人怳然如造異境〔一〕。舟人云，皆村豪園廬也。泊雞鳴。

七日。泊湛江。

八日。早次江陵之建寧鎮，蓋沌口也〔二〕。晉王澄棄荆州，别駕郭舒不肯從澄東下，乃留屯沌口；陳侯安都討王琳至沌口：皆此地也〔三〕。阻風，大魚浮水中無數。凡行沌中七日，自是泛江，入石首縣界〔四〕。夜觀隔江燒蘆塲〔五〕，煙焰亘天如火城，光照舟中皆赤。

九日。早，謁后土祠〔六〕。道旁民屋，苫茅皆厚尺餘，整潔無一枝亂。挂帆抛江行三十里，泊塔子磯〔七〕，江濱大山也。自離鄂州，至是始見山。買羊置酒，蓋村步以重九故〔八〕，屠一羊，諸舟買之，俄頃而盡。求菊花於江上人家，得數枝，芳馥可愛，爲之頹然徑醉。夜雨極寒，始覆絮衾〔九〕。

十日。阻風雨〔一〇〕。遣小舟横絶江面，至對岸買肉食，得大魚之半，又得一烏牡雞〔一一〕，不忍殺，畜於舟中。俄有村翁持葖萌一束來餉〔一二〕，不肯受直。遣人先之夔。

晚晴，開船窗觀月。

【箋注】

〔一〕林樾：林間隙地。皮日休桃花塢：「夤緣度南嶺，盡日寄林樾。」悦然：恍然。

〔二〕江陵：府名、縣名。隸荆湖北路。在今湖北荆州。建寧鎮：原爲縣，南宋撤縣，歸石首。在今湖北石首。沌口：沌水入長江之口。水經注卷三五：「沌水上承新陽縣之太白湖，東南流爲沌水，經沌陽縣南注於江，謂之沌口。」

〔三〕「晉王澄」五句：西晉荆州刺史王澄駐守江陵，日夜縱酒，流民亂起，棄江陵而走，别駕郭舒率軍留屯沌口防守。事見晉書卷四三郭舒傳。梁元帝蕭繹死後，陳霸先擅權，命大將侯安都討伐王琳，戰於沌口，結果侯安都爲王琳所擒。事見陳書卷八侯安都傳。

〔四〕石首縣：隸江陵府。在今湖北石首。

〔五〕燒蘆場：古代開墾沙洲，先遍種蘆葦穩沙，再燒去蘆葦改種作物。

〔六〕后土祠：祭祀土地神的祠廟。周禮春官大宗伯：「王大封，則先告后土。」鄭玄注：「后土，土神也。」

〔七〕塔子磯：劍南詩稿卷二塔子磯：「塔子磯前艇子横，一窗秋月爲誰明？青山不減年年恨，白髮無端日日生。七澤蒼茫非故國，九歌哀怨有遺聲。古來撥亂非無策，夜半潮平意未平。」

〔八〕村步：村邊泊船之處。步，猶「埠」。重九：農曆九月初九，亦稱重陽。陶潛九日閒居詩序：「余閒居，愛重九之名。秋菊盈園，而持醪靡由。」劍南詩稿卷二重陽：「照江丹葉一林霜，折得黄花更斷腸。商略此時須痛飲，細腰宫畔過重陽。」
〔九〕絮衾：棉被。劍南詩稿卷二江陵道中作：「山川雜吴楚，氣候接秋冬。水落魚可拾，霜清裘欲重。鄉遥歸夢短，酒薄客愁濃。白帝何時到，高吟酹卧龍。」
〔一〇〕阻風雨：劍南詩稿卷二石首縣雨中繫舟戲作短歌：「庚寅去吴西適楚，秋晚孤舟泊江渚。荒林月黑虎欲行，古道人稀鬼相語。鬼語亦如人語悲，楚國繁華非昔時。章華臺前小家住，茅屋雨漏秋風吹。悲哉秦人真虎狼，欺侮六國囚侯王。亦知興廢古來有，但恨不見秦先亡。開窗酹汝一杯酒，等爲亡國秦更醜。驪山冢破已千年，至今過者無傷憐！」
〔一一〕烏牡雞：黑色雄鷄。
〔一二〕茭葑：即茭白。多年生水生草本植物，肉質莖可作蔬菜。

十一日。舟行，望西南一角，水與天接。舟人云，是爲潛軍港，古嘗潛軍伺敵於此。遥見港中有兩點正黑，疑其遠樹，則下不屬地〔一〕，久之，漸近可辨，蓋二千五百斛大舟也。又有水禽雙浮江中，色白，類鵝而大，楚人謂之天鵝，飛翥絶高。有弋得者，味甚美，或曰即鵠也〔二〕。泊三江口，水淺，舟行甚艱。自此遂不復有山。太白詩「山隨平野盡，江入大荒流」，蓋荆渚所作也〔三〕。

十二日。過石首縣，不入。石首自唐始爲縣，在龍蓋山之麓，下臨漢水，亦形勝之地。杜子美有送石首薛明府詩，即此邑也〔四〕。泊藕池。

十三日。泊柳子。夜過全、證二僧舟中，聽誦梵語般若心經〔五〕。此經惟蜀僧能誦。

【箋注】

〔一〕下不屬地：下不接地。

〔二〕飛鶱：飛行。　鵠：即鴻鵠，俗稱天鵝。體形巨大，羽色潔白，生活在水邊。秋天往越冬地遷徙，春季返回繁殖地。

〔三〕「太白」三句：李白渡荆門送别：「渡遠荆門外，來從楚國遊。山隨平野盡，江入大荒流。月下飛天鏡，雲生結海樓。仍憐故鄉水，萬里送行舟。」

〔四〕「杜子美」二句：杜甫秋日荆南送石首薛明府辭滿告别奉寄薛尚書頌：「南征爲客久，西候别君初。歲滿歸鳬舄，秋來把雁書。荆門留美化，姜被就離居。聞道和親入，垂名報國餘。」

〔五〕梵語：古印度標準的書面語，又稱雅語。　般若心經：又稱般若波羅蜜多心經、心經。凡一卷二百六十字。屬大品般若經中之一節，概括般若經類之義理精要。般若，意爲智慧。

十四日。次公安，古所謂油口也。漢昭烈駐軍，始更令名〔一〕。規模氣象甚壯。兵火之後，民居多茅竹，然茅屋尤精緻可愛。井邑亦頗繁富，米斗六七十錢。知縣右儒林郎周謙孫來，湖州人。遊二聖報恩光孝禪寺〔二〕。二聖謂青葉髻如來、婁至德如來也，皆示鬼神力士之形，高二丈餘，陰威凛然可畏〔三〕。正殿中爲釋迦；右爲青葉髻，號大聖；左爲婁至德，號二聖；三像皆南面。予按藏經「駒」字函①〔四〕，娑羅浮殊童子成道，爲青葉髻如來，青葉髻如來再出世，爲樓至如來，則二如來本一身耳。有碑，言邑人一夕同夢二神人，言我青葉髻、婁至德如來也，有二巨木在江干，我所運者，俟鄯行者來，令刻爲我像。已而果有人自稱鄯行者，又善肖像，邑人欣然請之。像成，人皆謂酷類所夢。然碑無年月，不知何代也〔五〕。長老祖珠，南平軍人〔六〕。寺後有廢城，髣髴尚存，圖經謂之吕蒙城。然老杜乃曰：「地曠吕蒙營，江深劉備城。」蓋玄德、子明皆屯於此也〔七〕。老杜曉發公安詩注云：「數月憩息此縣。」按公移居公安詩云：「水煙通徑草，秋露接園葵。」而留别公安太易沙門詩云：「沙村白雪仍含凍，江縣紅梅已放春。」則是以秋至此縣，暮冬始去。其曰「數月憩息」，蓋爲此也〔八〕。泊弭節亭。馴鷗低飛往來〔九〕，竟日不去。

【校記】

①「函」，原作「亟」，據弘治本、汲古閣本改。

【箋注】

〔一〕「次公安」四句：輿地紀勝卷六四：「公安縣在府東一百里。元和郡縣志及舊唐志并云：『本漢孱陵縣地，左將軍劉備自襄陽來油口，城此而居之，時號左公。』水經注云：『以左公之所安，故號曰公安。』」漢昭烈，即劉備，謚號昭烈皇帝。

〔二〕二聖報恩光孝禪寺：輿地紀勝卷六四：「二聖寺在公安，有二金剛，稍靈驗。」

〔三〕陰威：即神威。

〔四〕藏經：即大藏經，又稱一切經，佛教經典的總集。宋代刻有開寶藏、崇寧萬壽藏、毗盧藏、契丹藏、思溪圓覺藏、思溪資福藏等多種。「駒」字函：大藏經刊本分爲數百函，以千字文爲序排列，始於「天」字，終於「英」字。

〔五〕「有碑」十四句：輿地紀勝卷六五：「晉公安縣二聖記，永和年間，晉人王粲記婁至德如來聖迹。」鄯行者，鄯善的行脚僧。鄯，鄯善，即樓蘭，古代西域國名。

〔六〕長老祖珠：即祖珠禪師，參見卷二六跋卍庵語注〔三〕。南平軍：隸夔州路，轄南川、隆化二縣及溱溪砦。在今重慶南川。

〔七〕吕蒙城：輿地紀勝卷六五：「吕蒙城在公安縣北五十步。杜甫詩云：『野曠吕蒙營，江深劉備城。』」杜甫公安縣懷古：「野曠呂蒙營，江深劉備城。寒天催日短，風浪與雲平。灑落君臣契，飛騰戰伐名。維舟倚前浦，長嘯一含情。」呂蒙（一七八—二一九）：字子明，汝南富陂（今安徽阜南）人。東漢末孫吳大將，曾計取荆州，擒獲關羽。拜南陵太守，封孱陵侯。三國志卷五四有傳。玄德：即劉備，字玄德。

〔八〕「老杜」句至「蓋爲此也」：杜甫曉發公安：「北城擊柝復欲罷，東方明星亦不遲。鄰雞野哭如昨日，物色生態能幾時。舟楫眇然自此去，江湖遠適無前期。出門轉眄已陳迹，藥餌扶吾隨所之。」又移居公安敬贈衛大郎鈞：「衛侯不易得，余病汝知之。雅量涵高遠，清襟照等夷。平生感意氣，少小愛文辭。河海由來合，風雲若有期。形容勞宇宙，質樸謝軒墀。自古幽人泣，流年壯士悲。水煙通徑草，秋露接園葵。入邑豺狼鬥，傷弓鳥雀飢。白頭供晏語，烏几伴棲遲。交態遭輕薄，今朝豁所思。」又留別公安太易沙門：「隱居欲就廬山遠，麗藻初逢休上人。數問舟航留製作，長開篋笥擬心神。沙村白雪仍含凍，江縣紅梅已放春。先蹋爐峰置蘭若，徐飛錫杖出風塵。」

〔九〕馴鷗：劍南詩稿卷二公安：「地曠江天接，沙隤市井移。避風留半日，買米待多時。蝶冷停菰葉，鷗馴傍櫓枝。昔人勳業地，搔首歎吾衰。」自注：縣有呂子明舊城。

十五日。周令說縣本在近北，枕漢水，沙虛岸摧，漸徙而南，今江流乃昔市邑也。

又云，縣有五鄉，然共不及二千户，地曠民寡如此。民耕尤苦，堤防數壞，歲歲增築不止。晚携家再遊二聖寺。衆寮有維摩刻木像甚佳，云沙市工人所爲也〔一〕。方丈西有竹軒頗佳。珠老説五祖法演禪師初住四面山〔二〕，孑然獨處凡二年，始有一道士來問道，乃請作知事〔三〕。又三年，僧寶良來，與道士朝夕參叩，皆得法。於是演公之道寖爲人知，而四方學者始稍有至者。雖其後門人之盛稱天下，然終身不過數十衆。珠聞此於其師卍庵顔禪師〔四〕。荆州絶無禪林，惟二聖而已。然蜀僧出關，必走江浙，回者又已自謂有得，不復參叩〔五〕。故語云：「下江者疾走如煙，上江者鼻孔撩天〔六〕。」徒勞他二佛打供，了不見一僧坐禪。

十六日。過白湖，渺然無津，拋江至升子鋪。有天鵝數百，翔泳水際。日入，泊沙市〔七〕。自公安至此六十里，自此至荆南陸行十里〔八〕，舟不復進矣。老杜詩云：「買薪猶白帝，鳴艣已沙頭。」劉夢得云：「沙頭檣干上，始見春江闊。」皆謂此也〔九〕。

【箋注】

〔一〕維摩：亦稱維摩詰，意爲净名、無垢塵。古印度富商，佛教早期居士，潛心修行，得成正果，被稱菩薩。著有維摩詰所説經。沙市：又稱沙頭市，鎮名。在今湖北江陵。輿地紀勝卷六四：「沙頭市去城十五里。四方之商賈輻輳，舟車駢集，謂之沙頭市。元稹江陵酬月詩云：『闐咽沙頭市，玲瓏竹岸窗。』」

〔二〕五祖法演禪師：俗姓鄧，綿州巴西（今四川綿陽）人。少年出家，三十五歲落髮受具，住成都習百法、唯識諸論。後游方各地，得法於白雲守端禪師，成爲楊歧派法嗣。先後住持安徽舒州白雲山和湖北蘄州五祖寺等處。崇寧三年（一一〇四）圓寂，春秋八十歲。座下著名弟子有佛果克勤、佛鑒慧懃、佛眼清遠等。事迹見五燈會元卷十九。

〔三〕知事：僧職名。掌管僧院事務，後稱住持。趙彦衛雲麓漫鈔卷六：「隋曰道場，唐曰寺，本朝則大曰寺，次曰院。在法寺有寺主，郡有僧首，總稱主首。而宣和三年禁稱主字，改曰管勾院門、同管勾院門事，供養主作知事，庵主作住持。至建炎初，避御名，并改曰住持。」

〔四〕卍菴顔禪師：即道顔禪師，卍庵爲其號。參見卷二二卍庵禪師真贊題解。卷二六跋卍庵語：「乾道庚寅十月入蜀，舟過公安二聖，見祖珠長老，得此書。珠自言南平軍人，得法於卍庵云。」

〔五〕參叩：拜問。

〔六〕鼻孔撩天：形容高傲自大。

〔七〕泊沙市：劍南詩稿卷二沙頭：「遊子行愈遠，沙頭逢暮秋。孫劉鼎足地，荆益犬牙州。鼓角風雲慘，江湖日夜浮。此生應衮衮，高枕看東流。」

〔八〕荆南：即江陵，爲荆湖北路治所。南宋建炎四年，改江陵府爲荆南府，淳熙中復改爲江陵府。

〔九〕「老杜」二句：杜甫送王十六判官：「客下荆南盡，君今復入舟。買薪猶白帝，鳴櫓少沙頭。衡霍生春早，瀟湘共海浮。荒林庾信宅，爲仗主人留。」劉禹錫荆州歌二首：「渚宫楊柳暗，麥城朝雉飛。可憐踏青伴，乘暖着輕衣。」「今日好南風，商旅相催發。沙頭檣竿上，始見春江闊。」

十七日。日入後，遷行李過嘉州趙青船，蓋入峽船也〔一〕。沙市堤上居者，大抵皆蜀人，不然則與蜀人爲婚姻者也。

十八日。見知府資政殿學士劉恭父珙〔二〕、通判右奉議郎權嗣衍、左宣教郎陳孺。荆南，圖經以爲楚之郢都，梁元帝亦嘗都焉。唐爲江陵府荆南節度，今因之。然牧守署銜，但云知荆南軍府，與永興、河陽正同，初無意義，但沿舊而已。

十九日。郡集於新橋馬監〔三〕，監在西門外四十里。自出城，即黄茅彌望，每十餘里，有村疃數家而已〔四〕。道遇數十騎縱獵，獲狐兔，皆繫鞍上，割鮮藉草而飲〔五〕，云襄陽軍人也。是日極寒如窮冬，土人云，此月初已嘗有雪。

【箋注】

〔一〕嘉州：即嘉定府，隸成都府路。趙青：船主名。入峽船：專門往來長江三峽的船隻。劍南詩稿卷二移船：「沙際舟銜尾，相依作四鄰。暮年多感慨，分路亦酸辛。折竹占行日，吹簫賽水神。無勞問亭驛，久客自知津。」

〔二〕劉恭父珙：即劉珙（一一二二—一一七八），字共父，建寧崇安（今屬福建）人。紹興十二年進士。累遷禮部郎官，因忤秦檜罷。歷中書舍人、翰林學士、知制誥兼侍讀，除同知樞密院事，兼參知政事。出知隆興府、江西安撫使，遷知荊南府、荊湖北路安撫使，再知潭州、湖南安撫使，移知建康府、江東安撫使。宋史卷三八六有傳。

〔三〕馬監：官署名，掌馬政。

〔四〕村疃：村莊。唐彥謙夏日訪友：「孤舟喚野渡，村疃入幽邃。」

〔五〕割鮮：宰殺野獸。文選張衡西京賦：「割鮮野饗，犒勤賞功。」張銑注：「謂披破牲體以布賜士卒，割新殺之獸勞賞勤功。」藉草：坐草地。

二十日。倒檣竿，立艣牀〔一〕。蓋上峽惟用艣及百丈，不復張帆矣。百丈以巨竹四破爲之，大如人臂。予所乘千六百斛舟，凡用艣六枝，百丈兩車。

二十一日。劉帥丁内艱。分迓兵之半負肩輿〔二〕，自山路先歸夔州。是日，重霧四塞。

二十二日。五鼓，赴能仁院，建會慶節道場〔三〕。中夜後，舟人祀峽神，屠一豨。

二十三日。奠劉帥母安定郡太夫人卓氏。劉帥受弔禮，與吴人同。

二十四日。見左朝奉郎湖北安撫司主管機宜文字牛達可、右奉議郎安撫司幹辦公事湯衡、右朝奉郎安撫司幹辦公事趙藴。

二十五日。右文林郎知歸州興山縣高祁來〔四〕。

【箋注】

〔一〕艣牀：摇櫓的支架。艣，同櫓，比槳大的划船工具。

〔二〕劉帥丁内艱：指劉珙遭遇母喪。丁，當，遭逢。

迓兵：官衙之衛兵。迓，通「衙」。肩輿：人力肩扛的代步工具。

〔三〕建會慶節道場：會慶節爲宋孝宗聖節，在十月二十二日。建道場祝壽當在聖節前一月，即九月二十二日。

〔四〕歸州：即巴東郡。南宋時或隸夔州路，或隸荆湖北路。時隸夔州路。轄秭歸、巴東、興山三縣。興山縣在今湖北興山。

二十六日。修船始畢，骨肉入新船〔一〕。祭江瀆廟，用壺酒、特豕。廟在沙市之東三四里，神曰昭靈孚應威惠廣源王，蓋四瀆之一，最爲典祀之正者〔二〕。然兩廡淫祠尤多〔三〕，蓋荆楚舊俗也。司法參軍右迪功郎王師點，録其叔祖君儀待制訟卦講義來。君儀，嚴州人，師事先大父，精於易，然遺書不傳，講義止存一篇而已，然亦其少作也〔四〕。

二十七日。解舟〔五〕，擊鼓鳴艣，舟人皆大噪，擁堤觀者如堵牆。泊新河口，距沙市三四里，蓋蜀人修船處。

二十八日。泊方城。有嘉州人王百一者，初應募爲船之招頭。招頭蓋三老之長，雇直差厚，每祭神得胙肉倍衆人〔六〕。既而船户趙清改用所善程小八爲招頭。百一失職怏怏，又不決去，遂發狂赴水〔七〕。予急遣人拯之，流一里餘，三没三踊，僅得出。一招頭得喪能使人至死，况大於此者乎！

二十九日。阻風。

【箋注】

〔一〕骨肉：比喻至親。此指同行妻、子等。

〔二〕江瀆廟：供奉江神的廟宇。卷一六有成都江瀆廟碑，此指江陵之江瀆廟。特豕：一頭豬。祭祀只用一種牲畜稱特牲。四瀆：長江、黄河、淮河、濟水的合稱。爾雅釋水：「江、河、淮、濟爲四瀆。四瀆者，發原注海者也。」

〔三〕淫祠：不合禮儀而設置的祠廟。

〔四〕君儀：即王昇，字君儀，嚴州人。方勺泊宅編卷一：「王昇字君儀，居嚴州烏龍山。布衣蔬食，無書不讀，道、釋二典，亦皆徧閲。爲湖、婺二州學官，罷歸山中，杜門二年不赴調。一日，自以筴子易筮之，始治裝西去，時年將六十矣。旅京師數月，良倦，將謀還鄉，左丞薛昂以其所撰冕服書獻之，稍歷要官。君儀之學，尤深於禮、易，久爲明堂司常。宣和乙巳，以待制領宫祠，復居烏龍故廬。每正旦，筮卦以卜一歲事，豫言災祥，其驗甚多。壬子正月，微感疾，郡驚擾，嚴人皆引避山谷間，公獨燕處如平時，且增葺舍宇，以示無虞。金人據臨安，諸謂貳車黄策曰：『陸農師待我爲屬官，不久當往，但太元書未畢，且不及見上元甲子太平之會，此爲恨爾。』數日卒，年七十九。」又卷三：「王君儀年弱冠，寓陸農師佃門下，力學工文，至忘寢食。」訟卦講義：闡述易訟卦義理的著作。先大父：指陸游祖父陸佃。

〔五〕解舟：劍南詩稿卷二將離江陵：「暮暮過渡頭，旦旦走堤上。舟人與關吏，見熟識顔狀。癡頑久不去，常恐遭誚讓。昨日倒檣幹，今日聯百丈。買薪備雨雪，儲米滿瓶盎。明當遂去此，障袂先側望。即日孟冬月，波濤幸非壯。潦收出奇石，霧卷見疊嶂。地嶮多崎嶇，峽束少平曠。從來樂山水，臨老愈跌宕。皇天憐其狂，擇地令自放。山花白似雪，江水緑於釀。竹枝本楚些，妙句寄悽愴。何當出清詩，千古續遺唱。」

〔六〕招頭：舵工首領。三老：舵工。參見本月四日記文注〔八〕。雇直：雇工的工資。蘇軾上神宗皇帝書：「又欲官賣所在坊場，以充衙前雇直。」胙肉：祭祀神靈的肉食。分食胙肉即分享神的佑護。

〔七〕赴水：指投水自盡。沈亞之湘中怨辭：「我孤，養於兄。嫂惡，常苦我。今欲赴水，故留哀須臾。」

十月一日。過瓜洲壩、倉頭、百里洲，泊沱灄，皆聚落，竹樹鬱然，民居相望。亦有村夫子聚徒教授，羣童見船過，皆挾書出觀，亦有誦書不輟者。沱，江別名，詩「江有沱」、禹貢「岷山導江，東別爲沱」是也〔一〕。灄，則爾雅所謂「春秋夏有水，冬無水曰灄」也〔二〕。

二日。泊桂林灣。全、證二僧陸行來〔三〕，云沿路民居，大抵多四方人，土着財十一也①。舟人殺猪十餘口祭神，謂之開頭〔四〕。

三日。舟人分胙，行差晚。與兒輩登堤觀蜀江，乃知李太白荆門望蜀江詩「江色緑且明」爲善狀物也〔五〕。自離塔子磯，至是始望見巴山，山在松滋縣〔六〕。泊灌子口，蓋松滋、枝江兩邑之間。松滋，晉縣，自此入蜀江。枝江，唐縣，古羅國也，江陵九十九洲在焉〔七〕。晉柳約之、羅述、甄季之聞桓玄死，自白帝至枝江，即此地也〔八〕。歐陽文忠公有枝江山行五言二十四韻。蓋文忠赴夷陵時，自此陸行至峽州，故其望州坡詩云：「崎嶇幾日山行倦，却喜坡頭見峽州〔九〕。」灌子口一名松滋渡。劉賓客有詩云：「巴人淚應猨聲落，蜀客船從鳥道回〔一〇〕。」

【校記】

①「着」，弘治本、汲古閣本作「著」。

【箋注】

〔一〕沱：沱江。詩召南江有汜：「江有沱，之子歸，不我過。不我過，其嘯也歌。」書禹貢：「岷山導江，東別爲沱，又東至于澧。」

〔二〕「澭」二句：今本爾雅未見。澭，同灉，湖名，在今湖南岳陽。范致明岳陽風土記：「灉湖在州南，春冬水涸，昔人謂之乾湖，水經謂之滃湖。秋夏水漲，即渺瀰勝千石舟，通閣子鎮。」

〔三〕全、證二僧：即八月二十九日「附從人舟」的世全、了證二僧。

〔四〕開頭：指撐頭篙。

〔五〕蜀江：方輿勝覽卷六一：「蜀江發源岷山，經嘉、叙、瀘、重慶，至（涪州）城下。自成都登舟十三程，至此會合黔江，過忠、萬、雲安、夔、歸、峽，至荆南一千七百七十里。」「乃知」句：李白荆門浮舟望蜀江：「春水月峽來，浮舟望安極。正是桃花流，依然錦江色。江色緑且明，茫茫與天平。逶迤巴山盡，摇曳楚雲行。雪照聚沙雁，花飛出谷鶯。芳洲却已轉，碧樹森森迎。流目浦煙夕，揚帆海月生。江陵識遥火，應到渚宫城。」

〔六〕巴山：輿地紀勝卷六四：「巴山在松滋縣。左傳：『巴人伐楚。』荆南志云：『巴人後遁而歸。有巴復村，故曰巴山。』」

〔七〕松滋：輿地紀勝卷六四：「舊唐志云：『松滋本屬廬江郡。晉以松滋流民避亂至此，乃僑置松滋縣以治之。屬南郡。』」又：「晉志云：『（枝江縣）故羅國也。』」

〔八〕「晉柳約之」三句：東晉末，桓玄篡位建立桓楚，劉裕舉兵討伐，桓玄敗走江陵，欲入蜀被殺。晉巴東太守柳約之、建平太守羅述、征虜司馬甄季之均參加討桓。事見資治通鑑卷一一三晉紀三五。

〔九〕「歐陽文忠公」六句：景祐三年（一〇三七），歐陽修因支持范仲淹改革，被貶峽州夷陵縣，從枝江陸行至峽州。其自枝江山行至平陸驛：「枝江望平陸，百里千餘嶺。蕭條斷煙火，莽蒼無人境。」望州坡：「聞説夷陵人爲愁，共言遷客不堪遊。崎嶇幾日山行倦，卻喜坡頭見峽州。」

〔一〇〕「劉賓客」三句：劉禹錫松滋渡望峽中：「渡頭輕雨灑寒梅，雲際溶溶雪水來。夢渚草長迷楚望，夷陵土黑有秦灰。巴人淚應猿聲落，蜀客船從鳥道回。十二碧峰何處所，永安宮外是荒臺。」

四日。過楊木寨。蓋松滋有四寨，曰楊木、車羊、高平、税家云。泊龍灣〔一〕。

五日。過白羊市，蓋峽州宜都縣境上〔二〕。宜都，唐縣也〔三〕。謁張文忠公天覺墓〔四〕，殘伐墓木横道，幾不可行。天覺之子直龍圖閣茂已卒；二孫，一有官，病狂易〔五〕，一白丁也。初作墓江濱，已而不果葬，改葬山間，今墓是也。而舊墓亦不復毁。啓隧道出入，中可容數十人坐。有道人結屋其旁守之。道人出一石刻草書云：「莫將外物尋奇寶，須問真師決汞鉛。寄八瓊張子高。鍾離權始自王屋遊都下，弟子浮玉山人來乞此字。今又將西還，丹元子再請書卷之末〔六〕。紹聖元年仲冬望日。」權即世所謂鍾離先生，子高即天覺，丹元子即東坡先生與之酬倡者。後有魏泰道輔跋云：「天覺修黄籙醮法成，浮玉山人謂之曰：上天録公之功，爲須彌山八瓊洞主，宜刻印謝帝而佩之。天覺不以爲信，故浮玉又出鍾離公書爲證，後丹元子又爲天覺求書卷末〔七〕。」又有徐注者跋云：「天覺舟過真州，方出謁，有布衣幅巾者徑入舟中，索筆大書『閒人呂洞賓來謁張天覺』十字，擲筆即去。而天覺適歸，墨猶未乾。」注，真州人云親見之〔八〕。墳前碑樓壁間有詩一篇云：「秋風十驛望台星，想見冰壺照坐清。霖雨已回公旦駕，挽鬚聊聽野王箏。三朝元老心方壯，四海蒼生耳已傾。白髮故人來一別，却歸林下看昇平。」蓋魏道輔贈天覺詩，後人所題者〔九〕。唐立夫舍人亦有一詩，末句云：「無碑堪墮淚，著句與招魂〔一〇〕。」宜都知縣右文林郎呂大辨來。泊赤崖。

【箋注】

〔一〕「泊龍灣」：劍南詩稿卷二晚泊松滋渡口其一：「此行何處不艱難，寸寸强弓且旋彎。縣近歡欣初得菜，江回徙倚忽逢山。繫船日落松滋渡，跋馬雲埋灩澦關。未滿百年均是客，不須數日待東還。」其二：「小灘拍拍鸕鷀飛，深竹蕭蕭杜宇悲。看鏡不堪衰病後，繫船最好夕陽時。生涯落魄惟耽酒，客路蒼茫自詠詩。莫問長安在何許，亂山孤店是松滋。」

〔二〕峽州：隸荊湖北路，轄夷陵、宜都、長楊、遠安四縣。治夷陵，在今湖北宜昌。

〔三〕宜都：輿地紀勝卷七三：「宜都縣……唐志：『本宜昌，隸南郡。武德二年更名宜都，及峽州之夷道，置江州。』」今爲湖北宜都。

〔四〕張文忠公天覺：即張商英（一〇四三—一一二一），字天覺，蜀州新津（今屬四川）人。治平進士。熙寧中以章惇薦，擢監察御史裏行，後屢遭貶。哲宗親政，召爲右正言，遷左司諫。徽宗時除中書舍人，歷翰林學士知制誥，拜尚書右丞，進左丞。與蔡京不合，罷知亳州，入元祐黨籍。大觀四年拜尚書右僕射。罷知河南府，貶衡州安置，後復職。紹興中賜諡文忠。宋史卷三五一有傳。

〔五〕狂易：指精神失常。漢書外戚傳下：「由素有狂易病。」顏師古注：「狂易者，狂而變易常性也。」

〔六〕汞鉛：道家煉丹的兩種原料，指煉丹。鍾離權：字雲房，一字寂道，號正陽子、和谷子。或説漢人，或説唐宋時人。相傳遇仙成道。全真道尊其爲正陽祖師，亦爲道教傳説中「八仙」之一。王屋：山名。相傳黄帝訪道於王屋山，故用以泛指修道之山。都下：指京城。丹元子：北宋道士。蘇軾曾與之唱和，撰有丹元子示詩飄飄然有謫仙風氣吴傳正繼作復次其韻等。

〔七〕魏泰：字道輔，襄陽（今屬湖北）人。曾布妻弟。逞强行霸，數舉進士不第，曾在試院中毆打考官幾死。博覽群書，善辯，無與争鋒。晚年家居。著有東軒筆録等。事迹見四庫全書總目卷一四〇。黄籙醮法：道教潔齋之法。隋書經籍志四：「受者必先潔齋……其潔齋之法，有黄籙、玉籙、金籙、塗炭等齋。」須彌山：佛教中指一小世界之中心。八瓊洞主：杜撰的稱號。

〔八〕徐注：爲誰不詳。　真州：隸淮南東路。在今江蘇儀徵。　吕洞賓：傳説中「八仙」之一。

〔九〕有詩一篇：此爲魏泰荆門别張天覺。　冰壺：指月亮。　「霖雨」句：指張商英被召回朝中。霖雨，甘雨，時雨。語本書説命：「若歲大旱，用汝作霖雨。」回公旦駕，周公旦輔佐成王，遭猜疑而離京，成王將其召回繼續執政。　「挽鬚」句：指魏泰得聽商英高見。挽鬚，捋鬚。聽野王箏，東晉桓伊字野王，居高官，善音樂。王徽之聞其路過，請求爲己奏笛。桓伊素聞徽之名，下車爲作三調，奏畢即去，不交一言。事見晉書卷八一桓伊傳。

〔一〇〕唐立夫：即唐文若，字立夫，眉山（今屬四川）人。唐庚之子。紹興進士。歷光禄丞、秘書郎，出知邵州、饒州、温州，召爲宗正少卿，遷給事中、中書舍人。孝宗時出知漢州、江州。乾道元年卒。宋史卷三八八有傳。　碑堪墮淚：西晉羊祜鎮守襄陽，有政績，甚得民心。襄陽百姓於其身後在峴山立碑紀念，歲時饗祭，望其碑者莫不流涕，杜預名之曰「墮淚碑」。事見晉書卷三四。　招魂：楚辭篇名。相傳宋玉所作，招屈原之魂。

渭南文集箋校卷第四十八

入蜀記第六

【題解】

本卷收録入蜀記乾道六年十月六日至十月二十七日記文。

六日。過荆門、十二碚〔一〕，皆高崖絶壁，嶄巖突兀，則峽中之險可知矣。過碚望五龍及雞籠山〔二〕，嵯峨正如夏雲之奇峰。荆門者，當以險固得名。碚上有石穴，正方，高可通人，俗謂之荆門則妄也。晚至峽州，泊至喜亭下〔三〕。峽州在唐爲硤州，後改峽，而印文則爲陜州。元豐中，郎官何洵直建言〔四〕，「陜」與「陝」相亂，請改鑄印文從「山」。事下少府監，而監丞歐陽發言〔五〕：「湖北之陜州，從阜從夾，夾從兩人①。陝西之陝州②，從阜從夾，夾從兩入③。偏旁不同，本不相亂。恐四方謂少府監官皆不識字。」當時朝士之議皆是發，而卒從洵直言改鑄云。至喜亭記，歐陽公撰，黄魯直書〔六〕。

【校記】

①兩「夾」原作「夾」，「入」原作「入」，據弘治本及文意改。

②「陝州」，原作「陜州」，弘治本、汲古閣本同，據上文改。

③「夾從兩入」，原作「夾從兩人」，弘治本、汲古閣本同，據文意改。

【箋注】

〔一〕荆門十二碚：輿地紀勝卷七三：「荆門山在宜都縣西北五十里。水經注云：『大江東歷荆門、虎牙二山間。』郭璞江賦云：『虎牙嵥立以屹崒，荆門闕竦而盤礴。』宜都山水記云：『南崖有山名荆門，北崖有山名虎牙。』」又：「十二碚，在夷陵縣西南三十五里。」碚，地名用字。

〔二〕五龍：輿地紀勝卷七三：「五龍山，寰宇記云：『遠安縣山有五峰若龍，故名。』」

〔三〕至喜亭：輿地紀勝卷七三：「至喜亭，歐公有記。」歐陽修峽州至喜亭記：「蜀於五代爲僭國，以險爲虞，以富自足，舟車之迹不通乎中國者五十有九年。宋受天命，一海内，四方次第平，太祖改元之三年，始平蜀。然後蜀之絲枲織文之富，衣被於天下，而貢輸商旅之往來者，陸輦秦、鳳，水道岷江，不絶於萬里之外。岷江之來，合蜀衆水，出三峽爲荆江，傾折回直，捍怒門激，束之爲湍，觸之爲旋。順流之舟頃刻數百里，不及顧視，一失毫釐與崖石遇，則糜潰漂没不見蹤迹。故凡蜀之可以充内府、供京師而移用乎諸州者，皆陸出，而其羨餘不急之物，乃下於江，若棄之然，其爲險且不測如此。夷陵爲州，當峽口，江出峽始漫爲平流。故舟人至此者，必瀝酒再拜相賀，以爲更生。尚書虞部郎中朱公再治是州之三月，作至喜亭於江津，以爲舟者之停留也。且誌夫天下之大險，至此而始平夷，以爲行人之喜幸。夷陵固爲下州，廩與俸皆薄，而僻且遠，雖有善政，不足爲名譽以資進取。朱公能不以陋而安之，其心又喜夫人之去憂患而就樂易，詩所謂『愷悌君子』者矣。自公之來，歲數大豐，因民之餘，然後有作，惠於往來，以館以勞，動不違時，而人有賴，是皆宜書。故凡公之佐吏，因相與謀，而屬筆於修焉。」朱公，即朱慶基，時知峽州。

〔四〕何洵直：道州（今湖南永州道縣）人。治平進士。歷官太常博士、禮部員外郎、司勳員外郎，元祐四年任祕閣校理、秘書郎，出知楚州。元豐中任禮部員外郎。

〔五〕少府監：官署名。掌管皇帝服御、寶册、符印、旌節、度量衡標準，及祭祀、朝會所需器物。歐陽發：字伯和，吉州廬陵人。歐陽修長子。少好學，師事胡瑗。以父恩入仕，賜進士出身。累官大理丞、殿中丞等。長於制度文物、古樂鐘律，蘇軾極稱其學。事迹見張右史集卷五九墓誌銘。時任少府監丞。

〔六〕黄魯直書：清人王士禛蜀道驛程記：「聞至喜堂記山谷書，尚存斷碑數十字，在東門民家作砌石，語州守以他石易之。」

七日。見知州右朝奉大夫葉安行字履道。以小舟遊西山甘泉寺〔一〕，竹橋石磴，甚有幽趣。有静練、洗心二亭，下臨江山，頗疏豁。法堂之右，小徑數十步至一泉，曰孝婦泉，謂姜詩妻龐氏也〔二〕。泉上亦有龐氏祠，然歐陽文忠公不以爲信，故其詩曰：「叢祠已廢姜祠在，事迹難尋楚語訛。」又此篇首章云「江上孤峰蔽緑蘿」，初讀之，但謂孤峰蒙藤蘿耳，及至此，乃知山下爲緑蘿溪也〔三〕。又至漢景帝廟及東山寺〔四〕，景帝不知何以有廟於此。歐陽公爲令時，有祈雨文，在集中〔五〕。東山寺亦見歐陽公詩〔六〕，距望京門五里。寺外一亭臨小池，有山如屏環之，頗佳。亭前冬青及柏，皆百餘年物。遂至夷陵縣，見縣令左從政郎胡振。廳事東至喜堂，郡守朱虞部爲歐陽公所築者〔七〕，已焚壞。柱礎尚存，規模頗雄深。又東則祠堂，亦簡陋，肖像殊不類，可歎。聽事前一井〔八〕，相傳爲歐陽公所浚，水極甘寒，爲一郡之冠。井旁一柟合抱〔九〕，亦傳爲公手植。晚，郡集於楚塞樓，遍歷爾雅臺、錦障亭。亭前海棠一本，亦百年物。爾雅臺者，圖經以爲郭景純註爾雅於此〔一〇〕。又有絳雪亭，取歐陽公千葉紅梨詩〔一一〕，而紅梨已不存矣。

【箋注】

〔一〕西山甘泉寺：劍南詩稿卷十峽州甘泉寺：「江上甘泉寺，登臨擅一州。山亭喜無恙，老子得重遊。灘急常疑雨，林深欲接秋。歸途更清絶，倚杖唤漁舟。」此詩爲淳熙五年五月陸游離蜀東歸途中作。

〔二〕孝婦泉：輿地紀勝卷七三：「姜詩溪在州之南，岸有泉湧。歐公詩云：『叢林已廢姜祠在，事迹難尋楚語訛。』按詩，廣漢人，故歐公詩云耳。」法堂：演説佛法的講堂。姜詩妻龐氏：東漢姜詩娶龐盛之女龐氏。姜母喜飲江水，龐氏每日汲水負歸，一日遇風耽擱，爲詩所逐。龐氏寄止鄰舍，奉養如舊，姜母感慚呼還。舍側忽有泉湧，味如江水。事見後漢書卷八四列女傳。

〔三〕歐陽修和丁寶臣游甘泉寺（題注：寺在臨江一山上，與縣廨相對）：「江上孤峰蔽緑蘿，縣樓終日對嵯峨。叢林已廢姜祠在，事迹難尋楚語訛。……城頭暮鼓休催客，更待横江弄月歸。」自注：「寺有清泉一泓，俗傳爲姜詩泉，亦有姜詩祠。按：詩，廣漢人，疑泉不在此。」

〔四〕漢景帝廟：輿地紀勝卷七三：「漢景帝廟在臨江門外。相傳先主常以帝木主寄饗於月嶺，因立廟。先主乃景帝子中山靖王勝之後也。」

〔五〕「歐陽公爲令」三句：歐陽修居士集卷四九有求雨祭漢景帝文。

〔六〕東山寺：歐陽修居士集卷一一有冬至後三日陪丁元珍游東山寺、初晴獨游東山寺五言六韻，卷四九有求雨祭漢景帝文。

〔七〕至喜堂：歐陽修夷陵縣至喜堂記：「景祐二年，尚書駕部員外郎朱公治是州……又命夷陵令劉光裔治其縣，起敕書樓，飾廳事，新吏舍。三年夏，縣功畢。某有罪來是邦，朱公與某有舊，且哀其以罪而來，爲至縣舍，擇其廳事之東以作斯堂，度爲疏潔高明，而日居之以休其心。堂成，又與賓客偕至而落之。夫罪戾之人，宜棄惡地，處窮險，使其憔悴憂思而知自悔咎。今乃賴朱公而得善地，以偷宴安，頑然使忘其有罪之憂，是皆異其所以來之意。……是非惟有罪者之可以忘其憂，而凡爲吏者莫不始來而不樂，既至而後喜也。作至喜堂記藏其壁。」

〔八〕聽事：亦作廳事。廳堂，官署視事問案之所。

〔九〕柟：同「楠」。楠木，常緑喬木，木質堅固。

〔一〇〕「郡集」六句：輿地紀勝卷七三：「楚塞樓在州治。」又：「爾雅臺，方輿記云：『郭璞注爾雅於此，臺上見有郭璞先生塑像。』」郭璞（二七六—三二四），字景純，河東聞喜（今山西聞喜）人。東晉學者，博學好古，精於天文曆算卜筮，長於詩賦。注爾雅十八年。晉書卷七二有傳。

〔一一〕「又有絳雪亭」三句：輿地紀勝卷七三：「絳雪堂在州治，歐公有詩。」歐陽修千葉紅梨花（題注：峽州署中舊有此花。前無賞者。知郡朱郎中始加欄檻，命坐客賦之）：「紅梨千葉愛者誰，白髮郎官心好奇。徘徊繞樹不忍折，一日千匝看無時。夷陵寂寞千山裏，地遠氣偏紅節異。愁煙苦霧少芳菲，野卉蠻花門紅紫。可憐此樹生此處，高枝絶艷無人顧。春風吹落復吹開，山鳥飛來自飛去。根盤樹老幾經春，真賞今才遇使君。風輕絳雪樽前舞，日暖繁香露下聞。從來奇物産天涯，安得移根植帝家。猶勝張騫爲漢使，辛勤西域徙榴花。」

八日。五鼓盡，解船，過下牢關〔一〕。夾江千峰萬嶂，有競起者，有獨拔者，有崩欲壓者，有危欲墜者，有横裂者，有直坼者，有凸者，有窪者，有罅者，奇怪不可盡狀。初冬草木皆青蒼不雕，西望重山如闕，江出其間，則所謂下牢溪也。歐陽文忠公有下牢津詩云：「入峽山漸曲①，轉灘山更多〔二〕。」即此也。繫船與諸子及證師登三游洞〔三〕，躡石磴二里，其險處不可着脚。洞大如三間屋，有一穴通人過，然陰黑峻險尤可畏。繚山腹，傴僂自巖下至洞前，差可行。然下臨溪潭，石壁十餘丈，水聲恐人。又一穴，後有壁，可居。鍾乳歲久，垂地若柱，正當穴門。上有刻云：「黄大臨、弟庭堅，同辛紘、子大方，紹聖二年三月辛亥來遊。」旁石壁上刻云：「景祐四年七月十日，夷陵歐陽永叔」，下缺一字；又云「判官丁」，下又缺數字。丁者，寶臣也，字元珍。今「丁」字下三字亦髣髴可見，殊不類「元珍」字。又永叔但曰夷陵，不稱令〔四〕。洞外溪上又有一崩石偃仆，刻云：「黄庭堅、弟叔向、子相、姪檠同道人唐履來游，觀辛亥舊題，如夢中事也。建中靖國元年三月庚寅。」按魯直初謫黔南〔五〕，以紹聖二年過此，歲在乙亥，今云辛亥者，誤也。泊石牌峽。石穴中，有石如老翁持魚竿狀，略無少異。

【校記】

①「山」，諸本同，今本歐陽修居士集卷一〇作「江」。

【箋注】

〔一〕下牢關：亦名下牢鎮。輿地紀勝卷七三：「下牢鎮，元和郡縣志云：『在夷陵縣二十八里。隋於此置峽州。貞觀九年移於步闡壘，其舊城因置鎮。』」劍南詩稿卷十舟出下牢關：「大舸淩驚濤，飛渡青玉峽。虛壁雲濛濛，陰洞風颯颯。拂天松蓋偃，入水山脚插。炎曦忽摧破，亭午手忘箑。懸知今夜喜，月白宿沙夾。曠哉七澤遊，盟鷗不須歃。」此詩爲陸游淳熙五年五月離蜀東歸途中作。

〔二〕「歐陽文忠」三句：歐陽修下牢津：「依依下牢口，古戍鬱嵯峨。入峽江漸曲，轉灘山更多。白沙飛白鳥，青障合青蘿。遷客初經此，愁詞作楚歌。」

〔三〕證師：即搭船之僧了證。三游洞：輿地紀勝卷七三：「白樂天與弟知退及元微之參會於夷陵，尋幽踐勝，知退曰：『斯景勝絶，天地間有幾乎？』賦古調二十韻書石壁，樂天序而記。

見三游序。今洞在夷陵縣。」白居易三游洞序：「酒酣，聞石間泉聲，因舍棹進，策步入缺岸。初見石如疊如削，其怪者如引臂，如垂幢。次見泉，如瀉如灑，其奇者如懸練，如不絶線。遂相與維舟巖下，率僕夫芟蕪刈翳，梯危縋滑，休而復上者凡四五焉。仰睇俯察，絶無人迹，但水石相薄，磷磷鑿鑿，跳珠濺玉，驚動耳目。自未訖戌，愛不能去。……請各賦古調詩二十韻，書於石壁。仍命余序而記之。又以吾三人始遊，故目爲三遊洞。洞在峽州上二十里北峰下兩崖相廞間。」劍南詩稿卷二有繫舟下牢溪游三游洞二十八韻、三游洞前巖下小潭水甚奇取以煎茶。

〔四〕黄大臨：字元明，黄庭堅之兄。辛紘、子大方：同游者。丁寶臣：字元珍，常州晉陵（今江蘇常州）人。元祐進士。曾爲峽州軍事判官，與歐陽修交好。事迹見歐陽文忠公集卷二八丁君墓表。

〔五〕魯直初謫黔南：黄庭堅紹聖二年被貶涪州別駕、黔州安置。

九日。微雪，過扇子峽〔一〕。重山相掩，政如屏風扇，疑以此得名。登蝦蟆碚，水品所載第四泉是也〔二〕。蝦蟆在山麓臨江，頭鼻吻頷絶類，而背脊炮處尤逼真〔三〕。造物之巧，有如此者。自背上深入，得一洞穴，石色緑潤，泉泠泠有聲自洞出，垂蝦蟆口鼻間，成水簾入江。是日極寒，巖嶺有積雪，而洞中温然如春。碚洞相對，稍西有一峰孤起侵雲，名天柱峰。自此山勢稍平，然江岸皆大石堆積，彌望正如滄渠積土狀。晚次黄牛廟〔四〕，山復高峻。村人來賣茶菜者甚衆，其中有婦人，皆以青斑布帕首〔五〕，然頗白皙，語音亦頗正。茶則皆如柴枝草葉，苦不可入口。廟曰靈感，神封嘉應保安侯，皆紹興以來制書也。其下即無義灘，亂石塞中流，望之可畏。然舟過乃不甚覺，蓋操舟之妙也。傳云，神佐夏禹治水有功，故食於此。門左右各一石馬，頗卑小，以小屋覆之。其右馬無左耳，蓋歐陽公所見也〔六〕。廟後叢木似冬青而非，莫能名者。落葉有黑文類符篆，葉葉不同，兒輩亦求得數葉。歐詩刻石廟中。又有張文忠一贊，其詞曰：「壯哉黄牛，有大神力。輦聚巨石，百千萬億。劍戟齒牙，磥硊江側。壅激波濤，險不可測。威脅舟人，駭怖失色。刲羊釃酒，千載廟食〔七〕。」張公之意，似謂神聚石壅流，以脅人求祭饗。使神之用心果如此，豈能巍然廟食千載乎？蓋過論也〔八〕。夜，舟人來告，請無擊更鼓，云廟後山中多虎，聞鼓則出。

【箋注】

〔一〕扇子峽：又名明月峽。輿地紀勝卷七三：「明月峽在夷陵縣。高七百餘仞，倚江於崖，面白如月，又如扇，亦曰扇子峽。」歐公詩曰：『江上掛帆明月峽。』」

〔二〕蝦蟆碚：輿地紀勝卷七三：「蝦蟆碚在夷陵縣。凡出蜀者必酌水以瀹茗。陸羽云：『水品居第四。』陸游詩云：『巴東峽裏最初峽，天下泉中第四泉。』」陸羽茶經：「峽州扇子山有石突然，泄水獨清泠，狀如龜形，俗云蝦蟆口，水第四。」劍南詩稿卷二蝦蟆碚：「不肯爬沙桂樹邊，朵頤千古向巖前。巴東峽裏最初峽，天下泉中第四泉。齧雪飲冰疑換骨，掬珠弄玉可忘年。清遊自笑何曾足，疊鼓冬冬又解船。」

〔三〕皰：皮膚上似水泡的小疙瘩。

〔四〕黃牛廟：輿地紀勝卷七三：「黃牛靈應廟在黃牛峽。相傳佐禹治水有功，蜀後主建興初，諸葛武侯建祠兹土。」劍南詩稿卷二黃牛峽廟：「三峽東江流，崖谷互吐納。黃牛不負重，雲表恣蹴蹋。吴船與蜀舸，有請神必答。誰憐馬遭珂，百歲創未合。梔師浪奔走，烹毚陳酒榼。紛然餕神餘，羹炙争嚪陀。空庭多落葉，日暮聲颯颯。奇文粲可辨，高古篆籀雜。村女賣秋茶，簪花髻鬟匝。繈兒著背上，帖妥若在榻。山寒雪欲下，虎出門早闔。我行忽至此，臨風久嗚唈。」

〔五〕帕首：指裹頭。

〔六〕歐公所見：歐陽修黃牛峽祠：「大川雖有神，淫祀亦其俗。石馬繫祠門，山鴉噪叢木。潭潭村鼓隔溪聞，楚巫歌舞送迎神。畫船百丈山前路，上灘下峽長來去。江水東流不暫停，黃牛千古長如故。峽山侵天起青嶂，崖崩路絶無由上。黃牛不下江頭飲，行人惟向舟中望。朝朝暮暮見黄牛，徒使行人過此愁。山高更遠望猶見，不是黄牛滯客舟。」蘇軾書歐陽公黄牛廟詩後：「軾嘗聞之於公曰：『予昔以西京留守推官爲館閣校勘，時同年丁寶臣元珍適來京師，夢與予同舟泝江，入一廟中，拜謁堂下。予班元珍下，元珍固辭，予不可。方拜時，神像爲起，鞠躬堂上，且使人邀予上，耳語久之。元珍私念，神亦如世俗，待館閣乃爾異禮耶？既出門，見一馬隻耳，覺而語予，固莫識也。不數日，元珍除峽州判官。已而，余亦貶夷陵令。日與元珍處，不復記前夢云。一日，與元珍泝峽謁黄牛廟，入門惘然，皆夢中所見。予爲縣令，固班元珍下，而門外鐫石爲馬，缺一耳。相視大驚，乃留詩廟中，有「石馬繫祠門」之句，蓋私識其事也。』」

〔七〕張文忠：即張商英，參見卷四七五日記文注〔四〕。　輂聚：運送聚集。　磥硊：猶「壘嵬」，重疊聳立。　封羊釃酒：宰羊斟酒。　廟食：指死後立廟，受人祀奉，享受祭饗。

〔八〕過論：過分之論。

十日。早，以特豕、壺酒祭靈感廟，遂行。過鹿角、虎頭、史君諸灘〔一〕，水縮已三之二，然湍險猶可畏。泊城下，歸州秭歸縣界也〔二〕。與兒曹步沙上，回望正見黄牛峽。廟後山如屏風疊，嵯峨插天，第四疊上有若牛狀，其色赤黄，前有一人如着帽立者。昨日及今早，雲冒山頂，至是始見之〔三〕。因至白沙市慈濟院，見主僧志堅，問地名城下之由。云院後有楚故城〔四〕，今尚在，因相與訪之。城在一岡阜上，甚小，南北有門，前臨江水，對黄牛峽。城西北一山，蜿蜒回抱，山上有伍子胥廟。大抵自荆以西，子胥廟至多。城下多巧石，如靈壁、湖口之類〔五〕。

十一日。過達洞灘。灘惡，與骨肉皆乘轎陸行過灘。灘際多奇石，五色粲然可愛，亦或有文成物象及符書者。猶見黄牛峽廟後山。太白詩云：「三朝上黄牛，三暮行太遲。三朝又三暮，不覺鬢成絲〔六〕。」歐陽公云：「朝朝暮暮見黄牛，徒使行人過此愁。山高更遠望猶見，不是黄牛滯客舟〔七〕。」蓋諺謂：「朝見黄牛，暮見黄牛。一朝一暮〔八〕，黄牛如故。」故二公皆及之。歐陽公自荆渚赴夷陵，而有下牢、三游及蝦蟆碚、黄牛廟詩者，蓋在官時來游也。故憶夷陵山詩云：「憶嘗祇吏役，巨細悉經覯。」其後又云「荒煙下牢戍，百仞塞溪漱。蝦蟆噴水簾，甘液勝飲酎。亦嘗到黄牛，泊舟聽猨狖」也〔九〕。晚泊馬肝峽口〔一〇〕。兩山對立，修聳摩天，略如廬山。江岸多石，百丈縈絆〔一一〕，極難過。夜小雨。

【箋注】

〔一〕「過鹿角」句：方輿勝覽卷二九：「諸灘，曰青草，曰西蛇，曰難禁，曰三溜，曰偏劫，曰叱波，曰趍灘，曰老翁，曰大蛇，曰鹿角，曰南北兩席頭，曰上狼尾，皆在州西北。」「席頭」或爲「虎頭」。劍南詩稿卷二泊虎頭灘下：「大舟已泊燈火明，小舟猶行聞櫓聲。虎頭崔嵬鹿角横，人生實難君勿輕。」

〔二〕歸州：隸荆湖北路，轄秭歸、巴東、興山三縣。治所秭歸，在今湖北秭歸。太平寰宇記卷一四八：「歸州土地所屬與雲安郡同。周夔子之國，戰國時其地屬楚，秦爲南郡之地，漢於此置秭歸縣。袁山松曰：『屈原，此縣人也，既被流放，忽然暫歸，其姊亦來，因名其地爲秭歸。』秭與姊同。」

〔三〕「回望」九句：水經注卷三四：「江水又東，經黄牛山下，有灘名曰黄牛灘。南岸重嶺疊起，最外高崖間有石，色如人負刀牽牛，人黑牛黄，成就分明。既人迹所絶，莫得究焉。此巖既高，加以江湍紆回，雖途經信宿，猶望見此物。故行者謡曰：『朝發黄牛，暮宿黄牛，三朝三暮，黄牛如故。』言水路紆深，回望如一矣。」

〔四〕楚故城：又名丹陽城。輿地紀勝卷七四：「丹陽城在秭歸東三里，今屈沱楚王城是也。北枕大江，周十二里。山海經：『夏啓封孟除於丹陽城。』輿地志：『秭歸縣東八里有丹陽城，熊繹所封也。』元和郡縣志云：『在秭歸東七里，楚之舊都也。周武王封熊繹於荆丹陽之地，即此也，與江南丹陽不同。』治平中秭歸令韓象求有楚王城記。」

〔五〕「城下」二句：宿州靈壁（今屬安徽）、江州湖口（今屬江西）均出奇石。

〔六〕「太白」五句：李白上三峽：「巫山夾青天，巴水流若茲。巴水忽可盡，青天無到時。三朝上黄牛，三暮行太遲。三朝又三暮，不覺鬢成絲。」

〔七〕「歐陽公云」五句：歐陽修黄牛峽祠，參見九日記文注〔六〕。

〔八〕一朝一暮：水經注和李白詩均作「三朝三暮」。

〔九〕歐陽修憶山示聖俞：「吾思夷陵山，山亂不可究。東城一堠餘，高下漸岡阜。群峰迤邐接，四顧無前後。憶嘗祇吏役，鉅細悉經覯。是時秋卉紅，嶺谷堆纈繡。林枯松鱗皴，山老石脊瘦。斷徑履頹崖，孤泉聽清溜。深行得平川，古俗見耕耨。澗荒驚麏奔，日出飛雉雊。磐石屢欹眠，緑巖堪解綬。幽尋歎獨往，清興思誰侑。其西乃三峽，嶮怪愈奇富。江如自天傾，岸立兩崖鬥。黔巫望西屬，越嶺通南奏。時時縣樓對，雲霧昏白晝。荒煙下牢戍，百仞寒溪漱。蝦蟇噴水簾，甘液勝飲酎。亦嘗到黄牛，泊舟聽猿狖。」經覯：經辦。酎：醇酒。猨狖：泛指猿猴。

〔一〇〕馬肝峽：輿地紀勝卷七四：「馬肝山在秭歸，有石如馬肝，在江北。」

〔一一〕百丈縈絆：牽船的篾纜縈繞羈絆。

十二日。早，過東瀼灘，入馬肝峽〔一〕。石壁高絶處，有石下垂如肝，故以名峽。其傍又有獅子巖，巖中有一小石，蹲踞張頤〔二〕，碧草被之，正如一青獅子。微泉泠泠，自巖中出，舟行急，不能取嘗，當亦佳泉也。溪上又有一峰孤起，秀麗略如小孤山〔三〕。晚抵新灘，登岸宿新安驛〔四〕。夜雪。

十三日。舟上新灘，由南岸上。及十七八〔五〕，船底爲石所損，急遣人往拯之，僅不至沉。然鋭石穿船底，牢不可動，蓋舟人載陶器多所致。新灘兩岸，南曰官漕平聲，北曰龍門。龍門水尤湍急，多暗石，官漕差可行，然亦多鋭石，故爲峽中最險處，非輕舟無一物不可上下。舟人冒利以至此，可爲戒云。遊江瀆北廟，廟正臨龍門。其下石罅中有温泉，淺而不涸，一村賴之。婦人汲水，皆背負一全木盎〔六〕，長二尺，下有三足，至泉旁，以杓挹水，及八分，即倒坐旁石，束盎背上而去。大抵峽中負物率着背，又多婦人，不獨水也。有婦人負酒賣，亦如負水狀，呼買之，長跪以獻。未嫁者率爲同心髻，高二尺，插銀釵至六隻，後插大象牙梳，如手大。

十四日。留驛中。晚，以小舟渡江南，登山至江瀆南廟。新修未畢，有一碑，前進士曾華旦撰。言因山崩石壅成此灘，害舟不可計，於是著令，自十月至二月禁行舟。知歸州尚書都官員外郎趙誠聞於朝〔七〕，疏鑿之，用工八十日，而灘害始去，皇祐三年也。蓋江絶於天聖中，至是而復通。然灘害至今未能悉去，若乘十二月、正月水落石盡出時，亦可併力盡鑱去鋭石〔八〕。然灘上居民皆利於敗舟，賤賣板木及滯留買賣，必摇沮此役〔九〕，不則賂石工，以爲石不可去。須斷以必行，乃可成。又舟之所以敗，皆失於重載，當以大字刻石置驛前，則過者必自懲創〔一〇〕。二者皆不可不講，當以告當路者〔一一〕。

【箋注】

〔一〕「十二日」四句：劍南詩稿卷二過東濡灘入馬肝峽：「書生就食等奔逃，道路崎嶇信所遭。船上急灘如退鷁，人緣絶壁似飛猱。口誇遠嶺青千疊，心憶平波緑一篙。猶勝溪丁絶輕死，無時來往駕舸艚。」（自注：峽中小船謂之舸艚。）

〔二〕張頤：張開大口。

〔三〕小孤山：又名小姑山。在舒州宿松縣（今屬安徽），以峭拔秀麗著稱。參見卷四五八月一日記文。

〔四〕新灘：輿地紀勝卷七四：「新灘，天聖丙寅贊唐山摧，遂成新灘。皇祐間太守趙誡疏鑿，有磨崖碑。其灘有龍門、佛指甲、官槽，而官槽與龍門相對。」范成大吴船録卷下：「三十里至新灘。此灘惡名豪三峽，漢晉時，山再崩，塞江，所以後名新灘。石亂水洶，瞬息覆溺，上下欲脱免者，必盤博陸行，以虚舟過之。兩岸多居民，號灘子，專以盤灘爲業。余犯漲潦時來，水漫羨不復見灘，擊楫飛度，人翻以爲快。」新安驛：劍南詩稿卷二新安驛：「孤驛荒山與虎鄰，更堪風雪暗南津。羈遊如此真無策，獨立淒然默愴神。木盎汲江人起早，銀釵簇髻女妝新。蠻風弊惡蛟龍横，未敢全誇見在身。」

〔五〕十七八：指十分之七八。

〔六〕木盎：木製的大肚小口容器。

〔七〕趙誠：字希平，泉州晉江（今屬福建）人。天聖五年進士。通判撫州，改知歸州，毀淫祠，奏請疏鑿新灘，親自築廬督視，人稱趙江。爲三司户部判官，出知明州，卒於官。宋史翼卷十八有傳。

〔八〕鑱：鑿。

〔九〕必摇沮此役：指必定馬上阻止鑿石的施工。摇：疾速。

〔一〇〕懲創：懲戒，警戒。

〔一一〕當路者：執政者，掌權者。孟子公孫丑上：「夫子當路於齊，管仲、晏子之功，可復許乎？」

十五日。舟人盡出所載，始能挽舟過灘。然須修治，遂易舟。離新灘，過白狗峽〔一〕，泊舟興山口〔二〕。肩輿遊玉虚洞〔三〕。去江岸五里許，隔一溪，所謂香溪也〔四〕。源出昭君村〔五〕，水味美，録於水品，色碧如黛。呼小舟以渡，過溪又里餘，洞門小纔袤丈〔六〕。既入，則極大可容數百人，宏敞壯麗，如入大宮殿中。有石成幢蓋、旛旗、芝草、竹笋、仙人、龍虎、鳥獸之屬，千狀萬態，莫不逼真。其絶異者，東石正圓如日，西石半規如月，予平生所見巖竇〔七〕，無能及者。有熙寧中謝師厚、岑巖起題名，又有陳堯咨所作記〔八〕，敘此洞本末，云唐天寶中獵者始得之。比歸已夜，風急不可秉燭炬，然月明如晝，兒曹與全師皆杖策相從〔九〕，殊不覺崖谷之險也。

十六日。到歸州，見知州右奉議郎賈選子公〔一〇〕、通判左朝奉郎陳端彦民瞻。館於報恩光孝寺，距城一里許，蕭然無僧〔一一〕。歸之爲州，纔三四百家，負卧牛山〔一二〕，臨江。州前即人鮓甕〔一三〕。城中無尺寸平土，灘聲常如暴風雨至。隔江有楚王城，亦山谷間，然地比歸州差平。或云楚始封於此。山海經「夏啓封孟除於丹陽城」，郭璞註云「在秭歸縣南」，疑即此也。然史記「成王封熊繹於丹陽」，裴駰乃云在枝江〔一四〕。未詳孰是。

【箋注】

〔一〕白狗峽：輿地紀勝卷七四：「白狗峽在秭歸縣東三十里。據道經，係七十二福地之數。又名鷄籠山。荆州記、水經注皆云：『秭歸白狗峽，蜀江水中兩面如削，絶壁之際，隱出白石，如狗形其足，故名。天欲雨，則狗形青，居人以此卜陰晴也。』元和郡縣志云：『石形隱起如狗，因名之。此石大水則没，行人無不投飯飼之。』」

〔二〕興山：縣名，隸歸州。在今湖北興山。

〔三〕玉虚洞：輿地紀勝卷七四：「玉虚洞，晏公類要云：『在興山南五十里。』舊經云：『唐天寶五年，有人遇白鹿於此山，薄而窺之，乃有洞，可容千人，周回石壁隱出異文，成龍虎之形、花木之狀，日居左而圓，月居右而闕，如磨如琢若畫，顔色鮮麗，不可備述。中有石座者三，瑩然明白。有石乳自上滴下，結成物象，列之前後，宛如幢節，皆温潤如玉，因謂之玉虚洞。三伏之際，凛若九秋。郡守奏其狀，乃於洞之側置觀。』晏公類要云：『御賜題額，度道士七人。』」

〔四〕香溪：輿地紀勝卷七四：「香溪即昭君溪也。杜詩注云：『歸州有昭君村，俗傳因昭君而草木皆香，故曰香溪。』又云：『昭君有擣練石在巴東縣溪中，即今香溪是也。』寰宇記云：『屬興山縣。』」

〔五〕昭君村：輿地紀勝卷七四：「昭君村在州東北四十里。樂天過昭君村詩：『靈珠産無種，彩雲出無根。亦如彼姝子，生此遐陋村。』杜甫詩云：『群山萬壑赴荆門，生長明妃尚有村。一去紫臺連朔漠，獨留青冢向黄昏。』」

〔六〕衺丈：高一丈。

〔七〕巖竇：巖穴。

〔八〕謝師厚：即謝景初，字師厚，杭州富陽（今屬浙江）人。黄庭堅岳父。慶曆六年進士。官至成都府提刑。宋史翼卷三有傳。　岑巖起：即岑象求，字巖起，梓州（今四川三臺）人。舉進士。官至寶文閣待制。宋史翼卷四有傳。　陳堯咨（九七〇—一〇三四）：字嘉謨，閬州閬中（今屬四川）人。咸平三年狀元。歷官右正言、知制誥、起居舍人，出知永興軍、陝西緣邊安撫使，以尚書工部侍郎權知開封府，入爲翰林學士。出爲武信軍節度使、知天雄軍。卒謚康肅。宋史卷二八四有傳。

〔九〕全師：即搭船的蜀僧世全。

〔一〇〕賈選：字子公，湖州烏程（今浙江吳興）人。狀元賈安宅之子。歷官大理正、知歸州、大理少卿、大理卿、刑部侍郎、吏部侍郎，出知福州。

〔一一〕「館於」三句：劍南詩稿卷二憩歸州光孝寺寺後有楚冢近歲或發之得寶玉劍佩之類：「秭歸城畔蹋斜陽，古寺無僧晝閉房。殘珮斷釵陵谷變，苦茆架竹井閭荒。虎行欲與人争路，猿嘯能令客斷腸。寂寞倚樓搔短髮，剩題新恨付巴娘。」

〔一二〕卧牛山：輿地紀勝卷七四：「卧牛山在秭歸縣治之後，山形若卧牛，上有翰林亭。」

〔一三〕人鮓甕：輿地紀勝卷七四：「吒溪在秭歸縣。舊經云：『水石相激，如噴吒之聲，一名人鮓甕。』在雷鳴洞之南。分三吒：官槽口爲上吒，雷鳴洞爲中吒，黄石口爲下吒。吒心大潭如甕，舟行多覆溺之患，故名人鮓甕。」甕，同「甕」。

〔四〕楚王城：又名丹陽城。參見本卷十日記文注〔四〕。夏啓：禹之子，夏朝首任君主。孟除：又作孟涂，夏啓之臣。成王：即周成王姬發。熊繹：楚國首任君主。枝江：縣名，隸江陵府。

十七日。郡集於望洋堂玩芳亭，亦皆沙石犖确之地〔一〕。賈守云：州倉歲收秋夏二料麥、粟、秔米共五千餘石，僅比吴中一下户耳〔二〕。

十八日。初得艬船，差小〔三〕，然底闊而輕，於上灘爲便。

十九日。郡集於歸鄉堂。欲以是晚行，不果。訪宋玉宅〔四〕，在秭歸縣之東，今爲酒家。舊有石刻「宋玉宅」三字，近以郡人避太守家諱〔五〕，去之。或遂由此失傳，可惜也。

二十日。早，離歸州，出巫峰門，過天慶觀，少留。觀唐天寶元年碑，載明皇夢老子事，巴東太守劉瑫所立〔六〕。字畫頗清逸，碑側題當時郡官吏胥姓名，字亦佳。又有周顯德中荆南判官孫光憲爲知歸州高從讓所立碑。從讓，蓋南平王家子弟。光憲亦知名，國史有事迹〔七〕。蓋五代時歸、峽皆隸荆渚也。殿前有柏，數百年物。觀下即吒灘〔八〕，亂石無數。飯於靈泉寺〔九〕。遂登舟過業灘，亦名灘也。水落舟輕，俄頃遂過。

【箋注】

〔一〕犖确：怪石嶙峋貌。

〔二〕賈守：即知州賈選。州倉：指歸州官倉。料：食料、口糧。吴中一下户：指吴地一個下等縣。

〔三〕艬船：廣韻：「合木船。」差小：略小。

〔四〕宋玉宅：輿地紀勝卷七四：「宋玉宅在州東五里。杜甫詩云：『摇落深知宋玉悲，風流儒雅亦吾師。江山故宅空文藻，雲雨荒臺豈夢思。』」

〔五〕避太守家諱：太守賈選之父賈安宅爲大觀三年狀元。

〔六〕「過天慶觀」五句：輿地紀勝卷七四：「混元皇帝像在郡西五里天慶觀。開元二十九年牛仙客奏置。天寶元年劉守滔刻之石。」資治通鑑卷二一四：「（開元二十九年正月）庚子，上還宮。上夢玄元皇帝告云：『吾有像在京城西南百餘里，汝遣人求之，吾當與汝興慶宮相見。』上遣使求得之於盩厔樓觀山間。夏，閏四月，迎置興慶宮。五月，命畫玄元真容，分置諸州開元觀。」舊唐書卷九：「（開元）二十九年春正月丁丑，制兩京、諸州各置玄元皇帝廟并崇玄學。」唐代奉李耳（老子）爲始祖，唐高宗追尊其爲太上玄元皇帝，亦稱混元皇帝。明皇，即唐玄宗。

〔七〕孫光憲（九〇一—九六八）：字孟文，號葆光子，陵州貴平（今四川仁壽）人。仕南平三世，累官荆南節度副使、檢校秘書少監兼御史中丞。入宋，爲黄州刺史。宋史卷四八三、十國春秋卷一〇二有傳。高從讓：五代十國時南平（荆南）開國君主高季興之子，曾知歸州，入宋授左清道率府率。見十國春秋卷一〇二。

〔八〕吒灘：輿地紀勝卷七四：「吒灘在秭歸，一名人鮓甕。」參見十六日記文注〔一三〕。

〔九〕靈泉寺：輿地紀勝卷七四：「靈泉寺在州西三里。面西臨水，狀若瀑布。張無盡於院著華嚴合論。」

二十一日。舟中望石門關〔一〕，僅通一人行，天下至險也。晚泊巴東縣〔二〕。江山雄麗，大勝秭歸。但井邑極於蕭條，邑中纔百餘户，自令廨而下皆茅茨，了無片瓦。權縣事秭歸尉右迪功郎王康年、尉兼主簿右迪功郎杜德先來，皆蜀人也。謁寇萊公祠堂〔三〕，登秋風亭〔四〕，下臨江山。是日重陰微雪，天氣飂飃〔五〕，復觀亭名，使人悵然，始有流落天涯之歎。遂登雙柏堂、白雲亭。堂下舊有萊公所植柏〔六〕，今已槁死。然南山重複，秀麗可愛。白雲亭則天下幽奇絶境，羣山環擁，層出間見，古木森然，往往二三百年物。欄外雙瀑瀉石澗中，跳珠濺玉，冷入人骨。其下是爲慈溪，奔流與江會。予自吴入楚，行五千餘里，過十五州，亭榭之勝，無如白雲者，而止在縣廨廳事之後〔七〕。巴東了無一事，爲令者可以寢飯於亭中，其樂無涯。而闕令動輒二三年〔八〕，無肯補者，何哉？

二十二日。發巴東，山益奇怪，有夫子洞者，一竇在峭壁絶高處，人迹所不可至，然髣髴若有欄楯〔九〕，不知所謂夫子者何也。過三分泉，自山竇中出，止兩派〔一〇〕。俗云：「三派有年，兩派中熟，一派或絶流饑饉〔一一〕。」泊疲石。夜雨。

【箋注】

〔一〕石門關：輿地紀勝卷七四：「寰宇記云：『石門山在巴東縣東北三十五里。山有石逕，深若重門。劉備爲陸遜所敗，走經石門，追者甚急，備乃燒鎧斷道，然後得免。圖經以爲石門關，通典以爲石門山。』」

〔二〕晚泊巴東縣：劍南詩稿卷二汎溪船至巴東：「溪船莫嫌迮，船迮始相宜。兩槳行何駛，重灘過不知。荒村寇相縣，破屋屈平祠。不耐新愁得，啼猿掛冷枝。」

〔三〕寇萊公祠堂：輿地紀勝卷七四：「寇萊公祠在龍興觀之西，中爲仰止堂。又巴東亦有祠，祠有『萊公柏』二株，在縣庭，民以比甘棠。」此當指縣庭之祠堂。寇萊公，即寇準（九六一—

一〇二三），字平仲，華州下邽（今陝西渭南）人。太平興國五年進士。授大理評事，知巴東、成安。拜樞密副使，遷參知政事，景德元年同平章事。後辭去相位，天禧元年復相。數被貶，終雷州司户參軍。仁宗時復爵萊國公。宋史卷二八一有傳。

〔四〕秋風亭：輿地紀勝卷七四：「秋風亭在巴東縣，寇萊公所建也。」劍南詩稿卷二秋風亭拜寇萊公遺像：「江上秋風宋玉悲，長官手自葺茅茨。人生窮達誰能料，蠟淚成堆又一時。」又：「豪傑何心後世名，材高遇事即峥嶸。巴東詩句澶州策，信手拈來盡可驚。」

〔五〕飂飋：猶「飂戾」。象聲詞。形容風聲。

〔六〕「遂登」二句：輿地紀勝卷七四：「寇準太平興國中爲巴東令，有『野水無人渡，孤舟盡日横』之句。手植雙柏，後人呼爲『萊公柏』。」又：「白雲亭，寇準任巴東縣令時所建。」劍南詩稿卷二巴東令廨白雲亭：「寇公壯歲落巴蠻，得意孤亭縹緲間。常倚曲闌貪看水，不安四壁怕遮山。遺民雖盡猶能説，老令初來亦愛閒。正使官清貪至骨，未妨留客聽潺潺。」

〔七〕止：同「址」。廳事：廳堂。

〔八〕闕令：指因無人肯來就任而縣令空缺。

〔九〕欄楯：欄杆。史記袁盎鼂錯列傳「百金之子不騎衡」，裴駰集解引如淳釋「衡」字曰：「樓殿邊欄楯也。」司馬貞索隱：「纂要云：宫殿四面欄，縱者云檻，横者云楯。」

〔一〇〕三分泉：巫山縣志：「三分水，治東北五十里大江邊。自山根出，分爲三派。其水俗傳以派之多寡，驗年之豐歉：上派驗溪南，中派驗本省，下派驗荆楚；水盛則豐，水枯則歉云。」山竇：山洞。 派：水的支流。

〔二〕有年：豐年。書多士：「爾厥有幹有年于兹洛。」孔傳：「汝其有安事有豐年於此洛邑。」中熟：中等年成。漢書食貨志上：「故大孰則上糴三而舍一，中孰則糴二，下孰則糴一，使民適足，賈平則止。」 飢饉：災荒，顆粒無收。 史記貨殖列傳：「地勢饒食，無飢饉之患。」

二十三日。過巫山凝真觀，謁妙用真人祠〔一〕。真人，即世所謂巫山神女也〔二〕。祠正對巫山，峰巒上入霄漢，山脚直插江中。議者謂太、華、衡、廬〔三〕，皆無此奇。然十二峰者不可悉見〔四〕。所見八九峰，惟神女峰最爲纖麗奇峭，宜爲仙真所托。祝史云〔五〕：每八月十五夜月明時，有絲竹之音，往來峰頂，山猿皆鳴，達旦方漸止。廟後山半有石壇平曠，傳云夏禹見神女、授符書於此〔六〕。壇上觀十二峯，宛如屏障。是日天宇晴霽，四顧無纖翳，惟神女峰上有白雲數片，如鸞鶴翔舞，裴徊久之不散〔七〕，亦可異也。祠舊有烏數百，送迎客舟，自唐夔州刺史李貽詩已云「羣烏幸胙餘」矣〔八〕。近乾道元年，忽不至。今絶無一烏，不知其故。泊清水洞。洞極深，後門自山後出，但黮闇〔九〕，水流其中，鮮能入者。歲旱祈雨頗應。權知巫山縣左文林郎冉徽之、尉右迪功郎文庶幾來。

二十四日。早，抵巫山。縣在峽中，亦壯縣也〔一〇〕。市井勝歸、峽二郡。隔江南陵山極高大，有路如線，盤屈至絶頂，謂之一百八盤，蓋施州正路〔一一〕。黄魯直詩云：「一百八盤携手上，至今歸夢繞羊腸〔一二〕。」即謂此也。縣廨有故鐵盆，底鋭似半甕狀，極堅厚，銘在其中，蓋漢永平中物也〔一三〕。缺處鐵色光黑如佳漆，字畫淳質，可愛玩。有石刻魯直作盆記，大略言「建中靖國元年，予弟叔向嗣直，自涪陵尉攝縣事。予起戎州，來寓縣廨。此盆舊以種蓮，余洗滌乃見字」云〔一四〕。遊楚故離宫，俗謂之細腰宫〔一五〕。有一池，亦當時宫中燕遊之地，今堙没略盡矣。三面皆荒山，南望江山奇麗。又有將軍墓，東晉人也。一碑在墓後，趺陷入地〔一六〕，碑傾前欲壓，字纔半存。

【箋注】

〔一〕巫山凝真觀：即神女祠。唐儀鳳初置，宋宣和中改稱凝真觀。妙用真人：巫山神女封號。范成大吴船録卷下：「神女峰乃在諸峰對岸小岡之上，所謂陽雲臺、高唐觀，人云在來鶴峰上，亦未必是。」又：「今廟中石刻引墉城記：『瑶姬，西王母之女，稱雲華夫人。助禹驅鬼神，斬石疏波，有功見紀，今封妙用真人，廟額曰凝真觀。從祀有白馬將軍，俗傳所驅之

神也。』〔二〕

〔二〕巫山神女：習鑿齒襄陽耆舊記卷三：「赤帝女曰瑶姬，未行而卒，葬於巫山之陽，故曰巫山之女。楚懷王游於高唐，晝寢，夢見與神通，自稱巫山。王因幸之。遂爲置觀於巫山之南，號爲朝雲。至襄王時，復游高唐。」宋玉初有高唐賦、神女賦記其事，後代衍生出諸多相關的神話傳説。

〔三〕太華衡廬：指泰山、華山、衡山、廬山。

〔四〕十二峰：即巫山十二峰。方輿勝覽卷五七：「十二峰在巫山，曰望霞、翠屏、朝雲、松巒、集仙、聚鶴、浄壇、上昇、起雲、飛鳳、登龍、聖泉。其下即巫山神女廟。」望霞峰又稱神女峰。

〔五〕祝史：指凝真觀内主持祭祀之道長。

〔六〕「傳云」二句：相傳雲華夫人過巫山，流連久之。大禹於此治水，忽遇大風，求助神女，神女授其策召百神之書，并命神助其斬石疏波。事見杜光庭墉城集仙録卷三。

〔七〕裴徊：同「徘徊」。

〔八〕羣烏幸胙餘：指羣烏啄食祭祀所剩之肉食。

〔九〕黮闇：黑暗無光。

〔一〇〕巫山：縣名。隸夔州路夔州。　壯縣：富庶之縣。

〔一一〕一百八盤：形容山路彎曲險阻。　施州：隸夔州路，轄清江、建始二縣及廣積監。

〔二〕「黄魯直」三句：黄庭堅新喻道中寄元明用觴字韻：「中年畏病不舉酒，孤負東來數百觴。喚客煎茶山店遠，看人秧稻午風凉。但知家裏俱無恙，不用書來細作行。一百八盤携手上，至今猶夢遶羊腸。」

〔三〕永平：東漢明帝年號，五八至七五年。

〔四〕石刻：嘉慶四川通志卷二六：「漢鹽鐵盆記，舊志『在巫山』。黄太史石刻云：『余弟嗣直來攝邑事，堂下有大鹽盆，有款識，蓋漢時物也，其末曰永平二年。』」涪陵：縣名，隸夔州路涪州。在今四川涪陵。戎州：宋代稱叙州，隸潼川府路，轄宜賓、南溪、宣化、慶符四縣。在今四川宜賓。

〔五〕離宫：供帝王出巡游玩時所居宫室。嘉慶四川通志卷二九：「楚王宫在夔州府巫山縣東北一里，楚襄王所游地。黄庭堅謂即細腰宫。前有一池，今湮没略盡。一云在女觀山西畔小山頂，三面皆荒山，南望江山，奇麗畢攬。」

〔六〕趺：碑下的石座。

二十五日。晡後，至大溪口泊舟〔一〕。出美梨，大如升。

二十六日。發大溪口，入瞿唐峽〔二〕。兩壁對聳，上入霄漢，其平如削成。仰視天如疋練然〔三〕。水已落，峽中平如油盎。過聖姥泉，蓋石上一罅，人大呼於旁，則泉出，屢呼則屢出，可怪也〔四〕。晚至瞿唐關，唐故夔州，與白帝城相連〔五〕。杜詩云「白帝夔州各異城」〔六〕，蓋言難辨也。關西門正對灩澦堆〔七〕。堆碎石積成，出水數十丈。土人云：「方夏秋水漲時，水又高於堆數十丈。」肩輿入關，謁白帝廟〔八〕，氣象甚古，松柏皆數百年物。有數碑，皆孟蜀時所立〔九〕。庭中石筍，有黄魯直建中靖國元年題字。又有越公堂，隋楊素所創〔一〇〕，少陵爲賦詩者，已毁。今堂近歲所築，亦甚宏壯。自關而東，即東屯，少陵故居也〔一一〕。

【箋注】

〔一〕晡後：申時之後，傍晚五六點。　大溪口：嘉慶四川通志卷二八：「大溪口在（巫山）縣西南九十里。」

〔二〕瞿唐峽：方輿勝覽卷五七：「瞿唐峽在州東一里。舊名西陵峽。瞿唐乃三峽之門，兩崖對峙，中貫一江，望之如門。」劍南詩稿卷二瞿唐行：「四月欲盡五月來，峽中水漲何雄哉！浪花高飛暑路雪，灘石怒轉晴天雷。千艘萬舸不敢過，篙工柂師人膽破。人人陰拱待勢衰，誰敢輕行犯奇禍。一朝時去不自由，山腹空有沙痕留。君不見陸子歲暮來夔州，瞿唐峽水平如油。」

〔三〕疋練：白絹。白居易夜入瞿唐峽：「岸似雙屏合，天如疋練開。」

〔四〕「過聖姥泉」六句：王鞏聞見近録：「夔峽將至灎澦堆，峽左巖上有題『聖泉』二字。泉上有大石，謂之洞石，而初無泉也。至者擊石大叫，則水自石下出。予嘗往焚香，俾舟人擊之。舟人呼曰：『山神土地，渴矣！』久之不報。一卒無室家，復大呼曰：『龍王龍王，萬姓渴矣！』隨聲水大注。時正月雪寒，其水如湯，或曰夏則如冰。凡呼者必以『萬歲』、必以『龍王』而呼之，水於是出矣。」

〔五〕瞿唐關：劍南詩稿卷二登江樓：「已過瞿唐更少留，小船聊繫古夔州。」自注：「瞿唐關即唐夔州也。」白帝城：太平寰宇記卷一四八：「白帝城，盛弘之荆州記云：『巴東郡峽上北岸，有一山孤峙甚峭，巴東郡據以爲城。』……按後漢初，公孫述據蜀，自以承漢土運，故號曰白帝城。」方輿勝覽卷五七：「白帝山，元和志：『即州城所據，與赤甲山相接。初，公孫述殿前井有白龍出，因號白帝山。』」

〔六〕「杜詩」句：杜甫夔州歌十絶句其二：「白帝夔州各異城，蜀江楚峽混殊名。英雄割據非天意，霸主并吞在物情。」

〔七〕灎澦堆：方輿勝覽卷五七：「灎澦堆在州西南二百步，瞿唐峽口蜀江之心。水經注：『白帝城西有孤石，冬出二十餘丈，夏即没，名灎澦堆。土人云：「灎澦大如象，瞿唐不可上；灎澦大如馬，瞿唐不可下。」』峽人以此爲水候。又曰：『舟子取塗不決，名曰猶豫。』」

〔八〕白帝廟：公孫述之廟。方輿勝覽卷五七：「白帝廟在奉節縣東八里舊州城内。有三石筍猶存。公孫述據蜀，自稱白帝。」劍南詩稿卷二一入瞿唐登白帝廟：「曉入大溪口，是爲瞿唐門。長江從蜀來，日夜東南奔。兩山對崔嵬，勢如塞乾坤。峭壁空仰視，欲上不可捫。禹功何巍巍，尚睹鐫鑿痕。天不生斯人，人皆化魚黿。於時仲冬月，水各歸其源。灩澦屹中流，百尺呈孤根。參差層顛屋，邦人祀公孫。力戰死社稷，宜享廟貌尊。丈夫貴不撓，成敗何足論。我欲伐巨石，作碑累千言。上陳躍馬壯，下斥乘騾昏。雖慚豪偉詞，尚慰雄傑魂。君王昔玉食，何至歆雞豚。願言采芳蘭，舞歌薦清尊。」

〔九〕孟蜀：五代後唐孟知祥封蜀王，不久稱帝，國號蜀，建都成都。其子孟昶繼之，史稱後蜀。

〔一〇〕越公堂：方輿勝覽卷五七：「越公堂在瞿唐關城内。隋楊公素所爲也。」楊公素，即楊素，字處重，弘農華陰（今陝西華陰）人。輔佐隋文帝楊堅滅陳并統一南北。官至尚書左僕射，封越國公。隋書卷四八有傳。

〔一一〕東屯：方輿勝覽卷五七：「東屯乃公孫述留屯之所，距白帝五里。」杜甫自瀼西荆扉且移居東屯茅屋四首其一：「白鹽危嶠北，赤甲古城東。平地一川穩，高山四面同。煙霜淒野日，粳稻熟天風。人事傷蓬轉，吾將守桂叢。」其二：「東屯復瀼西，一種住青溪。來往皆茅屋，淹留爲稻畦。市喧宜近利，林僻此無蹊。若訪衰翁語，須令剩客迷。」

二十七日。早，至夔州〔一〕。州在山麓沙上，所謂魚復永安宮也〔二〕。宮今爲州倉，而州治在宫西北、甘夫人墓西南，景德中轉運使丁謂、薛顔所徙〔三〕。比白帝頗平曠，然失關險，無復形勢。在瀼之西，故一曰瀼西〔四〕。土人謂山間之流通江者曰瀼云。州東南有八陣磧〔五〕，孔明之遺迹，碎石行列如引繩。每歲江漲，磧上水數十丈，比退，陣石如故。

【箋注】

〔一〕夔州：隸夔州路，轄奉節、巫山二縣。治所奉節，在今重慶奉節。

〔二〕魚復永安宫：魚復，奉節縣秦漢時稱魚復縣。永安宫，方輿勝覽卷五七：「永安宫在奉節縣東七里。魏武七年，蜀先主自征吴，爲陸遜所敗，還至白帝，改魚復爲永安宫居之，明年寢疾而卒。諸葛亮受遺於此。」

〔三〕甘夫人：沛國（今安徽淮北）人。劉備之妻，劉禪之母。初葬南郡，後遷葬於蜀。劉禪即位後追謚昭烈皇后。景德：宋真宗年號，一〇〇四至一〇〇七年。丁謂：字謂之。參見卷四四七月一日記文注〔五〕。薛顔（九五三—一〇二五）：字彦回，河中萬泉（今山西萬榮）人。舉三禮中第。曾因丁謂推舉接任夔州轉運使。官至光禄卿分司西京。宋史卷二九九有傳。

〔四〕瀼西：杜甫居夔州時曾遷居於此。其瀼西寒望云：「瞿塘春欲至，定卜瀼西居。」

〔五〕八陣磧：方輿勝覽卷五七：「八陣磧，荆州圖經云：『在奉節縣西南七里。』又云：『在永安宫南一里。渚下平磧上有孔明八陣圖，聚細石爲之，各高五丈，皆棊布相當，中間相去九尺，正中開南北巷，悉廣五尺，凡六十四聚。或爲人散亂，或爲夏水所没，及水退，復依然如故。』」

渭南文集箋校卷第四十九

詞

【釋體】陸游長短句序：「雅正之樂微，乃有鄭衛之音。鄭衛雖變，然琴瑟笙磬猶在也。及變而爲燕之筑，秦之缶，胡部之琵琶箜篌，則又鄭衛之變矣。風、雅、頌之後，爲騷、爲賦、爲曲、爲引、爲行、爲謡、爲歌，千餘年後，乃有倚聲製辭，起於唐之季世。則其變愈薄，可勝歎哉！予少時汩於世俗，頗有所爲，晚而悔之。然漁歌菱唱，猶不能止，今絶筆已數年，念舊作終不可揜，因書其首以識吾過。淳熙己酉炊熟日，放翁自序。」

徐師曾文體明辨序説：「按詩餘者，古樂府之流别，而後世歌曲之濫觴也。……要之，樂府、詩餘同被管弦，特樂府以皦逕揚厲爲工，詩餘以婉麗流暢爲美，此其不同耳。然詩餘謂之填詞，則調有定格，字有定數，韻有定聲。至於句之長短，雖可損益，然亦不當率意而爲之。……至論其詞，則有婉約者，有豪放者。婉約者欲其辭情醞藉，豪放者欲其氣象恢弘，蓋雖各因其質，而詞貴感人，要當以婉約爲正。否則雖極精工，終乖本色，非有識之所取也，學者詳之。」陸游所作詞共六十四調、一百三十首。本卷收録詞六十七首。

赤壁詞 招韓无咎遊金山

禁門鍾曉，憶君來朝路，初翔鸞鵠〔一〕。西府中臺推獨步，行對金蓮宫燭〔二〕。蹙繡華韉，仙葩寶帶，看即飛騰速〔三〕。人生難料，一尊此地相屬〔四〕。回首紫陌青門，西湖閒院，鎖千梢修竹〔五〕。素壁棲鴉應好在，殘夢不堪重續。歲月驚心，功名看鏡，短鬢無多緑〔六〕。一歡休惜，與君同醉浮玉〔七〕。

【題解】

赤壁詞，即念奴嬌别名，以蘇軾念奴嬌（赤壁懷古）一作命名。韓无咎，即韓元吉。參見卷二六京口唱和序題解。金山，鎮江金山寺。本文爲陸游爲招請韓元吉同游金山所作的詞，調寄念奴嬌。

本文據文意，作於乾道元年（一一六五）春。時陸游在鎮江通判任上。

參考韓元吉南澗甲乙稿卷七念奴嬌（次韻陸務觀見貽念奴嬌韻）、江神子（金山會飲）。

【箋注】

〔一〕「禁門」三句：指韓元吉乾道元年正月以考功郎徵。禁門，宫門。鸞鵠，鸞與鵠，比喻賢臣。鮑君徽奉和麟德殿宴百僚應制：「玉筵鸞鵠集，仙管鳳皇調。」

〔二〕西府：指樞密使。　中臺：指尚書省。　金蓮宫燭：即金蓮華炬，金飾蓮花形燈炬。新唐書令狐綯傳：「(綯)爲翰林承旨，夜對禁中。燭盡，帝以乘輿、金蓮華炬送還。」

〔三〕蹙繡華韉：縐縮綫紋方法繡成的馬鞍墊。　仙葩寶帶：用仙界的奇花異草裝飾的佩帶。

飛騰：飛黄騰達。杜甫寄奉李十五秘書文嶷其二：「飛騰知有策，意度不無神。」

〔四〕相屬：酌酒相勸。韓愈八月十五夜贈張功曹：「沙平水息聲影絶，一杯相屬君當歌。」

〔五〕「回首」三句：陸游紹興末至隆興間在京任職，與韓元吉多有交游。　紫陌青門：指京師。鄭嵎津陽門詩：「青門紫陌多春風，風中數日殘春遺。」

〔六〕短鬢無多緑：指鬢角已多白髮。緑，黑髮。

〔七〕浮玉：金山又稱浮玉山。

浣沙溪①和無咎韻

懶向沙頭醉玉瓶〔一〕，唤君同賞小窗明。夕陽吹角最關情〔二〕。　忙日苦多閒日少，新愁常續舊愁生。客中無伴怕君行〔三〕。

【題解】

無咎，即韓元吉。和韻，指按照他人詩詞的原韻創作。韓元吉原作不存，本文爲陸游爲和韓元吉韻所作的詞，調寄浣沙溪。

本文據文意，作於乾道元年（一一六五）正月。時陸游在鎮江通判任上。

【校記】

①「浣沙溪」，汲古閣本作「浣溪沙」。

【箋注】

〔一〕沙頭醉玉瓶：杜甫醉歌行：「風吹客衣日杲杲，樹攪離思花冥冥。酒盡沙頭雙玉瓶，衆賓皆醉我獨醒。乃知貧賤別更苦，吞聲躑躅涕淚零。」玉瓶，瓷瓶的美稱。

〔二〕「喚君」二句：方棫失題：「午醉醒來晚，無人夢自驚。夕陽如有意，長傍小窗明。」

〔三〕客中無伴怕君行：據此，或作於韓元吉將赴考功郎任時。

其二 南鄭席上

浴罷華清第二湯〔一〕，紅綿撲粉玉肌涼。娉婷初試藕絲裳〔二〕。鳳尺裁成猩血色，螭奩熏透麝臍香。水亭幽處捧霞觴〔三〕。

【題解】

南鄭，在今陝西漢中，時爲四川宣撫使司治所。乾道八年初，陸游被王炎辟爲幕僚，隨即啓程。本文爲陸游抵達南鄭赴任後在宴席上所作的詞，調寄浣沙溪。

本文據文意，作於乾道八年（一一七二）。時陸游在權四川宣撫使司幹辦公事兼檢法官任上。

【箋注】

〔一〕華清第二湯：張洎賈氏譚録：「驪山華清宫……湯泉一十八所，第一所是御湯。」此爲借用。

〔二〕藕絲：彩色，一説純白色。李賀天上謡：「粉霞紅綬藕絲裙，青洲步拾藍苕春。」王琦彙解：「粉霞、藕絲，皆當時彩色名。」葉葱奇注：「藕絲即純白色。」

〔三〕鳳尺：帝王所用尺。　猩血色：常璩華陽國志卷四：「猩猩獸能言，其血可以染朱罽。」

螭奩：螭形裝飾的熏香銅匣。螭，傳説中一種無角之龍。　麝臍香：即麝香。説文解字鹿部：「麝如小麋，臍有香。」　霞觴：霞杯，盛滿美酒的酒杯。曹唐送劉尊師祇詔闕庭其二：「霞觴共飲身雖在，風馭難陪迹未閒。」

青玉案　與朱景參會北嶺

西風挾雨聲翻浪。恰洗盡、黄茅瘴〔一〕。老慣人間齊得喪〔二〕。千巖高卧，五湖歸棹，替却淩煙像〔三〕。故人小駐平戎帳。白羽腰間氣何壯〔四〕。我老漁樵君將相。小槽紅酒，晚香丹荔，記取蠻江上〔五〕。

【題解】

朱景參，即朱孝聞，字景參，處州青田（今浙江青田）人。陸游友人。紹興二十四年進士。二十八年任福建寧德尉，與陸游同事。北嶺，在福州。劍南詩稿卷六五道院雜興其三「北嶺空思擘晚紅」，自注：「北嶺在福州。予少時與友人朱景參會嶺下僧舍。時秋晚，荔子獨晚紅在。」本文爲陸游記述與朱景參聚會北嶺所做的詞，調寄青玉案。

本文據文意，作於紹興二十九年（一一五九）秋。時陸游在福州決曹任上。參考劍南詩稿卷六二予初仕爲寧德縣主簿而朱孝聞景參作尉情好甚篤後十餘年景參下世今又幾四十年忽夢見若平生覺而感歎不已。

【箋注】

〔一〕黄茅瘴：嶺南深秋草木枯黄時的瘴氣。嵇含南方草木狀：「芒茅枯時，瘴役大作，交、廣皆爾也，土人呼曰黄茅瘴，又曰黄芒瘴。」

〔二〕老慣：習慣。

〔三〕千巖：世説新語言語：「顧長康從會稽還，人問山川之美。顧云：『千巖競秀，萬壑争流，草木蒙籠其上，若雲興霞蔚。』」五湖：越國范蠡功成身退，輕舟隱於五湖。事見國語越語下。借指隱遁之地。凌煙像：唐代凌煙閣中的功臣畫像。

〔四〕白羽：指羽箭。文選司馬相如上林賦：「彎蕃弱，滿白羽，射游梟，櫟蜚遽。」郭璞注：「以白羽爲箭，故曰白羽也。」

〔五〕小槽紅酒：江南造紅酒。苕溪漁隱叢話前集卷二一：「苕溪漁隱曰：『江南人家造紅酒，色味兩絶。李賀將進酒云「小槽酒滴真珠紅」，蓋謂此也。』」晚香丹荔：卷七答人賀賜第啓：「荔子丹而共醉，未忘閩嶺之歡。」蠻江：此指閩江。

水調歌頭　多景樓

江左占形勝，最數古徐州〔一〕。連山如畫，佳處縹渺著危樓。鼓角臨風悲壯，烽火連空明滅，往事憶孫劉〔二〕。千里曜戈甲，萬竈宿貔貅〔三〕。露霑草，風落木，歲方秋。使君宏放〔四〕，談笑洗盡古今愁。不見襄陽登覽，磨滅遊人無數，遺恨黯難收。叔子獨千載，名與漢江流〔五〕。

【題解】多景樓在鎮江。張邦基墨莊漫録卷四：「鎮江府甘露寺在北固山上。江山之勝，烟雲顯晦，萃於目前。舊有多景樓，尤爲勝覽之最。蓋取李贊皇題臨江亭詩有『多景懸窗牖』之句，以是命名，樓即臨江故基也。」陸游隆興二年二月到鎮江通判任。方滋於該年秋知鎮江府，邀客游多景樓，陸游乃賦此詞。詞成寄毛幵，幵有和作。本文爲陸游爲陪太守方滋登多景樓所作的詞，調寄水調歌頭。

本文據文意，作於隆興二年（一一六四）秋。時陸游在鎮江通判任上。

參考毛幵水調歌頭（次韻陸務觀陪太守方務德登多景樓）。

【箋注】

〔一〕江左：指江東。魏禧日録雜説：「江東稱江左，江西稱江右。蓋自江北視之，江東在左，江西在右。」形勝：指位置優越，地勢險要。荀子富國：「其固塞險，形埶便，山林川谷美，天材之利多，是形勝也。」古徐州：指鎮江。東晉南渡置僑郡，曾以徐州治鎮江，又稱南徐州。

〔二〕孫劉：指孫權、劉備。二人曾在甘露寺共謀對抗曹操。參見卷四三六月二十三日記文。

〔三〕萬竈宿貔貅：指大軍宿營起竈。蘇軾次韻穆父尚書侍祠郊丘瞻望天光退而相慶引滿醉吟：「令嚴鐘鼓三更月，野宿貔貅萬竈煙。」貔貅，比喻勇猛的戰士。

〔四〕使君：尊稱太守方滋。方滋，字務德。參見卷三九吏部郎中蘇君墓誌銘注〔三〕。宏放：宏偉曠達，開闊奔放。

〔五〕「不見」五句：晉書羊祜傳：「祜樂山水，每風景，必造峴山，置酒言詠，終日不倦。嘗慨然歎息，顧謂從事中郎鄒湛等曰：『自有宇宙，便有此山。由來賢達勝士，登此遠望，如我與卿者多矣！皆湮滅無聞，使人悲傷。如百歲後有知，魂魄猶應登此也。』……襄陽百姓於峴山祜平生游憩之所建碑立廟，歲時饗祭焉。望其碑者，莫不流涕，杜預因名爲『墮淚碑』。」羊祜，字叔子。參見卷二七跋郭德誼墓誌之二注〔六〕。漢江，即漢水。流經襄陽。

浪淘沙　丹陽浮玉亭席上作

緑樹暗長亭〔一〕，幾把離尊。陽關常恨不堪聞〔二〕。何況今朝秋色裏，身是行人。　清淚浥羅巾，各自消魂。一江離恨恰平分。安得千尋橫鐵鎖，截斷煙津〔三〕。

【題解】

丹陽浮玉亭，在鎮江。輿地紀勝卷七：「金山在江中，去城七里，舊名浮玉。」又：「浮玉亭，需亭北。」「需亭在府治西五里。」陸游隆興二年到任鎮江府通判，乾道元年三月易任隆興府通判，七月移官豫章。行前同僚餞行於府西之浮玉亭。本文爲陸游在餞行宴席上所作的詞，調寄浪淘沙。

本文據文意，作於乾道元年（一一六五）七月。時陸游將赴隆興通判任。

【箋注】

〔一〕長亭：古時道上隔十里設長亭，供行旅休息，近城用爲送别之處。王褒送别裴儀同：「河橋望行旅，長亭送故人。」

〔二〕陽關：指王維送元二使安西：「渭城朝雨浥輕塵，客舍青青柳色新。勸君更盡一杯酒，西出陽關無故人。」郭茂倩樂府詩集卷八：「渭城一曰陽關，王維之所作也。本送人使安西詩，後遂被於歌。」

〔三〕「安得」二句：晉書王濬傳：「吴人於江險磧要害之處，并以鐵鎖横截之。又作鐵錐，長丈餘，暗置江中。以逆距船。」劉禹錫西塞山懷古：「千尋鐵鎖沉江底，一片降幡出石頭。」煙津，烟波蒼茫之渡口。陳與義次韻尹潛感懷：「共説金陵龍虎氣，放臣迷路感煙津。」

定風波　進賢道上見梅，贈王伯壽

欹帽垂鞭送客回〔一〕，小橋流水一枝梅。衰病逢春都不記，誰謂，幽香却解逐人來〔二〕。

安得身閒頻置酒，携手，與君看到十分開。少壯相從今雪鬢，因甚，流年羈恨兩相催。〔三〕

【題解】

進賢，縣名。隸江南西路隆興府，在今江西進賢。王伯壽，爲誰不詳。從詞中「少壯相從」句看，當是陸游少時朋友。張綱華陽集卷三五、三七有與之唱和之作。本文爲陸游赴進賢途中因見梅而感所作的詞，贈予王伯壽。調寄定風波。

本文據文意，作於乾道二年（一一六六）春。時陸游在隆興通判任上。

【箋注】

〔一〕欹帽：即側帽。比喻行止瀟灑。北史獨孤信傳：「信美風度。……在秦州，嘗因獵，日暮馳馬入城，其帽微側，詰旦而吏人有戴帽者，咸慕信而側帽焉。」欹，傾斜，不正。

〔二〕逐人來：杜甫諸將五首其五：「錦江春色逐人來，巫峽清秋萬壑哀。」

〔三〕兩相催：杜甫九日五首其一：「弟妹蕭條各何往，干戈衰謝兩相催。」

南鄉子

歸夢寄吴檣，水驛江程去路長。想見芳洲初繫纜〔一〕，斜陽，煙樹參差認武昌〔二〕。

愁鬢點新霜，曾是朝衣染御香〔三〕。重到故鄉交舊少，淒涼，却恐它鄉勝故鄉〔四〕。

【題解】

淳熙五年春，陸游奉召離蜀東歸。六月，船過武昌。本文爲陸游東歸途中船過武昌所作的詞，調寄南鄉子。

本文據文意，作於淳熙五年（一一七八）六月。時陸游在離蜀東歸途中。

【箋注】

〔一〕芳洲：指鸚鵡洲，在今武漢西南長江中。初繫纜：乾道六年八月陸游赴夔州途中曾經此地。參見卷四七之八月三十日記文。

〔二〕武昌：縣名。隷鄂州。在今湖北鄂州。

〔三〕朝衣染御香：賈至早朝大明宮呈兩省僚友：「劍佩聲隨玉墀步，衣冠身惹御爐香。」

〔四〕它鄉勝故鄉：杜甫得舍弟消息：「亂後誰歸得，他鄉勝故鄉。」

其二

早歲入皇州，罇酒相逢盡勝流〔一〕。三十年來真一夢，堪愁，客路蕭蕭兩鬢秋〔二〕。蓬嶠偶重遊〔三〕，不待人嘲我自羞。看鏡倚樓俱已矣〔四〕，扁舟，月笛煙蓑萬事休〔五〕。

【題解】

本文爲陸游於游宦中回憶前半生所作的詞，調寄南鄉子。

本文據文意，作於乾道末、淳熙初作者五十歲左右。時陸游在蜀中。

【箋注】

〔一〕皇州：指京城。劍南詩稿卷五二武林：「六十年間幾來往，都人誰解記衰翁。」自注：「紹興癸亥，予年十九，以試南省來臨安，今六十年矣。」勝流：名流。

〔二〕三十年來：時陸游五十歲左右，在蜀中任職。客路：他鄉之路。皇甫冉赴李少府莊失路：「月照煙花迷客路，蒼蒼何處是伊川？」

〔三〕蓬嶠：指蓬山，即蓬萊山。嶠，高山。又借指秘書省。陸游紹興末曾任編類聖政所檢討官，屬秘書省。此或指夢境。

〔四〕看鏡倚樓：杜甫江上：「勛業頻看鏡，行藏獨倚樓。時危思報主，衰謝不能休。」

〔五〕煙蓑：蓑衣。鄭谷郊園：「煙蓑春釣静，雪屋夜棋深。」

滿江紅

危堞朱欄，登覽處、一江秋色。人正似、征鴻社燕〔一〕，幾番輕别。繾綣難忘當日語，淒涼又作它鄉客。問鬢邊、都有幾多絲，真堪織〔二〕。楊柳院，秋千陌。無限事，成虚擲。如今何處也，夢魂難覓。金鴨微温香縹渺，錦茵初展情蕭瑟〔三〕。料也應、紅淚伴秋霖〔四〕，燈前滴。

【題解】

乾道元年三月，陸游由鎮江府通判易任隆興府通判，七月移官豫章。本文爲陸游赴任前所作的詞，調寄滿江紅。

本文據文意，作於乾道元年（一一六五）七月。時陸游將赴隆興通判任。

參考韓元吉南澗甲乙稿卷七滿江紅（再至丹陽每懷務觀有歌其所製者因用其韻示王季夷章冠之）。

【箋注】

〔一〕征鴻社燕：蘇軾送陳睦知潭州：「有如社燕與秋鴻，相逢未穩還相送。」

〔二〕「問鬢邊」二句：賈島客喜：「鬢邊雖有絲，不堪織寒衣。」

〔三〕金鴨：鍍金的鴨形銅香爐。洪芻香譜卷下：「香獸，塗金爲狻猊、麒麟、鳧鴨之狀，空中以然香，使煙自口出，以爲玩好。復有雕木埏土爲之者。」戴叔倫春怨：「金鴨香消欲斷魂，梨花春雨掩重門。」錦茵：錦製的墊褥。文選潘岳寡婦賦：「易錦茵以苫席兮，代羅幬以素帷。」劉良注：「茵，褥也。」

〔四〕紅淚：王嘉拾遺記：「魏文帝所愛美人，姓薛名靈芸，常山人也。……聞别父母，歔欷累日，淚下沾衣。至升車就路之時，以玉唾壺承淚，壺則紅色。既發常山，及至京師，壺中淚凝如血。」

其二　夔州催王伯禮侍御尋梅之集

疏蕊幽香，禁不過、晚寒愁絶。那更是、巴東江上〔一〕，楚山千疊。欹帽閒尋西瀼路，𩊚鞭笑向南枝説〔二〕。恐使君、歸去上鑾坡〔三〕，孤風月。　清鏡裏，悲華髮。山驛外，溪橋側。凄然回首處，鳳凰城闕〔四〕。憔悴如今誰領略，飄零已是無顔色。問行厨，何日唤賓僚，猶堪折〔五〕。

【題解】

王伯禮，即王伯庠，字伯禮。參見卷十四雲安集序注〔六〕。本文爲陸游爲催促王伯庠知府舉行尋梅集會所作的詞，調寄滿江紅。

本文據文意，作於乾道六年（一一七〇）冬。時陸游在夔州通判任上。

參考卷十四雲安集序。

【箋注】

〔一〕巴東：即夔州。

〔二〕欹帽：側帽。西瀼：即瀼西。参見卷四八之十月二十七日記文。彈鞭：垂鞭。彈，下垂。南枝：借指梅花。蘇軾次韻蘇伯固游蜀岡送李孝博奉使嶺南：「願及南枝謝，早隨北雁翩。」王文誥輯注引趙次公曰：「南枝，梅也。」

〔三〕使君：指太守王伯庠。鑾坡：葉夢得石林燕語卷五：「俗稱翰林學士爲坡，蓋唐德宗時嘗移學士院於金鑾坡上，故亦稱鑾坡。」

〔四〕鳳凰城闕：指京城。杜甫夜：「步蟾倚杖看牛斗，銀漢遥應接鳳城。」趙次公注：「秦穆公女弄玉吹簫，鳳降其城，因號丹鳳城。其後號京都之城曰鳳城。」

〔五〕行厨：執炊，掌竈。曹唐小游仙詩之五八：「行厨侍女炊何物，滿竈無煙玉炭紅。」猶堪折：杜秋娘金縷詞：「有花堪折直須折，莫待無花空折枝。」

感皇恩 伯禮立春日生日

春色到人間，綵旛初戴〔一〕。正好春盤細生菜〔二〕。一般日月，只有仙家偏耐〔三〕。雪霜從點鬢〔四〕，朱顔在。　温詔鼎來，延英催對〔五〕。鳳閣鸞臺看除拜〔六〕。

對衣裁穩，恰稱毬紋新帶〔七〕。個時方旋了、功名債〔八〕。

【題解】

伯禮，即王伯庠。本文爲立春日陸游爲知州王伯庠生日所作的詞，調寄感皇恩。

本文據文意，作於乾道七年（一一七一）春。時陸游在夔州通判任上。

【箋注】

〔一〕綵旛初戴：孟元老東京夢華録卷六：「春日，宰執親王百官皆賜金銀幡勝，入賀訖，戴歸私第。」綵旛，即幡勝。用金銀箔羅彩製成的長條形旗幟，相贈用作春日的裝飾。

〔二〕春盤細生菜：杜甫立春：「春日春盤細生菜，忽憶兩京梅發時。」陳元靚歲時廣記卷八引唐四時寶鏡：「立春日，食蘆菔、春餅、生菜，號春盤。」又引齊人月令：「凡立春日食生菜，不可過多，取迎新之意而已。」

〔三〕偏耐：獨能忍耐。

〔四〕雪霜從點鬢：任憑白髮點染兩鬢。

〔五〕温詔：詞情懇切之詔書。朱熹次秀野春晴山行紀物之句：「側聞温詔詢耆艾，好趁春風入殿銜。」鼎來：方來。漢書匡衡傳：「諸儒爲之語曰：『無説詩，匡鼎來。』」服虔注：「鼎猶言當也能，言匡且來也。」應劭注：「鼎，方也。」延英：即延英殿，朝臣輪對之所。錢易南部新書甲：「上元中，長安東内始置延英殿。每侍臣賜對，則左右悉去，故直言讜議，盡得上達。」

〔六〕鳳閣鸞臺：指中書省、門下省。舊唐書職官一：「光宅元年九月，改……門下省爲鸞臺，中書省爲鳳閣。」除拜：授官。除舊職，拜新官。

〔七〕對衣：一套衣服。常用作賞賜臣下的物品，如歐陽修有謝對衣金帶鞍轡馬狀。毬紋新帶：繡有毬形花紋的腰帶。宋敏求春明退朝録卷下：「太宗命創方團毬路帶，亦名笏頭帶，以賜二府文臣。」

〔八〕個時：這時。　旋了：漸了。

其二

小閣倚秋空〔一〕，下臨江渚。漠漠孤雲未成雨。數聲新雁，回首杜陵何處〔二〕？壯心空萬里，人誰許〔三〕？　黄閣紫樞，築壇開府〔四〕。莫怕功名欠人做。如今熟計〔五〕，只有故鄉歸路。石帆山脚下、菱三畝〔六〕。

【題解】

本文爲陸游所作懷古思鄉之詞，調寄感皇恩。

本文據文意，當作於蜀中。

【箋注】

〔一〕小閣倚秋空：晁沖之感皇恩：「小閣倚晴空，數聲鐘定韻。」

〔二〕「數聲」二句：杜牧秋浦道中：「爲問寒沙新到雁，來時爲下杜陵無？」于鄴秋夕聞雁：「忽聞涼雁至，如報杜陵秋。」杜陵，在長安城東南。秦代爲杜縣，漢宣帝築陵於此，故名杜陵。三輔黄圖陵墓：「漢宣杜陵，在長安城南五十里。帝在民間時，好游鄠、杜間，故葬此。」

〔三〕誰許：何許。

〔四〕「黄閣」二句：漢代丞相、太尉等等三公官署門塗黄色，以區别於天子的朱門。後用以指宰相官署。紫樞，指樞密院，掌軍事。宋代戎服皆用紫色。辛棄疾水調歌頭：「望清闕，左黄閣，右紫樞。」築壇開府，指主持國家樞機。

〔五〕熟計：周密謀劃。

〔六〕石帆山：在會稽。嘉泰會稽志卷九：「石帆山在縣東一十五里。舊經引夏侯曾先地志云：『射的山北石壁高數十丈，中央少紆，狀如張帆，下有文石如鷁，一名石帆。』十道志云：『山遥望如張帆臨水。』」

好事近 寄張真甫

羈雁未成歸，腸斷寶箏零落〔一〕。那更凍醪無力〔二〕，似故人情薄。　瘴雲蠻雨暗孤城，身在楚山角〔三〕。煩問劍南消息，怕還成疏索〔四〕。

【題解】

張真甫，即張震，字真甫。參見卷四五之七月十七日記文注〔三〕。張震乾道初知夔州，遷知成都府。詞中有「身在楚山角」之句，則當作於夔州。本文爲陸游寄呈張震所作的詞，調寄好事近。

本文據文意，作於乾道七年（一一七一）春。時陸游在夔州通判任上。

【箋注】

〔一〕「羈雁」二句：温庭筠贈彈箏人：「鈿蟬金雁今零落，一曲伊州淚萬行。」

〔二〕凍醪：亦稱春酒。爲冬日釀造、及春乃成之酒。杜牧寄内兄和州崔員外十二韻：「雨侵寒牖夢，梅引凍醪傾。」

〔三〕楚山角：楚山，汎指楚地之山。夔州爲楚、巴交界處，故稱楚山角。

〔四〕劍南：指成都。唐置劍南道，治益州，後升成都府。劍南消息，或指陸游夔州任滿之後的去向。時張震知成都府。　疏索：疏遠，冷淡。

其二

風露九霄寒，侍宴玉華宮闕〔一〕。親向紫皇香案，見金芝千葉〔二〕。　碧壺仙露醖初成〔三〕，香味兩奇絶。醉後却騎丹鳳，看蓬萊春色〔四〕。

【題解】

本文爲陸游所作的游仙詞，調寄好事近。

本文夏承燾、吴熊和放翁詞編年箋注（以下簡稱放翁詞箋注）繫於東歸後作。

【箋注】

〔一〕九霄：道教稱仙人居處。文選沈約游沈道士館：「鋭意三山上，托慕九霄中。」張銑注：「九霄，九天，仙人所居處也。」　玉華宮闕：指仙境。蘇舜欽中秋松江新橋對月和柳令之作：「佛氏解爲銀世界，道家多住玉華宮。」

〔二〕紫皇：道教中的最高神仙。太平御覽引秘要經：「太清九宮皆有僚屬，其最高者稱太皇、紫皇、玉皇。」　香案：放置香爐燭臺的條桌。　金芝：金色芝草。傳説中的仙藥。漢書宣帝紀：「金芝九莖，産於函德殿銅池中。」顔師古注引服虔曰：「金芝，色像金也。」

〔三〕碧壺：即碧玉壺。指仙境。費長房爲市掾，見一老翁賣藥，懸壺於肆頭，市罷即跳入壺中。長房詣翁，翁與俱入壺中，見玉堂華麗，美酒佳餚充盈，相與飲畢而出。事見後漢書費長房傳。

〔四〕丹鳳：頭和翅膀羽毛爲紅色的鳳鳥。「禽經「鸞」，張華注：「首翼赤曰丹鳳。」」蓬萊：傳説中的海上仙山。史記封禪書：「自威、宣、燕昭使人入海求蓬萊、方丈、瀛洲。此三神山者，其傳在勃海中。」

其三　次宇文卷臣韻

客路苦思歸〔一〕，愁似繭絲千緒。夢裏鏡湖煙雨〔二〕，看山無重數。　尊前消盡少年狂，慵著送春語〔三〕。花落燕飛庭户，歎年光如許。

【題解】

宇文卷臣，即宇文紹奕，字卷臣，一作衮臣。參見卷二八跋原隸題解。宇文紹奕淳熙四年知臨邛，陸游與之交友至厚。本文爲陸游爲次韻宇文紹奕所作的詞，調寄好事近。

本文據文意，作於淳熙五年（一一七八）春。時陸游正擬奉召離蜀東歸。

參考詩稿卷七次韻使君吏部見贈時欲游鶴山以雨止、山中小雨得宇文使君簡問嘗見張仙翁乎戲作一絶，次韻宇文使君山行，卷四三宇文衮臣吏部予在蜀日與之游至厚。

【箋注】

〔一〕客路苦思歸：時陸游入蜀八年，正欲東歸。

〔二〕鏡湖：在紹興山陰。詩稿卷八夜登小南門城上自注：「予故山在鏡湖之南。」

〔三〕慵：困倦，慵懶。

其四

歲晚喜東歸，掃盡市朝陳迹。揀得亂山環處，釣一潭澄碧〔一〕。　賣魚沽酒醉還醒，心事付横笛〔二〕。家在萬重雲外，有沙鷗相識〔三〕。

【題解】

陸游於淳熙五年春離蜀東歸，秋抵臨安，召對，除提舉福建常平茶鹽公事，暫返山陰。本文爲陸游還鄉所作的詞，調寄好事近。中興以來絶妙詞選卷二本闋下題「東歸書事」。

本文據文意，作於淳熙五年（一一七八）秋。時陸游返回山陰故居。

【箋注】

〔一〕一潭澄碧：指鏡湖水。

〔二〕横笛：即今七孔横吹之笛，相對直吹之古笛。沈括夢溪筆談樂律：「後漢馬融所賦長笛……李善爲之注云：『七孔，長一尺四寸。』此乃今之横笛耳。太常鼓吹部中所謂横吹，非融之所賦者。」

〔三〕沙鷗：栖息於沙洲上的鷗鳥。孟浩然夜泊宣城界：「離家復水宿，相伴賴沙鷗。」

其五

華表又千年，誰記駕雲孤鶴〔一〕？回首舊曾遊處，但山川城郭。紛紛車馬滿人間，塵土污芒屩〔二〕。且訪葛仙丹井〔三〕，看巖花開落。

【題解】

本文與上文爲同時所作。

【箋注】

〔一〕「華表」二句：感歎人世變遷。陶潛搜神後記卷一：「丁令威，本遼東人，學道於靈虚山。後化鶴歸遼，集城門華表柱。時有少年，舉弓欲射之。鶴乃飛，徘徊空中而言曰：『有鳥有鳥丁令威，去家千年今始歸。城郭如故人民非，何不學仙冢壘壘。』遂高上沖天。」華表，石造柱子，設在城垣、宫殿等前，起裝飾作用。

〔二〕芒屩：芒鞋。晉書劉惔傳：「惔少清遠，有標奇，與母任氏寓居京口，家貧，織芒屩爲養。」

〔三〕葛仙丹井：嘉泰會稽志卷十一：「葛仙丹井在雲門淳化寺佛殿西廡之外僧房中，泉味甘寒冠一山。唐顧況詩云：『野人愛向山中宿，況在葛洪丹井西。門前有箇長松樹，半夜子規來上啼。』即此井也。松已槁死，六十年前故老猶有見之者。唐詩人又有句曰：『月在山中葛洪井。』鼂文元公愛賞之。今有松偃蹇夭矯如龍，正覆井上，若護此泉者，真可異也。」詩稿卷十九有故山葛仙翁丹井有偃松覆其上夭矯可愛寄題。

其六

揮袖別人間，飛躡峭崖蒼壁〔一〕。尋見古仙丹竈〔二〕，有白雲成積。心如潭水静無風，一坐數千息。夜半忽驚奇事，看鯨波暾日〔三〕。

【題解】

本文爲陸游所作的游仙詞，調寄好事近。

本文放翁詞箋注繫於東歸後作。

【箋注】

〔一〕飛躡：飛登。

〔二〕古仙丹竈：指葛仙丹井。參見前文注〔三〕。

〔三〕鯨波暾日：驚濤駭浪中紅日初升。暾，剛出的太陽。劉禹錫送源中丞充新羅册立使：「煙開鰲背千尋碧，日浴鯨波萬頃金。」

其七

溢口放船歸，薄暮散花洲宿〔一〕。兩岸白蘋紅蓼，映一蓑新緑〔二〕。有沽酒處便爲家，菱芡四時足〔三〕。明日又乘風去，任江南江北。

【題解】

本文爲陸游抒寫沿江東歸心情所作的詞，調寄好事近。

本文據文意，作於淳熙五年（一一七八）。時陸游在離蜀東歸途中。

【箋注】

〔一〕溢口：即溢浦，溢水流入長江之處。在今江西九江西。散花洲：江中沙洲。在今湖北大冶。參見卷四六之八月十六日記文注〔一〇〕。

〔二〕白蘋紅蓼：兩種水生植物。吕巖促拍滿路花：「袖手江南去，白蘋紅蓼，又尋溢浦廬山。」一蓑新緑：指用緑草新編的一領蓑衣。

〔三〕菱芡：菱角和芡實。兩種水生植物果實。

其八　登梅仙山絶頂望海

揮袖上西峰，孤絶去天無尺。拄杖下臨鯨海，數煙帆歷歷〔一〕。貪看雲氣舞青鸞〔二〕，歸路已將夕。多謝半山松吹，解慇懃留客。

【題解】

梅仙山，即梅山，在會稽城東北七里。參見卷二三梅子真泉銘題解及注〔一〕。以梅福命名之梅仙山，福建建安、江西豐城等地均有。此詞稱「望海」，仍應指會稽梅山。本文爲陸游登梅仙山頂望海所作的詞，調寄好事近。

本文放翁詞箋注繫於淳熙八年至十二年間。時陸游奉祠家居。

【箋注】

〔一〕鯨海：大海。馬戴贈别北客：「雁關飛霰雪，鯨海落雲濤。」煙帆：烟波之中的帆船。

〔二〕青鸞：傳説中鳳凰一類神鳥，多爲神仙坐騎。赤色多者爲鳳，青色多者爲鸞。李白鳳凰曲：「嬴女吹玉簫，吟弄天上春。青鸞不獨去，更有携手人。」王琦注引藝文類聚：「決疑注曰：『……多赤色者鳳，多青色者鸞。』」

其九

小倦帶餘酲，澹澹數櫺斜日〔一〕。驅退睡魔十萬，有雙龍蒼璧〔二〕。　少年莫笑老人衰，風味似平昔。扶杖凍雲深處，探溪梅消息〔三〕。

【題解】

本文爲陸游傍晚酒醒，扶杖探梅所作的詞，調寄好事近。

本文放翁詞箋注繫於淳熙八年至十二年間。時陸游奉祠家居。

【箋注】

〔一〕餘酲：宿醉。劉禹錫和牛相公題姑蘇所寄太湖石兼寄李蘇州：「煩熱近還散，餘酲見便醒。」　數櫺斜日：指窗櫺中透過的幾縷夕陽。

〔二〕驅退睡魔：封演封氏聞見記卷六：「開元中，泰山靈巖寺有降魔師，大興禪教。學禪，務於不寐，又不夕食，皆許其飲茶。人自懷挾，到處煮飲，從此轉相仿效，遂成風俗。」　雙龍蒼璧：當是兩種茶名。黄庭堅謝公擇舅分賜茶三首其一：「外家新賜蒼龍璧，北焙風煙天上來。」

〔三〕凍雲：嚴冬的陰雲。　溪梅：溪邊早梅。

其十

覓個有緣人，分付玉壺靈藥〔一〕。誰向市塵深處，識遼天孤鶴〔二〕。　月中吹笛下巴陵，條華赴前約〔三〕。今古廢興何限，歎山川如昨。

【題解】

本文爲陸游所作的游仙詞，調寄好事近。

本文放翁詞箋注繫於東歸後作。

【箋注】

〔一〕玉壺：酒壺的美稱。　靈藥：傳説中的仙藥。

〔二〕「誰向」二句：感嘆人世變遷。典出搜神後記。參見好事近其五注〔一〕。

〔三〕「月中」二句：想象歸隱條華。吹笛，抒寫傷逝懷舊之情。典出向秀思舊賦序。巴陵，舊縣名。在今湖南岳陽。條華，指中條山、華山。赴前約，詩稿卷六九書几試筆：「藥笈箸囊幸無恙，蓮峰吾亦葺吾廬。」自注：「偶見報西師復關中郡縣，昔予常有卜居條華意，因及之。」

其十一

平旦出秦關，雪色駕車雙鹿〔一〕。借問此行安往，賞清伊修竹〔二〕。漢家宫殿劫灰中〔三〕，春草幾回緑。君看變遷如許，況紛紛榮辱〔四〕。

【題解】

本文爲陸游爲感歎秦漢遺迹所作的游仙詞，調寄好事近。

本文放翁詞箋注繫於東歸後作。

【箋注】

〔一〕「平旦」二句：指出關游仙。秦關，指函谷關，在今河南靈寶。雪色，杜甫久雨期王將軍不至：「憶爾腰下鐵絲箭，射殺林中雪色鹿。」

〔二〕清伊修竹：清伊指伊水，在洛陽東南。韓愈送張道士：「嶺北梁可構，寒魚下清伊。」蘇軾別子由三首兼別遲其二：「水南卜築吾豈敢，試向伊川買修竹。」

〔三〕劫灰：佛教謂世界終盡，有劫火洞燒。劫灰即劫火之餘灰，此謂遺址之殘迹。

〔四〕紛紛榮辱：指區區一身之榮辱。

其十二

秋曉上蓮峰〔一〕，高躡倚天青壁。誰與放翁爲伴，有天壇輕策〔二〕。　鏗然忽變赤龍飛，雷雨四山黑〔三〕。談笑做成豐歲，笑禪龕榔栗〔四〕。

【題解】

本文爲陸游拄杖漫游時所作的游仙詞，調寄好事近。

本文放翁詞箋注繫於東歸後作。

【箋注】

〔一〕蓮峰：即華山蓮花峰。太平御覽卷三九引華山記：「山頂有池，生千葉蓮花，服之羽化，因曰華山。」

〔二〕天壇：指王屋山頂峰，相傳爲黄帝禮天之處。杜甫昔游：「王喬下天壇，微月映皓鶴。」仇兆鰲注：「王屋山絶頂曰天壇。」　輕策：指籐杖。葉夢得避暑録話卷上：「余往自許昌歸，得天壇籐杖數十，外圓。」詩稿卷二十拄杖：「放翁拄杖具神通，蜀棧吴山興未窮。昨夜夢中行萬里，蓮華峰上聽松風。」

〔三〕「鏗然」二句：指騎龍飛昇。劉向列仙傳陶安公：「陶安公者，六安鑄冶師也。數行火。火一旦散上行，紫色衝天，安公伏冶下求哀。朱雀止冶上曰：『安公，安公，冶與天通，七月七日，迎汝以赤龍。』至期，赤龍到，大雨，而安公騎之東南上。」

〔四〕禪龕：佛堂。楊炯後周明威將軍梁公神道碑：「故得雕檀之妙，俯對禪龕，貝葉之文，式盈梵宇。」榔栗：木名，可作杖。後借指手杖、禪杖。賈島送空公往金州：「七百里山水，手中榔栗麤。」

鷓鴣天　送葉夢錫

家住東吴近帝鄉，平生豪舉少年場〔一〕。十千沽酒青樓上，百萬呼盧錦瑟傍〔二〕。

身易老，恨難忘，尊前贏得是淒涼〔三〕。君歸爲報京華舊〔四〕，一事無成兩鬢霜。

【題解】

葉夢錫，即葉衡，字夢錫。參見卷九賀葉樞密啓題解。葉衡乾道八年知荆南府，九年八月改知成都府，隨即於淳熙元年初遷知建康府。在知成都府期間或與陸游相見。本文爲陸游爲送葉衡歸京所作的詞，調寄鷓鴣天。

本文據文意，作於乾道九年（一一七三）冬。時陸游在攝知嘉州任上。

【箋注】

〔一〕帝鄉：指臨安。「平生」句：詩稿卷二自笑：「自笑平生醉後狂，千鍾使氣少年場。」

〔二〕十千沽酒：曹植名都篇：「歸來宴平樂，美酒斗十千。」百萬呼盧：李白少年行其三：「呼盧百萬終不惜，報讎千里如咫尺。」呼盧，指賭博。錦瑟：漆有織錦紋的瑟。杜甫曲江對雨：「何時詔此金錢會，暫醉佳人錦瑟傍。」

〔三〕「尊前」句：韓偓五更：「光景旋消惆悵在，一生贏得是淒涼。」

〔四〕君歸：指葉衡將赴京城。

其二 葭萌驛作

看盡巴山看蜀山，子規江上過春殘〔一〕。慣眠古驛常安枕，熟聽陽關不慘顔〔二〕。慵服氣，懶燒丹，不妨青鬢戲人間〔三〕。秘傳一字神仙訣，説與君知只是頑〔四〕。

【題解】

葭萌驛，隸利州路利州，在今四川廣元。蜀中名勝記卷二四引葭萌縣志：「縣北百八十里施店驛，即古葭萌驛，驛即古縣址也。」陸游乾道八年正月赴南鄭王炎幕府。本文爲陸游過葭萌驛所作的詞，調寄鷓鴣天。

本文據文意，作於乾道八年（一一七二）春。時陸游赴南鄭王炎幕府途中。

【箋注】

〔一〕「看盡」二句：指殘春時分，由巴入蜀。子規，即杜鵑鳥。華陽國志蜀志：「杜宇稱帝，號曰望帝……禪位於開明，帝升西山隱焉。時適二月，子鵑鳥鳴，故蜀人悲子鵑鳥鳴也。」

〔二〕陽關：陽關三疊，即渭城曲，乃送別之曲。　慘顏：指表情悲傷。

〔三〕服氣：即吐納，道家養生延年之術。晉書張忠傳：「恬静寡欲，清虚服氣，餐芝餌石，修導養之法。」　青鬢：濃黑鬢髮。指年輕人。

〔四〕「秘傳」二句：詩稿卷五五雜感其二：「古言忍字似而非，獨有癡頑二字奇。此是龜堂安樂法，大書銘座更何疑？」

其三

梳髮金盤剩一窩，畫眉鸞鏡暈雙蛾〔一〕。人間何處無春到，只有伊家獨占多。　微步處，奈嬌何，春衫初換麴塵羅〔二〕。東鄰鬥草歸來晚〔三〕，忘卻新傳子夜歌〔四〕。

【題解】

本文爲陸游所作的閨情詞，調寄鷓鴣天。

本文放翁詞箋注繫於不編年詞。

【箋注】

〔一〕「梳髮」二句：描寫女子梳妝打扮。一窩，指中空的圓錐形髮型，如窩頭。鸞鏡，指妝鏡。雙蛾，指兩眉。蛾，蛾眉。

〔二〕微步：輕步，緩步。曹植洛神賦：「凌波微步，羅襪生塵。」麴塵羅：淡黄色的絲織品。牛嶠楊柳枝其五：「裊翠籠煙拂暖波，舞裙新染麴塵羅。」麴塵原爲酒麴上所生菌類，色淡黄如塵，用以指淡黄色。

〔三〕鬥草：又名鬥百草。古代游戲，競採花草以比多寡優劣。荆楚歲時記：「五月五日，四民并蹋百草，又有鬥百草之戲。」

〔四〕子夜歌：樂府詩集卷四四：「唐書樂志曰：『子夜歌者，晉曲也。晉有女子名子夜，造此聲，聲過哀苦。』……樂府解題曰：『後人更爲四時行樂之詞，謂之子夜四時歌。』」

其四

家住蒼煙落照間〔一〕，絲毫塵事不相關。斟殘玉瀣行穿竹，卷罷黄庭卧看山〔二〕。

貪嘯傲，任衰殘，不妨隨處一開顔〔三〕。元知造物心腸別〔四〕，老却英雄似等閒。

【題解】

本文爲陸游開始卜居鏡湖三山所作的詞，調寄鷓鴣天。

本文據放翁詞箋注，作於乾道二年（一一六六）。時陸游罷歸家居。

【箋注】

〔一〕蒼煙：蒼茫雲霧。陳子昂峴山懷古：「野樹蒼煙斷，津樓晚氣孤。」落照：夕陽餘暉。梁簡文帝和徐録事見内人作卧具：「密房寒日晚，落照度窗邊。」

〔二〕玉瀣：美酒名。馮時化酒史卷上：「隋煬帝造玉瀣酒，十年不敗。」黄庭：即黄庭經。道教經典，述養真修煉之道。

〔三〕嘯傲：放歌長嘯，傲然自得。陶淵明飲酒其七：「嘯傲東軒下，聊復得此生。」開顔：臉上含笑狀。謝靈運酬從弟惠連：「末路值令弟，開顔披心胸。」

〔四〕造物：造物者，創造萬物之神。莊子大宗師：「偉哉，夫造物者將以予爲此拘拘也。」心腸別：別具心思。

其五

插脚紅塵已是顛〔一〕，更求平地上青天。新來有個生涯別，買斷煙波不用錢〔二〕。

沽酒市，采菱船，醉聽風雨擁蓑眠。三山老子真堪笑，見事遲來四十年〔三〕。

【題解】

同上文。

【箋注】

〔一〕插脚：厠身。紅塵：車馬揚起的飛塵。後佛教、道教借指人世間。顛：通「癲」，癲狂。

〔二〕「新來」二句：指新近開始了避世隱居的别様生活。買斷，買盡。煙波，烟霧蒼茫的水面，指隱居生活。李白襄陽歌：「清風朗月不用一錢買，玉山自倒非人推。」

〔三〕三山老子：陸游自稱。三山，嘉泰會稽志卷九：「三山在（山陰）縣西九里，地理家以爲與卧龍岡勢相連，今陸氏居之。」見事：識别時勢。史記范雎蔡澤列傳：「吾聞穰侯智士也，其見事遲。」詩稿卷三二幽棲其二自注：「乾道丙戌，始卜居鏡湖之三山。」丙戌，乾道二年（一一六六）。該年五月，陸游自隆興通判任罷歸，卜居三山，時年四十二歲。

其六

懶向青門學種瓜〔一〕，只將漁釣送年華。雙雙新燕飛春岸，片片輕鷗落晚沙〔二〕。歌縹渺，艣嘔啞，酒如清露鮓如花〔三〕。逢人問道歸何處，笑指船兒此是家〔四〕。

【題解】

同上文。

【箋注】

〔一〕青門：長安城東南門。三輔黄圖卷一：「長安城東出南頭第一門曰霸城門，民見門青色，名曰青城門，或曰青門。門外舊有佳瓜。廣陵人召平爲秦東陵侯。秦破，爲布衣，種瓜青門外。瓜美，時人謂之東陵瓜。」

〔二〕片片輕鷗：杜甫小寒食舟中作：「娟娟戲蝶過閒幔，片片輕鷗下急湍。」

〔三〕鮝：即船。嘔啞：象聲詞，船行聲。李咸用江行：「瀟湘無事後，征棹復嘔啞。」鮓：用米粉加鹽和其他作料拌製的切碎的菜，可貯存。

〔四〕「逢人」三句：陸游時自號「漁隱」。王質雪山集卷十二寄題陸務觀漁隱序：「乙酉，務觀貳豫章，書來告曰：『吾登孺子亭，見子以詩道南州高士之神情，奇哉！吾巢會稽，築卑棲，號漁隱，子爲我詩之。』」新唐書張志和傳：「顔真卿爲湖州刺史，志和來謁，真卿以舟敝漏，請更之。志和曰：『願爲浮家汎宅，往來苕霅間。』」

其七　薛公肅家席上作

南浦舟中兩玉人，誰知重見楚江濱〔一〕。憑教後苑紅牙版，引上西川緑錦茵〔二〕。

纔淺笑，却輕嚬〔三〕，淡黄楊柳又催春。情知言語難傳恨〔四〕，不似琵琶道得真。

【題解】

薛公肅爲誰不詳。家席，家宴。陸游赴其家席，可見交往頗深。本文爲陸游在薛公肅家席上所作的艷詞，調寄鷓鴣天。

本文據文意，作於蜀中。

【箋注】

〔一〕南浦：南面水邊。常用以稱送别之地。屈原九歌河伯：「子交手兮東行，送美人兮南浦。」

玉人：美人。楚江：指楚地江河。

〔二〕紅牙版：木製的紅色拍板，歌唱時擊之以爲節拍。歷代詩餘引俞文豹吹劍録：「東坡在玉堂日，有幕士善歌，因問：『我詞何如柳七？』對曰：『柳郎中詞，只合十七八女郎，執紅牙版，歌「楊柳岸曉風殘月」。』」西川：北宋設西川路，治益州（今四川成都），南宋改爲成都府路。據此，本詞作於蜀中。緑錦茵：緑色的錦製墊褥。

〔三〕輕嚬：輕顰。微微皺眉。李煜長相思：「雲一緺，玉一梭，淡淡衫兒薄薄羅，輕顰雙黛螺。」

〔四〕情知：明知。駱賓王艷情代郭氏答盧照鄰：「情知唾井終無理，情知覆水也難收。」

驀山溪　送伯禮

元戎十乘，出次高唐館〔一〕。歸去舊鵷行，更何人、齊飛霄漢〔二〕。瞿唐水落，惟是淚波深，催疊鼓，起牙檣〔三〕，難鎖長江斷。春深鼇禁〔四〕，紅日宫磚暖。何處望音塵，黯消魂、層城飛觀〔五〕。人情見慣，不敢恨相忘，梅驛外，蓼灘邊，只待除書看〔六〕。

【題解】

伯禮，即王伯庠，字伯禮。參見卷十四雲安集序注〔六〕。雲安集序：「公以乾道七年八月移牧永嘉。」本文爲陸游爲王伯庠送行所作的詞，調寄驀山溪。

本文據文意，作於乾道七年（一一七一）八月。時陸游在夔州通判任上。

【箋注】

〔一〕元戎十乘：語本詩小雅六月：「元戎十乘，以先啓行。」朱熹集傳：「元，大也；戎，戎車也。」出次：出軍駐紮。高唐館：即高唐觀。楚國臺觀。宋玉高唐賦序：「昔者楚襄王與宋玉游於雲夢之臺，望高唐之觀。」

〔二〕鵷行：指朝官行列。梁書張緬傳：「殿中郎缺，高祖謂徐勉曰：『此曹舊用文學，且居鵷行之首，宜詳擇其人。』」霄漢：朝中高位。

〔三〕瞿唐：瞿塘峽，三峽之一，在夔州東。疊鼓：小擊鼓，急擊鼓。文選謝朓鼓吹曲：「凝笳翼高蓋，疊鼓送華輈。」李善注：「小擊鼓謂之疊。」牙檣：桅杆。庾信哀江南賦：「蒼鷹赤雀，鐵軸牙檣。」倪璠注：「埤蒼曰：『檣，帆柱也。』」

〔四〕鼇禁：鼇山禁地，翰林院別稱。

〔五〕黯消魂：江淹別賦：「黯然消魂者，惟別而已矣。」層城：指京師。陸機贈尚書郎顧彥先：「朝游游層城，夕息旋直廬。」飛觀：高聳的宮闕。王延壽魯靈光殿賦：「陽榭外望，高樓飛觀。」

〔六〕梅驛：驛館的雅稱。蓼灘：水草灘。除書：授官的文書。韋應物始治尚書郎別善福精舍：「除書忽到門，冠帶便拘束。」

又　游三榮龍洞

窮山孤壘，臘盡春初破〔一〕。寂寞掩空齋，好一個、無聊底我。嘯臺龍岫，隨分有雲山，臨淺瀨，蔭長松，閒據胡牀坐〔二〕。　三杯徑醉，不覺紗巾墮〔三〕。畫角喚人歸，落梅村、籃輿夜過〔四〕。城門漸近，幾點妓衣紅，官驛外，酒壚前，也有閒燈火〔五〕。

【題解】

三榮，即榮州，隸潼川府路。在今四川榮縣。蜀中名勝記卷一一：「曰榮黎，曰榮隱，曰榮德，所謂三榮也。榮黎山，在州東十五里；榮隱山，在州西三十里；榮德山，在州東北四十二里。州以此得名。」龍洞，蜀中名勝記卷一一引勝覽云：「龍洞在州東南四里真如院，巖穴峭深，洞左石壁奇聳，巨柏老蒼。洞右有石角立，舊經以爲孫登嘯臺。三者乃榮之勝處。」淳熙元年冬，陸游攝知榮州事，留榮約七十日，至次年正月十日離榮。據卷五〇齊天樂其二，陸游游三榮龍洞在人日，即正月初七。本文爲陸游游榮州龍洞所作的詞，調寄驀山溪。

本文據文意，作於淳熙二年（一一七五）正月。時陸游在攝知榮州任上。

參考詩稿卷六別榮州。

【箋注】

〔一〕臘盡春初破：臘月已盡，初春已臨。

〔二〕嘯臺：即孫登嘯臺。詩稿卷六別榮州：「嘯臺載酒雲生屨，仙穴尋梅雨墊巾。」自注：「嘯臺，在富義門外一里，號孫登嘯臺。」孫登，晉代隱士，善長嘯。晉書卷九四有傳。　龍岫：泛指精美的湖山建築。語本西京雜記卷六。　隨分：隨處。　胡牀：又稱交牀。一種可摺疊的輕便坐具。程大昌演繁露卷一二：「今之交牀，本自虜來，始名胡牀，桓伊下馬據胡牀取笛三弄是也。隋高祖意在忌胡，器物涉胡著咸令改之，乃改交牀。唐穆宗時又名繩牀。」

〔三〕不覺紗巾墮：晉書孟嘉傳：「九月九日，（桓）温燕龍山，僚佐畢集。時佐吏并著戎服，有風至，吹嘉帽墮落，嘉不之覺。」劉長卿贈秦系：「向風長嘯戴紗巾，野鶴由來不可親。」

〔四〕畫角：古代管樂器。形似竹筒，本細末大，表面有彩繪。發音淒厲高亢，軍中用於警昏曉，肅軍容。梁簡文帝折楊柳：「城高短簫發，林空畫角悲。」籃輿：竹轎。宋書陶潛傳：「潛有脚疾，使一門生二兒轝籃輿。」

〔五〕妓衣：指遮隔女樂的簾子。典出梁書夏侯亶傳：「（亶）晚年頗好音樂，有妓妾十數人，并無被服姿容。每有客，常隔簾奏之，時謂簾爲夏侯妓衣也。」酒壚：指酒肆，酒店。

木蘭花　立春日作

三年流落巴山道，破盡青衫塵滿帽〔一〕。身如西瀼渡頭雲，愁抵瞿唐關上草〔二〕。　春盤春酒年年好，試戴銀旛判醉倒〔三〕。今朝一歲大家添，不是人間偏我老。

【題解】陸游乾道六年十月至夔州通判任，八年立春，跨入第三個年頭。本文爲陸游在立春日所作的詞，調寄木蘭花。

本文據文意，作於乾道八年（一一七二）立春日。時陸游在夔州通判任上，即將赴南鄭王炎幕府。

【箋注】

〔一〕三年流落：指陸游在夔州已逾三年。　青衫：唐代文官八品、九品服青。後借指失意官員。白居易琵琶行：「座中泣下誰最多，江州司馬青衫濕。」

〔二〕西瀼：即瀼西。參見卷四八之十月二十七日記文。　瞿唐：即瞿塘峽。參見卷四八之十月二十六日記文。

〔三〕「春盤」二句：參見本卷感皇恩（伯禮立春日生日）注〔一〕〔二〕。判，通「拚」，甘願。

朝中措

梅

幽姿不入少年場〔一〕，無語只淒涼。一箇飄零身世，十分冷淡心腸。　江頭月底，新詩舊夢，孤恨清香。任是春風不管，也曾先識東皇〔二〕。

【題解】

本文爲陸游所作的詠物詞，調寄朝中措。

本文放翁詞箋注繫於不編年詞。

【箋注】

〔一〕幽姿：幽雅的姿態。謝靈運登池上樓：「潛虬媚幽姿，飛鴻響遠音。」

〔二〕東皇：司春之神。尚書緯：「春爲東皇，又爲青帝。」戴叔倫暮春感懷：「東皇去後韶華盡，老圃寒香別有秋。」

其二　代譚德稱作

怕歌愁舞懶逢迎，粧晚托春酲〔一〕。總是向人深處，當時枉道無情〔二〕。　關心近日，啼紅密訴，剪緑深盟〔三〕。杏館花陰恨淺，畫堂銀燭嫌明。

【題解】

譚德稱，即譚季壬，字德稱。參見卷三三青陽夫人墓誌銘。譚季壬曾任崇慶府學教授，後徙成都府。陸游與其唱和之作均作於成都。本文爲陸游代譚德稱所作的艷詞，調寄朝中措。

本文據文意，作於成都。

參考詩稿卷三和譚德稱送牡丹，卷六臨別成都帳飲萬里橋贈譚德稱、喜譚德稱歸，卷九簡譚德稱，卷十一懷譚德稱等。

【箋注】

〔一〕春醒：春日因醉酒造成的困倦。元稹襄陽爲盧竇紀事其三：「猶帶春醒懶相送，櫻桃花下隔簾看。」

〔二〕向：愛，偏愛。枉道：莫道。尚顏秋夜吟：「枉道一生無繫着，湘南山水別人尋。」

〔三〕啼紅：指泣淚玉唾，淚凝如血。典出王嘉拾遺記。深盟：指刻骨銘心的盟誓。

其三

鼕鼕儺鼓餞流年，燭焰動金船〔一〕。彩燕難尋前夢，酥花空點春妍〔二〕。文園謝病，蘭成久旅〔三〕，回首淒然。明月梅山笛夜，和風禹廟鶯天〔四〕。

【題解】

本文爲陸游所作的春詞，調寄朝中措。

本文據文意，作於山陰。放翁詞箋注繫於不編年詞。

【箋注】

〔一〕鼕鼕：象聲詞。儺鼓：驅除疫鬼的鼓聲。吕氏春秋季冬「命有司大儺」，高誘注：「大儺，逐盡陰氣爲陽導也。今人蜡歲前一日擊鼓驅疫，謂之逐除是也。」餞流年：送別舊歲。

金船：金質酒器。庾信北園新齋成應趙王教：「玉節調笙管，金船代酒卮。」

〔二〕彩燕：以彩綢爲燕當頭飾。荆楚歲時記：「立春之日，悉翦彩爲燕戴之，帖『宜春』二字。」酥花：以酥酪或餳糖在糕餅上裱花。歲時廣記卷八引復雅歌詞：「熙寧八年乙卯，楊繪在翰林，十二月立春日肆筵，設滴酥花。陳汝羲即席賦減字木蘭花云：『纖纖素手，盤裏酥花新點就。對葉雙心，别有東風意思深。』」春妍：春光妍麗。

〔三〕文園：指司馬相如。史記司馬相如列傳：「相如拜爲孝文園令……既病免，家居茂陵。」蘭成：庾信小字。陸龜蒙小名録：「庾信幼而俊邁，聰敏絶倫。有天竺僧呼信爲蘭成，因以爲小字。」久旅：庾信出使西魏，被留仕不返，常有鄉關之思，作哀江南賦。

〔四〕梅山：即梅仙山。在會稽東北七里。參見本卷好事近其八題解。禹廟：即大禹陵。在會稽東南十二里。

臨江仙 離果州作

鳩雨催成新緑，燕泥收盡殘紅〔一〕。春光還與美人同。論心空眷眷，分袂却匆匆〔二〕。只道真情易寫，那知怨句難工。水流雲散各西東。半廊花院月，一帽柳橋風〔三〕。

【題解】

果州，隸潼川府路。治南充，在今四川南充。乾道八年正月，陸游自夔州赴南鄭王炎幕府，途經果州。本文爲陸游離果州時所作的閨情詞，調寄臨江仙。

本文據文意，作於乾道八年(一一七二)春。時陸游在赴南鄭王炎幕府途中。

【箋注】

〔一〕鳩雨：下雨時節。因鳩鳴爲雨候。燕泥：燕子銜泥築巢。

〔二〕論心：談心，傾心交談。眷眷：依戀反顧貌。陶淵明雜詩其三：「眷眷往昔時，憶此斷人腸。」分袂：離別。干寶秦女賣枕記：「(秦女)取金枕一枚，與度爲信，乃分袂泣別。」

〔三〕柳橋：古代折柳送別，故泛指送別之處。張先江南柳：「今古柳橋多送別，見人分袂亦愁生，何況自關情。」

蝶戀花　離小益作

陌上簫聲寒食近。雨過園林，花氣浮芳潤〔一〕。千里斜陽鍾欲暝〔二〕，憑高望斷南樓信。　海角天涯行略盡。三十年間，無處無遺恨。天若有情終欲問〔三〕，忍教霜點相思鬢。

【題解】

小益，即益昌郡，宋爲昭化，隸利州路。在今四川廣元。輿地紀勝卷一八四：「(益昌)時人又呼爲小益，對成都之爲大益也。」乾道八年正月，陸游自夔州赴南鄭王炎幕府，途經小益。本文爲陸游離小益時所作的閨情詞，調寄蝶戀花。

本文據文意，作於乾道八年(一一七二)春。時陸游在赴南鄭王炎幕府途中。

【箋注】

〔一〕「陌上」三句：宋祁寒食假中作：「草色引開盤馬地，簫聲吹暖賣餳天。」詩周頌有瞽：「既備乃奏，簫管備舉。」孔穎達疏：「其時賣餳之人吹簫以自表也。」寒食，荊楚歲時記：「去冬節一百五日，即有疾風甚雨，謂之寒食。禁火三日，造餳大麥粥。據曆，合在清明前二日，亦有去冬至一百六日者。」餳，飴糖。芳潤，芳香潤澤。

〔二〕暝：昏暗，迷離。

〔三〕天若有情：李賀金銅仙人辭漢歌：「衰蘭送客咸陽道，天若有情天亦老。」

其二

桐葉晨飄蛩夜語。旅思秋光，黯黯長安路〔一〕。忽記橫戈盤馬處，散關清渭應如故〔二〕。江海輕舟今已具。一卷兵書〔三〕，歎息無人付。早信此生終不遇，常年悔草長楊賦〔四〕。

【題解】

本文爲陸游回憶南鄭前綫生涯所作的詞，調寄蝶戀花。

本文據文意，作於淳熙五年（一一七八）秋。時陸游離蜀東歸，秋至行在。

【箋注】

〔一〕蛩：蟋蟀。　長安路：此指赴行在臨安之路。

〔二〕横戈盤馬：横戈躍馬。　散關清渭：指大散關、渭水，泛指西北抗金前綫。詩稿卷一四夜觀秦蜀地圖：「散關摩雲俯賊壘，清渭如帶陳軍容。」又卷一七江北莊取米到作飯甚香有感：「我昔從戎清渭濱，散關嵯峨下臨賊。」均二者并舉。大散關在今陝西寶鷄西南，川陝間秦嶺咽喉，時爲宋金交界處。渭水流域當時亦爲宋金軍事力量交錯之地。

〔三〕一卷兵書：漢代張良曾於下邳圯上得一老丈贈太公兵法一編，後用以輔佐劉邦成就帝業。事見史記留侯世家。温庭筠簡同志：「留侯功業何容易，一卷兵書作帝師。」

〔四〕長楊賦：漢書揚雄傳：「明年，上將大誇胡人以多禽獸，秋，命右扶風發民入南山……張羅罔罝罘，捕熊羆豪豬虎豹狖玃狐菟麋鹿，載以檻車，輸長楊射熊館。令胡人手搏之，自取其獲，上親臨觀焉。是時農民不得收斂。雄從至射熊館，還，上長楊賦，聊因筆墨之成文章，故借翰林以爲主人，子墨爲客卿以風。」

其三

水漾萍根風卷絮。倩笑嬌顰，忍記逢迎處〔一〕。只有夢魂能再遇，堪嗟夢不由人做。

夢若由人何處去。短帽輕衫，夜夜眉州路〔二〕。不怕銀缸深繡户，只愁風斷青衣渡〔三〕。

【題解】

中興以來絶妙詞選卷二調下題作「懷别」。本文爲陸游所作追憶眉州冶游之詞，調寄蝶戀花。

本文據文意，作於淳熙初。時陸游先後在蜀州、榮州、成都任職。

【箋注】

〔一〕倩笑：女子笑容美好。　嬌顰：蹙眉含愁。　逢迎：奉承，迎合。

〔二〕短帽：輕便小帽。　眉州：隸成都府路，在今四川眉山。陸游於乾道九年、淳熙元年、淳熙四年曾三過眉州。

〔三〕銀缸：銀色的燈盞、燭臺。梁元帝草名：「金錢買含笑，銀缸影梳頭。」　青衣渡：青衣江渡口。青衣江流經眉州。

釵頭鳳

紅酥手，黄縢酒〔一〕。滿城春色宫牆柳。東風惡，歡情薄。一懷愁緒，幾年離索〔二〕。錯錯錯。春如舊，人空瘦。淚痕紅浥鮫綃透〔三〕。桃花落，閒池閣。山盟雖在，錦書難托〔四〕。莫莫莫。

【題解】

中興以來絶妙詞選卷二調下題作「閨思」。本文爲陸游所作閨情詞，調寄釵頭鳳。據宋代陳鵠西塘集耆舊續聞卷一〇、劉克莊後村先生大全集卷一七八詩話續集、周密齊東野語卷一所載，此詞爲陸游於紹興年間在沈園重會前妻唐氏後所作。清代王士禛開始質疑其本事。夏承燾亦對此本事存疑。吴熊和陸游釵頭鳳詞本事質疑一文，提出此詞爲陸游在成都偶興的冶游之作。趙惠俊渭南文集所附樂府詞編次與陸游詞的繫年則依據渭南文集編次體例，考訂此詞爲陸游於乾道八年春在南鄭懷念前妻唐氏之作。

【箋注】

〔一〕黄縢酒：即黄封酒。蘇軾岐亭五首其三：「爲我取黄封，親拆官泥赤。」施元之注：「京師官法酒，以黄紙或黄羅絹封冪瓶口，名黄封酒。」

〔二〕離索：離群索居。禮記檀弓：「子夏曰：『吾離群而索居，亦已久矣。』」鄭玄注：「索，猶散也。」杜甫夜聽許十一誦詩愛而有作：「離索晚相逢，包蒙欣有擊。」

〔三〕浥：潤濕。　蛟綃：同鮫綃。傳説鮫人所織的絲織品。任昉述異記卷上：「南海出鮫綃紗，泉先潛織。一名龍紗，其價百餘金。以爲服，入水不濡。」

〔四〕山盟：指山爲喻的盟誓，多用於男女相愛。　錦書：亦作錦字書。晉書竇滔妻蘇氏傳：「竇滔妻蘇氏，始平人也，名蕙，字若蘭，善屬文。滔苻堅時爲秦州刺史，被徙流沙。蘇氏思之，織錦爲回文旋圖詩以贈滔，宛轉循環以讀之，詞甚悽惋，凡八百四十字。」

清商怨　葭萌驛作

江頭日暮痛飲。乍雪晴猶凛〔一〕。山驛淒涼，燈昏人獨寢。　鴛機新寄斷錦〔二〕。歎往事、不堪重省。夢破南樓，緑雲堆一枕〔三〕。

【題解】葭萌驛，在利州。參見本卷鷓鴣天其二題解。乾道八年十月，王炎被召還朝，幕府解散。陸游改除成都府安撫司參議官。十一月啓程赴任，再次途經葭萌驛。本文爲陸游在葭萌驛所作的懷人之詞，調寄清商怨。

本文據文意，作於乾道八年（一一七二）十一月。時陸游在由南鄭赴成都途中。

【箋注】

〔一〕江頭：江邊，江岸。　凛：刺骨之寒冷。

〔二〕鴛機新寄斷錦：參見前闋釵頭鳳注〔四〕。鴛機，織機的美稱。

〔三〕緑雲：比喻女子烏黑的秀髮。杜牧阿房宮賦：「緑雲擾擾，梳曉鬟也。」

水龍吟　榮南作

樽前花底尋春處，堪歎心情全減。一身萍寄〔一〕，酒徒雲散，佳人天遠。那更今年，瘴煙蠻雨，夜郎江畔〔二〕。漫倚樓横笛，臨窗看鏡，時揮涕、驚流轉〔三〕。　花落月明庭院。悄無言、魂消腸斷。憑肩携手，當時曾效，畫梁棲燕〔四〕。見説新來，網縈塵暗，舞衫歌扇〔五〕。料也羞憔悴，慵行芳徑，怕啼鶯見。

【題解】

榮南，即榮州。隸潼川府路，轄榮德、威遠、資官、應靈四縣。治榮德，在今四川榮縣。陸游淳熙元年十一月攝知榮州，次年正月離任。本文爲陸游在榮州所作的詞，調寄水龍吟。

本文據文意，作於淳熙二年（一一七五）春。時陸游攝知榮州。

【箋注】

〔一〕萍寄：浮萍寄迹水面，比喻行止無定。張喬寄弟：「故里行人戰後疏，青崖萍寄白雲居。」

〔二〕夜郎：漢代西南地區古國名。太平御覽卷一六六榮州下引九州要記：「和義郡，古夜郎之地。」陸游榮州詩，屢稱其爲夜郎。見詩稿卷六。

〔三〕倚樓横笛：趙嘏長安秋望：「殘星幾點雁横塞，長笛一聲人倚樓。」流轉：流離轉徙。後漢書董卓傳：「靈帝末，黄巾餘黨郭太等復起西河白波谷，轉寇太原，遂破河東，百姓流轉三輔。」

〔四〕憑肩：以手靠他人之肩。白居易新豐折臂翁：「玄孫扶向店前行，左臂憑肩右臂折。」畫梁棲燕：盧照鄰長安古意：「雙燕雙飛繞畫梁，羅幃翠被鬱金香。」

〔五〕「網縈」二句：蘇軾答陳述古其二：「聞道使君歸去後，舞衫歌扇總生塵。」

秋波媚 七月十六日晚登高興亭望長安南山

秋到邊城角聲哀，烽火照高臺〔一〕。悲歌擊筑，憑高酹酒〔二〕，此興悠哉。多情誰似南山月，特地暮雲開。灞橋煙柳，曲江池館，應待人來〔三〕。

【題解】

高興亭，在南鄭。詩稿卷五四重九無菊有感：「高興亭中香滿把，令人北望憶梁州。」自注：「高興亭在南鄭子城西北，正對南山。」南山，即終南山。本文爲陸游登高遠望所作的詞，調寄秋波媚。

本文據文意，作於乾道八年（一一七二）七月。時陸游在權四川宣撫使司幹辦公事兼檢法官任上。

【箋注】

〔一〕烽火照高臺：詩稿卷一三辛丑正月三日雪：「忽思西戍日，憑堞待傳烽。」自注：「予從戍日，嘗大雪中登興元城上高興亭，待平安火至。」又卷三七感舊其三：「馬宿平沙夜，烽傳絶塞秋。」自注：「平安火並南山來，至山南城下。」

〔二〕擊筑：史記游俠列傳：「荆軻嗜酒，日與狗屠及高漸離飲於燕市。酒酣以往，高漸離擊筑，荆軻和而歌於市中，相樂也。已而相泣，旁若無人者。」筑，古代弦樂器。　酹酒：以酒澆地，以示祭奠。

〔三〕灞橋煙柳：三輔黄圖卷六：「灞橋在長安東，跨水作橋。漢人送客至此橋，折柳贈别。」曲江池館：康駢劇談録卷下：「曲江池本秦世隑洲，開元中疏鑿，遂爲勝境。其南有紫雲樓、芙蓉苑，其西有杏園、慈恩寺。花卉環周，煙水明媚，都人游玩，勝於中和、上巳之節。」應待人來：指希望宋軍收復長安，進而入關，恢復中原。

其二

曾散天花蕊珠宫〔一〕，一念墮塵中。鉛華洗盡，珠璣不御，道骨仙風〔二〕。東遊我醉騎鯨去，君駕素鸞從〔三〕。垂虹看月，天台采藥〔四〕，更與誰同？

【題解】

本文爲陸游所作的游仙詞，調寄秋波媚。

本文放翁詞箋注繫於不編年詞。

【箋注】

〔一〕曾散天花：維摩詰經問疾品：「維摩詰以身疾，廣爲説法。佛告文殊師利：『汝詣問疾。』時維摩室中有一天女，見諸天人聞所説法，便現其身，即以天花散諸菩薩、大弟子上。花至諸菩薩即皆墮落，至大弟子便著不墮。天女曰：『結習未盡，故花著身。』」天花，天界鮮花。蕊珠宫：亦稱蕊宫，道教的仙宫。周邦彦汴都賦：「蕊珠、廣寒，黄帝之宫，榮光休氣，朣朧往來。」

〔二〕道骨仙風：李白大鵬賦序：「余昔於江陵，見天台司馬子微，謂余有仙風道骨，可與神游八極之表。」

〔三〕騎鯨：文選揚雄羽獵賦：「乘巨鱗，騎京魚。」李善注：「京魚，大魚也。字或爲鯨。鯨亦大魚也。」後比喻隱遁或游仙。晁補之少年游：「他日騎鯨，尚憐迷路，與問衆仙真。」素鸞：白色鸞鳥。

〔四〕垂虹：橋名，在今江蘇吴江。范成大吴郡志卷一七：「利往橋，即吴江長橋也。慶曆八年，縣尉王廷堅所建。有亭曰垂虹，而世并以名橋。續圖經云：『東西千餘尺，前臨太湖洞庭三山，横跨松江。行者晃漾天光水色中，海内絶景，唯遊者自知之，不可以筆舌形容也。』」天台采藥：蘇軾秀州報本禪院鄉僧文長老方丈：「明年采藥天台去，更欲題詩滿浙東。」天台，山名。在今浙江台州。

采桑子

寶釵樓上粧梳晚〔一〕，懶上鞦韆。閒撥沉煙，金縷衣寬睡髻偏〔二〕。鱗鴻不寄遼東信〔三〕，又是經年。彈淚花前，愁入春風十四弦〔四〕。

【題解】本文爲陸游所作的閨情詞，調寄采桑子。
本文放翁詞箋注繫於不編年詞。

【箋注】

〔一〕寶釵樓：詩稿卷十三對酒自注：「寶釵樓，咸陽旗亭也。」此泛指妓樓。

〔二〕沉煙：指點燃的沉香。顧夐酒泉子：「堪憎蕩子不還家，謾留羅帶結，帳深枕膩炷沉煙，負當年。」金縷衣：金絲編製的衣服。劉孝威擬古應教：「青鋪緑瑣琉璃扉，瓊筵玉笥金縷衣。」睡鬟偏：白居易長恨歌：「雲鬢半偏新睡覺，花冠不整下堂來。」

〔三〕鱗鴻：即魚雁，指書信。遼東：泛指邊遠之地。

〔四〕十四弦：古代弦樂器，以有十四根弦而得名。宋無名氏鬼董周寶：「十四弦，胡樂也。江南舊無之，淳熙間木工周寶以小商販易安豐埸，得其製於敵中，始以獻美閫。遂盛行。」

卜算子　詠梅

驛外斷橋邊，寂寞開無主。已是黄昏獨自愁，更著風和雨。　無意苦争春，一任群芳妒〔一〕。零落成泥碾作塵，只有香如故。

【題解】

本文爲陸游所作的詠梅詞，調寄卜算子。

本文放翁詞箋注繫於不編年詞。

【箋注】

〔一〕一任：聽憑，聽任。杜甫鷗：「雪暗還須浴，風生一任飄。」

沁園春　三榮横溪閣小宴

粉破梅梢，緑動萱叢〔一〕，春意已深。漸珠簾低卷，筇枝微步〔二〕，冰開躍鯉，林暖鳴禽。荔子扶疏，竹枝哀怨〔三〕，濁酒一尊和淚斟。憑欄久，歎山川冉冉，歲月駸駸〔四〕。　當時豈料如今。漫一事無成霜鬢侵。看故人强半，沙堤黄閣，魚懸帶玉，貂映蟬金〔五〕。許國雖堅，朝天無路〔六〕，萬里淒涼誰寄音。東風裏，有灞橋煙柳〔七〕，知我歸心。

【題解】

三榮横溪閣，在榮州。蜀中名勝記卷一一：「（榮縣）城北有横溪閣。」陸游淳熙元年十一月攝知榮州，次年正月離任。本文爲陸游在榮州横溪閣宴會上所作感懷身世的詞，調寄沁園春。

本文據文意，作於淳熙二年（一一七五）春。時陸游攝知榮州。

參考詩稿卷六晚登横溪閣。

【箋注】

〔一〕粉：白色或粉紅色。　萱：即萱草。多年生草本植物，葉條狀披針形，花黄色或紅黄色。

〔二〕筇枝：即筇竹杖。老學庵筆記卷三：「筇竹杖，蜀中無之，乃出徼外蠻峒。蠻人持至瀘、叙間賣之，一枝纔四五錢，以堅潤細瘦、九節而直者爲上品。」

〔三〕荔子：即荔枝樹。　扶疏：枝葉繁盛紛披。　竹枝：指竹枝詞。本爲巴、渝一帶民歌，劉禹錫改作新詞，其竹枝詞引：「余來建平，里中兒聯歌竹枝，吹短笛，擊鼓以赴節，歌者揚袂睢舞，以曲多爲賢。聆其音，中黄鍾之羽，其卒章激訐如吴聲，雖傖儜不可分，而含思宛轉，有淇澳之艷。」何宇度談資：「竹枝歌悽惋悲怨，蘇長公云：『有楚人哀屈、賈之遺聲焉。』」

〔四〕冉冉：迷離貌。　范成大秋日雜興其二：「西山在何許？冉冉紫翠間。」　駸駸：疾速，匆匆。梁簡文帝納涼：「斜日晚駸駸，池塘半生陰。」

〔五〕强半：過半，大半。　沙堤黄閣：指拜相。李肇國史補卷下：「凡拜相，禮絶班行，府縣載沙填路，自私第至於城東街，名曰沙隄。」衛宏漢官舊儀卷上：「丞相聽事閣曰黄閣。」　魚懸帶玉：指佩戴魚袋。宋史輿服志五：「魚袋，其制自唐始，蓋以爲符契也。其始曰魚符，左一右一。左者進内，右者隨身，刻官姓名，出入合之。因盛以袋，故曰魚袋。宋因之，其制以金銀飾爲魚形，公服則繫於帶而垂於後，以明貴賤，非復如唐之符契也。」貂映蟬金：指戴貂蟬冠。宋史輿服志四：「貂蟬冠，一名籠巾，織藤漆之。形正方，如平巾幘。飾以銀，前有銀花，上綴玳瑁蟬，左右爲三小蟬，銜玉鼻，左插貂尾。三公、親王侍祠大朝會，則加於進賢冠而服之。」

〔六〕許國：報效國家，以身許國。　朝天：朝見天子。

〔七〕灞橋煙柳：參見本卷秋波媚其一注〔三〕。

其二

一別秦樓，轉眼新春，又近放燈〔一〕。憶盈盈倩笑，纖纖柔握〔二〕，玉香花語，雪暖酥凝。念遠愁腸，傷春病思，自怪平生殊未曾。君知否，漸香消蜀錦，淚漬吳綾〔三〕。　難求繫日長繩〔四〕。況倦客飄零少舊朋。但江郊雁起，漁村笛怨，寒釭委燼〔五〕，孤硯生冰。水繞山圍，煙昏雲慘，縱有高臺常怯登。消魂處，是魚牋不到，蘭夢無憑〔六〕。

【題解】

中興以來絶妙詞選卷二調下題作「別恨」。本文爲陸游所作抒寫別恨的詞，調寄沁園春。

本文放翁詞箋注繫於不編年詞。

【箋注】

〔一〕秦樓：指妓樓。江總新入姬人應令詩：「洛浦流風漾淇水，秦樓初日度陽臺。」放燈：指元宵節燃放花燈。侯鯖録引江鄰幾雜志：「京師上元放燈三夕，錢氏納土進錢買兩夜，今十七、十八兩夜燈，因錢氏而添之。」

〔二〕倩笑：女子笑容美好。詩衛風碩人：「巧笑倩兮，美目盼兮。」柔握：柔美之手。陶潛閒情賦：「願在竹而爲扇，含凄飆於柔握。」

〔三〕蜀錦：蜀地所産彩錦，多用染色熟絲織成，色彩鮮艷，質地堅韌。吴綾：吴地所産帶有彩紋的絲織品，以輕薄著稱。

〔四〕繫日長繩：指留住時光。傅玄九曲歌：「歲莫景邁羣光絶，安得長繩繫白日。」

〔五〕寒釭委燼：指寒燈堆滿灰燼。

〔六〕魚牋：即魚子牋，産於蜀地的一種牋紙。蘇易簡文房四譜卷四：「又以細布，先以面漿膠令勁挺，隱出其文者，謂之魚子牋，又謂之羅牋。」蘭夢：指得子的徵兆。語本左傳宣公三年：「初，鄭文公有賤妾曰燕姞，夢天使與己蘭，曰：『余爲伯儵。余，而祖也。以是爲而子。』……生穆公，名之曰蘭。」後比喻受恩寵。杜甫同豆盧峰知字韻：「夢蘭他日應，折桂早年知。」無憑：無所倚仗。

其三

孤鶴歸飛，再過遼天，換盡舊人〔一〕。念纍纍枯冢，茫茫夢境，王侯螻蟻，畢竟成塵〔二〕。載酒園林，尋花巷陌，當日何曾輕負春。流年改，歎圍腰帶剩，點鬢霜新〔三〕。交親散落如雲。又豈料如今餘此身。幸眼明身健，茶甘飯軟〔四〕，非惟我老，更有人貧。朵盡危機①，消殘壯志，短艇湖中閒采蓴〔五〕。吾何恨，有漁翁共醉，溪友爲鄰〔六〕。

【題解】

本文爲陸游所作歸隱之詞，調寄沁園春。

本文放翁詞箋注繫於淳熙五年東歸後。

【校記】

①「朵」，汲古閣本作「躲」。按，「朵」通「躲」。

【箋注】

〔一〕「孤鶴」三句：慨歎物是人非。參見本卷好事近其五注〔一〕。

〔二〕「王侯」二句：杜甫謁文公上方：「王侯與螻螘，同盡隨丘墟。」螻螘，同螻蟻。

〔三〕圍腰帶剩：指腰帶因消瘦移孔。南史沈約傳：「（約）言已老病，百日數旬，革帶常應移孔，以手握臂，率計月小半分。欲謝事求歸老之秩。」圍腰，即腰圍。點鬢霜新：指兩鬢新添白髮。李賀還自會稽歌：「吴霜點歸鬢，身與塘蒲晚。」

〔四〕「幸眼明」二句：詩稿卷二九新闢小園其二：「眼明身健殘年足，飯軟茶甘萬事忘。」又卷四〇書喜其一：「眼明身健何妨老，飯白茶甘不覺貧。」

〔五〕危機：潛在之危險。晉書諸葛長民傳：「貧賤常思富貴，富貴必履機危。」蘇軾宿州次韻劉涇：「晚覺文章真小技，早知富貴有危機。」「短艇」句：詩稿卷一九寒夜移疾：「天公何日與一飽，短艇湘湖自采蓴。」自注：「湘湖在蕭山縣，産蓴絶美。」蓴，即蒓菜。

〔六〕溪友：卜居溪邊、寄情山水之友。黄庭堅和答子瞻：「故園溪友膾腹腴，遠包春茗問何如。」

憶秦娥

玉花驄，晚街金轡聲璁瓏〔一〕。聲璁瓏，閒欹烏帽①〔二〕，又過城東。富春巷陌花重重〔三〕，千金沽酒酬春風。酬春風，笙歌圍裏，錦繡叢中。

【題解】

本文爲陸游所作的冶游詞，調寄憶秦娥。

本文放翁詞箋注繫於不編年詞。由「富春巷陌」語，或作于淳熙間知嚴州時期。

【校記】

①「欹」，原作「歌」，據汲古閣本改。

【箋注】

〔一〕玉花驄：駿馬名。杜甫丹青引：「先帝御馬玉花驄，畫工如山貌不同。」金轡：飾金的馬繮。唐彦謙詠馬：「騎過玉樓金轡響，一聲嘶斷落花風。」璁瓏：象聲詞，玉石碰擊聲。貫休馬上作：「柳岸花堤夕照紅，風清襟袖轡璁瓏。」

〔二〕閒欹：側戴。參見本卷定風波注〔一〕。烏帽：黑帽。古代貴族常服，唐宋後多爲庶民、隱者之服。邵伯温邵氏聞見録卷一九：「始爲隱者之服，烏帽縚褐，見卿相不易也。」

〔三〕富春巷陌：或指歌樓。富春：浙江建德至富陽之區段。巷陌，街巷。

漢宮春

張園賞海棠作，園故蜀燕王宮也。

浪迹人間。喜聞猿楚峽，學劍秦川〔一〕。虚舟汎然不繫〔二〕，萬里江天。朱顔綠鬢〔三〕，作紅塵、無事神仙。何妨在，鶯花海裏〔四〕，行歌閒送流年。休笑放慵狂眼，看閒坊深院，多少嬋娟〔五〕。燕宫海棠夜宴，花覆金船〔六〕。如椽畫燭，酒闌時、百炬吹煙〔七〕。憑寄語，京華舊侶，幅巾莫换貂蟬〔八〕。

【題解】

張園，成都私家園林。詩稿卷一三忽忽「列炬燕宫夜」，自注：「成都故蜀時燕王宫，今屬張氏，海棠爲一城之冠。」沈立海棠記序：「蜀花稱美者有海棠焉，而記牒多不録。嘗聞真宗皇帝御製後苑雜花十題，以海棠爲首章，賜近臣唱和，則知海棠足與牡丹抗衡，而獨步於西州矣。」宋祁益部方物略記：「海棠大抵數種，又時小異，惟其盛者則重葩，疊蕚可喜，非有定種也。始濃稍淺，爛若錦章。北方所植，率枝强花瘠，殊不可玩，故蜀之海棠，誠爲天下之奇絶云。」本文爲陸游游賞張園海棠所作的冶游詞，調寄漢宫春。

本文放翁詞箋注繫於淳熙二年至五年。陸游詠海棠詩，亦多作於此期間。

參考詩稿卷八張園海棠卷九張園觀海棠。

【箋注】

〔一〕「喜聞」二句：指赴任夔州和參幕南鄭的生活。楚峽，指三峽。秦川，泛指秦地。

〔二〕虚舟汎然不繫：莊子列禦寇：「巧者勞而智者憂，無能者無所求，飽食而敖游，汎若不繫之舟，虛而敖游者也。」詩稿卷三一汎舟湖山間有感：「我似人間不繫舟，好風好月亦閒游。」

〔三〕朱顔緑鬢：形容年輕美好的容顔。晏殊少年游：「緑鬢朱顔，道家裝束，長似少年時。」緑鬢，烏黑發亮的頭髮。

〔四〕鶯花海裏：指妓女隊中。

〔五〕放慵：故意慵倦。嬋娟：指美人。

〔六〕燕宮：即張園。金船：金質酒器。

〔七〕「如椽」二句：詩稿卷六花時遍游諸家園：「枝上猩猩血未晞，尊前紅袖醉成圍。應須直到三更看，畫燭如椽爲發輝。」酒闌，酒宴將盡。

〔八〕幅巾莫换貂蟬：指莫要用平民的狂放生活换取權貴的拘束裝飾。幅巾，男子裹頭的細絹頭巾。李上交近事會元幞頭巾子：「今宋朝所謂頭巾，乃古之幅巾，賤者之服。」貂蟬，貂尾和附蟬，顯貴之臣的冠飾。後漢書輿服志下：「武冠，一曰武弁大冠，諸武官冠之。侍中、中常侍加黄金璫，附蟬爲文，貂尾爲飾，謂之趙惠文冠。」

其二　初自南鄭來成都作

羽箭雕弓，憶呼鷹古壘，截虎平川〔一〕。吹笳暮歸，野帳雪壓青氈〔二〕。淋漓醉墨，看龍蛇、飛落蠻牋〔三〕。人誤許，詩情將略，一時才氣超然。何事又作南來，看重陽藥市，元夕燈山〔四〕。花時萬人樂處，欹帽垂鞭〔五〕。聞歌感舊，尚時時、流涕尊前。君記取，封侯事在，功名不信由天〔六〕。

【題解】

乾道八年十月，王炎幕府解散，陸游改除成都府安撫司參議官，十一月自南鄭至成都。本文爲陸游初抵成都時所作的詞，調寄漢宮春。

本文據文意，作於乾道九年（一一七三）初。時陸游在成都府安撫司參議官任上。

【箋注】

〔一〕「羽箭」三句：詩稿卷一三忽忽「呼鷹古廟秋」，自注：「南鄭漢高帝廟，予從戎時，多獵其下。」又卷三三月十七日夜醉中作：「去年射虎南山秋，夜歸雪急滿貂裘。」又卷六春感：「又魚狼藉漾水濁，獵虎蹴蹋南山空。」

〔二〕笳：胡笳，北方民族的管樂器，似笛。青氈：青氈帽。

〔三〕醉墨：醉中作書畫。新唐書張旭傳：「旭，蘇州吴人。嗜酒，每大醉，呼叫狂走，乃下筆。或以頭濡墨而書，既醒自視以爲神，不可復得也。世呼『張顛』。」龍蛇：指草書筆勢飛動。李白草書歌行：「怳怳如問神鬼驚，時時只見龍蛇走。」蠻牋：蜀地出産的十色牋紙。費著牋紙譜：「楊文公億談苑載韓浦寄弟詩云：『十樣蠻牋出益州，寄來新自浣花頭。』」

〔四〕重陽藥市：老學庵筆記卷六：「成都藥市以玉局觀爲最盛，用九月九日。」歲時廣記卷三六引四川記：「成都九月九日爲藥市。詰旦，盡一川所出藥草異物與道人畢集，帥守置酒行市以樂之，別設酒以犒道人。是日早，士人盡入市中，相傳以爲吸藥氣愈疾，令人康寧。」元夕燈山：歲時廣記卷一〇引歲時雜記：「成都府燈山或過於闕前。上爲飛橋山亭，太守以次，止三數人，歷諸亭榭，各數杯乃下，從僚屬飲。棚前如京師棘盆處，緝木爲垣，其中旋植花卉。舊日捕山禽雜獸滿其中，後止圖刻土木爲之。蜀人性不兢，以次登垣，旋遶觀覽。」

〔五〕「花時」二句：老學庵筆記卷八：「四月十九日，成都謂之浣花。遨頭宴於杜子美草堂滄浪亭。傾城皆出，錦繡夾道。自開歲宴游，至是而止，故最盛於他時。予客蜀數年，屢赴此集，未嘗不晴。蜀人云：『雖戴白之老，未嘗見浣花日雨也。』」欹帽垂鞭，參見本卷定風波注〔一〕。

〔六〕封侯：建功拜爵。史記衛將軍列傳：「人奴之生，得毋笞罵即足矣，安得封侯事乎？」「功名」句：陸游大聖樂：「壽夭窮通，是非榮辱，此事由來都在天。」

月上海棠

成都城南有蜀王舊苑，尤多梅，皆二百餘年古木。

斜陽廢苑朱門閉。吊興亡、遺恨淚痕裏。淡淡宮梅，也依然、點酥剪水〔一〕。凝愁處，似憶宣華舊事〔二〕。行人別有淒涼意。折幽香、誰與寄千里〔三〕。佇立江皋，杳難逢、隴頭歸騎〔四〕。音塵遠，楚天危樓獨倚〔五〕。宣華，故蜀苑名。

【題解】

詩稿卷一〇梅花絕句其五：「蜀王小苑舊池臺，江北江南萬樹梅。」自注：「成都合江園，蓋故蜀別苑，梅最盛。自初開，監官日報府。報至五分開，則府主來宴，游人亦競集。」曾敏行獨醒雜志卷六：「李布夢祥言：成都合江園，乃孟蜀故苑，在成都西南十五六里外。芳華樓前後植梅極多。故事：臘月賞燕其中，管界巡檢營其側，花時日以報府，至開及五分，府坐領監司來燕，游人亦競集。有兩大樹夭矯若龍，相傳謂之梅龍。」本文爲陸游爲成都合江園賞梅所作的詞，調寄月上海棠。

本文放翁詞箋注繫於淳熙二年至五年在成都作。

參考詩稿卷九故蜀別苑在成都西南十五六里梅至多有兩大樹夭矯若龍相傳謂之梅龍予初至蜀嘗爲作詩自此歲常訪之今復賦一首丁酉十一月也、芳華樓賞梅、蜀苑賞梅、大醉梅花下走筆賦此。

【箋注】

〔一〕點酥：點抹凝酥。蘇軾蠟梅贈趙景貺：「天公點酥作梅花，此有蠟梅禪老家。」剪水：雪花的别稱。陸暢驚雪：「天人寧許巧，翦水作飛花。」

〔二〕宣華：苑囿名。張唐英蜀檮杌卷上：「（乾德三年）三月，（王）衍還成都。五月，宣華苑成，延袤十里。有重光、太清、延昌、會真之殿，清和、迎仙之宫，降真、蓬萊、丹霞之亭。土木之功，窮極奢巧。衍數於其中爲長夜之飲，嬪御雜坐，舄履交錯。」

〔三〕「折幽香」句：太平御覽卷一九引荆州記：「陸凱與范曄爲友，在江南寄梅花一枝，詣長安與曄，并贈詩云：『折花奉秦使，寄與隴頭人。江南無所有，聊寄一枝春。』」

〔四〕江皋：江岸，江邊。楚辭九歌湘夫人：「朝馳余馬兮江皋，夕濟兮西澨。」隴頭：隴山。借指邊塞。參見上注。

〔五〕音塵：音信，消息。蔡琰胡笳十八拍其十：「故鄉隔兮音塵絶，哭無聲兮氣將咽。」楚天：楚地天空。此指遥望楚天。

其二

蘭房繡户厭厭病。歎春酲、和悶甚時醒〔一〕。燕子空歸，幾曾傳、玉關邊信〔二〕。傷心處，獨展團窠瑞錦〔三〕。熏籠消歇沉煙冷〔四〕。淚痕深、展轉看花影。漫擁餘香，怎禁他、峭寒孤枕。西窗曉，幾聲銀瓶玉井〔五〕。

【題解】本文爲陸游所作的閨怨詞，調寄月上海棠。

本文放翁詞箋注繫於不編年詞。

【箋注】

〔一〕蘭房：香閨，指婦女居室。厭厭：嬾倦貌，似病態。韓偓春盡日：「把酒送春惆悵在，年年三月病厭厭。」春酲：春日醉酒後的困倦。

〔二〕玉關：玉門關。泛指邊地。庾信竹杖賦：「玉關寄書，章臺留釧。」

〔三〕團窠瑞錦：蜀錦名。詩稿卷三二齋中雜題其一：「閒將西蜀團窠錦，自背南唐落墨花。」

〔四〕熏籠：覆蓋於火爐上供熏香、取暖用的器物。王昌齡長信秋詞其一：「熏籠玉枕無顔色，卧聽南宫清漏長。」沉煙：即沉水香。

〔五〕銀瓶玉井：比喻男女情事。語本白居易井底引銀瓶：「井底引銀瓶，銀瓶欲上絲繩絶。石上磨玉簪，玉簪欲成中央折。瓶沉簪折知奈何？似妾今朝與君别。」

烏夜啼

金鴨餘香尚暖〔一〕，緑窗斜日偏明。蘭膏香染雲鬟膩〔二〕，釵墜滑無聲。冷落鞦韆伴侣，闌珊打馬心情〔三〕。繡屏驚斷瀟湘夢，花外一聲鶯。

【題解】

本文爲陸游所作的閨情詞，調寄烏夜啼。

本文放翁詞箋注繫於不編年詞。

【箋注】

〔一〕金鴨：鍍金的鴨形銅香爐。參見本卷滿江紅注〔三〕。

〔二〕蘭膏：一種潤髮香油。浩虛舟陶母截髮賦：「象櫛重理，蘭膏舊濡。」

〔三〕闌珊：衰減，消沉。打馬：古代閨房博戲。李清照打馬圖經序：「打馬世有二種：一種一將十馬者，謂之關西馬；一種無將二十馬者，謂之依經馬。流傳既久，各有圖經凡例可考，行移賞罰，互有異同。又宣和間人取二種馬參雜加減，大約交加僥幸，古意盡矣。所謂宣和馬是也。」又打馬賦：「打馬爰興，樗蒲遂廢，實小道之上流，乃深閨之雅戲。」

其二

簷角楠陰轉日，樓前荔子吹花〔一〕。鷓鴣聲裏霜天晚，疊鼓已催衙〔二〕。鄉夢時來枕上，京書不到天涯。邦人訟少文移省，閒院自煎茶〔三〕。

【題解】

汲古閣宋六十名家詞毛斧季、陸敕先、黄子雲諸人手校本有「題漢嘉東堂」之題。乾道九年夏，陸游攝知嘉州事。本文爲陸游在嘉州東堂所作的詞，調寄烏夜啼。

本文據文意，作於乾道九年（一一七三）夏。時陸游在攝知嘉州任上。

參考卷三荔枝樓小酌、登荔枝樓、再賦荔枝樓。

【箋注】

〔一〕樓前荔子吹花：嘉州有荔枝樓。老學庵筆記卷四：「予參成都議幙，攝事漢嘉，一見荔子熟。」吹花，吐花。

〔二〕疊鼓已催衙：張耒縣齋：「暗樹五更鷄報曉，晚庭三疊鼓催衙。」

〔三〕「邦人」二句：劍南詩稿卷四得成都諸友書勸少留嘉陽戲作：「新涼爲醉地，少訟作慵媒。」又同何元立蔡肩吾至東丁院汲泉煮茶：「一州佳處盡裴回，惟有東丁院未來。身是江南老桑苧，諸君小住共茶盃。」又：「雪芽近自峨嵋得，不減紅囊顧渚春。旋置風爐清樾下，它年奇事記三人。」文移，文書，公文。後漢書光武帝紀上：「於是置僚屬，作文移，從事司察，一如舊章。」李賢注：「東觀記曰：『文書移與屬縣也。』」

其三

我校丹臺玉字，君書蕊殿雲篇〔一〕。錦官城裏重相遇，心事兩依然〔二〕。　携酒何妨處處，尋梅共約年年。細思上界多官府，且作地行仙〔三〕。

【題解】

本文爲陸游爲所作的游仙詞，調寄烏夜啼。

本文據文意，淳熙初作於成都。

【箋注】

〔一〕丹臺：道教指神仙居處。列仙傳：「紫陽真人周季道遇羨門子，乞長生訣。羨門子曰：『名在丹臺石室中，何憂不仙？』」　玉字：此指道書。詩稿卷八游學射山遇景道人：「若人真我友，玉字當共讀。」　蕊殿：蕊珠殿。道教上清真境宫殿名。　雲篇：即雲篆，道教符籙，亦指道教典籍。雲笈七籤卷七雲篆：「又有運篆明光之章，爲順形梵書，文别爲六十四種，播於三十六天。今經書相傳，皆以隸字解天書，相雜而行也。」

〔二〕錦官城：又名錦城、錦里，即成都。初學記卷二七引益州記：「錦城在益州南笮橋東流江南岸，蜀時故錦宫也。其處號錦里，城墉猶在。」杜甫春夜喜雨：「曉看紅濕處，花重錦官城。」

依然：思念，依戀。江淹別賦：「惟世間兮重別，謝主人兮依然。」

〔三〕上界多官府：韓愈酬盧給事曲江荷花行見寄：「上界真人足官府，豈如散仙鞭笞鸞鳳終日相追陪。」地行仙：亦稱地仙。佛典中所記長壽神仙。後比喻隱逸閒適者。顧況五源訣：「番陽仙人王遥琴子高言：『下界功滿方超上界，上界多官府，不如地仙快活。』」

其四

世事從來慣見，吾生更欲何之。鏡湖西畔秋千頃，鷗鷺共忘機〔一〕。一枕蘋風午醉，二升菰米晨炊〔二〕。故人莫訝音書絕，釣侶是新知。

【題解】

本文爲陸游所作的隱逸詞，調寄烏夜啼。

本文放翁詞箋注繫於淳熙八年至十二年山陰作。時陸游奉祠家居。

【箋注】

〔一〕鷗鷺共忘機：比喻與世無爭，淡泊隱居。語本列子黄帝：「海上之人有好漚鳥者，每旦至海上，從漚鳥游，漚鳥之至者百數而不止。其父曰：『吾聞漚鳥皆從汝游，汝取來，吾玩之。』明日至海上，漚鳥舞而不下也。」漚鳥，同鷗鳥。忘機，消除機巧之心。

〔二〕蘋風：掠過蘋草之風，指微風。唐玄宗同玉真公主過大哥山池：「桂月先秋冷，蘋風向晚清。」菰米：古六穀之一。周禮天官膳夫：「凡王之饋，食用六穀。」鄭玄注：「六穀：稌、黍、稷、粱、麥、苽。苽，雕胡也。」賈公彦疏：「南方見有苽米，一名雕胡。」苽，同「菰」。杜甫秋興其七：「波漂菰米沈雲黑，露冷蓮房墜粉紅。」

其五

素意幽棲物外，塵緣浪走天涯〔一〕。歸來猶幸身强健，隨分作山家〔二〕。已趁餘寒泥酒〔三〕，還乘小雨移花。柴門盡日無人到，一徑傍溪斜。

【題解】

本文爲陸游所作的隱逸詞，調寄烏夜啼。

本文放翁詞箋注繫於淳熙八年至十二年山陰作。時陸游奉祠家居。

【箋注】

〔一〕素意：平素之意。張衡思玄賦：「遇九臯之介鳥兮，怨素意之不逞。」塵緣：佛、道指塵世的因緣。韋應物春月觀省屬城始憩東西林精舍：「佳士亦棲息，善身絶塵緣。」

〔二〕隨分：按照本分，依據本性。文心雕龍鎔裁：「謂繁與略，隨分所好。」山家：隱士。梅堯臣九華隱士居陳生寄松管筆：「一獲山家贈，令吾媿汝曹。」

〔三〕泥酒：即嗜酒。韓偓有憶：「愁腸泥酒人千里，淚眼倚樓天四垂。」

其六

園館青林翠樾，衣巾細葛輕紈〔一〕。好風吹散霏微雨〔二〕，沙路喜新乾。小燕雙飛水際，流鶯百囀林端。投壺聲斷彈棋罷〔三〕，閒展道書看。

【題解】

本文爲陸游所作的隱逸詞，調寄烏夜啼。

本文放翁詞箋注繫於淳熙八年至十二年山陰作。時陸游奉祠家居。

【箋注】

〔一〕翠樾：緑蔭。道潛子瞻赴守湖州：「揚帆渡江來，洗眼驚翠樾。」細葛輕紈：葛布作衣，薄絹作巾。

〔二〕霏微：雨雪細小貌。李端巫山高：「回合雲藏日，霏微雨帶風。」

〔三〕投壺：古代宴會禮制，亦作娱樂活動。後漢書祭遵傳：「對酒設樂，必雅歌投壺。」李賢注：「禮記投壺經曰：『壺頸修七寸，腹修五寸，口徑二寸半，容斗五升。壺中實小豆焉，爲其矢之躍而出也。矢以柘若棘，長二尺八寸。無去其皮，取其堅而重。投之勝者飲不勝者，以爲優劣也。』」彈棋：古代一種博戲。後漢書梁冀傳：「（冀）性嗜酒，能挽滿、彈棋、格五、六博、蹴踘、意錢之戲。」李賢注：「藝經曰：『彈棋，兩人對局，白黑棋各六枚，先列棋相當，更先彈之。其局以石爲之。』」唐代用木局。柳宗元序棋：「得木局，隆其中而規焉。其下方以直，置棋二十有四：貴者半，賤者半；貴曰上，賤曰下。咸自第一至十二，下者二乃敵一，用朱墨以別焉。」

其七

從宦元知漫浪，還家更覺清真〔一〕。蘭亭道上多修竹，隨處岸綸巾〔二〕。泉冽偏宜雪茗，粳香雅稱絲蓴〔三〕。翛然一飽西窗下〔四〕，天地有閒人。

【題解】

本文爲陸游所作的隱逸詞，調寄烏夜啼。

本文放翁詞箋注繫於淳熙八年至十二年山陰作。時陸游奉祠家居。

【箋注】

〔一〕漫浪：放縱而不受拘束。新唐書元結傳引自釋：「後家瀼濱，乃自稱浪士。及有官，人以爲浪者亦漫爲官乎，呼爲漫郎。」清真：指純真樸素。世説新語賞譽：「清真寡欲，萬物不能移也。」

〔二〕「蘭亭」二句：王羲之蘭亭集序：「此地有崇山峻嶺，茂林修竹。」

〔三〕雪茗：開水沖泡後有一層白色泡沫的茶。賈島送朱休歸劍南：「芽新抽雪茗，枝重集猨楓。」　粳香：粳米之香氣。　絲蓴：細絲一般的蒓菜。

〔四〕倐然：無拘無束貌。莊子大宗師：「倐然而往，倐然而來而已矣。」成玄英疏：「倐然，無繫貌也。」

其八

紈扇嬋娟素月〔一〕，紗巾縹渺輕煙。高槐葉長陰初合，清潤雨餘天。　弄筆斜行小草〔二〕，鈎簾淺醉閒眠。更無一點塵埃到，枕上聽新蟬〔三〕。

【題解】本文爲陸游所作的隱逸詞，調寄烏夜啼。

本文放翁詞箋注繫於淳熙八年至十二年山陰作。時陸游奉祠家居。

【箋注】

〔一〕紈扇嬋娟素月：細絹團扇如明媚的皓月。

〔二〕弄筆斜行小草：詩稿卷一七臨安春雨初霽：「矮紙斜行閒作草，晴窗細乳戲分茶。」小草，字形小巧的草書。懷素有小草千字文。

〔三〕新蟬：指初夏的鳴蟬。白居易六月三日夜聞蟬：「微月初三夜，新蟬第一聲。」

真珠簾

山村水館參差路。感羈遊、正似殘春風絮〔一〕。掠地穿簾，知是竟歸何處。鏡裏新霜空自憫，問幾時、鸞臺鼇署〔二〕。遲暮。謾憑高懷遠，書空獨語〔三〕。　自古儒冠多誤〔四〕。悔當年、早不扁舟歸去。醉下白蘋洲，看夕陽鷗鷺。菰菜鱸魚都棄了〔五〕，只換得、青衫塵土。休顧。早收身江上，一蓑煙雨〔六〕。

【題解】中興以來絶妙詞選卷二調下題作「羈游有感」。本文爲陸游感慨羈游生涯所作的詞，調寄真珠簾。

本文放翁詞箋注繫於不編年詞。

【箋注】

〔一〕羈游：羈旅無定。元稹誨侄等書：「吾竊見吾兄自二十年來，以下士之祿，持窘絶之家，其間半是乞丐羈游，以相給足。」

〔二〕鸞臺鼇署：指門下省和翰林學士院。新唐書百官志二：「垂拱元年改門下省曰鸞臺。」宋祁寒食假中作：「鼇署侍臣貪出沐，珉糜珠餡媿頒宣。」

〔三〕謾：莫，不要。 書空：用手指在空中虛畫字形。晉書殷浩傳：「（浩）雖被黜放，口無怨言，夷神委命，談詠不輟，雖家人不見其有流放之戚。但終日書空，作『咄咄怪事』四字而已。」

〔四〕儒冠多誤：杜甫奉贈韋左丞丈二十二韻：「紈袴不餓死，儒冠多誤身。」

〔五〕菰菜鱸魚：世説新語識鑒：「張季鷹辟齊王東曹掾，在洛見秋風起，因思吳中菰菜羹、鱸魚膾，曰：『人生貴得適意爾，何能羈宦數千里以要名爵！』遂命駕便歸。」

〔六〕一蓑煙雨：蘇軾定風波：「一蓑煙雨任平生。」俞成螢雪叢説卷上：「騷人於漁父則曰『一蓑煙雨』，於農夫則曰『一犂春雨』，於舟子則曰『一篙春水』，皆曲盡形容之妙也。」

好事近

混迹寄人間，夜夜畫樓銀燭。誰見五雲丹竈，養黃芽初熟〔一〕。　春風歸從紫皇遊，東海宴暘谷〔二〕。進羅碧桃花賦，賜玉塵千斛〔三〕。

【題解】

本文爲陸游所作的游仙詞，調寄好事近。

本文放翁詞箋注繫於東歸後作。

【箋注】

〔一〕五雲：指雲英、雲珠、雲母、雲液、雲沙五種礦物。據説按五季服用，可長壽或成仙。丹竈：煉丹所用爐竈。黄芽：道教稱從鉛裏煉出的精華。參同契卷上：「玄含黄芽，五金之主。」俞琰發揮：「玄含黄芽者，水中產鉛也。鉛爲五金之主，在北方玄冥之内，得土而生黄芽。黄芽，即金華也。」

〔二〕紫皇：道教中的最高神仙。參見好事近其二注〔一〕。暘谷：日出之處。書堯典：「分命羲仲，宅嵎夷，曰暘谷。」孔安國傳：「暘，明也。日出於谷而天下明，故稱暘谷。」

〔三〕碧桃：傳説中西王母給漢武帝的仙桃。韓偓荔枝其一：「漢武碧桃争比得，枉令方朔號偷兒。」玉塵：即玉屑，傳説中仙人的食物。抱朴子卷四金丹：「綺里丹法：先飛取五石玉塵，合以丹砂汞，内大銅器中煮之百日五色，服之不死。」

渭南文集箋校卷第五十

詞

【釋體】

本卷文體同上卷，收録詞六十三首。

柳梢青 故蜀燕王宫海棠之盛爲成都第一，今屬張氏。

錦里繁華，環宫故邸，疊蕚奇花〔一〕。俊客妖姬，争飛金勒，齊駐香車〔二〕。何須幕障幃遮。寶杯浸、紅雲瑞霞。銀燭光中，清歌聲裏，休恨天涯。

【題解】

蜀燕王宫，參見卷四九漢宫春題解。本文爲陸游游賞張園海棠所作的冶游詞，調寄柳梢青。

本文放翁詞箋注繫於淳熙二年至五年。

【箋注】

〔一〕錦里：又名錦城，即成都。參見卷四九烏夜啼其三注〔一〕。環宫：即燕王宫。

〔二〕妖姬：美女。金勒：帶金飾的馬籠頭，借指坐騎。韓翃送田倉曹汴州覲省：「玉杯分湛露，金勒借追風。」香車：華美的車轎。盧照鄰行路難：「春景春風花似雪，香車玉轝恒闐咽。」老學庵筆記卷二：「成都諸名族婦女，出入皆乘犢車。惟城北郭氏車最鮮華，爲一城之冠，謂之『郭家車子』。」

其二　乙巳二月西興贈别①

十載江湖，行歌沽酒，不到京華〔一〕。底事翩然〔二〕，長亭煙草，衰鬢風沙。

憑高目斷天涯。細雨外、樓臺萬家。只恐明朝，一時不見，人共梅花。

【題解】

乙巳，即淳熙十二年。西興，又稱西陵，鎮名。在今浙江蕭山西。地處運河邊，爲交通要衝。本文爲陸游所作的送别詞，調寄柳梢青。

本文據文意，作於淳熙十二年（一一八五）二月。時陸游奉祠家居。

【校記】

①「别」，原脱左旁，據正德本、汲古閣本補。

【箋注】

〔一〕「十載」三句：陸游淳熙五年離蜀東歸，秋至行在所，隨即赴任福建、江西，又罷免歸家，至此已近十年。

〔二〕底事：何事。　翩然：瀟灑貌。

夜遊宫　記夢寄師伯渾

雪曉清笳亂起〔一〕。夢遊處、不知何地。鐵騎無聲望似水。想關河，雁門西，青海際〔二〕。　睡覺寒燈裏。漏聲斷、月斜窗紙。自許封侯在萬里〔三〕。有誰知，鬢雖殘，心未死。

【題解】

師伯渾，陸游蜀中好友。參見卷一四師伯渾文集序題解。陸游乾道九年在眉州始識伯渾。本文爲陸游所作的寄師伯渾的記夢詞，調寄夜游宫。

本文據文意，作於乾道九年後數年内之冬日。時陸游在蜀中。

【箋注】

〔一〕雪曉，雪天的拂曉。清笳：凄清的胡笳之聲。謝朓從戎曲：「寥戾清笳轉，蕭條邊馬煩。」

〔二〕關河：關山河川。雁門：即雁門關，在今山西代縣西北。青海：指青海湖，在今青海東部。

〔三〕「自許」句：後漢書班超傳：「（超）家貧，常爲官傭書以供養，久勞苦。嘗輟業投筆歎曰：『大丈夫無它志略，猶當效傅介子、張騫立功異域，以取封侯，安能久事筆研間乎？』左右皆笑之。超曰：『小子安知壯士志哉？』其後行詣相者，曰：『祭酒，布衣諸生耳，而當封侯萬里之外。』超問其狀，相者指曰：『生燕頷虎頸，飛而食肉，此萬里侯相也。』」

其二　宫詞

獨夜寒侵翠被。奈幽夢、不成還起。欲寫新愁淚濺紙。憶承恩，歎餘生，今至此。

蔌蔌燈花墜。問此際、報人何事〔一〕。咫尺長門過萬里〔二〕。恨君心，似危欄，難久倚。

【題解】本文爲陸游所作的宮怨詞，調寄夜游宮。放翁詞箋注稱是寄慨君臣遇合，有感於王炎被廢而作。王炎於乾道九年初罷樞密使，提舉洞霄宮，不再起用。該年陸游攝知嘉州，作有長門怨、長信宮詞（均見詩稿卷四），均同一寓意。

本文放翁詞箋注繫於乾道九年（一一七三）。

【箋注】

〔一〕蔌蔌：象聲詞，輕微之聲。燈花：俗稱燈花報喜，此反問何喜。

〔二〕長門：司馬相如長門賦序：「孝武皇帝陳皇后，時得幸，頗妬。别在長門宮，愁悶悲思。聞蜀郡成都司馬相如天下工爲文，奉黄金百斤爲相如、文君取酒，因於解悲愁之辭。而相如爲文以悟主上，陳皇后復得親幸。」

安公子

風雨初經社，子規聲裏春光謝〔一〕。最是無情，零落盡、薔薇一架。況我今年，憔悴幽窗下。人盡怪、詩酒消聲價〔二〕。向藥爐經卷〔三〕，忘却鶯窗柳榭。萬事收心也。粉痕猶在香羅帕。恨月愁花，争信道、如今都罷。空憶前身，便面章臺馬〔四〕。

因自來、禁得心腸怕〔五〕。縱遇歌逢酒，但説京都舊話。

【題解】

本文爲陸游所作的傷春詞，調寄安公子。

本文放翁詞箋注繫於不編年詞。

【箋注】

〔一〕社：祭祀土地神場所。　子規：即杜鵑鳥。鳴聲淒切。

〔二〕聲價：聲譽身價。應劭風俗通：「吾以虚獲實，藴藉聲價。盛明之際，尚不委質，況今政在家哉！」

〔三〕藥爐經卷：蘇軾朝雲詩：「經卷藥爐新活計，舞衫歌扇舊因緣。」

〔四〕便面章臺馬：漢書張敞傳：「敞無威儀，時罷朝會過，走馬章臺街，使御史驅，自以便面拊馬。」顏師古注：「便面，所以障面，蓋扇之類也。不欲見人，以此自障面則得其便，故曰便面，亦曰屏面。」

〔五〕禁得：禁得住，受得住。

玉胡蝶　王忠州家席上作

倦客平生行處，墜鞭京洛，解佩瀟湘〔一〕。此夕何年，來賦宋玉高唐〔二〕。繡簾開、香塵乍起，蓮步穩、銀燭分行〔三〕。暗端相〔四〕。燕羞鶯妒，蝶繞蜂忙。難忘。芳樽頻勸，峭寒新退，玉漏猶長〔五〕。幾許幽情，只愁歌罷月侵廊。欲歸時、司空笑悶，微近處、丞相嗔狂〔六〕。斷人腸。假饒相送，上馬何妨〔七〕。

【題解】

王忠州爲誰不詳，當是王姓忠州知州。放翁詞箋注據娱書堂詩話卷下載：「王從周鎬，吉之永豐人，仕至忠州守。喜爲詩，亦有警句。」故推測或即此人。忠州，隸夔州路，治臨江，在今重慶忠縣。陸游淳熙五年離蜀東歸途中經忠州。詩稿卷一〇有忠州醉歸舟中作：「耿耿船窗燈火明，東樓飲罷恰三更。不堪酒渴兼消渴，起聽江聲雜雨聲。垂首道塗悲驥老，滿懷風露覺蟬清。蘭亭禹廟山如畫，安得飄然送此生？」本文爲陸游在王忠州家席上所作的冶游詞，調寄玉胡蝶。

本文據文意，作於淳熙五年（一一七八）四月。時陸游在離蜀東歸途中。

【箋注】

〔一〕墜鞭京洛：白行簡李娃傳：「有娃方憑一雙鬟青衣立，妖姿要妙，絶代未有。（滎陽）生忽見之，不覺停驂久之，徘徊不能去。乃詐墜鞭於地，候其從者，敕取之，累眄於娃。」解佩瀟湘：劉向列仙傳卷上：「江妃二女者，不知何所人也，出游於江漢之湄，逢鄭交甫。見而悦之，不知其神人也，謂僕曰：『我欲下請其佩。』……遂手解佩與交甫。」

〔一〕宋玉高唐：宋玉高唐賦序：「昔者先王嘗游高唐，怠而晝寢，夢見一婦人曰：『妾巫山之女也，爲高唐之客。聞君游高唐，願薦枕席。』王因幸之。去而辭曰：『妾在巫山之陽，高丘之阻，旦爲朝雲，暮爲行雨。朝朝暮暮，陽臺之下。』旦朝視之，如言。故立爲廟，號曰朝雲。王曰：『……試爲寡人賦之。』」

〔三〕香塵：芳香之塵。王嘉拾遺記卷九：「（石崇）又屑沉水之香如塵末，布象牀上，使所愛者踐之。」蓮步：指美女脚步。南史齊廢帝東昏侯傳：「又鑿金爲蓮華以帖地，令潘妃行其上，曰：『此步步生蓮華也。』」

〔四〕端相：細看，正視。司空圖障車文：「兒郎偉，且子細思量，内外端相，事事相稱，頭頭相當。」

〔五〕玉漏：計時漏壺的美稱。蘇味道正月十五夜：「金吾不禁夜，玉漏莫相催。」

〔六〕「欲歸」二句：孟棨本事詩情感第一：「劉尚書禹錫罷和州，爲主客郎中、集賢學士。李司空罷鎮在京，慕劉名，嘗邀之第中，厚設飲饌。酒酣，命妙妓歌以送之。劉於席上賦詩曰：『鬖髿梳頭宫様妝，春風一曲杜韋娘。司空見慣渾閒事，斷盡江南刺史腸。』李因以妓贈之。」杜甫麗人行：「炙手可熱勢絶倫，慎莫近前丞相嗔。」

〔七〕假饒：即使，縱然。李山甫南山：「假饒不是神仙骨，終抱琴書向此游。」上馬：指起程。

木蘭花慢　夜登青城山玉華樓

閲邯鄲夢境〔一〕，歎緑鬢、早霜侵。奈華嶽燒丹，青溪看鶴，尚負初心〔二〕。年來向濁世裏，悟真詮秘訣絶幽深〔三〕。養就金芝九畹，種成琪樹千林〔四〕。　星壇夜學步虚吟〔五〕。露冷透瑶簪，對翠鳳披雲，青鸞遡月，宫闕蕭森〔六〕。琅函一封奏罷，自鈞天帝所有知音〔七〕。却過蓬壺嘯傲，世間歲月駸駸〔八〕。

【題解】

青城山，蜀中名勝記卷六：「名山記曰：『益州西南青城山，一名青城都。山形似城，其上有崖舍赤壁，張天師所治所。南連峨眉。亦有洞天，諸靈書所藏，不知當是第幾洞天也。』」玉華樓，詩稿卷一八縱筆其一自注：「玉華樓在青城山丈人觀。」范成大吴船録卷上：「真君殿前有大樓，曰玉華。暈飛輪奂，極土木之勝。」淳熙元年冬，陸游攝知榮州，取道青城山赴任，有將知榮州取道青城、丈人觀等詩（見詩稿卷六）。本文爲陸游夜登玉華樓所作的游仙詞，調寄木蘭花慢。

本文據文意，作於淳熙元年（一一七四）冬。時陸游在赴攝知榮州途中。

參考詩稿卷六將知榮州取道青城、丈人觀、題丈人觀道院壁、宿上清宫、自上清延慶歸過丈人觀少留。

【箋注】

〔一〕邯鄲夢境：唐盧生於邯鄲道中遇道士吕翁，翁授以枕，謂枕此可令汝榮適如志。盧生就枕入夢，五十年間，娶望族妻，中進士，建功樹名，出將入相，極盡榮華富貴。當其欠伸而寤，邸舍吕翁如舊，主人蒸黍未熟。詳見沈既濟枕中記。

〔二〕華嶽：西嶽華山。山中多有道士煉丹修行。青溪：山名。文選郭璞游仙詩其二：「青溪千餘仞，中有一道士。雲生梁棟間，風出窗户裏。借問此何誰？云是鬼谷子。」李善注引庾仲雍荆州記：「臨沮縣有青溪山，山東有泉，泉側有道士精舍。」

〔三〕真詮：真解，真理。盧藏用衡嶽高僧序：「年代悠邈，故老或遺，真詮緬微，後生何述。」秘訣：隱秘的方術。南史陶弘景傳：「弘景既得神符秘訣，以爲神丹可成。」

〔四〕金芝：傳説中的仙藥。漢書宣帝紀：「金芝九莖産於函德殿銅池中。」顔師古注引服虔曰：「金芝，色像金也。」九畹：田畝數。屈原離騷：「余既滋蘭之九畹兮。」王逸注：「十二畝曰畹。」琪樹：仙境中的玉樹。孫綽游天台山賦：「建木滅景於千尋，琪樹璀璨而垂珠。」

〔五〕步虚吟：即步虚聲，指道士唱經禮贊。劉敬叔異苑卷五：「陳思王游山，忽聞空裏誦經聲，清遠遒亮。解音者則而寫之，爲神仙聲。道士效之，作步虚聲也。」

〔六〕「對翠鳳」三句：此處當指面對樓内壁畫之景。

〔七〕琅函：指道書。鈞天：天之中央。吕氏春秋有始：「天有九野……中央曰鈞天。」高誘

注：「鈞，平也。爲四方主，故曰鈞天。」史記趙世家：「趙簡子疾，五日不知人。……居二日半，簡子寤，語大夫曰：『我之帝所甚樂，與百神游於鈞天，廣樂九奏萬舞，不類三代之樂，其聲動人心。』」

〔八〕蓬壺：即蓬萊仙境。王嘉拾遺記卷一：「三壺，則海中三山也。一曰方壺，則方丈也；二曰蓬壺，則蓬萊也；三曰瀛壺，則瀛洲也。形如壺器。」嘯傲：長嘯自傲。騣騣：疾速貌。詩小雅四牡：「駕彼四駱，載驟騣騣。」毛傳：「騣騣，驟貌。」

蘇武慢　唐安西湖

澹靄空濛，輕陰清潤，綺陌細塵初静〔一〕。平橋繫馬，畫閣移舟，湖水倒空如鏡。掠岸飛花，傍簷新燕，都似學人無定〔二〕。歎連年戍帳，經春邊壘，暗凋顔鬢。空記憶、杜曲池臺，新豐歌管，怎得故人音信〔三〕。羈懷易感，老伴無多，談麈久閒犀柄〔四〕。惟有翛然，筆牀茶竈，自適筍輿煙艇〔五〕。待緑荷遮岸，紅蕖浮水，更乘幽興。

【題解】唐安，即蜀州，隸成都府路。治江原，在今四川崇慶。西湖，蜀中名勝記卷七：「紀勝云：『西湖在郡圃，蓋皁江之水，皆導城中，環守之居，因瀦其餘以爲湖也。』」范成大吴船録卷上：「蜀州郡圃内西湖極廣袤，荷花正盛，覓湖船泛之，繫纜修竹古木間，景物甚野，游宴繁盛，爲西州盛處。」

淳熙元年春，陸游返蜀州通判任。本文爲陸游游覽蜀州西湖所作的詞，調寄蘇武慢。

本文據文意，作於淳熙元年（一一七四）春。時陸游在蜀州通判任上。

【箋注】

〔一〕綺陌：繁華的街市。梁簡文帝登烽火樓：「萬邑王畿曠，三條綺陌平。」

〔二〕學人：求學之人。左傳昭公九年：「辰在子卯，謂之疾日，君徹宴樂，學人舍業，爲疾故也。」

〔三〕杜曲：地名。在今陝西西安東南。樊川、御宿川流經，唐代大姓杜氏世居於此。唐彦謙長溪秋望：「寒鴉閃閃前山去，杜曲黄昏獨自愁。」新豐，縣名。在今陝西臨潼西北。漢高祖爲其父思鄉改驪邑而置。鮑照數詩：「五侯相餞送，高會集新豐。」故人：此指南鄭幕府中朋友。

〔四〕談塵久閒犀柄：指無人前來暢談。談塵，六朝尚清談，多執塵尾。本用以驅蟲撣塵，後成習尚。塵，鹿一類動物。

〔五〕儵然：無拘無束超脱貌。筆牀茶竈：陸龜蒙甫里先生傳：「或寒暑得中，體佳無事時，則乘小舟，設蓬席，賫一束書、茶竈、筆牀、釣具、櫂船郎而已。」筍輿：竹輿。春秋文公十五年：「齊人歸公孫敖之喪。」公羊傳：「何以不言來？内辭也。脅我而歸之，筍將而來也。」何休注：「筍者，竹箯，一名編輿，齊魯以此名之曰筍。」煙艇：煙波小舟。杜甫八哀詩：「再讀徐孺碑，猶思理煙艇。」卷一七有煙艇記。

齊天樂 左綿道中

角殘鍾晚關山路，行人乍依孤店。塞月征塵，鞭絲帽影〔一〕，常把流年虛占。藏鴉柳暗〔二〕。歎輕負鶯花，謾勞書劍〔三〕。事往關情，悄然頻動壯遊念〔四〕。　孤懷誰與強遣。市壚沽酒，酒薄怎當愁釅〔五〕。倚瑟妍詞，調鉛妙筆〔六〕，那寫柔情芳豔。征途自厭。況煙斂蕪痕，雨稀萍點〔七〕。最是眠時，枕寒門半掩。

【題解】

左綿，即綿州，隸成都府路。在今四川綿陽。因在涪江之左，故稱左綿。淳熙八年十月，王炎幕府解散，陸游改除成都府安撫司參議官，由南鄭取道綿州赴成都。本文爲陸游途經綿州所作的羈旅詞，調寄齊天樂。

本文據文意，作於乾道八年（一一七二）冬。時陸游在赴成都途中。

參考詩稿卷三綿州魏成縣驛有羅江東詩云芳草有情皆礙馬好雲無處不遮樓戲用其韻、即事、青村寺、行綿州道中。

【箋注】

〔一〕鞭絲帽影：指行旅裝束。詩稿卷三雪晴行益昌道中頗有春意：「春回柳眼梅鬚裏，愁在鞭絲帽影間。」

〔二〕藏鴉柳暗：佚名讀曲歌：「暫出白門前，楊柳可藏烏。」

〔三〕謾勞：徒勞。謾，通「漫」。

〔四〕壯遊：懷抱壯志遠游。杜甫有壯游詩。

〔五〕釅：指茶酒等飲料味濃，此指愁緒。

〔六〕倚瑟：和着瑟聲。史記張釋之馮唐列傳：「使慎夫人鼓瑟，上自倚瑟而歌，意凄慘悲懷。」司馬貞索隱：「謂歌聲合於瑟聲，相依倚也。」調鉛：調製顏料。古時用鉛粉作繪畫顏料。

〔七〕雨稀萍點：李商隱細雨：「氣涼先動竹，點細未開萍。」

其二　三榮人日遊龍洞作

客中隨處閒消悶，來尋嘯臺龍岫〔一〕。路斂春泥，山開翠霧，行樂年年依舊。天工妙手。放輕緑萱牙〔二〕，淡黄楊柳。笑問東君〔三〕，爲人能染鬢絲否。西州催去近也〔四〕，帽簷風軟，且看市樓沽酒。宛轉巴歌，淒涼塞管，携客何妨頻奏。征塵暗袖。漫禁得梅花，伴人疏瘦。幾日東歸，畫船平放溜〔五〕。

【題解】

三榮游龍洞，參見卷四九蓦山溪題解。人日，農曆正月初七。太平御覽卷九七六引荆楚歲時記：「正月七日爲人日。以七種菜爲羹，剪綵爲人或鏤金箔爲人，以貼屏風，亦戴之頭鬢。又造華勝以相遺，登高賦詩。」本文爲陸游游榮州龍洞所作的詞，調寄齊天樂。

本文據文意，作於淳熙二年（一一七五）正月。時陸游在攝知榮州任上。

【箋注】

〔一〕嘯臺龍岫：指孫登嘯臺。參見卷四九蓦山溪其二注〔二〕。

〔二〕萱牙：萱草嫩芽。牙，通「芽」。

〔三〕東君：司春之神。王初立春後作：「東君珂佩響珊珊，青馭多時下九關。」

〔四〕西州催去：詩稿卷六乙未元日自注：「除夕，得制司檄，催赴官。」西州，指成都。

〔五〕放溜：讓船順流自行。梁元帝早發龍巢：「征人喜放溜，曉發晨陽隈。」

望梅

壽非金石〔一〕。恨天教老向，水程山驛〔二〕。似夢裏、來到南柯〔三〕，這些子光陰，更堪輕擲。戍火邊塵，又過了、一年春色。歎名姬駿馬，盡付杜陵，苑路豪客〔四〕。長繩漫勞繫日〔五〕。看人間俯仰，俱是陳迹〔六〕。縱自倚、英氣凌雲，奈回盡鵬程，鎩殘鸞翮〔七〕。終日憑高，誚不見、江東消息。算沙邊、也有斷鴻，倩誰問得〔八〕。

【題解】

據詞中云「戍火邊塵，又過了一年春色」，則本文當在南鄭幕府所作。本文爲陸游所作的抒懷詞，調寄望梅。

本文據文意，作於乾道八年（一一七二）春夏。時陸游在權四川宣撫使司幹辦公事兼檢法官任上。

【箋注】

〔一〕壽非金石：古詩十九首回車駕言邁：「人生非金石，豈能長壽考。」

〔二〕水程山驛：水路驛道。姚合送劉禹錫郎中赴蘇州其一：「初經咸谷眠山驛，漸入梁園問水程。」

〔三〕南柯：唐廣陵淳于棼夢入大槐安國獲招駙馬，官拜南柯太守。後公主卒，罷郡還國，由是醒寤。於宅南古槐下得一蟻穴，即槐安國也；又窮穴上南枝，即南柯郡也。詳見李公佐南柯太守傳。

〔四〕杜陵：秦爲杜縣地，漢宣帝葬此，改稱杜陵。在今陝西西安東南。苑路豪客：指豪門。
〔五〕「長繩」句：傅玄九曲歌：「歲暮景邁羣光絶，安得長繩繫白日。」
〔六〕「看人間」二句：王羲之蘭亭集序：「向之所欣，俛仰之間，已成陳迹，猶不能不以之興懷。」
〔七〕鎩殘鸞翮：文選顔延年五君詠其二：「鸞翮有時鎩，龍性誰能馴。」李善注：「許慎云：『鎩，殘羽也。』」
〔八〕「算沙邊」二句：詩稿卷三五秋夜：「故人萬里無消息，便擬江頭問斷鴻。」斷鴻，失羣孤鴻。

洞庭春色

壯歲文章，暮年勳業，自昔誤人。算英雄成敗，軒裳得失〔一〕，難如人意，空喪天真。請看邯鄲當日夢，待炊罷黄粱徐欠伸〔二〕。方知道，許多時富貴，何處關身。人間定無可意，怎换得、玉鱠絲蓴〔三〕。且釣竿漁艇，筆牀茶竈〔四〕，閒聽荷雨，一洗衣塵。洛水秦關千古後，尚棘暗銅駝空愴神〔五〕。何須更，慕封侯定遠，圖像麒麟〔六〕。

【題解】本文爲陸游爲所作的隱逸詞，調寄洞庭春色（即沁園春）。

本文放翁詞箋注繫於東歸後作。

【箋注】

〔一〕軒裳：指官位爵禄。元結忝官引：「無謀救冤者，禄位安可近。而可愛軒裳，其心又干進。」

〔二〕「請看」二句：即黄粱美夢。參見本卷木蘭花慢注〔一〕。

〔三〕玉鱠絲蓴：白玉般魚肉，細絲般蓴菜。

〔四〕筆牀茶竈：參見本卷蘇武慢注〔五〕。

〔五〕棘暗銅駝：指有先見之明。晉書索靖傳：「靖有先識遠量，知天下將亂，指洛陽宫門銅駝，歎曰：『會見汝在荆棘中耳！』」

〔六〕封侯定遠：後漢書班超傳：「（超）出入二十二年，莫不賓從。改立其王，而綏其人。不動中國，不煩戎士，得遠夷之和，同異俗之心。其封超爲定遠侯，邑千户。」圖像麒麟：漢書蘇武傳：「甘露三年，單于始入朝。上思股肱之美，乃圖畫其人於麒麟閣，法其形貌，署其官爵姓名。……凡十一人，皆有傳。」顔師古注：「張晏曰：『武帝獲麒麟時作此閣，圖畫其像於閣，遂以爲名。』」

漁家傲　寄仲高

東望山陰何處是，往來一萬三千里。寫得家書空滿紙。流清淚，書回已是明年事。寄語紅橋橋下水〔一〕，扁舟何日尋兄弟。行遍天涯真老矣。愁無寐，鬢絲幾縷茶煙裏〔二〕。

【題解】

仲高，即陸升之，字仲高。陸游從祖兄。參見卷一七復齋記注〔一〕。詩稿卷三有仙魚鋪得仲高兄書，作於乾道八年九、十月間；卷六有聞仲高從兄訃，作於淳熙二年春。本文爲陸游寄陸升之所作的懷人詞，調寄漁家傲。

本文據文意，作於乾道八、九年間。時陸游先後在成都、蜀州、嘉州任職。

【箋注】

〔一〕紅橋：亦作虹橋。嘉泰會稽志卷一一：「虹橋，在（山陰）縣西七里迎恩門外。」詩稿卷八七反遠遊：「行歌西郭紅橋路，爛醉東關白塔秋。」自注：「皆山陰近郊地名。」

〔二〕「鬢絲」句：杜牧題禪院：「觥船一棹百分空，十歲青春不負公。今日鬢絲禪榻畔，茶煙輕颺落花風。」

繡停針

歎半紀，跨萬里秦吴，頓覺衰謝〔一〕。回首鵷行，英俊並遊，咫尺玉堂金馬〔二〕。

氣淩嵩華〔三〕。負壯略、縱横王霸。夢經洛浦梁園〔四〕，覺來淚流如瀉。山林定去也。却自恐説著，少年時話。静院焚香，閒倚素屏，今古總成虚假。趁時婚嫁〔五〕。幸自有、湖邊茅舍。燕歸應笑，客中又還過社〔六〕。

【題解】

本文爲陸游爲所作的隱逸詞，調寄繡停針。

本文放翁詞箋注繫於東歸後作。

【箋注】

〔一〕「歎半紀」三句：書畢命「既歷三紀」，孔安國傳：「十二年爲紀。」陸游乾道六年入蜀，淳熙五年東歸，前後八年有餘，故稱「半紀」。萬里秦吴，詩稿卷二七戲詠山陰風物：「萬里秦吴税駕遲，還鄉已歎鬢成絲。」

〔二〕鵷行：指朝官行列。英俊並遊：漢書梅乘傳：「乘久爲大國上賓，與英俊並遊，得其所好。」玉堂金馬：指玉堂署、金馬門，均爲漢時學士待詔之處，因以稱翰林院。漢書揚雄傳：「今子幸得遭明盛之世，處不諱之朝，與羣賢同行，歷金門、上玉堂有日矣。」

〔三〕嵩華：嵩山、華山。

〔四〕洛浦梁園：洛水之濱的梁園。梁園爲西漢梁孝王東園，亦稱兔園。葛洪西京雜記卷三：

「梁孝王好營宮室苑囿之樂，作曜華之宮，築兔園。王日與宮人賓客弋釣其中。」司馬相如、枚乘、鄒陽等文人均爲座上之客。詳見史記梁孝王世家。

〔五〕趁時婚嫁：趁時，及時。後漢書向長傳：「向長字子平，河内朝歌人也。隱居不仕，性尚中和，好通老易。……建武中，男女娶嫁既畢，敕斷家事勿相關，當如我死也。於是遂肆意，與同好北海禽慶俱遊五嶽名山，竟不知所終。」

〔六〕過社：恰逢春社。荆楚歲時記：「社日，四鄰并結宗會社，宰牲牢，爲屋於樹下，先祭神，然後享其胙。」

桃源憶故人 并序

三榮郡治之西，因子城作樓觀，曰高齋。下臨山村，蕭然如世外。予留七十日，被命參成都戎幕而去。臨行，徙倚竟日，作桃源憶故人一首〔一〕。

斜陽寂歷柴門閉，一點炊煙時起。雞犬往來林外，俱有蕭然意〔二〕。 衰翁老去疏榮利，絶愛山城無事。臨去畫樓頻倚，何日重來此〔三〕。

【題解】 淳熙元年十月，陸游攝知榮州。除夕，得制置司檄，除成都府路安撫司參議官兼四川制置使司參議官。二年正月十日離榮赴任。本文爲陸游臨行前所作的詞，調寄桃源憶故人。

本文據文意，作於淳熙二年（一一七五）正月。時陸游在攝知榮州任上。

參考詩稿卷六高齋小飲戲作。

【箋注】

〔一〕子城：内城，小城。　徙倚：徘徊，逡巡。

〔二〕寂歷：凋零疏落。詩稿卷六登城望西崦：「登城望西崦，數家斜照中。柴荆晝亦閉，乃有太古風。慘澹起炊煙，寂歷下釣筒。土瘦麥苗短，霜重桑枝空。恐是種桃人，或有采芝翁。何當宿樓上，月明照夜舂。」

〔三〕榮利：功名利禄。詩稿卷六别榮州：「浮生歲歲俱如夢，一枕輕安亦可人。偶落山城無事處，暫還老子自由身。嘯臺載酒雲生屨，僊穴尋梅雨墊巾。便恐清遊從此少，錦城車馬漲紅塵。」

其二　應靈道中

欄干幾曲高齋路〔一〕，正在重雲深處。丹碧未乾人去，高棟空留句〔二〕。　離離芳草長亭暮，無奈征車不住。惟有斷鴻煙渚〔三〕，知我頻回顧。

【題解】應靈，縣名，榮州轄縣。在今四川榮縣西。淳熙二年正月，陸游取道應靈赴成都。本文爲陸游在應靈道中所作的詞，調寄桃源憶故人。

本文據文意，作於淳熙二年（一一七五）正月。時陸游由榮州赴成都途中。

【箋注】

〔一〕「欄干」句：此爲回望所見。高齋，榮州子城上樓觀。見前首序。

〔二〕丹碧：指高齋所塗色彩。空留句：指前首詞作。

〔三〕斷鴻：孤雁。煙渚：霧氣籠罩的洲渚。孟浩然宿建德江：「移舟泊煙渚，日暮客愁新。」

其三

一彈指頃浮生過，墮甑元知當破〔一〕。去去醉吟高卧〔二〕，獨唱何須和。殘年還我從來我，萬里江湖煙舸。脱盡利名韁鎖，世界元來大〔三〕。

【題解】本文爲陸游爲所作的隱逸詞，調寄桃源憶故人。

本文放翁詞箋注繫於東歸後作。

【箋注】

〔一〕一彈指頃：指時間簡短。法苑珠林卷三引僧祇律：「二十念爲一瞬，二十瞬名一彈指，二十彈指名一羅預，二十羅預名一須臾，一日一夜有三十須臾。」白居易禽蟲其八：「何異浮生臨老日，一彈指頃報恩讎。」墮甑：比喻事過無法挽回，不需回顧。語本後漢書郭太傳：「（孟敏）客居太原，荷甑墮地，不顧而去。林宗見而問其意，對曰：『甑已破矣，視之何益？』」

〔二〕去去：遠去。醉吟：指白居易，自號醉吟先生，作醉吟先生傳云：「因自吟詠懷詩……吟罷自哂，揭甕撥醅。又引數盃，兀然而醉。既而醉復醒，醒復吟，吟復飲，飲復醉，醉吟相仍，若循環然。」

〔三〕利名韁鎖：柳永夏雲峰：「向此免名韁利鎖，虛費光陰。」世界：佛教指宇宙。楞嚴經卷四：「何名爲衆生世界？世爲遷流，界爲方位。汝今當知，東、西、南、北、東南、西南、東北、西北、上、下爲界，過去、未來、現在爲世。」

其四

城南載酒行歌路，冶葉倡條無數〔一〕。一朵鞓紅凝露〔二〕，最是關心處。鶯聲無賴催春去，那更兼旬風雨〔三〕。試問歲華何許，芳草連天暮。

【題解】

本文爲陸游爲所作的冶游詞，調寄桃源憶故人。

本文放翁詞箋注繫於成都作。

【箋注】

〔一〕城南：指成都城南，有蜀王舊苑等。冶葉倡條：形容楊柳枝葉婀娜多姿，借指妓女。李商隱燕臺詩四首其一：「蜜房羽客類芳心，冶葉倡條徧相識。」

〔二〕鞓紅：牡丹之一種。歐陽修洛陽牡丹記：「鞓紅者，單葉，深紅花，出青州，亦曰青州紅。……其色類腰帶鞓，故謂之鞓紅。」

〔三〕兼旬：指二十天。舊唐書王及善傳：「今足下居無尺土之地，守無兼旬之糧。」

其五　題華山圖

中原當日三川震，關輔回頭煨燼〔一〕。淚盡兩河征鎮，日望中興運〔二〕。　秋風霜滿青青鬢，老却新豐英俊〔三〕。雲外華山千仞，依舊無人問〔四〕。

【題解】華山圖，摹寫華山形勝之畫作。詩稿卷七二秋思其三：「一篇舊草天台賦，六幅新傳太華圖。」本文爲陸游爲華山圖所作的題畫詞，調寄桃源憶故人。

本文放翁詞箋注繫於不編年詞。上引「六幅新傳太華圖」句作於開禧三年（一二〇七），或作於同時。

【箋注】

〔一〕「中原」三句：指金兵佔領中原大地。三川震，國語周語上：「幽王二年，西周三川皆震。」韋昭注：「三川，涇、渭、洛，出於岐山也。震，動也。地震，故三川亦動也。」關輔，關中及三輔地區。潘岳關中記：「東自函關，西至隴關，二關之間，謂之關中。」漢書景帝紀「三輔舉不如法令者」，應劭注：「京兆尹、左馮翊、右扶風，共治長安城中，是爲三輔。」

〔二〕兩河：指黄河南北。征鎮：漢魏時設東、南、西、北四征將軍及四鎮將軍，守衛四方，合稱征鎮。中興：指收復中原。

〔三〕新豐英俊：新唐書馬周傳：「馬周字賓王，博州茌平人。少孤，家窶狹。嗜學，善詩、春秋。……舍新豐逆旅，主人不之顧。周命酒一斗八升，悠然獨酌，衆異之。至長安，舍中郎將常何家。……明年拜（周）監察御史，奉命稱職。帝以何得人。」

〔四〕依舊無人問：詩稿卷二五秋夜將曉出籬門迎涼有感：「遺民淚盡胡塵裏，南望王師又一年。」

極相思

江頭疏雨輕煙，寒食落花天〔一〕。翻紅墜素，殘霞暗錦，一段淒然。　惆悵東君堪恨處〔二〕，也不念、冷落樽前。那堪更看，漫空相趁，柳絮榆錢〔三〕。

【題解】

本文爲陸游所作的傷春詞，調寄極相思。

本文放翁詞箋注繫於不編年詞。

【箋注】

〔一〕江頭：江邊，江岸。　寒食：清明前一日或二日。參見卷四九蝶戀花其一注〔一〕。

〔二〕東君：司春之神。

〔三〕相趁：相隨，相逐。何承天纂文：「關西以逐物爲趁。」　榆錢：榆莢形如銅錢，故稱榆錢。施肩吾戲詠榆莢：「風吹榆錢落如雨，繞林繞屋來不住。」

一叢花

樽前凝佇漫魂迷，猶恨負幽期〔一〕。從來不慣傷春淚，爲伊後、滴滿羅衣。那堪更是，吹簫池館，青子緑陰時〔二〕。回廊簾影晝參差，偏共睡相宜。朝雲夢斷知何處〔三〕，倩雙燕、説與相思。從今判了，十分憔悴，圖要個人知〔四〕。

【題解】

本文爲陸游爲所作的傷春詞，調寄一叢花。

本文放翁詞箋注繫於不編年詞。

【箋注】

〔一〕凝佇：凝神佇立。毛滂遍地錦：「白玉闌邊自凝佇。滿枝頭、彩雲雕霧。」幽期：指男女間幽會。

〔二〕青子緑陰時：杜牧歎花：「自是尋春去校遲，不須惆悵怨芳時。狂風落盡深紅色，緑葉成陰子滿枝。」青子，指梅子，青梅。

〔三〕朝雲夢斷：見宋玉高唐賦。參見本卷玉胡蝶注〔二〕。

〔四〕個人：那人。多指情人。毛滂清平樂：「此情没個人知。燈前子細看伊。」

其二

仙姝天上自無雙〔一〕，玉面翠蛾長。黄庭讀罷心如水，閉朱户、愁近絲簧〔二〕。窗明几净，閒臨唐帖，深炷寶奩香。　人間無藥駐流光，風雨又催涼。相逢共話清都舊〔三〕，歎塵劫、生死茫茫。何如伴我，緑蓑青篛〔四〕，秋晚釣瀟湘。

【題解】

本文爲陸游所作的懷人詞，調寄一叢花。

本文放翁詞箋注繫於不編年詞。

【箋注】

〔一〕仙姝：仙女，亦指美貌女子。裴鉶傳奇封陟：「見一仙姝，侍從華麗，玉佩敲磬，羅裙曳雲。」

〔二〕黄庭：指黄庭經。絲簧：弦管樂器。文選馬融長笛賦：「漂凌絲簧，覆冒鼓鐘。」吕向注：「絲，琴瑟也；簧，笙也。」

〔三〕清都：指都城。左思魏都賦：「蓋比物以錯辭，述清都之閑麗。」

〔四〕緑蓑青篛：張志和漁歌子：「青篛笠，緑蓑衣，斜風細雨不須歸。」

隔浦蓮近拍

飛花如趁燕子，直度簾櫳裏〔一〕。帳掩香雲暖〔二〕，金籠鸚鵡驚起。凝恨慵梳洗。妝臺畔，蘸粉纖纖指。寶釵墜。才醒又困，厭厭中酒滋味〔三〕。牆頭柳暗，過盡一年春事。罨畫高樓怕獨倚〔四〕，千里。孤舟何處煙水。

【題解】

本文爲陸游所作的閨情詞，調寄隔浦蓮近拍。

本文放翁詞箋注繫於不編年詞。

【箋注】

〔一〕趁：追逐。簾櫳：窗簾和窗牖。借指閨閣。李昂賦戚夫人楚舞歌：「漢王此地因征戰，未出簾櫳人已薦。」

〔二〕香雲：指美女烏髮。柳永尾犯：「記得當初，翦香雲爲約。」

〔三〕厭厭：孄倦貌。中酒：飲酒半酣。漢書樊噲傳：「項羽既饗軍士，中酒。」顏師古注：「飲酒之中也，不醉不醒，故謂之中。」

〔四〕罨畫：指色彩艷麗之畫。高似孫緯略卷七罨畫：「墨客揮犀曰：『罨畫，今之生色也。』余嘗謂五采彰施於五服，此固生色之始也。秦韜玉詩：『花明驛路胭脂暖，山入江亭罨畫開。』盧贊元詩：『花外小樓雲罨畫，杏波晴葉退微紅。』李商隱愛義興罨畫溪者，亦以其如畫也。」

其二

騎鯨雲路倒景〔一〕，醉面風吹醒。笑把浮丘袂，寥然非復塵境〔二〕。震澤秋萬頃〔三〕。煙霏散，水面飛金鏡〔四〕。露華冷。湘妃睡起，鬟傾釵墜慵整〔五〕。臨江舞處，零亂塞鴻清影。河漢橫斜夜漏永，人靜。吹簫同過緱嶺〔六〕。

【題解】

本文爲陸游所作的游仙詞，調寄隔浦蓮近拍。

本文放翁詞箋注繫於不編年詞。

【箋注】

〔一〕騎鯨：比喻游仙。參見卷四九秋波媚其二注〔三〕。　倒景：同「倒影」。

〔二〕浮丘：即浮丘公。劉向列仙傳卷上：「王子喬者，周靈王太子晉也。好吹笙，作鳳凰鳴。游伊洛之間，道士浮丘公接以上嵩高山三十餘年。後求之於山上，見桓良曰：『告我家，七月七日待我於緱氏山巔。』至時，果乘白鶴駐山頭，望之不得到。舉手謝時人，數日而去。亦立祠於緱氏山下，及嵩高首焉。」郭璞游仙詩：「左挹浮丘袖，右拍洪崖肩。」寥然：寂静貌。

〔三〕震澤：湖名。即今江蘇太湖。書禹貢：「三江既入，震澤厎定。」

〔四〕金鏡：比喻月亮。元稹泛江翫月：「遠樹懸金鏡，深潭倒玉幢。」

〔五〕湘妃：舜帝二妃娥皇、女英，没於湘水，遂爲湘水之神。慵整：懶得整理。

〔六〕河漢：指銀河。夜漏：夜裏時間。緱嶺：即緱氏山。見注〔二〕。

昭君怨

晝永蟬聲庭院，人倦懶摇團扇。小景寫瀟湘〔一〕，自生涼。簾外蹴花雙燕〔二〕，簾下有人同見。寶篆拆宫黄，炷熏香〔三〕。

【題解】

本文爲陸游所作的閨情詞，調寄昭君怨。

本文放翁詞箋注繫於不編年詞。

【箋注】

〔一〕小景寫瀟湘：沈括夢溪筆談卷一七書畫：「度支員外郎宋迪工畫，尤善爲平遠山水。其得意者，有平沙雁落、遠浦帆歸、山市晴嵐、江天暮雪、洞庭秋月、瀟湘夜雨、煙寺晚鐘、漁村落照，謂之八景。好事者多傳之。」

〔二〕蹴花雙燕：杜甫城西陂泛舟：「魚吹細浪摇歌扇，燕蹴飛花落舞筵。」蹴，踏。

〔三〕「寶篆」二句：熏香的煙霧繚繞，拆碎了女子額頭上的宫黄。寶篆，熏香的美稱，因煙如篆狀。黄庭堅畫堂春：「寶篆煙消龍鳳，畫屏雲鎖瀟湘。」宫黄，宫中女子額上黄色的塗飾。炷，點燃。

雙頭蓮 呈范至能待制

華鬢星星，驚壯志成虚，此身如寄。蕭條病驥〔一〕。向暗裏，消盡當年豪氣。夢斷故國山川，隔重重煙水。身萬里。舊社凋零，青門俊遊誰記〔二〕。　盡道錦里繁華〔三〕，歎官閒晝永，柴荆添睡。清愁自醉。念此際，付與何人心事。縱有楚柂吴檣〔四〕，知何時東逝。空悵望，鱠美菰香，秋風又起〔五〕。

【題解】

范至能待制，即范成大，字致能。參見卷一四范待制詩集序題解。淳熙二年，范成大除敷文閣待制、四川制置使，兼知成都府，至淳熙四年離任。其間陸游與之多有唱和。本文爲陸游呈送范成大所作的詞，調寄雙頭蓮。

本文據文意，作於淳熙三年（一一七六）秋。時陸游在成都候任。

參考詩稿卷七和范待制月夜有感、和范待制月夜秋興三首、和范待制秋日書懷二首。

【箋注】

〔一〕蕭條病驥：陸游自稱。詩稿卷七和范待制秋興其二：「身如病驥惟思臥，誰許能空萬馬羣。」

〔二〕舊社：舊時之結社。紹興末，陸游在樞密院任職，與范成大、周必大等均爲同僚，多有唱和。青門：泛指京城東門。俊遊：快意游賞。

〔三〕錦里：即錦城，指成都。

〔四〕楚柂吴檣：指東歸的行船。柂，同「舵」。杜甫秋風其一：「吴檣楚柂牽百丈，暖向神都寒未還。」

〔五〕「空悵望」三句：晉書張翰傳：「翰因見秋風起，乃思吴中菰菜蓴羹、鱸魚膾，曰：『人生貴得適志，何能羈宧游數千里，以邀名爵乎？』遂命駕而歸。」詩稿卷七和范待制秋日書懷其一：「欲與衆生共安隱，秋來夢不到鱸鄉。」老學庵筆記卷五：「范至能在成都，嘗求亭名於予。予曰『思鱸』，至能大以爲佳。」

南歌子 送周機宜之益昌

異縣相逢晚，中年作别難〔一〕。暮秋風雨客衣寒，又向朝天門外、話悲歡〔二〕。瘦馬行霜棧，輕舟下雪灘〔三〕。烏奴山下一林丹，爲説三年常寄、夢魂間〔四〕。

【題解】

周機宜，爲誰不詳，當是陸游任職成都府路同僚，任主管機宜文字之職。益昌，縣名。南朝始置，北宋初復置，後改昭化，隸利州。在今四川廣元。本文爲陸游送周機宜赴益昌所作的詞，調寄南歌子。

本文據文意，作於淳熙二年（一一七五）秋。時陸游在成都府路安撫使參議官兼四川制置使司參議官任上。

【箋注】

〔一〕中年作别難：世説新語言語：「謝太傅語王右軍曰：『中年傷於哀樂，與親友别，輒作數日惡。』王曰：『年在桑榆，自然至此，正賴絲竹陶寫。恒恐兒輩覺，損欣樂之趣。』」

〔二〕朝天門：成都城北門。詩稿卷七出朝天門繚長堤至劉侍郎廟由小西門歸：「曉從北郭過西門，十里沙堤似席平。」

〔三〕霜棧：凝霜的棧道。皮日休奉和魯望寒夜訪寂上人次韻：「院寒青靄正沉沉，霜棧乾鳴入古林。」蜀中名勝記卷二四：「(廣元縣)北爲棧閣道。」雪灘：水中呈白色的沙石堆。詩稿卷六九感舊：「憶昔初乘上峽船，雪灘雲岫過聯翩。」

〔四〕烏奴山：蜀中名勝記卷二四：「志云：『烏奴山一名烏龍山，在廣元西二里嘉陵江岸。峭壁如削，有洞不可上，昔李烏奴於此修寺，因名。』」爲説三年：陸游乾道八年冬抵成都任職，至淳熙二年暮秋恰爲三年。

豆葉黄

春風樓上柳腰肢〔一〕，初試花前金縷衣。嫋嫋娉娉不自持〔二〕。曉妝遲，畫得蛾眉勝舊時。

【題解】

本文爲陸游所作的閨情詞，調寄豆葉黄。

本文放翁詞箋注繫於東歸後作。

【箋注】

〔一〕柳腰肢：比喻女子纖柔的腰身。

〔二〕嫋嫋娉娉：輕盈柔美貌。

其二

一春常是雨和風，風雨晴時春已空。誰惜泥沙萬點紅。恨難窮，恰似衰翁一世中。

【題解】

本文爲陸游所作的惜春詞，調寄豆葉黄。

本文放翁詞箋注繫於東歸後作。

醉落魄

江湖醉客，投杯起舞遺烏幘〔一〕。三更冷翠霑衣濕〔二〕。嫋嫋菱歌〔三〕，催落半川月。空花昨夢休尋覓，雲臺麟閣俱陳迹〔四〕。元來只有閒難得。青史功名，天却無心惜。

【題解】

本文爲陸游所作的述懷詞，調寄醉落魄。

本文放翁詞箋注繫於不編年詞。

【箋注】

〔一〕烏幘：一種黑色頭巾。吴處厚青箱雜記卷二：「天聖以前，烏幘惟用光紗，自後始用南紗，迨今六十年，復稍稍用光紗矣。」

〔二〕冷翠：予人清涼的翠緑色。陸龜蒙秋荷：「盈盈一水不得渡，冷翠遺香愁向人。」王維山中：「山路元無雨，空翠濕人衣。」

〔三〕菱歌：採菱之歌。鮑照採菱歌其一：「簫弄澄湘北，菱歌清漢南。」

〔四〕空花：空中花。佛教比喻紛繁的妄想和假象。圓覺經：「妄認四大爲自身相，六塵緣影爲自心相，譬如彼病目見空中花。」

雲臺：漢代宫中追念功臣的高臺。後漢書馬武傳：「永平中，顯宗追念前世功臣，乃圖畫二十八將於南宫雲臺。」麟閣：麒麟閣，參見本卷洞庭春色注〔六〕。

鵲橋仙

華燈縱博，雕鞍馳射，誰記當年豪舉〔一〕。酒徒一一取封侯，獨去作、江邊漁父。

輕舟八尺，低篷三扇，占斷蘋洲煙雨〔二〕。鏡湖元自屬閒人，又何必、君恩賜與〔三〕。

【題解】

中興以來絶妙詞選卷二調下題作「感舊」。本文爲陸游爲所作的隱逸詞，調寄鵲橋仙。

本文放翁詞箋注繫於東歸後作。

【箋注】

〔一〕「華燈」三句：詩稿卷二五九月一日夜讀詩稿有感走筆作歌：「四十從戎駐南鄭，酣宴軍中夜連日。打球築場一千步，閲馬列廄三萬匹。華燈縱博聲滿樓，寶釵豔舞光照席。琵琶弦急冰雹亂，羯鼓手勾風雨疾。」縱博，盡情賭博。

〔二〕低篷：低矮的船窗。　占斷：占盡。

〔三〕「鏡湖」三句：新唐書賀知章傳：「（知章）天寶初，病，夢游帝居。數日寤，乃請爲道士，還鄉里。詔許之，以宅爲千秋觀而居。又求周宫湖數頃爲放生池，有詔賜鏡湖剡川一曲。」

其二

一竿風月，一蓑煙雨，家在釣臺西住〔一〕。賣魚生怕近城門，況肯到、紅塵深處。

潮生理櫂，潮平繫纜，潮落浩歌歸去〔二〕。時人錯把比嚴光〔三〕，我自是、無名漁父。

【題解】

本文爲陸游所作的隱逸詞，調寄鵲橋仙。

本文放翁詞箋注繫於東歸後作。

【箋注】

〔一〕釣臺：即嚴子陵釣臺。輿地紀勝卷八：「元和郡縣志：『在桐廬縣西三十里，浙江北岸。』通典：『桐廬縣下有嚴子陵釣臺。』又圖經云：『在桐廬縣。景祐初，范文正公建祠，東西二臺。祠中繪子陵像，附以方干處士。』」

〔二〕浩歌：放聲高歌。楚辭九歌少司命：「望美人兮未來，臨風怳兮浩歌。」

〔三〕嚴光：字子陵，一名遵，會稽餘姚人。少有高名，與劉秀同游學。光武帝即位，乃變姓名隱居。光武再三遣使聘之，除爲諫議大夫，嚴光不屈，歸耕富春山。後人名其釣處爲嚴陵瀨。後漢書卷八三有傳。

其三　夜聞杜鵑

茅簷人静，蓬窗燈暗，春晚連江風雨。林鶯巢燕總無聲，但月夜、常啼杜宇〔一〕。

催成清淚，驚殘孤夢，又揀深枝飛去。故山猶自不堪聽，況半世、飄然羈旅〔二〕。

【題解】

本文爲陸游所作的感懷詞，調寄鵲橋仙。

本文放翁詞箋注繫於蜀中作。

【箋注】

〔一〕杜宇：即子規，杜鵑鳥。參見卷四九鷓鴣天其二注〔一〕。

〔二〕半世飄然羈旅：陸游離蜀東歸時已五十四歲，故此詞當作於蜀中。

長相思

雲千重，水千重，身在千重雲水中。月明收釣筒〔一〕。　頭未童〔二〕，耳未聾，得酒猶能雙臉紅。一尊誰與同。

【題解】

本文爲陸游所作的隱逸詞，調寄長相思。

本文放翁詞箋注繫於東歸後作。

【箋注】

〔一〕釣筒：插入水中的捕魚竹筒。陸龜蒙漁具詩序：「緡而竿者，總謂之筌。筌之流，曰筒，曰車。」又漁具詩釣筒：「短短截筠光，悠悠卧江色。篷差橹相應，雨慢煙交織。須臾中芳餌，迅疾如飛翼。彼竭我還浮，君看不争得。」

〔二〕頭未童：頭髮未秃。韓愈進學解：「頭童齒豁。」

其二

橋如虹，水如空，一葉飄然煙雨中。天教稱放翁〔一〕。　側船篷，使江風，蟹舍參差漁市東〔二〕。到時聞暮鍾。

【題解】

本文爲陸游所作的隱逸詞，調寄長相思。

本文放翁詞箋注繫於東歸後作。

【箋注】

〔一〕放翁：陸游自號。詩稿卷七和范待制秋興其一：「名姓已甘黄紙外，光陰全付緑尊中。門前剥啄誰相覓，賀我今年號放翁。」

〔二〕蟹舍：指漁家。張志和漁歌：「松江蟹舍主人歡，菰飯蓴羹亦共餐。」

其三

面蒼然，鬢皤然〔一〕，滿腹詩書不直錢。官閒常晝眠。　畫凌煙，上甘泉，自古功名屬少年〔二〕。知心惟杜鵑。

【題解】

本文爲陸游所作的隱逸詞，調寄長相思。

本文放翁詞箋注繫於東歸後作。

【箋注】

〔一〕皤然：鬚髮蒼白貌。

〔二〕「畫凌煙」三句：杜甫乾元中寓居同谷縣作歌七首其七：「長安卿相多少年，富貴應須致身早。」凌煙，凌煙閣。唐太宗貞觀十七年畫功臣像於閣上。甘泉，甘泉宮。原秦宮，漢武帝擴建爲朝諸侯、饗外賓之地。漢書揚雄傳：「(上)召雄待詔承明之庭。正月，從上甘泉。還奏甘泉賦以風。」

其四

暮山青，暮霞明，夢筆橋頭艇子横〔一〕。蘋風吹酒醒。　看潮生，看潮平，小住西陵莫較程〔二〕。蓴絲初可烹〔三〕。

【題解】

本文爲陸游所作的隱逸詞，調寄長相思。

本文放翁詞箋注繫於東歸後作。

【箋注】

〔一〕夢筆橋：嘉泰會稽志卷四：「蕭山縣有夢筆驛，在縣東北百三十步。」卷四三入蜀記一：「至蕭山縣，憩夢筆驛。驛在覺苑寺旁，世傳寺乃江文通舊居也。」夢筆橋或在驛邊。

〔二〕西陵：即西興。參見本卷柳梢青其二題解。

〔三〕蓴絲：蓴菜。杜甫陪王漢州留杜綿州泛房公西湖：「豉化蓴絲熟，刀鳴鱠縷飛。」

其五

悟浮生，厭浮名，回視千鍾一髪輕〔一〕。從今心太平。　愛松聲，愛泉聲，寫向孤桐誰解聽〔二〕。空江秋月明。

【題解】

本文爲陸游所作的隱逸詞，調寄長相思。

本文放翁詞箋注繫於東歸後作。

【箋注】

〔一〕千鍾：指優厚的俸禄。史記魏世家：「魏成子以食禄千鍾，什九在外，什一在内。」

〔二〕孤桐：琴的代稱。書禹貢：「羽畎夏翟，嶧陽孤桐。」孔安國傳：「嶧山之陽，特生桐，中琴瑟。孤，特也。」

菩薩蠻

江天淡碧雲如掃，蘋花零落蓴絲老〔一〕。細細晚波平，月從波面生。　漁家真個好，悔不歸來早。經歲洛陽城，鬢絲添幾莖〔二〕。

【題解】

本文爲陸游所作的隱逸詞，調寄菩薩蠻。

本文放翁詞箋注繫於東歸後作。

【箋注】

〔一〕掃：描畫。　蓴絲：蓴菜。參見本卷長相思其四注〔三〕。

〔二〕「經歲」二句：反用張翰典，謂未能及時南歸而苦惱。參見本卷雙頭蓮注〔五〕。

其二

小院蠶眠春欲老，新巢燕乳花如掃。幽夢錦城西，海棠如舊時〔一〕。　當年真草草〔二〕，一棹還吴早。題罷惜春詩，鏡中添鬢絲。

【題解】

本文爲陸游所作的惜春詞，調寄菩薩蠻。

本文放翁詞箋注繫於東歸後作。

【箋注】

〔一〕「幽夢」二句：詩稿卷一〇夢至成都悵然有作其一：「春風小陌錦城西，翠箔珠簾客意迷。下盡牙籌閒縱博，刻殘畫燭戲分題。紫氍毹暖帳中醉，紅叱撥驕花外嘶。孤夢淒涼身萬里，令人憎殺五更雞。」

〔二〕草草：倉促，草率。梅堯臣令狐祕丞守彭州：「前時草草别，渺漫二十年。」

訴衷情

當年萬里覓封侯，匹馬戍梁州〔一〕。關河夢斷何處，塵暗舊貂裘〔二〕。胡未滅，鬢先秋〔三〕，淚空流。此生誰料，心在天山，身老滄洲〔四〕。

【題解】

本文爲陸游所作的感懷詞，調寄訴衷情。

本文放翁詞箋注繫於東歸後作。

【箋注】

〔一〕萬里覓封侯：參見本卷夜游宫其一注〔三〕。梁州：此指南鄭。

〔二〕塵暗舊貂裘：戰國策秦策一：「（蘇秦）説秦王書十上，而説不行。黑貂之裘弊，黄金百斤盡，資用乏絶，去秦而歸。」

〔三〕鬢先秋：鬢髮先白。淮南子時則訓：「（孟秋之月）天子衣白衣，乘白駱，服白玉，建白旗。」高誘注：「白，順金色也。古以五色、五行配四時，秋爲金，其色白，故指白色。」

〔四〕天山：指祁連山。漢書武帝紀：「貳師將軍三萬騎出酒泉，與右賢王戰於天山。」顔師古

注：「即祁連山也。匈奴謂天爲祁連，今鮮卑語尚然。」滄洲：濱水之地，常指隱居處。阮籍爲鄭沖勸晉王箋：「然後臨滄洲而謝支伯，登箕山以揖許由。」

其二

青衫初入九重城〔一〕，結友盡豪英。蠟封夜半傳檄，馳騎諭幽并〔二〕。　時易失，志難成，鬢絲生。平章風月，彈壓江山，别是功名〔三〕。

【題解】

本文爲陸游所作的感懷詞，調寄訴衷情。

本文放翁詞箋注繫於東歸後作。

【箋注】

〔一〕青衫：指官職卑微。　九重城：指京師。宋玉九辯：「豈不鬱陶而思君兮，君之門以九重。」

〔二〕「蠟封」二句：文集卷三蠟彈省劄自注：「癸未二月，二府請至都堂撰。」卷一三代二府與夏國主書自注：「癸未正月二十一日，二府請至都堂撰。」詩稿卷一八燕堂春夜自注：「游嘗爲丞相陳魯公、史魏公、樞相張魏公草中原及西夏書檄於都堂。」幽并，幽州和并州，均爲古九州之一。約當河北、山西之地，南宋時爲金所有。

〔三〕平章：品評。劉禹錫同樂天和微之深春其十五：「追逐同游伴，平章貴價車。」風月：清風明月，指美景。彈壓：竭力描繪。語本淮南子本經訓：「牢籠天地，彈壓山川。」詩稿卷十九讀范文正瀟灑桐廬郡詩戲書：「逢迎風月麴生事，彈壓江山毛穎功。」功名：指功業名聲。

生查子

還山荷主恩，聊試扶犁手〔一〕。新結小茅茨，恰占清江口。風塵不化衣〔二〕，鄰曲常持酒。那似宦游時，折盡長亭柳〔三〕。

【題解】

本文爲陸游所作的隱逸詞，調寄生查子。

本文放翁詞箋注繫於東歸後作。

【箋注】

〔一〕荷主恩：蒙受造物主的恩典。扶犁手：指農夫。蘇軾元祐三年春貼子詞太皇太后閣：「盡驅南畝扶犁手，稍發中都朽貫錢。」

〔二〕風塵不化衣：陸機爲顧彦先贈婦：「京洛多風塵，素衣化爲緇。」

〔三〕折盡長亭柳：頻繁送别，暗指顛沛流離。

其二

梁空燕委巢，院静鳩催雨〔一〕。香潤上朝衣，客少閒談麈〔二〕。　鬢邊千縷絲，不是吴蠶吐。孤夢泛瀟湘，月落聞柔艣〔三〕。

【題解】

本文爲陸游所作的隱逸詞，調寄生查子。

本文放翁詞箋注繫於東歸後作。

【箋注】

〔一〕「梁空」句：薛道衡昔昔鹽：「暗牖懸蛛網，空梁落燕泥。」　鳩催雨：嘉泰會稽志卷一七：「陸璣云：『鶻鳩，一名斑鳩，似鵓鳩而大。鵓鳩灰色，無繡項。陰則屏逐其匹，晴則呼之，語曰「天將雨，鳩逐婦」者是也。』」本卷臨江仙：「鳩雨催成新緑。」

〔二〕談麈：閒談時所用麈尾。參見本卷蘇武慢注〔四〕。

〔三〕瀟湘：瀟水和湘水。　柔艣：船槳輕划之聲。杜甫船下夔州郭宿雨濕不得上岸别十二判官：「柔艣輕鷗外，含悽覺汝賢。」

破陣子

仕至千鍾良易〔一〕，年過七十常稀。眼底榮華元是夢，身後聲名不自知。營營端爲誰〔二〕。　幸有旗亭沽酒，何妨繭紙題詩〔三〕。幽谷雲蘿朝采藥，静院軒窗夕對棋。不歸真個癡。

【題解】

本文爲陸游所作的隱逸詞，調寄破陣子。

本文放翁詞箋注繫於東歸後作。

【箋注】

〔一〕千鍾：優厚的俸禄。參見本卷長相思其五注〔一〕。

〔二〕營營：忙碌勞累，不知休息。范仲淹與韓魏公書：「吾輩須日夜營營，以備將來。」

〔三〕旗亭：懸旗爲招的酒樓。劉禹錫武陵觀火詩：「花縣與琴焦，旗亭無酒濡。」繭紙：用蠶繭所造紙。相傳王羲之用以書寫蘭亭序。張彦遠法書要録卷三引蘭亭記：「用蠶繭紙、鼠鬚筆。」蘇軾答王定民：「欲寄鼠鬚并繭紙，請君章草賦黄樓。」

其二

看破空花塵世〔一〕，放輕昨夢浮名。蠟屐登山真率飲，筇杖穿林自在行〔二〕。身閒心太平。料峭餘寒猶力，廉纖細雨初晴〔三〕。苔紙閒題溪上句，菱唱遥聞煙外聲〔四〕。與君同醉醒。

【題解】

本文爲陸游所作的隱逸詞，調寄破陣子。

本文放翁詞箋注繫於東歸後作。

【箋注】

〔一〕空花：參見本卷醉落魄注〔四〕。

〔二〕蠟屐：塗蠟的木屐。世説新語雅量：「阮遥集好屐，并恒自經營。……或有詣阮，見自吹火蠟屐，因歎曰：『未知一生當著幾量屐！』」南史謝靈運傳：「（靈運）尋山陟嶺，必造幽峻，巖嶂數十重，莫不備盡登躡。常著木屐，上山則去其前齒，下山去其後齒。」筇杖：筇竹所製手杖。參見卷四九沁園春注〔二〕。

〔三〕廉纖：細微。韓愈晚雨：「廉纖晚雨不能晴，池岸草間蚯蚓鳴。」

〔四〕苔紙：用海苔所造紙。王嘉拾遺記：「張華造博物志四百卷，晉武帝賜側理紙萬番。此南越所獻，南人以海苔爲紙，其理縱橫邪側，因以爲名。」菱唱：采菱者所唱歌。孟郊感別送從叔校書簡再登科東歸：「菱唱忽生聽，芸書回望深。」

上西樓 一名相見歡

江頭緑暗紅稀〔一〕，燕交飛。忽到當年行處、恨依依。灑清淚，歎人事，與心違。滿酌玉壺花露、送春歸〔二〕。

【題解】

本文爲陸游所作的傷春詞，調寄上西樓。

本文放翁詞箋注繫於不編年詞。

【箋注】

〔一〕緑暗紅稀：韓琮暮春滻水送別：「緑暗紅稀出鳳城，暮雲樓閣古今情。」

〔二〕玉壺：指酒壺。花露：酒名。王楙野客叢書卷一七：「真州郡齋舊有酒名，謂之花露。」詩稿卷六七林間書意其一：「紅螺盃小傾花露，紫玉池深貯麝煤。」

點絳唇

采藥歸來，獨尋茅店沽新釀〔一〕。暮煙千嶂，處處聞漁唱。　醉弄扁舟，不怕黏天浪〔二〕。江湖上，遮回疏放〔三〕，作個閒人樣。

【題解】

本文爲陸游所作的隱逸詞，調寄點絳唇。

本文放翁詞箋注繫於東歸後作。

【箋注】

〔一〕茅店：茅草所蓋旅店。温庭筠商山早行：「雞聲茅店月，人迹板橋霜。」

〔二〕黏天：貼近天際，與天相連。黄庭堅次韻奉答存道主簿：「旅人争席方歸去，秋水黏天不自多。」

〔三〕遮回：這回。元稹過東都别樂天：「自識君來三度别，遮回白盡老髭鬚。」疏放：無拘無束，放縱。

謝池春

壯歲從戎，曾是氣吞殘虜。陣雲高、狼烽夜舉〔一〕。朱顔青鬢，擁雕戈西戍。笑儒冠、自來多誤〔二〕。功名夢斷，却泛扁舟吴楚。漫悲歌、傷懷吊古。煙波無際，望秦關何處〔三〕。歎流年、又成虚度。

【題解】

本文爲陸游所作的感懷詞，調寄謝池春。

本文放翁詞箋注繫於紹熙五年（一一九四）前後。

【箋注】

〔一〕陣雲：雲層厚重，形如戰陣。史記天官書：「陣雲如立垣。」狼烽：即狼煙。段成式酉陽雜俎卷一六：「狼糞煙直上，烽火用之。」錢易南部新書辛集：「凡邊疆放火號，常用狼糞燒之以爲煙，煙氣直上，雖烈風吹之不斜。烽火常用此，故爲候，曰狼煙也。」

〔二〕「笑儒冠」句：杜甫奉贈韋左丞丈二十二韻：「紈絝不餓死，儒冠多誤身。」

〔三〕秦關：指關中地區。陸游壯歲從戎之地。盧綸長安春望：「誰念爲儒逢世難，獨將衰鬢客秦關。」

其二

賀監湖邊，初繫放翁歸棹〔一〕。小園林、時時醉倒。春眠驚起，聽啼鶯催曉〔二〕。

歎功名、誤人堪笑。朱橋翠徑，不許京塵飛到〔三〕。掛朝衣、東歸欠早〔四〕。連宵風雨，捲殘紅如掃。恨樽前、送春人老。

【題解】

本文爲陸游所作的感懷詞，調寄謝池春。

本文放翁詞箋注繫於紹熙五年（一一九四）前後。

【箋注】

〔一〕賀監湖：即鏡湖。唐玄宗以鏡湖贈賀知章。參見本卷鵲橋仙其一注〔三〕。歸棹：歸舟。

〔二〕「春眠」二句：孟浩然春曉：「春眠不覺曉，處處聞啼鳥。」

〔三〕京塵：亦作京洛塵。比喻功名利禄塵俗之事。孟郊送陸暢歸湖州因憑題故人皎然塔陸羽墳：「江調難再得，京塵徒滿躬。」

〔四〕掛朝衣：南史陶弘景傳：「永明十年，（弘景）脱朝服掛神虎門，上表辭禄。」

其三

七十衰翁〔一〕，不減少年豪氣。似天山、淒涼病驥〔二〕。銅駝荆棘〔三〕，灑臨風清淚。甚情懷、伴人兒戲〔四〕。如今何幸，作個故溪歸計。鶴飛來、晴嵐暖翠〔五〕。玉壺春酒，約羣仙同醉。洞天寒、露桃開未〔六〕？

【題解】

本文爲陸游所作的感懷詞，調寄謝池春。

本文放翁詞箋注繫於紹熙五年（一一九四）前後。

【箋注】

〔一〕七十衰翁：陸游七十歲當紹熙五年，據此，謝池春三首約作於此年前後。

〔二〕天山：指祁連山。病驥：比喻困境中的人才。語本戰國策楚策四：「汗明曰：『君亦聞驥乎？夫驥之齒至矣，服鹽車而上太行。蹄申膝折，尾湛胕潰，漉汁灑地，白汗交流，中阪遷延，負轅不能上。伯樂遭之，下車攀而哭之，解紵衣以冪之。驥於是俛而噴，仰而鳴，聲達於天，若出金石聲者。何也？彼見伯樂之知己也。』」

〔三〕銅駝荆棘：指有先見之明。參見本卷洞庭春色注〔五〕。

〔四〕兒戲：比喻不嚴肅，處事輕率。史記絳侯周勃世家：「曩者霸上、棘門軍，若兒戲耳，其將固可襲而虜也。」

〔五〕晴嵐暖翠：形容陽光下的山中霧氣和青翠山色。張明中賀郭落成新宅：「晴嵐暖翠十分好，水鏡山鬟四序新。」

〔六〕洞天：指羣仙所居仙境。

一落索

滿路遊絲飛絮，韶光將暮〔一〕。此時誰與説新愁，有百囀、流鶯語〔二〕。　俯仰人間今古，神仙何處。花前須判醉扶歸，酒不到、劉伶墓〔三〕。

【題解】

本文爲陸游所作的隱逸詞，調寄一落索。

本文放翁詞箋注繫於東歸後作。

【箋注】

〔一〕遊絲：飄動的蛛絲。沈約三月三日率爾成篇：「遊絲映空轉，高楊拂地垂。」飛絮：指柳絮。韶光：指春光。王勃梓州郪縣兜率寺浮圖碑：「每至韶光照野，爽靄晴遥。」

〔二〕百囀流鶯：鶯鳴婉轉多樣。賈至早朝大明宫呈兩省僚友：「千條弱柳垂青瑣，百囀流鶯繞建章。」

〔三〕「酒不到」句：李賀將進酒：「勸君終日酩酊醉，酒不到劉伶墳上土。」

其二

識破浮生虚妄，從人譏謗〔一〕。此身恰似弄潮兒〔二〕，曾過了、千重浪。　且喜歸來無恙，一壺春釀。雨蓑煙笠傍漁磯〔三〕，應不是、封侯相。

【題解】

本文爲陸游所作的隱逸詞，調寄一落索。

本文放翁詞箋注繫於東歸後作。

【箋注】

〔一〕虚妄：荒誕無稽。　從人：任人。

〔二〕弄潮兒：吴自牧夢粱録卷四：「臨安風俗，四時奢侈，賞玩殆無虚日。西有湖光可看，東有江潮堪觀，皆絶景也。每歲八月内，潮怒於常時。……其杭人有一等無賴、不惜性命之徒，以大彩旗或小清凉傘、紅緑小傘兒，各繫繡色緞子滿竿，伺潮出海門，百十爲群，執旗泅水上，以迓子胥弄潮之戲，或有手脚執五小旗，浮潮頭而戲弄。」

〔三〕漁磯：可供垂釣的水邊巖石。

杏花天

老來駒隙騬騬度〔一〕。算只合、狂歌醉舞。金杯到手君休訴〔二〕。看著春光又暮。誰爲倩、柳條繫住。且莫遣、城笳催去〔三〕。殘紅轉眼無尋處。盡屬蜂房燕户。

【題解】

本文爲陸游所作的惜春詞，調寄杏花天。

本文放翁詞箋注繫於東歸後作。

【箋注】

〔一〕駒隙：比喻光陰迅速。語本莊子知北游：「人生天地之間，若白駒之過郤，忽然而已。」騬騬：匆忙。

〔二〕「金杯」句：韋莊菩薩蠻：「須愁春漏短，莫訴金杯滿。」訴：指辭酒。

〔三〕城笳：城頭胡笳聲。

太平時

竹裏房櫳一徑深，靜愔愔〔一〕。亂紅飛盡緑成陰，有鳴禽。臨罷蘭亭無一事〔二〕，自修琴。銅爐裊裊海南沉〔三〕，洗塵襟。

【題解】

本文爲陸游所作的隱逸詞，調寄太平時。

本文放翁詞箋注繫於東歸後作。

【箋注】

〔一〕房櫳：窗櫺。漢書外戚傳：「廣室陰兮帷幄暗，房櫳虚兮風泠泠。」顔師古注：「櫳，疏檻也。」愔愔：幽深静寂貌。

〔二〕蘭亭：指王羲之蘭亭序帖。

〔三〕海南沉：海南出産的沉水香。南史夷貊傳：「沉木香者，土人斫斷，積以歲年，朽爛而心節獨在，置水中則沉，故名曰沉香。」范成大桂海虞衡志：「沉水香，上品，出海南黎峒。」

戀繡衾

不惜貂裘換釣篷〔一〕，嗟時人、誰識放翁。歸櫂借、樵風穩〔二〕，數聲聞、林外暮鍾。

幽棲莫笑蝸廬小〔三〕，有雲山、煙水萬重。半世向、丹青看，喜如今、身在畫中。

【題解】

本文爲陸游所作的隱逸詞，調寄戀繡衾。

本文放翁詞箋注繫於東歸後作。

【箋注】

〔一〕貂裘：指邊塞戎裝。本卷訴衷情：「關河夢斷何處，塵暗舊貂裘。」釣篷：垂釣避雨的斗篷。

〔二〕樵風：指順風，好風。典出後漢書鄭弘傳「鄭弘字巨君，會稽山陰人也」，李賢注：「孔靈符會稽記曰：『射的山南有白鶴山，此鶴爲仙人取箭。漢太尉鄭弘嘗采薪，得一遺箭，頃有人覓，弘還之。問何所欲，弘識其神人也，曰：「常患若邪溪載薪爲難，願旦南風，暮北風。」後果然。故若邪溪風至今猶然呼爲「鄭公風」也。』」宋之問遊禹穴回出若耶：「歸舟何慮晚，日暮使樵風。」

〔三〕蝸廬：亦稱蝸牛廬。泛指簡陋房舍，用爲自己居處的謙稱。語本三國志管寧傳「尺牘之迹，動見楷模焉」，裴松之注引魚豢魏略：「先等作圜舍，形如蝸牛蔽，故謂之蝸牛廬。」錢起玉山東溪題李叟屋壁：「野老採薇暇，蝸廬招客幽。」

其二

無方能駐臉上紅，笑浮生、擾擾夢中〔一〕。平地是、沖霄路〔二〕，又何勞、千日用功。　飄然再過蓮峰下〔三〕，亂雲深、吹下暮鍾。訪舊隱、依然在，但鶴巢、時有墮松〔四〕。

【題解】

本文爲陸游所作的隱逸詞，調寄戀繡衾。

本文放翁詞箋注繫於東歸後作。

【箋注】

〔一〕擾擾，紛亂貌。國語晉語六：「唯有諸侯，故擾擾焉。凡諸侯，難之本也。」

〔二〕沖霄：比喻獲取功名。王定保唐摭言卷二：「天府之盛，神州之雄，選才以百數爲名，等列以十人爲首，起自開元、天寶、大曆、建中之年，得之者摶躍雲衢，階梯蘭省，即六月沖霄之漸也。」

〔三〕蓮峰：指華山蓮花峰。參見卷四九好事近其十二注〔一〕。

〔四〕舊隱：舊時隱居處。鶴巢：隱者居室。

風入松

十年裘馬錦江濱，酒隱紅塵〔一〕。萬金選勝鶯花海〔二〕，倚疏狂、驅使青春。吹笛魚龍盡出〔三〕，題詩風月俱新。自憐華髮滿紗巾，猶是官身。鳳樓常記當年語，問浮名、何似身親〔四〕。欲寄吴牋説與，這回真個閒人〔五〕。

【題解】

本文爲陸游所作的懷舊詞，調寄風入松。

本文放翁詞箋注繫於東歸後作。

【箋注】

〔一〕十年：陸游入蜀前後九年，此約取其數。裘馬：輕裘肥馬，形容生活豪華。論語雍也：「赤之適齊也，乘肥馬，衣輕裘。」酒隱：指不得志而寄情酒中。李白秋於敬亭送從侄耑遊廬山序：「酒隱安陸，蹉跎十年。」

〔二〕選勝鶯花海：指尋勝妓女叢。鶯花，借喻妓女。

〔三〕「吹笛」句：裴鉶傳奇江叟：「（仙師）遂謂叟曰：『子有何能？一一陳之。』叟曰：『好道，癖於吹笛。』仙師因令取笛而吹之。仙師歎曰：『子之藝至矣，但所吹者枯竹笛耳。吾今贈子玉笛，乃荆山之尤者，但如常笛吹之，三年，當召洞中龍矣。』……叟乃受教而去。後三年，方得其音律。後因之岳陽，刺史李虞館之。時大旱，叟因出笛，夜於聖善寺經樓上吹，果洞庭之渚，龍飛而出降。」

〔四〕鳳樓：指官府。身親：即親身。

〔五〕吳牋：身在吳地，故稱。真個閒人：蘇軾行香子：「不如歸去，作個閒人，對一張琴、一壺酒、一溪雲。」

真珠簾

燈前月下嬉遊處。向笙歌、錦繡叢中相遇。彼此知名，才見便論心素〔一〕。淺黛嬌蟬風調别〔二〕，最動人、時時偷顧。歸去。想閒窗深院，調絃促柱〔三〕。樂府初翻新譜。漫裁紅點翠，閒題金縷〔四〕。燕子入簾時，又一番春暮。側帽燕脂坡下過，料也記、前年崔護〔五〕。休訴。待從今須與，好花爲主。

【題解】

本文爲陸游所作的冶游詞，調寄真珠簾。

本文放翁詞箋注繫於不編年詞。

【箋注】

〔一〕心素：心意情愫。語本漢書鄒陽傳：「披心腹，見情素。」素，通「愫」。

〔二〕淺黛：黛螺淡畫之眉。　嬌蟬：女子鬢髮。　風調：品格情調。北齊書崔瞻傳：「偃弟儦，學識有才思，風調甚高。」

〔三〕調絃促柱：調節彈奏弦樂器。謝靈運燕歌行：「闢窗開幌弄秦箏，調絃促柱多哀聲。」

〔四〕裁紅點翠：比喻選擇華麗辭藻。　金縷：金縷曲。

〔五〕側帽：灑脱狀。參見卷四九定風波注〔一〕。　燕脂坡：即胭脂坡。泛指青樓妓館。蘇軾百步洪：「不學長安閭里俠，貂裘夜走胭脂坡。」題王十朋集注：「李厚曰：『胭脂坡，長安妓館坊名。』」　前年崔護：典出孟棨本事詩情感，言博陵崔護，舉進士下第，清明獨游城南。叩門求飲，見一女妖姿媚態，意屬殊厚，護顧盼而歸。來歲清明，護徑往尋之，見門鎖，題詩左扉云：「去年今日此門中，人面桃花相映紅。人面只今何處去？桃花依舊笑春風。」數日後再至，女父告之，女已殉情絶食而死。護痛哭牀前而使女復活，父遂以女歸之。

風流子 一名内家嬌

佳人多命薄，初心慕、德耀嫁梁鴻〔一〕。記緑窗睡起，静吟閒詠，句翻離合，格變玲瓏〔二〕。更乘興，素紈留戲墨，纖玉撫孤桐〔三〕。蟾滴夜寒，水浮微凍，鳳牋春麗，花砑輕紅〔四〕。　人生誰能料，堪悲處、身落柳陌花叢〔五〕。空羨畫堂鸚鵡，深閉金籠。向寶鏡鸞釵，臨妝常晚，繡茵牙版〔六〕，催舞還慵。腸斷市橋月笛，燈院霜鍾。

【題解】

本文爲陸游所作的贈妓詞，調寄風流子。

本文放翁詞箋注繫於不編年詞。

【箋注】

〔一〕佳人多命薄：歐陽修再和明妃曲：「紅顔勝人多薄命，莫怨春風當自嗟。」德耀嫁梁鴻：後漢書梁鴻傳：「梁鴻字伯鸞……同縣孟氏有女，狀肥醜而黑，力舉石臼，擇對不嫁，至年三十。父母問其故，女曰：『欲得賢如梁伯鸞者。』鴻聞而聘之。……字之曰德曜，名孟光。」耀同「曜」。

〔二〕離合：一種拆開字形合成詩句的雜體詩。文心雕龍明詩：「離合之發，則萌於圖讖。」玲瓏：一種樂章格式。張端義貴耳集卷上：「自宣政間，周美成、柳耆卿輩出，自製樂章，有曰側犯、尾犯、花犯、玲瓏四犯。」

〔三〕素紈：白色細絹。戲墨：即戲筆。隨意創作的書畫，惠洪題墨梅山水圖：「華光老人，眼中閣烟雨，胸次有丘壑，故戲筆和墨，即江湖雲石之趣，便足春色，不可收蓄也。」纖玉：指美女之手。孤桐：琴的代稱。

〔四〕蟾滴：形如蟾蜍的書滴。西京雜記卷六：「晉靈公冢甚瑰壯……其餘器物皆朽爛不可別，惟玉蟾蜍一枚，大如拳，腹空，容五合水，光潤如新，王取以爲書滴。」書滴：儲水供磨墨所用水盂。鳳牋：鳳尾箋，用作牋紙的精細絲織品。陸龜蒙説鳳尾諾：「鳳尾箋，當番薄縷輕，其製作精妙靡麗，而非牢固者也。」花研：花形的壓印。

〔五〕柳陌花叢：指妓院聚集之處。

〔六〕牙版：歌唱時按節奏的象牙拍板。錢易南部新書卷九：「臨安出紙，紙徑短，色黄，狀如牙版。」

雙頭蓮

風卷征塵，堪歎處、青驄正摇金轡〔一〕。客襟貯淚。漫萬點如血〔二〕，憑誰持寄。

佇想豔態幽情，壓江南佳麗〔三〕。春正媚。怎忍長亭，匆匆頓分連理〔四〕。目斷淡日平蕪，煙濃樹遠，微茫如薺〔五〕。悲歡夢裏。奈倦客、又是關河千里。最苦唱徹驪歌，重遲留無計〔六〕。何限事。待與丁寧，行時已醉。

【題解】

本文爲陸游爲所作的離别詞，調寄雙頭蓮。

本文放翁詞箋注繫於不編年詞。

【箋注】

〔一〕青驄：青白雜色之駿馬。古詩爲焦仲卿妻作：「躑躅青驄馬，流蘇金縷鞍。」金轡：金飾的馬韁。

〔二〕萬點：指花海。杜甫曲江二首其一：「一片花飛減却春，風飄萬點正愁人。」

〔三〕江南佳麗：謝朓入朝曲：「江南佳麗地，金陵帝王州。」

〔四〕連理：比喻男女歡愛。白居易長恨歌：「在天願爲比翼鳥，在地願爲連理枝。」

〔五〕「煙濃」二句：孟浩然秋登蘭山寄張五：「天邊樹若薺，江畔舟如月。」薺，薺菜。

〔六〕驪歌：告别之歌。漢書王式傳：「博士江公世爲魯詩宗，至江公著孝經説，心嫉式，謂歌吹諸生曰：『歌驪駒。』」顔師古注：「服虔曰：『逸詩篇名也。見大戴禮。客欲去，歌之。』文穎曰：『其辭云「驪駒在門，僕夫具存；驪駒在路，僕夫整駕」也。』」遲留：逗留。王充論衡狀留：「賢儒遲留，皆有狀故。」

鷓鴣天

杖屨尋春苦未遲，洛城櫻筍正當時〔一〕。三千界外歸初到，五百年前事總知〔二〕。　吹玉笛，渡清伊，相逢休問姓名誰。小車處士深衣叟，曾是天津共賦詩〔三〕。

【題解】

本文爲陸游所作的感懷詞，調寄鷓鴣天。

本文放翁詞箋注繫於淳熙十六年春陸游在禮部郎中任上。

【箋注】

〔一〕櫻筍：櫻桃和春筍。歲時廣記卷二一：「唐輦下歲時記：『四月十五日，自堂厨至百司厨，通謂之櫻筍厨。』又韓偓櫻桃詩注云：『秦中以三月爲櫻筍時。』」

〔二〕三千界：即三千大千世界。佛教稱以須彌山爲中心，周圍環繞四大洲及九山八海，稱爲一小世界，合一千小世界爲小千世界，合一千小千世界爲中千世界，合一千中千世界爲大千世界，總稱三千大千世界，是爲一佛國。「五百年」句：薊子訓爲神仙，東漢時到洛陽公卿家飲啖終日不盡。有百歲公稱，小兒時見訓賣藥會稽市，顔色即如此。後正始中有人在長安東霸城，見訓與一老人共摩挲銅人，相謂曰：「適見鑄此，已近五百歲矣。」見者呼「薊先生少住」，走馬不及。事見干寶搜神記卷一。

〔三〕小車處士深衣叟：指司馬光和邵雍。宋史邵雍傳：「（雍）春秋時出游城中，風雨常不出，出則乘小車，一人挽之，惟意所適。」邵氏聞見録卷一八：「公（司馬光）一日登崇德閣，約康節（邵雍）久未至，有詩曰：『淡日濃雲合復開，碧伊清洛遠縈回。林間高閣望已久，花外小車猶未來。』」又卷一九：「司馬温公依禮記作深衣、冠簪、幅巾、縉帶。每出，朝服乘馬，用皮匣貯深衣隨其後，入獨樂園則衣之。常謂康節曰：『先生可衣此乎？』康節曰：『某爲今人，當服今時之衣。』温公歎其言合理。」天津：指天津橋，在洛陽西南洛水上，邵雍宅於橋南。

蝶戀花

禹廟蘭亭今古路〔一〕。一夜清霜，染盡湖邊樹。鸚鵡杯深君莫訴〔二〕，他時相遇知何處。　冉冉年華留不住。鏡裏朱顔，畢竟消磨去。一句丁寧君記取①，神仙須是閒人做。

【題解】

本文爲陸游爲所作的隱逸詞，調寄蝶戀花。

本文放翁詞箋注繫於東歸後作。

【校記】

①「一句丁」及上句「去」字，原漫漶不清，據弘治本、正德本、汲古閣本補。

【箋注】

〔一〕「禹廟」句：詩稿卷四九書喜：「家居禹廟蘭亭路，詩在林逋魏野間。」

〔二〕鸚鵡杯：用鸚鵡螺製成的酒杯。薛道衡和許給事善心戲場轉韻詩：「共酌瓊酥酒，同傾鸚鵡杯。」訴：指辭酒。

渭南集外文箋校

説明

陸游於渭南文集以外所撰之文，宋末即有王理得陸渭南遺文進行輯録（見戴表元題陸渭南遺文抄後），可惜不傳。後代續有輯録，主要有明人毛晉放翁逸稿（汲古閣本）、今人孔凡禮陸游佚著輯存（中華書局一九七六年版陸游集第五册附録）、曾棗莊、劉琳主編全宋文（上海辭書出版社、安徽教育出版社二〇〇六年版全宋文第二二二至二二三册）等數種。兹將諸家輯得之文，匯爲一卷，并依賦、啓、書劄、序、記、銘、題跋諸體排列，逐篇注明出處，亦依本書體例編年箋注。殘篇斷句概不收入。詞體不作輯補。

賦

禹廟賦

世傳禹治水，得玄女之符〔一〕。予從鄉人以莫春祭禹廟，裴回於庭，思禹之功，而歎世之妄，稽首作賦〔二〕。其辭曰：

嗚呼！在昔鴻水之爲害也，浮乾端，浸坤軸，裂水石，卷草木，方洋徐行，瀰漫平陸，浩浩蕩蕩，奔放洄洑〔三〕。生者寄丘阜，死者葬魚腹，蛇龍驕横，鬼神夜哭。其來也組練百萬〔四〕，鐵壁千仞，日月無色，山嶽俱震。大堤堅防，攻齕立盡，方舟利楫，辟易莫進〔五〕。勢極而折，千里一瞬。莽乎蒼蒼，繼以饑饉。於是舜謀於庭，堯咨於朝，窘羲和，憂皋陶，伯夷莫施於典禮，后夔何假乎簫韶〔六〕？禹於是時，惶然孤臣，耳目手足，亦均乎人。張天維於已絶，極救命於將湮，九土以奠，百穀以陳〔七〕。阡陌鱗鱗，原隰畇畇，仰事俯育，熙熙終身〔八〕。凡人之類至於今不泯者，禹之勤也。

孟子曰：「禹之行水也，行其所無事也〔九〕。」天以水之横流，浩莫之止，而聽其自行，則冒汝之害，不可治已。於傳有之，禹手胼而足胝，宫卑而食菲①，娶塗山而遂去家②，不暇視其呱泣之子，則其勤勞亦至矣〔一〇〕。然則孟子謂之「行其所無事」，何也？曰：世以己治水，而禹以水治水也。以己治水者，己與水交戰，決東而西溢，堤南而北圮，治於此而彼敗，紛萬緒之俱起，則溝澮可以殺人，濤瀾作於平地〔一一〕。此鯀之所以殛死也。以水治水者，内不見己，外不見水，惟理之視。避其怒，導其駛，引之爲江爲河爲濟爲淮，匯之爲潭爲淵爲沼爲沚。蓋滀於性之所安〔一二〕，而行乎勢之不得已。方其懷山襄陵〔一三〕，駕空滔天，而吾以見其有安行地中之理矣。

雖然，豈惟水哉，禹之服三苗〔一四〕，蓋有得乎此矣。使禹有勝苗之心，則苗亦悖然有不服之意。流血漂杵，方自此始，其能格之干羽之間、談笑之際耶〔一五〕？夫人之喜怒憂樂，始生而具。治水而不憂，伐苗而不怒，此禹之所以爲禹也。禹不可得而見之矣，惟澹然忘我、超然爲物者，其殆庶乎。（毛晉放翁逸稿上）

【題解】

禹廟，祭祀大禹的祠廟。嘉泰會稽志卷六：「禹廟在（會稽）縣東南一十二里。越絶書云：

『少康立祠於禹陵所。』梁時修廟，唯欠一梁，俄風雨大至，湖中得一木，取以爲梁，即梅梁也。夜或大雷雨，梁輒失去，比復歸，水草被其上，人以爲神。縻以大鐵繩，然猶時一失之。政和四年，敕即廟爲道士觀，賜額曰告成。禹陵舊在廟傍，今不知所在，獨有當時窆石尚存，高丈許，狀如秤權。廟東廡祭嗣王啓，而越王句踐亦祭别室。鏡湖在廟之下，爲放生池。臨池有咸若亭，又有明遠閣、懷勤亭。懷勤，取建炎御製詩『登堂望稽嶺，懷哉夏禹勤』之句。」本文爲陸游祭祀禹廟時所作的賦，「思禹之功，而歎世之妄」。

本文據文意，或年少時作於山陰。

【校記】

①「宫」，原作「官」，據四庫全書本放翁逸稿（下簡稱四庫本）改。

②「家」，原作「腎」，據四庫本改。

【箋注】

〔一〕禹治水：山海經海内經：「洪水滔天，鯀竊帝之息壤以堙洪水，不待帝命。帝令祝融殺鯀於羽郊。鯀復生禹，帝乃命禹卒布土以定九州。」漢書顔師古注引淮南子：「禹治洪水，通轘轅山，化爲熊。謂塗山氏曰：『欲餉，聞鼓聲乃來。』禹跳石，誤中鼓，塗山氏往，見禹方坐熊，慚而去。至嵩高山下，化爲石，方生啓。禹曰：『歸我子！』石破北方而啓生。」玄女：亦稱九天玄女，傳説中的神女，曾授黄帝兵法，以制服蚩尤。史記五帝本紀「蚩尤最爲暴」，裴駰集解引龍魚河圖：「天遣玄女下授黄帝兵信神符，制伏蚩尤。」玄女似與禹治水無關，僅爲傳説。

〔二〕稽首：叩頭至地的跪拜大禮。儀禮覲禮：「王受之玉。侯氏降階，東北面再拜稽首。」

〔三〕鴻水：洪水，大水。韓非子飾邪：「昔者舜使吏決鴻水，先令有功而舜殺之。」乾端：指天之頭，天際。坤軸：指地之軸。張華博物志：「地下有四柱，四柱廣十萬里，地有三千六百軸，犬牙相舉。」方洋：亦作「方羊」，即彷徉，徘徊。左傳哀公十七年：「如魚竀尾，衡流而方羊。」楊伯峻注：「方羊，即楚辭招魂『彷徉無所倚』之『彷徉』。横流而方羊，言其不自安也。」洄洑：水流湍急回旋。

〔四〕組練：指將士的衣甲服裝。左傳襄公三年：「（楚子重）使鄧廖帥組甲三百、被練三千，以侵吴。」孔穎達疏引賈逵曰：「組甲，以組綴甲，車士服之；被練，帛也，以帛綴甲，步卒服之。」

〔五〕攻齕：攻擊吞蝕。方舟：兩船相并。莊子山木：「方舟而濟於河，有虚船來觸舟，雖有惼心之人，不怒。」成玄英注：「兩舟相并曰方舟。」利楫：好的划船工具。辟易：退避。史記項羽本紀：「是時，赤泉侯爲騎將，追項王。項王瞋目而叱之，赤泉侯人馬俱驚，辟易數里。」

〔六〕羲和：羲氏與和氏並稱。相傳堯曾命羲仲、羲叔與和仲、和叔兩對兄弟分駐四方，觀天象，製曆法。書堯典：「乃命羲和，欽若昊天，曆象日月星辰，敬授人時。」皋陶：相傳舜時的司法官。書舜典：「帝曰：『臯陶，蠻夷猾夏，寇賊奸宄，汝作士。』」伯夷：舜之臣，掌禮儀，爲齊太公祖先。書舜典：「帝曰：『咨！四岳。有能典朕三禮？』僉曰：『伯夷。』」孔安國傳：「伯夷，臣名，姜姓。」后夔：相傳爲舜掌樂之官。文選張衡東京賦：「伯夷起而相儀，后夔坐而爲工。」薛綜注：「后夔，舜臣，掌樂之官。」簫韶：舜樂名。書益稷：「簫韶九成，鳳皇來儀。」

〔七〕天維：天之綱維。文選張衡西京賦：「爾乃振天維，衍地絡。」薛綜注：「維，綱也；絡，網也。謂其大如天地矣。」九土：九州之土地。國語魯語上：「共工氏之伯九有也，其子曰后土，能平九土。」韋昭注：「九土，九州之土也。」奠：定。

〔八〕阡陌鱗鱗：田壟如魚鱗排列。原隰畇畇：原野得到開墾。詩小雅信南山：「畇畇原隰，曾孫田之。」毛傳：「畇畇，墾闢貌。」馬瑞辰通釋：「畇畇，田已均治之貌，故傳訓爲墾闢貌。」仰事俯育：亦作仰事俯畜，指對上侍奉父母，對下養育妻兒。語本孟子梁惠王上：「是故明君制民之産，必使仰足以事父母，俯足以畜妻子。」熙熙：和樂貌。老子：「衆人熙熙，如享太牢，如春登臺。」

〔九〕「孟子曰」三句：語出孟子離婁下。趙岐注：「禹之用智，決江疏河，因水之性，因地之宜，引之就下，行其空虚無事之處。」

〔一〇〕「於傳有之」六句：書益稷：「予創若時，娶於塗山，辛壬癸甲，啓呱呱而泣。予弗子，惟荒度土功。」史記夏本紀：「禹傷先人父鯀功之不成受誅，乃勞身焦思，居外十三年，過家門不敢入。薄衣食，致孝於鬼神；卑宮室，致費於溝減。」史記李斯列傳：「禹鑿龍門，通大夏，疏九河，曲九防……手足胼胝，面目黧黑。」手胼足胝，手足生繭，極言勞苦。越絶書卷八：「塗山者，禹所娶妻之山也，去縣五十里。」

〔一〕圮：塌壞。溝澮：泛指田間水渠。孟子離婁下：「苟爲無本，七八月之間雨集，溝澮皆盈。」濤瀾：波瀾。

〔二〕滀：積聚。

〔三〕懷山襄陵：指洪水奔騰洶湧溢上山陵。書堯典：「湯湯洪水方割，蕩蕩懷山襄陵，浩浩滔天。」蔡沈集傳：「懷，包其四面也。襄，駕出其上也。」

〔四〕禹之服三苗：書大禹謨：「三旬，苗民逆命。益贊于禹曰：『惟德動天，無遠弗屆。滿招損，謙受益，時乃天道。帝初于歷山，往于田，日號泣于旻天，于父母，負罪引慝。祇載見瞽叟，夔夔齋栗，瞽亦允若。至諴感神，矧茲有苗。』禹拜，昌言曰：『俞！』班師振旅。帝乃誕敷文德，舞干羽於兩階，七旬，有苗格。」史記五帝本紀：「三苗在江淮、荆州數爲亂。」張守節正義：「吳起曰：『三苗之國，左洞庭而右彭蠡。』……以天子在北，故洞庭在西爲左，彭蠡在東爲右。今江州、鄂州、岳州，三苗之地也。」

〔五〕流血漂杵：血流成河，能漂起木杵。書武成：「受率其旅若林，會于牧野，罔有敵于我師，前徒倒戈，攻于後以北，血流漂杵。」孔傳：「血流漂舂杵，甚之言也。」格：抵禦。干羽：古代舞者所執舞具，武舞執干，文舞執羽。比喻文德教化。

虎節門觀雨賦

南方既秋兮暑弗歸，老火干時兮秋金微〔一〕。赫赫炎炎兮炮烙之威〔二〕，赤雲如山兮其高巍巍。陽烏三足兮中天流輝，吴牛喘卧兮海鳥勸飛〔三〕。水泉枯竭兮桔橰息機〔四〕，禾欲茂而槁死兮婦泣而子欷。曾纖絺之不御兮如被裘衣〔五〕，吾一夕而三起兮汗如寫其屢揮〔六〕，昏然投牀兮飲饑蚊之方飢。

倏清風之颯來兮視庭日其蒼蒼，乃命吾駕兮登古城以徜徉〔七〕。雲興東山兮瀰漫八荒〔八〕，披吾襟而脱吾帽兮受萬里之涼。雨勢飄忽兮其陣堂堂，甚鋭且整兮遇者辟易而莫當。翻江倒海兮沃除驕陽，天地晦冥兮日月翳光〔九〕。如天戰之初酣兮壯士顔行，飛白羽之箭兮攢緑沉之槍〔一〇〕。既散復合兮奇正靡常，乘高督戰兮吾氣甚揚。俄霶霈之霽止兮煙斂雲藏，海山呈嫵兮天水蒼茫〔一一〕。泉流泱泱兮塵清土香，草木蘇醒兮興起仆僵。農夫起舞兮歲以大穰①，九衢行歌兮厥聲洋洋〔一二〕。又如既勝兮厎定一方，氛翳廓清兮寇戎披攘〔一三〕。岡巒靡迤兮亭障騫翔，奏凱而歸兮竹帛煒煌〔一四〕。

嗟夫！世有絶景，然後發馳騁怪偉之辭〔一五〕；士有奇志，然後悟超絶詭特之觀〔一六〕。昔人文章之妙兮，固與造化者同夫一端。風霆之奔掣兮震薄九闕〔一七〕，追寫以筆墨兮固知其難。彼黄塵赤日兮車馬衣冠，得斯賦而讀之兮亦足以發胸中之高寒也〔一八〕。（毛晉放翁逸稿上）

【題解】

虎節門，福州子城南門。淳熙三山志卷四：「虎節門，雙門。祥符九年，嚴侍御辟疆新而名之。嘉祐四年，元給事絳重作。熙寧二年修。政和六年，黄尚書裳重修。」本文爲陸游登福州虎節門觀雨所作的賦，摹寫雨勢之奇偉，抒發胸中之高寒。

本文據文意，作於紹興二十九年（一一五九）秋。時陸游在福州決曹任上。

【校記】

①「農夫」，原作「晨夫」，據四庫本改。

【箋注】

〔一〕老火：指烈日。楊萬里立秋日聞蟬：「老火薫人欲破頭，喚秋不到得人愁。」干時：違反時勢。慎子威德：「故欲不得干時，愛不得犯法。」秋金：即金秋，指秋季。

〔二〕赫赫炎炎：熱盛貌。詩大雅雲漢：「旱既太甚，則不可沮，赫赫炎炎，云我無所。」炮烙：相傳爲殷紂王所用之酷刑。荀子議兵：「紂刳比干，囚箕子，爲炮烙刑。」史記殷本紀「有炮烙之法」，裴駰集解引列女傳：「膏銅柱，下加之炭，令有罪者行焉，輒墮炭中。妲己笑，名曰炮烙之刑。」此比喻酷熱。

〔三〕陽烏：神話中太陽内的三足烏。文選左思蜀都賦：「羲和假道於峻岐，陽烏回翼乎高標。」李善注：「春秋元命包曰：『陽成於三，故日中有三足烏。』烏者，陽精。」中天：當空。杜甫後出塞：「中天懸明月，令嚴夜寂寥。」吴牛喘臥：吴地之牛畏熱而氣喘。太平御覽卷四引應劭風俗通：「吴牛望見月則喘，使之苦於日，見月怖，喘矣。」形容酷熱難當。

〔四〕桔槔：在井架上設杠桿用於汲水的工具。莊子天運：「且子獨不見夫桔槔者乎？引之則俯，捨之則仰。」息機：停止運轉。

〔五〕纖絺：細葛布衣。潘岳秋興賦：「于是乃屏輕箑，釋纖絺。」不御：不穿。

〔六〕寫：同「瀉」。

〔七〕颯來：宋玉風賦：「楚襄王遊於蘭臺之宫，宋玉、景差侍。有風颯然而至，王乃披襟而當之，曰：『快哉此風！』」蒼蒼：此指灰白色。徜徉：盤旋往返。淮南子人間訓：「翱翔乎忽荒之上，徜徉乎虹蜺之間。」

〔八〕八荒：八方荒遠之地。漢書項籍傳贊：「并吞八荒之心。」顔師古注：「八荒，八方荒忽極遠之地也。」

〔九〕辟易：退避。　沃除：蕩滌去除。　翳光：蔽光。

〔一〇〕顔行：前行。管子輕重甲：「若此，則士争前戰爲顔行。」漢書嚴助傳：「以逆執事之顔行。」顔師古注引文穎曰：「顔行猶雁行，在前行，故曰顔也。」　白羽之箭：尾部裝有白翎的箭。北史突厥傳：「（隋煬帝）取桃竹白羽箭一枚以賜射匱，因謂之曰：『此事宜速，使急如箭也。』」　緑沉之槍：以緑色爲裝飾之槍。老學庵筆記卷四：「王逸少筆經曰：『有人以緑沉漆竹管及鏤管見遺。』老杜所謂『苔卧緑沉槍』，蓋謂是也。」吴曾能改齋漫録卷四：「趙德麟侯鯖録云：『緑沉事人多不知。老杜云：「雨抛金鎖甲，苔卧緑沉槍。」又皮日休新竹詩云：「一架三百本，緑沉森冥冥。」始知竹名矣。』……余嘗考其詳。北史：『隋文帝賜大淵緑沉槍甲獸文具裝。』武庫賦曰：『緑沉之槍。』由是言之，蓋槍用緑沉飾之耳，以此得名。如弩稱黄間，則以黄爲飾；槍稱緑沉，則以緑爲飾。」

〔一一〕霶霈：大雨。焦贛易林巽之離：「隱隱大雷，霶霈爲雨。」　霽止：指雨停天晴。後漢書陳忠傳：「常雨大水，必當霽止。」　嫵：嫵媚，美好。

〔一二〕大穰：大豐收。　九衢：縱横交錯的大道。楚辭天問：「靡蓱九衢，枲華安居？」王逸注：「九交道曰衢。」

〔一三〕底定：平定。書禹貢：「三江既入，震澤底定。」蔡沈集傳：「底定者，言底於定而不震蕩也。」氛翳：陰霾之氣。李白答高山人兼呈權顧二侯：「應運生夔龍，開元掃氛翳。」披攘：披靡，潰敗。文選曹植責躬詩：「朱旗所拂，九土披攘。」吕向注：「披攘，猶披靡也。」

〔一四〕亭障：邊塞的堡壘。尉繚子守權：「凡守者，進不郭圉，退不亭障以禦戰，非善者也。」騫翔：飛翔。煒煌：輝煌。

〔一五〕怪偉：奇特壯美。

〔一六〕詭特：詭異奇特。柳宗元晉問：「惟良工之指顧，叢臺、阿房、長樂、未央、建章、昭陽之隆麗詭特，皆是之自出。」

〔一七〕九關：九重天門。楚辭招魂：「魂兮歸來，君無上天些；虎豹九關，啄害下人些。」王逸注：「言天門凡有九重，使神虎豹執其關閉。」

〔一八〕高寒：胸懷闊大清峻。

紅梔子華賦

余讀五嶽之書，始知蜀之青城〔一〕。歲癸巳之仲冬，天畀予以此行〔二〕。極山中之奇觀，乃税駕乎雲扃〔三〕。酌瀑泉之甘寒，味芝术之芳馨〔四〕。濯肺肝之塵土，凛毛骨其淒清。乃步空翠之間〔五〕，而聽風松之聲。睹一童子，衿佩青青，手持異華，六出其英〔六〕。以爲薝蔔則色丹〔七〕，蓋莫得而强名。方就視而愛歎，已絶馳而莫及。忽矯首而清嘯〔八〕，猶舉袂而長揖。援修蔓而上騰，擘峭壁而遽入。敬變滅於轉盼，久惝怳而佇立〔九〕。有老道士，笑而語予：人皆可以得道，求諸己而有餘。顧舍是而外慕，宜見欺於猿狙〔一〇〕。嗟予好學而昧道〔一一〕，有書而無師。雖粗遠於聲利，實未免夫喜奇。請書先生之言，用爲終身之規。（毛晉放翁逸稿上）

【題解】

紅梔子華，即紅梔子花。梔子爲常緑灌木，枝葉繁茂，單葉對生或三葉輪生，葉片倒卵形，革質，翠緑有光澤。春夏多開白花，香氣濃烈，可供觀賞，以開紅色花爲奇。景焕野人閒話載：「蜀主昇平，嘗理園苑，異花芳草，畢集其間。一日，有青城山客申迅入内，進花兩粒曰：『紅梔子花種，賤臣知聖上理苑囿，輒進名花兩樹，以助佳趣。』賜予束帛，携至朝市，散於貧人，遂不知去處。宣令内園子種之，不覺成樹，兩載其葉婆娑，則梔子花矣。其花爛紅六出，其香襲人。蜀主甚愛重之，或令圖寫於團扇，或繡入於衣服，或以熟葦、或以絹素鵝毛作爲首飾，謂之紅梔子花。及結實成梔子，則顆大於常者，用染素則成赭紅色，甚妍翠，其時大爲貴重。」張唐英蜀檮杌前蜀後主：「十月，召百官宴芳林園，賞紅梔子花。此花青城山中進三粒子種之而成，其花六出而紅，清香如梅，當時最重之。」陸游於乾道九年夏攝知嘉州事，十一月再游青城山。本文爲陸游爲紅梔子花所作的賦，説明「得道求諸己」之理。

本文據文首自署，作於乾道九年（一一七三）冬。時陸游在攝知嘉州事任上。

【箋注】

〔一〕五嶽：此泛指名山。青城：即青城山，道教名山，在今四川都江堰。

〔二〕癸巳：即乾道九年（一一七三）。畀予：給與我。

〔三〕税駕：解駕，停宿。税，通「脱」。史記李斯列傳：「物極則衰，吾未知所税駕也。」司馬貞索隱：「税駕，猶解駕，言休息也。李斯言己今日富貴已極，然未知向後吉凶，止泊在何處也。」雲扃：指高山頂上的屋室。鮑照從登香爐峰：「羅景藹雲扃，沾光扈龍策。」錢振倫注：「雲扃，猶雲扉也。」

〔四〕芝术：藥草名。謝靈運曇隆法師誄：「茹芝术而共餌，披法言而同卷。」

〔五〕空翠：指籠罩在青翠山林的霧氣。王維山中：「山路元無雨，空翠濕人衣。」

〔六〕衿佩：指青年學子的服飾。語本詩鄭風子衿：「青青子衿，悠悠我心……青青子佩，悠悠我思。」毛傳：「佩，佩玉也。士佩瓀珉而青組綬。」異華：即異花。六出其英：指一花生六瓣。任昉述異記卷上：「東海郡尉于台有杏一株，花雜五色，六出，號六仙人杏。」英，即花。

〔七〕薝蔔，梵語音譯，即鬱金花。盧綸送静居法師：「薝蔔名花飄不斷，醍醐法味灑何濃。」

〔八〕矯首：昂首，擡頭。杜甫又上後園山脚：「窮秋立日觀，矯首望八荒。」清嘯：嘯鳴清越悠長。晉書劉琨傳：「琨乃乘月登樓清嘯。」

〔九〕變滅：變化幻滅。蘇軾答廖明略書其一：「老朽欲屏歸田里，猶或得見，蜂蟻之微，尋以變滅，終不足道。」轉盼：轉眼，指時間短促。蘇軾徐大正閒軒：「君如汗血駒，轉盼略燕楚。」惝怳：惆悵。楚辭遠游：「步徙倚而遥思兮，怊惝怳而乖懷。」

〔一〇〕外慕：即他求，别有所好。宋書雷次宗傳：「于時師友淵源，務訓弘道，外慕等夷，内懷悱發。」見欺於猿狙：事見吴越春秋卷九：「越有處女，出於南林，國人稱善。……越王乃使使聘之，問以劍戟之術。處女將北見於王，道逢一翁，自稱曰袁公，問於處女：『吾聞子善劍，願一見之。』女曰：『妾不敢有所隱，惟公試之。』於是袁公即拔箖箊竹，竹枝上枯槁，末折墮地，女即捷末。袁公操其本而刺處女，處女應即入之，三入，因舉杖擊袁公。袁公則飛上樹，變爲白猿。」

〔一一〕昧道：指不懂道理。王安石謝林肇長官啓：「學焉昧道，仕則曠官。」

豐城劍賦 過豐城縣作

在晉太康〔一〕，觀星者曰：「夕有異氣，見於牛、斗之躔〔二〕。」時方伐吴，或曰：

「吴未可平，彼方得天。」獨張華之博識〔三〕，排是説之不然。迨孫皓之銜璧，氣益著而不騫〔四〕。於是雷焕附華之説曰：「是寳劍之精，維太阿與龍泉〔五〕。卒之劚獲於豐城之獄，變化於延平之川〔六〕。」世皆以爲是矣。

千載之後，有陸子者，喟其永歎〔七〕。夫占天知人，本以考驗治忽，卜運祚之促延〔八〕。彼區區之二劍，曾何與於上玄〔九〕？若吴亡而氣猶見，其應晉之南遷。有識已悲宗廟之丘墟，與河洛之腥羶矣〔一〇〕。華不此之是懼，方飾智而怙權〔一一〕。嗚呼！負重名，位大吏，俯仰群枉之間，禍敗不可以旋踵，而顧自謂優遊以窮年〔一二〕。夫九鼎不能保東周之存〔一三〕，則二劍豈能救西晉之顛乎！使華開大公，進衆賢，徙南風於長門，投賈謐於羽淵〔一四〕，則身名可以俱泰，家國可以兩全。彼三尺者，尚何足捐乎〔一五〕！焕輩非所責，予將酹卮酒〔一六〕，賦此以吊吾茂先也。（毛晉放翁逸稿上）

【題解】

豐城劍，典出藝文類聚卷六〇引雷次宗豫章記：「吴未亡，恒有紫氣見牛斗之間。張華聞雷孔章（焕）妙達緯象，乃要宿，問天文。孔章曰：『惟牛斗之間有異氣，是寳物也，精在豫章豐城。』張華遂以孔章爲豐城令，至縣，掘深二丈，得玉匣，長八尺，開之，得二劍。其夕斗牛氣不復見。孔章乃留其一匣而進之。劍至，光曜煒曄，焕若電發。後張華遇害，此劍飛入襄城水中。孔章臨亡，戒其子，恒以劍自隨。後其子爲建安從事，經淺瀨，劍忽於腰間躍出，遂視，見二龍相隨焉。」晉書張華傳載入此事并加以推衍，可參看。豐城，縣名，隸江南西路隆興府。在今江西豐城。淳熙七年十月，陸游有自撫州至豐城、高安之行。本文爲陸游過豐城時所作的賦，感慨張華飾智怙權，終致殺身之禍。

本文據題下自注，作於淳熙七年（一一八〇）十月。時陸游在提舉江西常平茶鹽公事任上。參考詩稿卷一二宿城頭鋪小飲而睡、豐城村落小憩、發豐城縣等。

【箋注】

〔一〕太康：西晉武帝年號，滅吴後改元，二八〇至二八九年。

〔二〕牛斗之躔：運行於牛宿、斗宿之間。躔，躔次，日月星辰在運行軌道上的位次。

〔三〕張華（二三二—三〇〇）：字茂先，范陽方城（今河北固安）人。歷官太常博士、佐著作郎、長史兼中書郎。入晉後遷中書令、廣武縣侯、太子少傅等。官至司空，封壯武郡公。因拒絶參與趙王倫篡位謀反被殺。以博物洽聞著稱，著有博物志。晉書卷三六有傳。

〔四〕孫皓（二四二—二八四）：字元宗。孫權之孫、孫和之子，三國吴末代皇帝。二六四年即位，二八〇年降晉，受封歸命侯。三國志卷四八有傳。銜璧：指國君投降。左傳僖公六年：「許男面縛銜璧，大夫衰絰，士輿櫬。」杜預注：「縛手於後，唯見其面，以璧爲贄，手縛故銜之。」潘岳爲賈謐作贈陸機：「僞孫銜璧，奉土歸疆。」不騫：指異氣不虧損。

〔五〕雷煥：字孔章，鄱陽（今屬江西）人。善星曆卜占。曾任豐城令。太阿與龍泉：豐城所出二劍名，見晉書張華傳。

〔六〕劚獲：掘獲。豐城之獄：晉書張華傳稱雷煥就任豐城後「掘獄屋基」得雙劍。延平之川：即延平津，晉書張華傳稱雷煥之子「持劍行經延平津，劍忽於腰間躍出墮水」。延平，縣名，晉代隸建安郡。在今福建南平。

〔七〕喟其永歎：爲之長久歎息。

〔八〕治忽：治理和怠忽。書益稷：「予欲聞六律五聲八音，在治忽，以出納五言。」孔安國傳：「言欲以六律和聲音，在察天下治理及忽怠者。」運祚：國運祚福。南史宋長沙景王道憐傳：「時齊高帝輔政，彦節知運祚將遷，密懷異圖。」促延：短長。

〔九〕上玄：上天。文選揚雄甘泉賦：「惟漢十世，將郊上玄。」李善注：「上玄，天也。」

〔一〇〕有識：有識之士。河洛：黄河和洛水之間。此指西晉。腥膻：喻入侵的外敵。太平廣記卷一九九引鄭處誨劉瑑碑：「天寶末，犬戎乘我多難，無力禦姦，遂縱腥羶，不遠京邑。」

〔一一〕飾智：裝作有智慧。管子正世：「民淫躁行私，而不從制，飾智任詐，負力而争。」怙權：專權。新唐書王正雅傳：「屬監軍怙權，乃謝病去。」

〔一二〕群枉：奸邪之衆。漢書劉向傳：「夫執狐疑之心者，來讒賊之口；持不斷之意者，開羣枉之門。讒邪進則衆賢退，羣枉盛則正士消。」顔師古注：「枉，曲也。」旋踵：轉身。指退縮躲避。商君書畫策：「是以三軍之衆，從令如流，死而不旋踵。」

〔三〕九鼎：相傳夏禹鑄九鼎，象徵九州。後用以象徵國家政權。史記封禪書：「禹收九牧之金，鑄九鼎。皆嘗亨鬺上帝鬼神。遭聖則興，鼎遷於夏商。周德衰，宋之社亡，鼎乃淪没，伏而不見。」顛：顛覆。

〔四〕「使華」四句：晉惠帝時，皇后賈南風與其外甥賈謐專權朝廷，謀害太子，最終導致趙王倫叛亂，賈氏被滅，張華、裴頠等重臣被殺。西晉陷入皇族内亂，走向滅亡。開大公，主持天下爲公。南風，即賈南風，賈充女，專權酷虐，荒淫放恣。晉書卷三一有傳。長門，漢宫名。因相傳司馬相如爲陳皇后作長門賦使其復得武帝寵幸而著名，後成爲失寵宫女所居後宫的代稱。賈謐，字長淵，賈皇后外甥。恃寵弄權，奢靡逾度。晉書卷四〇有傳。羽淵，相傳鯀死後化爲黄熊栖身之處。左傳昭公七年：「昔堯殛鯀於羽山，其神化爲黄熊，以入於羽淵。」此指殺身之地。

〔五〕捐：丢棄。

〔六〕卮酒：即杯酒。史記項羽本紀：「項王曰：『壯士，賜之卮酒。』」

焚香賦

陸子起玉局，牧新定〔一〕。至郡彌年，困於簿領，意不自得，又適病眚，厭喧嘩，事幽屏，却文移，謝造請，閉閣垂帷，自放於宴寂之境〔二〕。時則有二趾之几，兩耳之鼎，爇明窗之寶炷，消晝漏之方永〔三〕。其始也，灰厚火深，煙雖未形，而香已發聞矣〔四〕。其少進也，綿綿如鼻端之息①；其上達也，靄靄如山穴之雲。新鼻觀之異境，散天葩之奇芬〔五〕，既卷舒而縹渺，復聚散而輪囷〔六〕。傍琴書而變滅，留巾袂之氤氳〔七〕，參佛龕之夜供，異朝衣之晨熏。余方將上疏掛冠，誅茅築室，從山林之故友，娱耄耋之餘日。暴丹荔之衣，莊芳蘭之茁②〔八〕，徙秋菊之英，拾古柏之實，納之玉兔之臼，和以檜華之蜜〔九〕。掩紙帳而高枕〔一〇〕，杜荆扉而簡出，方與香而爲友，彼世俗其奚恤〔一一〕。潔我壺觴，散我籤帙〔一二〕，非獨洗京洛之風塵，亦以慰江漢之衰疾也。（毛晉放翁逸稿上）

【題解】

淳熙十四年，陸游知嚴州逾年，「困於簿領，意不自得」，焚香靜修。本文爲陸游所作的焚香之賦，抒寫了掛冠返鄉、退隱山林之志。

本文據文首自述，作於淳熙十四年（一一八七）秋，時陸游在知嚴州任上。

【校記】

①「鼻」，原作「皋」，據四庫本改。

②「莊」，四庫本作「藏」，義勝，疑是。

【箋注】

〔一〕玉局：成都玉局觀，道觀名。淳熙七年，陸游被劾罷職居家。九年，奉祠主管成都玉局觀。新定：嚴州古稱。淳熙十三年，陸游從主管玉局觀起用爲知嚴州軍州事。

〔二〕彌年：經年，逾年。簿領：官府簿册文書。後漢書南匈奴傳：「當決輕重，口白單于，無文書簿領焉。」病眚：患眼疾，今稱白内障。文移：文書，公文。造請：登門晉見。史記酷吏列傳：「公卿相造請（趙）禹，禹終不報謝，務在絶知友賓客之請，孤立行一意而已。」宴寂：佛教語。安息，寂滅。法華經化城喻品：「於佛宴寂後，宣揚助法化。」

〔三〕爇：燒。寶炷：指點燃的香。消：消磨，打發。晝漏：指白天的時間。漏，漏壺，古代計時之器。永：長。

〔四〕發聞：傳播。書吕刑：「上帝監民，罔有馨香，德刑發聞惟腥。」孔穎達疏：「苗民自謂是德刑者，發聞於外，惟乃皆是腥臭。」

〔五〕鼻觀：鼻孔，指嗅覺。詩稿卷一八登北榭：「香浮鼻觀煎茶熟，喜動眉間鍊句成。」天葩：非凡之花。韓愈醉贈張秘書：「東野動驚俗，天葩吐奇芬。」

〔六〕輪囷：盤曲貌。文選鄒陽獄中上書自明：「蟠木根柢，輪囷離奇。」李善注引張宴曰：「輪囷離奇，委曲盤戾也。」

〔七〕氤氲：濃烈的香氣。沈約芳樹：「氤氲非一香，參差多異色。」

〔八〕暴：同「曝」，曬。丹荔：呈紅色的薜荔。楚辭山鬼：「被薜荔兮帶女蘿。」莊：疑「藏」字之訛。四庫本正作「藏」。

〔九〕玉兔之臼：神話中月宫玉兔搗藥之石臼。傅咸擬天問：「月中何有？玉兔搗藥。」檜華之蜜：老學庵筆記卷二：「亳州太清宫檜至多。檜花開時，蜜蜂飛集其間，不可勝數。作蜜極香而味帶微苦，謂之檜花蜜，真奇物也。歐陽公守亳時有詩曰：『蜂採檜花村落香。』則亦不獨太清而已。」

〔一〇〕紙帳：用藤皮繭紙縫製的帳子。蘇軾自金山放船至焦山：「困眠得就紙帳暖，飽食未厭山蔬甘。」

〔一一〕恤：顧及，顧念。

〔一二〕籤帙：標籤書套。泛指書籍。陸龜蒙襲美先輩以龜蒙所獻五百言既蒙見和復示榮唱再抒鄙懷用伸酬謝：「抽書亂籤帙，酌茗煩甌犧。」

自閔賦

余有志於古兮，騁自壯歲。慕殺身以成仁兮，如自力於弘毅〔一〕。視暗室其猶康莊兮，凛昭昭之可畏。敢以不貲之身兮，差冒没於富貴〔二〕。嗟摧不自止兮草奮如翬①，余旁睨而竊怪兮抵掌戲欷〔三〕。吐狂喙之三尺兮論極涇渭，徒袚齋而潔芳兮蹈道則未〔四〕。念國中孰知我兮去而遠遊，窮三江而浮七澤兮莫維余舟〔五〕。赤甲崇崇兮白鹽酋酋，東屯之下兮清泉美疇，是可以置家兮予即而謀〔六〕。忽馳騁而北首兮道阻且悠，宕渠葭萌兮石摧車輈〔七〕。雲棧劍閣兮險名九州，遂戍散關兮北防盛秋〔八〕。登高以望兮慷慨涕流，畫策不見用兮寧鍾釜之是求〔九〕。歸過蜀而少休兮卜城南之丘，築室鑿井兮六年之留〔一〇〕。或挽而出兮遺以百憂，奚觸而忿兮起爲寇讎〔一一〕？惟節士以見疑兮趨以即死，豈摧辱之不置兮尚馳騖而弗止〔一二〕？彼賤丈夫之希世兮頑鈍無恥，雖鉗於市其猶安受兮，何有於詆訾〔一三〕。毁吾車兮殿門，逝將老於故里〔一四〕。

毛晉放翁逸稿上

【題解】

自閔，自憫，自憐。本文爲陸游所作的自憐之賦，回顧半生經歷，感慨仕途坎坷，懷才不遇，節士抱憾，決心歸隱故里。

本文據文意，亦當作於淳熙十四年（一一八七）秋，時陸游在知嚴州任上。

參考詩稿卷五九自閔。

【校記】

①「摧不自止」，原作「止不自推」，文意不明，據四庫本乙改。

【箋注】

〔一〕壯歲：壯年。　殺身以成仁：爲「仁」不惜捨棄生命。語本論語衛靈公：「志士仁人，無求生以害仁，有殺身以成仁。」　弘毅：寬宏堅毅。論語泰伯：「士不可以不弘毅，任重而道遠。」

〔二〕康莊：指康莊大道。　不貲：指貴重。漢書蓋寬饒傳：「用不訾之軀，臨不測之險，竊爲君痛之。」　差：略微。　冒没：貪圖。新唐書李夷簡傳：「京兆尹楊憑性驁倪，始爲江南觀察使，冒没於財。」

〔三〕摧：遭摧殘。　草：櫟樹之莢果。説文：「草，草斗，櫟實也。一曰象斗子。從艸早聲。」　奮如翬：振翅高飛。説文：「奮，翬也。從奞在田上。」　旁睨：仔細觀察。　抵掌：擊掌。　戲欷：歎息。

〔四〕狂喙之三尺：指人强言善辯。語本莊子徐無鬼：「丘願有喙三尺。」　論極涇渭：指議論直指事物的真僞是非。　祓齋：指潔身齋戒。史記周本紀：「周公乃祓齋，自爲質，欲代武王，武王有瘳。」　蹈道則未：未履行正道。穀梁傳隱公元年：「若隱者，可謂輕千乘之國，蹈道則未也。」范甯注：「未履居正之道。」

〔五〕三江：此指吴越水道。書禹貢：「三江既入，震澤厎定。」七澤：此指荆楚湖泊。司馬相如子虛賦：「臣聞楚有七澤，嘗見其一，未睹其餘也。」維：繫。

〔六〕赤甲：亦作赤岬。山名，在今重慶奉節東。水經注江水一：「江水又東逕赤岬城西，是公孫述所造……山甚高大，不生樹木，其石悉赤。土人云如人袒胛，故謂之赤岬山。」白鹽：山名，在今重慶奉節東。水經注江水一：「北岸山上有神淵，淵北有白鹽崖，高可千餘丈，俯臨神淵。土人見其高白，故因名之。」酋酋：高貌。杜牧洛中送冀處士東游：「壇宇寬帖帖，符彩高酋酋。」東屯：地名。在今重慶奉節。美疇：良田。以上五句指水路西赴夔州通判任。

〔七〕北首：北向。史記淮陰侯列傳：「方今爲將軍計，莫如……北首燕路。」張守節正義：「首，音狩，向也。」此指馳赴南鄭王炎幕府。宕渠：古郡名。宋代爲渠州，隸潼川府路。在今四川渠縣。葭萌：縣名。隸利州路利州。在今四川廣元。車輈：泛指車輛。

〔八〕雲棧：懸在半空的棧道。王建送李評事使蜀：「轉江雲棧細，返驛板橋新。」劍閣：即劍門關。在今四川廣元。李白蜀道難：「劍閣峥嶸而崔嵬。」散關：即大散關。在今陝西寶鷄西南。當秦嶺咽喉，扼川陝交通。防秋：西北游牧民族多趁秋高馬肥之時南侵，守軍加强防禦稱爲防秋。舊唐書陸贄傳：「又以河隴陷蕃已來，西北邊常以重兵守備，謂之防秋。」

〔九〕畫策：謀劃策略。此指陸游曾向王炎「陳進取之策，以爲經略中原，必自長安始，取長安，必自隴右始。當積粟練兵，有釁則攻，無則守」（宋史陸游傳）。詩稿卷三八三山杜門作歌其三：「畫策雖工不見用，悲吒那復從軍樂。」鍾釜：二者皆古代量器，借指微薄的俸禄。

〔一〇〕歸過蜀：指從南鄭去成都。六年之留：指陸游乾道八年末至成都，到淳熙五年春離蜀東歸，在蜀中滯留達六年。

〔一一〕「或挽」二句：指被推挽而脱離困境，但又觸怒了仇敵。挽而出，被推挽離蜀東歸。起爲寇讎，被視爲仇敵。孟子離婁下：「君之視臣如土芥，則臣視君如寇讎。」

〔一二〕節士：有節操者。韓詩外傳卷十：「吾聞之，節士不以辱生，遂奔敵，殺七十人而死。」摧辱：摧折侮辱。漢書鮑宣傳：「丞相孔光四時行園陵，官屬以令行馳道中，宣出逢之，使吏鉤止丞相掾史，没入其車馬，摧辱丞相。」

〔一三〕賤丈夫：貪鄙小人。孟子公孫丑下：「有賤丈夫焉，必求龍斷而登之，以左右望而罔市利。」趙岐注：「賤丈夫，貪人可賤者也。」希世：迎合世俗。莊子讓王：「原憲笑曰：『夫希世而行，比周而友……憲不忍爲也。』」陸德明釋文引司馬彪云：「希，望也。所行常顧世譽而動，故曰希世而行。」鉗於市：受制於利益。訿訾：毁謗。史記老子韓非列傳：「故其著書十餘萬言，大抵率寓言也。作漁夫、盜跖、胠篋，以訿訾孔子之徒，以明老子之術。」

〔一四〕毁吾車：放棄戰車，指退出與賤丈夫的争鬥。逝將：訣别之辭。詩魏風碩鼠：「逝將去汝，適彼樂土。」鄭玄箋：「逝，往也。往矣將去女，與之訣別之辭。」

思故山賦

陸子爲嚴州逾年，困於吏役，悒然不樂，日有秦、稽之思〔一〕，乃作思故山賦。其詞曰：

仲秋之杪〔二〕，木葉既落，殘暑告歸，霪雨未作。川原奇麗，天宇澄廓，風蕭蕭而未厲，日暉暉而寖薄〔三〕。陸子於是被白葛之單衣，躡青芸之雙屩，抱嶧陽之寶琴，引華亭之雛鶴〔四〕。出衡茅，度略彴，榜一葉之輕舟，凌浮天之大壑〔五〕。白鷺下渚，文魚出躍，荷蓋摧柄，竹枝隕籜〔六〕。松翳翳以藏寺，柳疏疏而帶郭。行欲盡而更睒，望若邇而逾邈〔七〕。俄而披煙霞，觀嶔崿，千峰巃嵷，萬嶂聯絡〔八〕。或聳起而鳥騫，或怒奮而獸摶，或雍容而暇豫，或峭厲而刻削，或方行而嶷立，或將前而復却〔九〕。連者如堤，斷者如筰，廣者如屋，鋭者如槊，泄雲如甑，蓄雨如橐〔一〇〕。或平如燕居之几，或壯如行軍之幕〔一一〕。或筋脈奇瘦，如夔魈之欻見；或竅穴穿空，如渾沌之初鑿〔一二〕。豈惟西壓青城，北掩紫閣，固已擅雄秀於三□，邁□里之旁礴矣〔一三〕。

【題解】

故山，舊山，比喻故鄉。本文爲陸游思念故鄉所作的賦。

本文據文首自述，作於淳熙十四年（一一八七）秋。時陸游在知嚴州任上。

參考詩稿卷一一思故山、卷五三獨立思故山。

【箋注】

〔一〕秦稽：指秦望山和會稽山，均在會稽。文選顔延之和謝監靈運：「跂予間衡嶠，曷月瞻秦稽。」

〔二〕杪：指季節的末尾。

〔三〕暉暉：日光灼熱。劉禎大暑賦：「赫赫炎炎，烈烈暉暉，若熾燎之附體，又温泉而沉肌。」

寖薄：漸漸淡薄。

〔四〕白葛：白夏布。　芸：即芸香，香草名。多年生草本。夏季開黄花，花葉香氣濃鬱。可入藥、驅蟲。　屩：草鞋。　嶧陽：嶧山南坡。其地所生梧桐可製琴。書禹貢：「羽畎夏翟，嶧陽梧桐。」孔傳：「嶧山之陽，特生桐，中琴瑟。」　華亭：地名，在今上海松江。其地出鶴。世説新語尤悔：「陸平原河橋敗，爲盧志所讒，被誅，臨刑歎曰：『欲聞華亭鶴唳，可復得乎？』」

〔五〕衡茅：衡門茅屋。指居室簡陋。陶潛辛丑歲七月赴假還江陵夜行塗口：「養真衡茅下，庶以善自名。」略彴：漢書武帝紀「初榷酒酤」，顔師古注：「榷者，步度橋，爾雅謂之石杠，今之略彴是也。」榜：摇船，划船。張協七命：「榜人奏採菱之歌。」

〔六〕文魚：鯉魚。楚辭河伯：「乘白黿兮逐文魚，與女游兮河之渚。」洪興祖補注：「陶隱居云：鯉魚形既可愛，又能神變，乃至飛越山湖，所以琴高乘之。」隕籜：剥落筍殼。

〔七〕翳翳：晦暗不明貌。帶郭：近城郭。賒：遥遠。王勃滕王閣序：「北海雖賒，扶摇可接。」望：視野。

〔八〕嶔崿：險峻的高山。嶪峨：高大巍峨。韓愈元和聖德詩：「濆鬼濛鴻，嶽祇嶪峨。」

〔九〕鳥騫：鳥兒高飛。雍容：從容不迫。暇豫：悠閒逸樂。峭厲：陡峻。方行：横行。嶷立：聳立。

〔一〇〕筰：同「筰」。竹席。槊：長矛，古代兵器。泄雲如甑：指山間飄散之雲如蒸鍋噴出的水汽。甑，古代蒸飯的瓦器，底部多孔，置於鬲上蒸煮。蓄雨如橐：指大山蓄積雨水如口袋。

〔一一〕燕居：閒居。禮記仲尼燕居：「仲尼燕居，子張、子貢、言游侍。」鄭玄注：「退朝而居曰燕居。」幕：帳篷的頂部。

〔一二〕夔：傳説中一條腿的怪物。魈：山林裏的怪物。欻見：忽然出現。渾沌：古代指世界開闢前模糊不分的狀態。王充論衡談天：「説易者云：『元氣未分，渾沌爲一。』」

〔一三〕青城：青城山，在今四川都江堰，爲道教名山。紫閣：紫閣山，在今陝西西安，爲終南名山。旁礴：同「磅礴」，氣勢盛大貌。

予乃涉淺澗之淙潺，步蒼崖之犖确，擷幽蹊之凋蘭，掇孤洲之芳若，歷市聚之鷄犬，望塔廟之丹艧〔一〕。耕壟參差，蔬畦交錯。則有野父樵童，迎揖而勞苦；道翁藥叟，一笑而相握〔二〕。拂藜牀以延坐，持黍酒而請酌〔三〕。秫饘栗餌，牛醢雉臛，陳升果蔬，調爕鹽酪〔四〕。超世俗之澆僞，有太古之簡樸〔五〕。或驚齒髮之衰殘，或喜精神之矍鑠，或譏宿志之久負，或誚浮名之奚樂。嗟餘日之幾何，將舍此而焉托？予仰而歎，俯而怍，蹴然而起謝曰〔六〕：「僕所謂自用而愚，寡要而博，貌智而中粗，類强而實弱者也〔七〕。凡子言者，敢不敬諸，請謝曩昔之過，更堅後日之約，可乎？今予年過六十，血氣已索。春憂重膇，秋畏瘴瘧。飲不醮觚，食不加勺，衣食之奉，減於市藥〔八〕。雖富貴而孰享，矧刑禍之可愕。冒平地之濤瀾，忽闖首之蛟鰐〔九〕。以吾身之至貴，就華纓而自縛。旌搖搖而靡定〔一〇〕，舟泛泛而安泊，逝將歸而即汝，尚農圃之可學。指白日以爲盟，挽天河以自濯。冀晨春之相聞，亦社酒之共醵，春原出而耦耕，秋場築而偕獲〔一一〕。僕之念歸，如寒魚之欲就箔也〔一二〕。若曰金棄於躍冶①，足刖於獻璞。

退居之言，困而後酢〔三〕。識謝獨見，機昧先覺。則敢不斂衽正容，以拜父老之罰爵〔一四〕。」（毛晉放翁逸稿上）

【校記】

①「躍治」，原作「躍治」，據四庫本改。

【箋注】

〔一〕淙潺：水流聲。蘇軾洞庭春色賦：「卧松風之瑟縮，揭春溜之淙潺。」犖确：怪石嶙峋貌。韓愈山石：「山石犖确行徑微，黄昏到寺蝙蝠飛。」芳若：芳香的杜若。説文：「若，杜若。香草。」市聚：集市。王褒僮約：「往來市聚，慎護姦偷。」丹艧：紅色的顔料。艧，同「雘」。書梓材：「若作梓材，既勤樸斫，惟其塗丹雘。」孔穎達疏：「雘是彩色之名，有青色者，有朱色者。」

〔二〕野父：村翁，農夫。南齊書傳琰傳：「兩野父争鷄，琰各問何以食，一人云粟，一人云豆。」迎揖：迎客時作揖爲禮。顔氏家訓風操：「南人賓至不迎，相見捧手而不揖……北人迎送并至門，相見則揖，皆古之道也。吾善其迎揖。」道翁：年長道士。

〔三〕藜牀：藜莖所編牀榻，簡陋的坐榻。北堂書鈔卷一三三引王粲英雄記：「向詡常坐藜牀上。」黍酒：黍米釀製的酒。詩稿卷二四老景：「黍酒時留客，菱歌或起予。」

〔四〕秫饘：高粱米粥。秫，黏高粱。饘，稠粥。　粟餌：小米糕餅。　牛醢：牛肉醬。　雉臛：野鷄羹。　陳升：陳列進奉。　調燮：調和。　鹽酪：鹽和乳酪。

〔五〕澆僞：澆薄虚僞。李闡顔府君碑：「以爲人神相與，何遠之有？但患人心澆僞，自絶於神耳。」　太古：上古，遠古。

〔六〕怍：慚愧。　蹴然：驚慚不安貌。晏子春秋諫上：「景公飲酒酣，曰：『今日願與諸大夫爲樂飲，請爲無禮。』晏子蹴然改容曰：『君之言過矣！』」

〔七〕自用：自行其是。書仲虺之誥：「能自得師者王，謂人莫己若者亡。好問則裕，自用則小。」　寡要：不知擇要。

〔八〕重腿：脚腫病。重，通「腫」。左傳成公六年：「民愁則墊隘，於是乎有沈溺重腿之疾。」杜預注：「重腿，足腫。」　癉瘧：中醫稱高熱但不寒戰的瘧疾。素問瘧論：「其但熱不寒者，陰氣先絶，陽氣獨發，則少氣煩冤，手足熱而欲嘔，名曰癉瘧。」　醮觚：即乾杯。醮，盡，酒飲盡。荀子禮論：「利爵之不醮也，成事之俎不嘗也。」楊倞注：「醮，盡也。」觚，古代飲酒器。　減於市：指少於買藥之費。

〔九〕闖首：即出頭。公羊傳哀公六年：「開之，則闖然公子陽生也。」何休注：「闖，出頭貌。」　蛟鱷：蛟龍和鱷魚。

〔一〇〕旌：心旌，心神。戰國策楚策一：「寡人卧不安席，食不甘味，心摇摇如縣旌，而無所終薄。」

〔一〕晨春：晨間春米聲。社酒：春秋祭祀土神的社日所備之酒。孟元老東京夢華録秋社：「八月秋社，各以社糕、社酒相賚送。」醵：相聚飲酒。説文：「醵，會飲酒也。」耦耕：二人並耕，泛指農事。禮記月令：「（季冬之月）命農計耦耕事，修耒耜，具田器。」

〔二〕就箔：指鑽進竹編的帘籠。

〔三〕躍冶：比喻自以爲能，急於求用。語本莊子大宗師：「今之大冶鑄金，金踴躍曰：『我且必爲鏌鋣。』大冶必以爲不祥之金。」成玄英疏：「夫洪爐大冶，熔鑄金鐵，隨器大小，悉皆爲之。而爐中之金，忽然跳躑，殷勤致請，願爲良劍，匠者驚嗟，用爲不善。」獻璞：獻玉。韓非子和氏載：楚人卞和得玉璞於楚山中，先後獻於厲王、武王，玉工辨認後均曰石也，以欺誑罪被刖兩足。文王即位，卞和抱璞哭於楚山下三日三夜，泣盡而血，文王使玉人理其璞而得寶，名爲和氏璧。困而後酢：指困窘而後知酸澀。酢，酸味。

〔四〕識謝：指見識不高。機昧：指機緣不明。斂衽正容：整飭衣襟，端正儀容，表示恭敬。戰國策楚策一：「一國之衆，見君莫不斂衽而拜，撫委而服。」罰爵：罰酒的酒器。詩小雅桑扈「兕觥其觩」，鄭玄注：「兕觥，罰爵也。古之王者與羣臣燕飲，上下無失禮者。其罰爵，徒觩然陳設而已。」

啓

賀洪樞使帥金陵啓

伏審祗奉宸綸，寵司留鑰〔一〕。龍盤虎踞，坐增形勢之雄；箕張翼舒，頓覺精神之改〔二〕。望隆根本，聲讋遐荒〔三〕。恭惟某官學貫神明，文周經緯。鍾異祥於番水，夙推命世之賢；應瑞讖於螺州，出擅濟時之輔〔四〕。早簡冕旒之眷，徑躋簪橐之班〔五〕。視草鑾坡，大手載傳於奕世；判花鳳掖，斯文咸萃於一門〔六〕。是謂儒者之至榮，卓冠本朝之盛事。既家聲之藹著，宜衆望之攸歸〔七〕。遂自北扉，進陞西府〔八〕。運籌制勝，精神折千里之衝；端委居朝，文武爲萬邦之憲。方賴謀猷之告后，遽存明哲以保身〔九〕。謝公獎慰於蒼生，難從均逸；裴度歸遊於緑野，孰與成勞〔一〇〕。果奉賜環，屢專分閫〔一一〕。帝念當途之控扼，時資舊德於鎮臨。雖眷倚之甚優，然帝綸之未究〔一二〕。爰保受釐之托，式寬憂顧之懷〔一三〕。威名肅而軍律具嚴，惠愛乎而民情胥悦。方將訓兵積粟，備萬乘之時巡；擊楫誓江，贊九重之恢復〔一四〕。深入風雲之會，大輸日月之忠。久切巖瞻，即持魁柄〔一五〕。某自愧嵬瑣，久辱眷知〔一六〕。擢第太常，誤塵衡鑑，效官偏壘，復托帲幪〔一七〕。欣聞顯册之頒，獨倍常情之喜。雖深賀厦，未遂趨隅〔一八〕。小物克勤，遠繼畢公東郊之命；膚功迄奏，願歌宣王北伐之詩〔一九〕。

（五百家播芳大全文粹卷一六）

【題解】

洪樞使，即洪遵（一一二〇—一一七四），字景嚴，饒州鄱陽（今江西波陽）人。洪皓次子，洪适弟。以父蔭入仕，紹興十二年中博學宏詞科，賜進士出身，擢秘書省正字。因父遭貶，放外州通判。秦檜死，復入爲正字，累官中書舍人、吏部侍郎等。孝宗即位，拜翰林學士承旨兼侍讀。隆興元年同知樞密院事，次年罷，提舉太平興國宫。乾道六年起知信州，徙太平州。七年六月知建康府，江東安撫使兼行宫留守。九年末拜資政殿學士，提舉洞霄宫。卒謚文安。著有泉志、翰苑羣書等。宋史卷三七三有傳。帥金陵，指洪遵乾道七年六月知建康府。本文爲陸游爲洪遵知建康府所作的賀啓。孔凡禮考證此啓非陸游作，乃許蒼舒所撰，見陸游著述辨僞，載文史第十三輯。可參看。

本文據文意，作於乾道七年（一一七一）六月。時陸游在夔州通判任上。

【箋注】

〔一〕宸綸：帝王的詔令。　留鑰：留都之鑰。指任行宫留守。

〔二〕龍盤虎踞：形容地勢雄壯險要，常指金陵。太平御覽卷一五六引吴勃吴録：「劉備曾使諸葛亮至京，因睹秣陵山阜，歎曰：『鍾山龍盤，石頭虎踞，此帝王之宅。』」　箕張翼舒：箕、翼均爲二十八宿之一。箕宿張開如簸箕，翼宿伸展如雙翼。

〔三〕聲讋遐荒：聲勢震懾邊遠荒僻之地。

〔四〕「鍾異祥」四句：指洪遵很早就在饒州家鄉成名，并登上仕途。番水，即鄱江，古稱番水。螺州，饒州山名。洪适盤洲文集賀饒州洪郎中啓：「螺州芝嶺，皆繡衣舊領之山川。」洪适、洪遵、洪邁三兄弟均中博學宏詞科，任職翰林，文名滿天下。

〔五〕冕旒之眷：指皇帝的眷顧。　簪槖之班：指近臣顧問的行列。簪槖，語本漢書趙充國傳：「安世本持槖簪筆事孝武帝數十年。」顔師古注引張晏曰：「槖，契囊也。近臣負槖簪筆，從備顧問，或有所紀也。」

〔六〕視草：指奉旨起草詔書。漢書淮南王劉安傳：「每爲報書及賜，常召司馬相如等視草乃遣。」　鑾坡：指翰林院。「大手」句：大手筆世代相傳。　判花：在文書上畫押。韋莊關山：「到處因循緣嗜酒，一生惆悵爲判花。」　鳳掖：指内宫。

〔七〕「既家聲」二句：指家聲卓著，衆望所歸。藹，繁茂。攸，爾雅：「攸，所也。」

〔八〕北扉：代指學士院。西府：代稱樞密使。

〔九〕「方賴」二句：指洪遵在樞使任上被劾，自請免職奉祠。見宋史洪遵傳。謀猷，謀劃。

〔一〇〕「謝公」四句：謝安顧念蒼生，難以長期隱逸；裴度歸隱緑野堂，誰讓其再次出山。此謂洪遵再被起用。謝公，指謝安。蒼生，謝安隱居東山，時人相與言：「安石（謝安字）不肯出，將如蒼生何？」見世説新語排調。均逸，閒散安逸。緑野，指緑野堂，裴度晚年在東都府邸建緑野堂，與白居易等名士交游。後唐文宗再請其入朝。見舊唐書裴度傳。

〔一一〕賜環：指逐臣遇赦召還。語本荀子大略：「絶人以玦，反絶以環。」楊倞注：「古者臣有罪待放於境，三年不敢去，與之環則還，與之玦則絶，皆所以見意也。」分閫：指出任將帥或封疆大吏。文心雕龍檄移：「故分閫推轂，奉辭伐罪，非惟致果爲毅，亦且厲辭爲武。」

〔一二〕眷倚：寵愛并倚重。新唐書元稹傳：「乃罷弘簡，而出稹爲工部侍郎，然眷倚不衰。」帝綸：皇帝的詔命。語本禮記緇衣：「王言如絲，其出如綸。」

〔一三〕受釐：指皇帝於祭祀後受胙肉。釐，胙，祭餘之肉。史記屈原賈生列傳：「孝文帝方受釐，坐宣室。」裴駰集解尹如淳曰：「漢唯祭天地五畤，皇帝不自行，祠還致福。」司馬貞索隱引應劭云：「釐，祭餘肉也。」憂顧：憂慮顧念。

〔一四〕時巡：指帝王按時巡狩。書周官：「又六年，王乃時巡，考制度于四岳。」擊楫誓江：指矢志收復失地。典出晉書祖逖傳：「（逖）乃將本流徙部曲百餘家渡江，中流擊楫而誓曰：『祖遜不能清中原而復濟者，有如大江！』」九重：指帝王。李邕賀章仇兼瓊克捷表：「遵奉九重，決勝千里。」

〔一五〕巖瞻：指景仰。語本詩小雅節南山：「節彼南山，維石巖巖。赫赫師尹，民具爾瞻。」魁柄：比喻大權。漢書梅福傳：「今乃尊寵其位，授以魁柄，使之驕逆，至於夷滅，此失親親之大者也。」顏師古注：「以斗爲喻也，斗身爲魁。」

〔一六〕嵬瑣：委瑣。鄙陋：自謙之辭。眷知：相知。舊唐書裴延齡傳：「良以内顧庸昧，一無所堪，夙蒙眷知，唯以誠直。」

〔一七〕擢第：科舉及第。誤塵衡鑑：謙指玷污品評。偏壘：邊地。帡幪：帳幕。引申指庇蔭。

〔一八〕賀廈：慶賀新居落成。劉兼秋夕書懷其一：「方守半會蠻夷語，賀廈全忘燕雀心。」趨隅：向隅。禮記曲禮上：「毋踐屨，勿踖席，摳衣趨隅，必慎唯諾。」孔穎達疏：「趨，猶向也；隅，猶角也。」

〔一九〕小物克勤：小事能勤勞。書蔡仲之命：「克勤無怠，以垂憲乃後。」畢公東郊之命：周康王時，命畢公管理東都成周，安定周郊。見書畢命。畢公，名高。周文王庶子，武王克殷封於畢，成王時爲太史，并受遺命輔佐康王。膚功：大功。詩小雅六月：「薄伐玁狁，以奏膚公。」毛傳：「膚，大；公，功也。」宣王北伐之詩：周宣王時，玁狁入侵，尹吉甫率軍北伐，擊退玁狁。詩小雅六月歌其事。周宣王姬静爲厲王子，厲王爲國人驅逐，宣王即位，任用賢臣，討伐玁狁、西戎，史稱「中興」。

賀葉户書啓

伏審祗奉峻除，榮遷劇部〔一〕。官儀如舊，尚聯常伯之班；帝命維新，全總大農之政〔二〕。有識交慶，不謀同辭。恭惟户部尚書才高絶人，器大經世。際熙辰之千載，踐華境者十年〔三〕。夜艾星稀，獨長庚之有爛〔四〕；歲寒木落，惟孤松之不凋。蓋謀猷自簡於帝衷，故遷擢式符於民望〔五〕。陟文昌之八座，聊率屬於中臺；焕泰階之六符，佇同寅於上衮〔六〕。某符叨剖竹，戍甫及瓜。但切欣於得輿，莫趨慶於成厦〔七〕。仰止門墻之際，形於寤寐之間〔八〕。頌歎惟勤，拙訥難盡。（五百家播芳大全文粹卷一〇）

【題解】

「葉户樞」，原作「韓户書」。户書，即户部尚書。據文意，本文當作於淳熙十五年夏陸游離任嚴州前，而又據宋會要輯稿職官七二之九，户部尚書韓彦直於淳熙十四年八月離任，接任者爲葉翥。故改。

葉户書，即葉翥，字叔羽，青田（今屬浙江）人。紹興二十四年進士。累遷司農寺丞、户部侍郎，淳熙十五年擢權户部尚書，十六年兼侍講。紹熙五年以顯謨閣學士知紹興府。慶元二年以吏部尚書除端明殿學士，簽書樞密院事。以觀文殿學士致仕。事迹見雍正處州府志卷一二。本文爲陸游致權户部尚書葉翥的賀啓。

本文作於淳熙十五年（一一八八）夏。時陸游知嚴州任滿。

【箋注】

〔一〕峻除：升遷。　劇部：重地。新唐書楊漢公傳：「同州，太宗興王地，陛下爲人子孫，當精擇守長付之，漢公既以墨敗，陛下容可舉劇部私貪人？」

〔二〕聯常伯之班：指由户部郎官連任户部尚書。常伯，周官名，主管民事。書立政：「王左右常伯、常任、準人、綴衣、虎賁。」蔡沈集傳：「有牧民之長曰常伯。」　大農：即大司農。秦置治粟内史，漢武帝時改稱大司農，唐宋時爲司農卿，宋元豐改制後，司農寺并歸户部。

〔三〕熙辰：盛世。　華境：指朝廷。

〔四〕夜艾：夜深。江淹爲蕭驃騎録尚書事到省表：「臣自妄蒙異寵，輕荷殊爵，晝昃猶聳，夜艾方驚。」　長庚：指金星，亦名太白星。詩小雅大東：「東有啓明，西有長庚。」毛傳：「日旦出謂明星爲啓明，日既入謂明星曰長庚。」

〔五〕謀猷：謀略。 簡：簡擇，選拔。 遷擢：升職。

〔六〕文昌：星座名，六星在斗魁之前形成半月形。史記天官書：「斗魁戴匡六星曰文昌宫：一曰上將，二曰次將，三曰貴相，四曰司命，五曰司中，六曰司禄。」 八座：中央政府的八種高級官員，唐宋時以六尚書、左右僕射及令爲八座。此指尚書。 中臺：即尚書省。 蘇舜欽杜公讓官表：「尋被峻命，入冠中臺。」 泰階之六符：三台星座之六星兩兩排列斜上如階梯。泰階，即三台。漢書東方朔傳：「願陳泰階六符以觀天變。」顔師古注：「孟康曰：『泰階，三台也。每台二星，凡六星，符六星之符驗也。』」 同寅：即同僚。 上衮：指宰輔。後漢書伏湛牟融等傳贊：「牟公簡帝，身終上衮。」

〔七〕符叨剖竹：指出知嚴州。叨，受。剖竹，文選謝靈運過始寧墅：「剖竹守滄海，枉帆過舊山。」李善注：「漢書曰：『初與郡守爲使符。』説文曰：『符，信。漢制以竹，分而相合。』」 戍甫及瓜：指任職期將滿。左傳莊公八年：「齊侯使連稱、管至父戍葵丘，瓜時而往，曰：『及瓜而代。』」 得輿：比喻獲庇蔭。易剥：「上九：碩果不食，君子得輿，小人剥廬。」象曰：「『君子得輿』，民所載也；『小人剥廬』，終不可用也。」孔穎達疏：「君子得輿者，若君子而居此位，能覆蔭於下，使得全安。是君子居之，則得車輿也。」 成厦：指新居告成。

〔八〕仰止：仰慕。詩小雅車舝：「高山仰止，景行行止。」 門墻：喻指師門。 寤寐：指思念、渴望。范仲淹與省主葉内翰書：「竊惟皇上念天下之計，至大至重，思得良大夫主之，故寤寐閣下之賢，復有此拜。」

回江西王倉

光膺宸命，出擁使華，遜聞新渥之傳，莫諭故人之喜〔一〕。伏惟某官器姿開敏，學術淵深〔二〕。清節凛然，風高嶺嶠之政；先聲籍甚，已震江淮之間〔三〕。自顧衰遲，常交英俊。雙魚遠至，荷舊好之不忘；倚馬少留，慚報書之良邃〔四〕。惟祈珍嗇，用慰願言〔五〕。（永樂大典卷七五一引啓劄淵海）

【題解】

江西王倉，爲誰不詳。王倉爲陸游「舊好」，曾官五嶺，新出使江淮，致啓老友。本文爲陸游回復王倉所作的答啓。

本文作年不詳。待考。

【箋注】

〔一〕光膺宸命：指榮受皇帝的任命。遜聞：遥聞。表示恭敬。王安石賀韓魏公啓：「遜聞新命，竊仰遐風，瞻望門闌，不任鄉往之至。」新渥：新的恩惠。杜甫覽柏中丞兼子侄數人除官制詞因述父子兄弟四美載歌絲綸：「高名入竹帛，新渥照乾坤。」

〔二〕器姿：器度資質。開敏：通達明敏。漢書文翁傳：「乃選郡縣小吏開敏有材者張叔等十餘人親自飭厲，遣詣京師，受業博士，或學律令。」淵深：深邃。吕氏春秋觀表：「人之心隱匿難見，淵深難測，故聖人於事志焉。」

〔三〕嶺嶠：指五嶺地區。夢溪筆談藥議：「嶺嶠微草，淩冬不凋；并、汾喬木，望秋先隕。」籍甚：盛大。先聲：先前的聲望。蘇軾送穆越州：「舊政猶傳蜀父老，先聲已振越溪山。」

〔四〕雙魚：代指書信。唐彦謙寄臺省知己：「久懷聲籍甚，千里致雙魚。」荷：承蒙。邃：遥遠。

〔五〕珍嗇：珍惜，保重。歐陽修與沈内翰交通書：「會見尚遠，更冀爲時珍嗇。」

書劄

與曾逮書

一

游惶恐再拜，上啓仲躬户部老兄台座：苦寒，恭惟省中雍容，台候神相萬福〔一〕。尊眷聞已入都，必定居久矣。第聞在百官宅，無乃迫隘乎〔二〕！游村居凡百遲鈍，數日前，方能作賀丞相一牋，托無咎投之，然不敢及昨來所諭也〔三〕。節後度亦嘗見之，不至中悔否〔四〕。此公於賤子實不薄，然姓名不祥，正恐終難拈出，奈何！奈何！不入城七十餘日矣，以此亦自久不見原伯〔五〕，不論它人也。累日作雪竟未成〔六〕，都城何似生？惟萬萬保護。即登嚴近，不宣〔七〕。十一月二十六日，游惶恐再拜仲躬户部老兄台座。（故宫周刊第三一七、三一八期）

【題解】

曾逮，字仲躬，曾幾次子。歷太常丞、知温州。乾道四年任户部郎官兼删修官。後出知荆州、寧國府、湖州、潤州。淳熙九年擢户部侍郎，十年徙刑部侍郎。官終敷文閣待制。本文爲陸游致曾逮的書信。

孔凡禮案：「本書當作於孝宗乾道四年。是年十月，陳俊卿除右相，陸游有賀莆陽陳右相啓，見文集卷八。」則本文作於乾道四年（一一六八）十一月。時陸游罷職家居。

【箋注】

〔一〕苦寒：嚴寒。省中：宫禁之中。蔡邕獨斷：「禁中者，門户有禁，非侍御者不得入，故曰禁中。孝元皇后父大司馬陽平侯名禁，當時避之，故曰省中。」台候：敬辭，用於問候對方寒暖起居。神相：精神，神氣。萬福：多福。祝禱之詞。詩小雅蓼蕭：「和鸞雝雝，萬福攸同。」

〔二〕百官宅：指臨時的官員宿舍。迫隘：狹窄，狹小。

〔三〕賀丞相一箋：指賀莆陽陳右相啓。無咎：即韓元吉，字無咎，陸游好友。

〔四〕度：料想。中悔：中途反悔。

〔五〕原伯：即曾逢，曾逮兄。

〔六〕作雪：指醖釀下雪。詩稿卷九大雪歌序：「累日作雪竟不成，戲賦此篇。」

〔七〕嚴近：指接近尊位，成近侍。不宣：不一一細説。舊時書末常用語。語本楊修答臨淄侯箋：「反答造次，不能宣備。」

二

游頓首再拜，上啓仲躬侍郎老兄台座：拜違言侍，又復累月，馳仰無俄頃忘〔一〕。顧以野處窮僻，距京國不三驛，邈如萬里。雖聞號召登用，皆不能以時修慶，惟有愧耳〔二〕。東人流殍滿野，今距麥秋尚百日，奈何〔三〕！如僕輩既憂餓死，又畏剽劫，日夜凛凛，而霪雨復未止，所謂麥，又已墮可憂境中矣。朱元晦出衢、婺未還。此公寢食在職事，但恐儒生素非所講，又錢粟有限，事柄不顓，亦未可責其必能活此人也〔四〕。游去臺評歲滿尚兩月〔五〕，廟堂聞亦哀其窮，然賦予至薄，斗升之禄，亦未知竟何如！日望公共政，如望歲也〔六〕。無階參省，所冀以時崇護，即慶延登，不宣〔七〕。游頓首再拜上啓。正月十六日。（宋人法書第三册）

【題解】本文亦爲陸游致曾逮的書。

孔凡禮案：「孝宗淳熙八年十二月，朱熹到浙東常平茶鹽公事任。見寶慶會稽續志卷二。本書當作於淳熙九年。」則本文作於淳熙九年（一一八二）正月十六日，時陸游罷職家居。

【箋注】

〔一〕拜違言侍：指分别。　馳仰：敬語，表示對對方向往仰慕。

〔二〕號召登用：召唤進用。指曾逮擢户部侍郎。　修慶：循例慶祝。

〔三〕東人：此泛指浙東之人。　流殍滿野：淳熙八年，江浙、兩淮、湖北等地水旱相繼，浙東大水，秋大饑。　麥秋：麥子成熟季節，約在農曆四五月。禮記月令：「（孟夏之月）靡草死，麥秋至。」陳澔集説：「秋者，百穀成熟之期。此於時雖夏，於麥則秋，故曰麥秋。」

〔四〕朱元晦：即朱熹，字元晦，時任浙東常平茶鹽公事，主持賑災。　職事：指職務崗位。顓：同「專」，專擅。

〔五〕臺評：御史臺的彈劾。陸游於淳熙七年十一月遭給事中趙汝愚彈劾，罷職家居，至此恰滿一年又兩月。

〔六〕共政：共掌政事。　望歲：盼望豐收。左傳昭公三十二年：「閔閔焉如農夫之望歲，懼以待時。」

〔七〕參省：參驗省察。荀子勸學：「君子博學而日參省乎己，則知明而行無過矣。」　崇護：推崇愛護。　延登：延攬擢用。漢書元帝紀：「延登賢俊，招顯側陋。」

與曾逢書

游惶恐再拜，上啓原伯知府判院老兄台座：拜違言侍，遂四閱月〔一〕，區區懷仰，未嘗去心。即日秋清，共惟典藩雝容〔二〕，神人相助，台候萬福。游八月下旬方能到武昌。道中勞費百端，不自意達此〔三〕。惟時時展誦送行妙語，用自開釋耳〔四〕。在當塗見報，有禾興之除〔五〕。今竊計奉版輿西來，開府久矣〔六〕。不得爲使君樽前客，命也！鄭推官佳士，當辱知遇。向經由時，府境頗苦潦，後來不至病歲否〔七〕？伯共博士必已造朝久，舟中日聽小兒輩誦左氏博議，殊歎仰也〔八〕。未由參覿，惟萬萬珍護，即膺嚴近之拜，不宣〔九〕。游惶恐再拜，上啓原伯知府判院老兄台座。（故宫周刊第四五、四六、四七期）

【題解】

曾逢，字原伯，曾幾長子，曾逮兄。本文爲陸游致曾逢的書啓。

孔凡禮案：「本書作於孝宗乾道六年赴蜀道中。」則本文作於乾道六年（一一七〇）八月。時陸游在入蜀途中。

參考卷四一祭曾原伯大卿文。

【箋注】

〔一〕四閲月：經四月。陸游乾道六年閏五月十九日離家經蕭山縣時，曾逢爲其餞行。見卷四三閏五月十九日記文。據此，本文當作於八月。

〔二〕共：通「恭」。典藩：鎮守邊遠之地。孔平仲孔氏談苑：「朱巽草制云：『某官素負官材，真宗令出典藩。』」

〔三〕「游八月」三句：陸游至武昌在八月二十三日，見卷四六記文。勞費，耗費人力財力。漢書溝洫志：「若乃繕完故隄，增卑倍薄，勞費無已，數逢其害，此最下策也。」

〔四〕開釋：指釋放抑鬱之懷。書多方：「開釋無辜，亦克用勸。」

〔五〕「在當塗」二句：陸游至當塗在七月十三日，見卷四四記文。當塗，太平州治所。禾興之除，指曾逢除知秀州。禾興，即嘉興，宋時爲秀州。

〔六〕版輿：一種木製的輕便坐車。文選潘岳閒居賦：「太夫人乃御版輿，升輕軒。」李善注：「版輿，車名。一名步輿。」開府：指州長官成立府署，選置僚屬。阮籍辭蔣太尉辟命奏記：「開府之日，人人自以爲掾屬。」

〔七〕苦潦：指苦於大水。見六月七日記文：「終日大雨不止。」病歲：指年成歉收。

〔八〕伯共博士：即吕祖謙，字伯恭，一作伯共。乾道六年任太學博士，并兼國史院編修官、實録院檢討官。造朝：進朝任職。左氏博議：即東萊博議，吕祖謙史學著作，選左傳文分析發揮，爲諸生課試而作。

〔九〕參覲：拜見尊長。嚴近：指接近尊位。

與親家書

游皇恐再拜。拜違道義，忽復許時〔一〕。仰懷誨益，未嘗一日忘也。桐江戍期忽在目前，盛暑非道途之時，而代者督趣甚切，不免用此月下澣登舟〔二〕。愈遠門闌〔三〕，心目俱斷。然親家赴鎮〔四〕，亦不過數月間，彼此如風中蓬，未知相遇復在何日，憑紙黯然。惟日望召歸，遂躋禁途〔五〕，爲親舊之光爾。游皇恐再拜。（三希堂法帖卷十七）

【題解】

親家，當指陸游四子子坦之岳父許從龍。參見卷四一祭許辰州文題解。文中「親家赴鎮」當指許從龍赴知辰州任。本文爲陸游赴嚴州任前致親家的書。

孔凡禮按：「本書當作於宋孝宗淳熙十三年。是年七月三日，陸游到嚴州（桐江）任，見嚴州圖經。」本文作於淳熙十三年（一一八六）六月。時陸游將赴知嚴州任。

參考卷四一祭許辰州文。

【箋注】

〔一〕拜違道義：指告别親家。道義，指一同修道的義友。陶弘景冥通記卷一：「親屬道義，齎其上果，要往看之。」許時：多時。

〔二〕桐江：富春江上游，指嚴州。陸龜蒙釣車：「洛客見詩如有問，輾煙衝雨過桐江。」代者：指前任嚴州知州。下澣：指農曆每月下旬。楊慎鉛丹總録時序：「俗以上澣、中澣、下澣，爲上旬、中旬、下旬，蓋本唐制十日一休沐。」

〔三〕門闌：指家門。

〔四〕赴鎮：赴京外任職，此指赴辰州。

〔五〕躋禁途：指躋身朝廷任職。

嚴州劄子

游近者奏記〔一〕，方以草率爲愧。專使奉馳翰，所以動問甚寵，感激未易名也〔二〕。暫還展省，此固龍圖丈襟懷本趣〔三〕。道中春寒，不至衝冒否〔四〕？詔追度不遠旬浹，或已被新渥矣〔五〕。下諭舊貢院，已爲中丞蔣丈所先〔六〕。新定驛舍見空閒，或可備憩泊已，今揚灑矣〔七〕。它委遥候面請。游蒙賜香墨，皆珍絶，足爲蓬户之光，下情感荷之至。它候續上。狀次。又拜具呈。朝請大夫權知嚴州軍州事陸游劄子。

（故宫周刊第一四三期）

【題解】

本文爲陸游致龍圖丈所作的書劄。龍圖丈爲誰不詳。或爲丘崈，時任直龍圖閣兩浙轉運副使。參見卷四一祭丘運使母夫人文題解。

本文據文意，作於淳熙十四年（一一八七）春。時陸游在知嚴州任上。

【箋注】

〔一〕奏記：向公府等長官陳述意見的文書。文心雕龍書記：「迄至後漢，稍有名品，公府奏記，而郡將奏牋。」

〔二〕「專使」三句：指龍圖丈遣使馳復，問候殷勤，令人感激。動問：問候。

〔三〕展省：省視，展看。龍圖丈：對龍圖閣學士的敬稱。此人爲誰不詳。本趣：原本的旨趣。晉書阮籍傳：「此亦籍之胸懷本趣也。」

〔四〕衝冒：指冒着惡劣環境。舊五代史周世宗紀：「太祖欲親征，召羣臣議其事。宰臣馮道奏以方當盛夏，車駕不宜衝冒。」

〔五〕新渥：新的恩惠，指新的任命。杜甫覽柏中丞兼子侄數人除官制詞因述父子兄弟四美載歌絲綸：「高名入竹帛，新渥照乾坤。」

〔六〕中丞蔣丈：即蔣繼周，淳熙十三年任御史中丞。參見卷十一賀蔣中丞啓題解。

〔七〕新定：即嚴州。憇泊：休憇，栖息。水經注贛水：「西有鸞岡，洪崖先生乘鸞所憇泊也。」

揚灑：揚塵灑掃。

與仲玘書

一

游頓首。忽奉誨帖，欣承苦寒法候萬福。老病日侵，度不能久住世間，且隨緣過日耳。下諭法衣〔一〕，急作字澤師，幾爲九峰所取。幸稍早數日，已令徑附來使納去。想便升座於人天衆前〔二〕，分以披掛也。崖蜜、石芥佳惠，然自此切罷信物，庶全道氣，已屢咨白矣〔三〕。春事鼎來〔四〕，爲道自重，不宣。游再拜南山禪師老友侍者〔五〕。

（徐沁金華遊録注卷下）

【題解】

仲玘，南宋禪師。淳熙十四年，陸游知嚴州時，請仲玘主持重修嚴州南山報恩光孝禪寺，五六年後乃成。紹熙四年二月，陸游爲撰嚴州重修南山報恩光孝寺記。

本文據文意，約作於紹熙四年前後。時陸游奉祠家居。

參考卷十九嚴州重修南山報恩光孝寺記。

【箋注】

〔一〕法衣：僧尼所穿之衣，應法而作，故名法衣。

〔二〕人天：佛教指六道輪回中的人道和天道，亦泛指諸世間、衆生。大寶積經被甲莊嚴會三：「能爲世導師，映蔽人天衆；演説無所畏，我禮勝丈夫。」

〔三〕崖蜜：又稱石蜜。山間野蜂所釀之蜜。石芥：石蕊别名。地衣類植物，産於山地，可代茶。佳惠：對别人賜予財物的敬稱。信物：可作憑證之物。咨白：禀告，陳述。宋書武帝紀：「但康之前言有所不盡，故重使胡道咨白所懷。」

〔四〕鼎來：正來，方來。

〔五〕南山禪師：即仲玘。時在嚴州南山報恩光孝寺修建完成即將升座之前，約當紹熙末年。

二

游頓首。適承臨訪，荷千里命駕之意，殆不勝言〔一〕。晚刻，伏惟道體萬福。來

日輒具湯餅，相屈少款誨益，切勿拒也〔二〕。匆匆，不宣。游再拜南山禪師故人足下〔三〕。（同上）

【題解】

本文據文意，約作於紹熙四年前後。時陸游奉祠家居。

【箋注】

〔一〕臨訪：蒞臨訪問。千里命駕：指遠道來訪。晉書嵇康傳：「東平吕安服康高致，每一相思，輒千里命駕，康友而善之。」

〔二〕湯餅：水煮的麵食。釋名釋飲食：「蒸餅、湯餅、蝎餅、髓餅、金餅、索餅之屬，皆隨形而名之也。」少款誨益：略微款待以示對己教誨的感謝。

〔三〕南山禪師：可證此亦仲玘在南山時所作。

三

游頓首。伏被手帖，獲聞動静，深以爲慰。開諭院記，謹已具稿〔一〕，今遣優婆塞歸拜呈〔二〕，不知可用否。老病無復佳思，皇恐，皇恐！此乃令人寫本，若欲惡札，却須示及，當爲作之，仍告寫及題額人銜位、姓名。若要寫守、倅銜，亦須示及，當爲一手寫去，切不可令他人書〔三〕。向來南山只爲如此，故曾致慮，不免重刻，切望少留神，仍丁寧知事也〔四〕。未即會聚，萬萬爲道珍厚〔五〕。不宣。游頓首。智者圮公禪師友舊。十一月八日。（同上）

【題解】

慶元五年，仲玘又來主持婺州金華山智者寺，重新興造寺院殿閣，至嘉泰三年落成，陸游再爲撰智者寺興造記，稱道仲玘才智器局卓然不凡。後陸游將本文親爲書丹，仲玘將陸游寺記及致其書信八首均刻石勒碑，留存至今。陸游書劄及相關考證參見于譜嘉泰三年注〔一九〕。于譜認爲其中二、三兩首實爲一首，共七札，并認爲「以函意推之，此七札并非同一時期之作，但相距亦不甚遠。仲玘逐件收藏，恐年久湮失，遂陸續刻於碑陰」，「其上石亦有先後也」。

本文據文末自署，作於嘉泰三年（一二〇三）十一月八日。時陸游除太中大夫家居。

參考卷十九嚴州重修南山報恩光孝寺記、卷二十智者寺興造記。

【箋注】

〔一〕院記：指智者寺興造記。具稿：完成文稿。

〔二〕優婆塞：梵語，即在家中奉佛的弟子，即居士。魏書釋老志：「俗人之信憑道法者，男曰優婆塞，女曰優婆夷。」

〔三〕「此乃」九句：指如需陸游手迹書丹，要提供題額人相關信息，一次完成，不可將來由他人填寫。惡劄，謙稱自己的手迹。銜位，官銜職位。守倅，郡守及其副職。

〔四〕「向來」五句：以先前刻寫嚴州重修南山報恩光孝寺記的教訓告誡仲玘，以免重刻。

〔五〕珍厚：珍重。

四

游頓首，啓智者禪師老友。即日春寒，伏惟法候萬福。寺記本是老夫自欲書丹〔一〕，意爲不過數日可了。不料忽得齒疾，沉綿歲月，又值改歲，一番應接，遂失初約，留滯净人〔二〕。昨法雲忽過，良以爲愧。碑顔不欲更托人〔三〕，并爲寫去。前輩此例甚多。碑上切不須添一字。尋常往往添字，壞卻。「家有弊帚，享之千金〔四〕」，幸痛察。餘惟爲佛囑自愛〔五〕，不宣。游頓首，正月四日〔六〕。（同上）

【題解】

本文據文末自署，作於嘉泰四年（一二〇四）正月四日。時陸游除太中大夫家居。

【箋注】

〔一〕書丹：古代刻碑時書法家先用朱筆在石上書寫需刻的文字。後漢書蔡邕傳：「（熹平四年）奏求正定六經文字。靈帝許之，邕乃自書丹於碑，使工鐫刻，立於太學門外。」

〔二〕浄人：指在寺院擔任勤雜勞務的非出家人員。慧皎高僧傳釋智順：「嘗有夜盜順者，浄人追而擒之。」

〔三〕碑顔：碑額，碑頭部的題辭。

〔四〕「家有」二句：比喻對己物的珍視。語出東觀漢記光武帝紀：「帝聞之，下詔讓吳漢副將劉禹曰：『城降，嬰兒老母，口以萬數，一旦放兵縱火，聞之可謂鼻酸。家有敝帚，享之千金。禹宗室子孫，故嘗更職，何忍行此！』」

〔五〕佛囑：佛之托付。自愛：自重。老子：「是以聖人自知不自見，自愛不自貴。」

〔六〕正月四日：此指嘉泰四年。

五

監寺、首座以次不及別上狀，刻碑時且告與點檢，碑樣只依明州宸奎閣碑最妙〔一〕。僭率〔二〕，皇恐，皇恐！游頓首。（同上）

【題解】 本文附於上文末，亦作於嘉泰四年（一二〇四）正月四日。時陸游除太中大夫家居。

【箋注】

〔一〕監寺：佛寺中主持寺務的僧人，地位次於方丈。首座：位居上座的僧人。點檢：查核，校點。碑樣：碑之樣式。明州宸奎閣碑：北宋熙寧三年，朝廷於明州阿育王山廣利寺建宸奎閣，奉藏所賜御書軸五十五扇。蘇軾爲撰碑文，全稱明州阿育王山宸奎閣碑銘。

〔二〕僭率：草草僭越本分。

六

游頓首，智者堂頭禪師〔一〕。即日春殘，伏惟法候勝（原注：闕數字）别，却不知瓶錫所寓〔二〕。無遺一紙問，動静不可得，惟有馳心爾〔三〕！忽法雲送翰札來，乃知説法名山，玉煙珠氣，要是不可埋没也〔四〕。游去春已請老，一生擾擾，遂得結局，盡出餘芘〔五〕。正月，忽被命寓直内閣〔六〕，殊非野人所宜，一味慚恐耳！崖蜜、蠟燭分寄，足見舊好不替〔七〕。感激，感激！末由握臂，唯萬萬爲大法自重，不宣。游頓首。四月六日。（同上）

【題解】本文據文末自署，作於嘉泰四年（一二〇四）四月六日。時陸游致仕家居。

【箋注】

〔一〕堂頭：寺院住持的居處。因以稱住持。

〔二〕瓶錫：僧人所用瓶缽和錫杖。亦指僧侶生涯。齊己夏日荊渚抒懷：「中途息瓶錫，十載依公卿。」

〔三〕馳心：指心之嚮往如車馬背馳。曹植上責躬應詔詩表：「至止之日，馳心輦轂。」

〔四〕翰劄：書翰，書劄。玉煙珠氣：烟靄寶氣，形容説法的氛圍。

〔五〕去春請老：指陸游嘉泰三年春完成兩朝實録，再次請求致仕。擾擾：紛亂貌。國語晉語：「唯有諸侯，故擾擾焉。凡諸侯，難之本也。」餘芘：先祖所遺庇蔭。

〔六〕被命寓直內閣：指陸游被除寶謨閣待制。

〔七〕崖蜜：又稱石蜜。不替：不棄，不衰。

七

游頓首。秋暑正□，法候萬福。久不□問，徒有馳繫〔一〕。日來衲子必更雲集〔二〕。夏中，有幾人打發。老拙□衰，不能響屧修廊、炷香丈室也〔三〕。偶丘子行□□□候動静，唯冀爲法珍重。不宣。游頓首，智者禪師老兄，七月十三日。

（同上）

【題解】

本文據文末自署，作於嘉泰四年（一二〇四）七月十三日。時陸游致仕家居。

【箋注】

〔一〕馳繫：即馳念，想念遠方之人。蘇軾與袁彦方書：「累日欲上謁，竟未暇辱教。承足疾未平，不勝馳繫。」

〔二〕衲子：僧人。黄庭堅送密老住五峰：「水邊林下逢衲子，南北東西古道場。」

〔三〕「不能響屧修廊」兩句：謂不能親自前去上香也。

八

游頓首啓。伏被誨墨〔一〕，欣承即日尊候萬福。名山大乘師，宜得大筆登載，然後宜稱〔二〕。事偉辭貧，但深愧負。風土之宜，敬已下拜矣！以□不必講此，白頭尚

如新耶〔三〕？石工亦甚佳。小簡尤不足傳，讀之赧然〔四〕。正暑，萬萬爲道□重，不宣。游頓首上智者禪師老友侍者。（同上）

【題解】

本文據文意，亦作於嘉泰四年（一二〇四）七月。時陸游致仕家居。

【箋注】

〔一〕誨墨：指來書。

〔二〕名山大乘師：指仲玘。　大筆登載：大手筆記載。

〔三〕白頭如新：指相交雖久仍如新知。文選鄒陽獄中上書自明：「語曰：『白頭如新，傾蓋如故。』何則？知與不知也。」李善注引漢書音義：「或初不相識相知，至白頭不相知。」此爲反問句，謂白頭久相知。

〔四〕石工：指刻智者寺興造記及陸游致仲玘書簡。　小簡：即上述書簡。　赧然：慚愧臉紅貌。韓詩外傳卷一〇：「孟嘗君赧然，汗出至踵。」

與杜思恭書

正月廿四日，游頓首再拜復書敬叔法曹學士友兄執事。即日春寒，伏惟尊候神相萬福。前歲冬初，聞從者西征，適卧病沉綿，無由追路，一道珍重語〔一〕。既鷂首日遠〔二〕，而游僻居澤中，不與人接，例不能通四方書問，惟有念吾至交之心，朝暮不止耳。忽有遠使到門，出誨帖，諄諄累紙。相與之意，加於在傍邑時，不以老病爲可絶，不以疏怠爲可罪，此古人事，今於左右見之，幸甚過望，幸甚過望。録示近詩，超勝妥帖，殆兩得之〔三〕。人之所難，敬叔何獨得之易也。大抵此業在道途則愈工〔四〕，雖前輩負大名者，往往如此。願舟楫鞍馬間，加意勿輟，他日絶塵邁往之作〔五〕，必得之此時爲多。益公今龍門，又喜接晚進，敬叔得所歸矣。旦夕乘駬造朝，又當過廬陵，必復從容於天香堂上〔六〕。游與益公四十年舊交，窮達雖殊，情好不替如一日，輒有一緘，告爲轉達。又有楊廷秀待制書〔七〕，亦煩送之。不罪，千扣！諭及拙稿，見托一二友人編輯，未成次第。若可出，自當以一帙歸之敬叔。今更當督之矣。手鈔近詩，却如來教，寫得數篇封納，臂力弱不能多寫，負見索之勤，積愧如山矣。相望天末，臨書恨恨，惟幾爲台家倍加保輔，即膺嚴召，不宣〔八〕。游頓首再拜。

□友杜敬叔自嶠南寄書來〔九〕，索余手録□□。七十三翁，豈復能□□筆硯，欹斜跌宕〔一〇〕，□讀之自不能識，敬叔以意求之可也。慶元丁巳正月二十四日，笠澤陸游務觀書。（廣西通志卷二二四）

【題解】

杜思恭，字敬叔，會稽上虞人。淳熙十四年進士。授高郵尉，遷吉州左司理參軍，有政績。除韶州平樂令，卒於官。周必大、楊萬里并以國士期之。陸游亦服其學有根柢，未罄所蘊而卒，人爭惜之。事迹見光緒上虞縣志卷七。杜氏在故鄉常從陸游遊，得其書疏詩文數十軸，後刻之於桂林崖石。見其所撰題跋（載本書附録渭南文序跋評騭）。本文爲陸游致杜思恭之書。

本文據文末自署，作於慶元三年（一一九七）正月二十四日。時陸游奉祠家居。

【箋注】

〔一〕從者西征：指杜思恭西赴吉州司理參軍任。沉綿：指疾病纏綿，經久不愈。杜甫送高司直尋封閬州：「長卿消渴在，公幹沉綿屢。」

〔二〕鷁首：船頭。古代畫鷁鳥於船頭，故稱。薛用若集異記補編葉法善：「法善徐謂侍者曰：『取我黑符投之鷁首。』」

〔三〕「超勝妥帖」句：神思飛揚與嚴謹合律，詩家往往難以兼得，故陸游稱之。

〔四〕「大抵」句：指作詩的成就在東奔西走的歷練中愈加臻於工巧。這是陸游重要的創作理論。

〔五〕絶塵邁往：超凡脱俗。

〔六〕益公：即周必大，字子充，吉州廬陵人，封益國公。參見卷十賀周參政啓題解。龍門：比喻德高望重者的府第。時周必大以少傅、觀文殿大學士、益國公致仕家居。乘駟：乘坐驛車。左傳襄公二十一年：「乘馹而見宣子。」馹，驛站專用之車。

〔七〕楊廷秀待制：即楊萬里，字廷秀，吉州吉水人。參見卷三八夫人樊氏墓誌銘注〔八〕。時楊萬里以煥章閣待制提舉太平興國宮，奉祠家居。

〔八〕天末：天盡頭，遠處。張衡東京賦：「眇天末以遠期，規萬世而大摹。」悢悢：眷念。後漢書陳藩傳：「天之於漢，悢悢無已，故殷勤示變，以悟陛下。」李賢注：「悢悢，猶眷眷也。」台家：官家，指皇帝。宋祁宋景公筆記釋俗：「今台家詔敕用黄，故私家避不敢用。」保輔：保佐輔助。嚴召：指君命徵召。陳師道除官：「扶老趨嚴召，徐行及盛時。」

〔九〕嶠南：即嶺南。後漢書馬援傳：「援將樓船大小二千餘艘，將士二萬餘人進擊。……斬獲五千餘人，嶠南悉平。」

〔一〇〕七十三翁：陸游自稱，該年正七十三歲。欹斜跌宕：指字迹歪斜起伏。

與明遠書

游頓首。間闊，頃叩甚至〔一〕。忽奉手帖，欣重秋雨，尊候輕安〔二〕。卿禪師遺墨甚妙〔三〕，恨見之晚，輒題數行，不足稱發揚之意。皇恐，得暇見過，不宣。奉簡明遠老友。文字共四軸，又五册納去，五派圖四軸，數日前已就付來人去矣。游。（珊瑚網

法書題跋）

【題解】

明遠，孔凡禮認爲當爲沈作喆，字明遠，吴興人。直齋書録解題卷二〇：「丞相（沈）該之侄。紹興五年進士。改官爲江西運管。嘗爲悲扇工詩，忤魏良臣，陷以深文，奪三官，不得志以卒。」本文爲陸游致沈作喆的書。

本文作年不詳。待考。

參考卷三十跋卿師帖。

【箋注】

〔一〕間闊：久别，遠離。　頃叩甚至：近來多有詢問。

〔二〕尊候：問候起居的敬辭。歐陽修與蘇編禮書：「數日來尊候必更痊安。單藥得效，應且專服。」　輕安：輕健安康。

〔三〕卿禪師，陸游鄉里前輩，善小楷。

與仲信書

游頓首再拜，仲信學士老友兄。即日秋氣寖清，伏惟尊候神相萬福。兒子婚事，甚荷留念，初正以吾輩氣類〔一〕，故敢有請。已令媒氏具道其情，尚何疑哉！今又蒙垂誨，已抵龜而決矣〔二〕。餘令媒氏禀白。自此遂忝瓜葛〔三〕，何幸如之。羸茶控叙〔四〕，草草，不宣。游頓首拜。仲信即省元學士友兄〔五〕。（珊瑚網法書題跋）

【題解】

仲信，孔凡禮按：「陸游交游中，據現有資料，有兩仲信。一爲王廉清，游老友，揮麈録作者王明清之兄。一爲詹仲信，陸游後輩。未知孰是，抑或爲其他人，姑志存疑。」文中稱「仲信即省元學士友兄」，而王明清未中科舉，故此仲信不可能爲王廉清。此書内容爲兒子求婚，詹仲信爲陸游後輩，故亦不可能。本文爲陸游爲兒子求婚致仲信的書信。

本文作年不詳。待考。

【箋注】

〔一〕氣類：意氣相投者。語本易乾：「同聲相應，同氣相求……則各從其類也。」

〔二〕垂誨：教誨自己。抵龜：指占卜。

〔三〕忝瓜葛：榮幸成爲親戚。權德輿奉和韋曲莊言懷貽東曲外族諸弟：「小生忝瓜葛，慕義斯無窮。」

〔四〕羸茶：羸弱疲憊。

〔五〕省元：宋代禮部試第一名。王銍默記卷中：「少年舉人，乃歐陽公也，是榜爲省元。」

與友人書

游皇恐拜問契家尊眷，共惟并擁壽祺〔一〕。鏡中有委敢請〔二〕：子聿亦粗能勤苦，但恨不得卒業，函丈若不棄遺，尚未晚也〔三〕。張七三哥苦貧可念，官期尚遠，奈何！每爲之心折，顧無所置力耳。三丈亦念之否？游皇恐再拜。（陸放翁詩詞選書影）

【題解】

友人爲誰不詳。本文爲陸游致友人之書。

本文作年不詳。待考。

【箋注】

〔一〕契家尊眷：通好之家的貴眷。壽祺：長壽吉祥。

〔二〕委：原委。

〔三〕子聿：即子遹，陸游幼子。卒業：完成學業。函丈：對前輩學者或老師的敬稱。

序

頤庵居士集序

文章之妙，在有自得處，而詩其尤者也。舍此一法，雖窮工極思，直可欺不知者，有識者一觀，百敗并出矣。四明劉良佐先生，盡力於詩，惟石湖范至能獨深賞之〔一〕，每爲客言，客未必領也。予曩時數遊四明，獨不識良佐，近乃見其詩百篇，卓然自得者何其多也。如「頗識造物意，長容吾輩閒」、「日晏猶便睡，犬鳴知有人」、「世事不復問，舊書時一看」、「一夜催花雨，數家鄰水村」、「青山空解供望眼〔二〕，濁酒不能澆別愁」、「覓句忍饑貧亦樂，鈔書得味老何傷」，雖前輩以詩得名者，何以加焉？因書其右，他日有賞音如石湖者，當知予言不妄云。慶元六年四月己亥山陰陸游序。（頤庵居士集卷首）

【題解】

頤庵居士，即劉應時，字良佐，號頤庵居士，四明（今浙江寧波）人。遁居林下，喜讀書，善爲詩。與陸游、楊萬里游，二人皆爲其詩集作序。事迹見宋詩紀事卷六三。本文爲陸游爲劉良佐頤庵居士集所作的序文，贊賞其「盡力於詩」，「卓然自得」。

本文據文末自署，作於慶元六年（一二〇〇）四月己亥（十四）日。時陸游致仕家居。

【箋注】

〔一〕石湖范至能：即范成大，字致能，號石湖居士。參見卷十四范待制詩集序題解。

〔二〕望眼：遠眺之眼。題岳飛滿江紅：「抬望眼，仰天長嘯，壯懷激烈。」

記

南園記

慶元三年二月丙午，慈福有旨，以別園賜今少師、平原郡王韓公〔一〕。其地實武林之東麓〔二〕，而西湖之水匯於其下，天造地設，極山湖之美。公既受命，乃以禄入之餘〔三〕，葺爲南園。因其自然，輔以雅趣。方公之始至也，前瞻却視，左顧右盼，而規模定；因高就下，通窒去蔽，而物象列。奇葩美木，爭效於前；清流秀石，若顧若揖。

於是飛觀傑閣，虚堂廣廳，上足以陳俎豆，下足以奏金石者，莫不畢備。高明顯敞，如蜕塵垢而入窈窕〔四〕，邃深疑於無窮。既成，悉取先得魏忠獻王之詩句而名之〔五〕。

堂最大者曰許閒，上爲親御翰墨以榜其顏。其關曰凌風。其射廳曰和容，其臺曰寒碧，其門曰藏春，其閣曰凌風。其積石爲山，曰西湖洞天。其瀦水藝稻，爲囷爲場〔六〕，爲牧羊牛、畜雁鶩之地，曰歸耕之莊。其他因其實而命之名，則曰夾芳，曰豁望，曰鮮霞，曰矜春，曰歲寒，曰忘機，曰照香，曰堆錦，曰清芬，曰紅香。亭之名則曰遠塵，曰幽翠，曰多稼。

自紹興以來，王公將相之園林相望，莫能及南園之彷彿者。公之志，豈在於登臨遊觀之美哉？始曰許閒，終曰歸耕，是公之志也。公之爲此名，皆取於忠獻王之詩，則公之志，忠獻之志也。與忠獻同時，功名富貴略相埒者，豈無其人？今百四五十年，其後往往寂寥無聞。韓氏子孫，功足以銘彝鼎、被弦歌者，獨相踵也。逮至於公，勤勞王家，勳在社稷，復如忠獻之盛。而又謙恭抑畏，拳拳志忠獻之志，不忘如此。公之子孫，又將嗣公之志而不敢忘。則韓氏之昌，將與宋無極，雖周之齊魯，尚何加哉！或曰：上方倚公如濟大川之舟，公雖欲遂其志，其可得哉？是不然。知上之倚公，而不知公之自處〔七〕；知公之勳業，而不知公之志，此南園之所以不可無述。游老病謝事，居山陰澤中，公以手書來曰：「子爲我作南園記。」游竊伏思公之門，才傑所萃也，而顧以屬游者，豈謂其愚且老，又已掛衣冠而去，則庶幾其無諛辭、無侈言〔八〕，而足以道公之志歟？此游所以承公之命而不獲辭也。中大夫、直華文閣致仕、賜紫金魚袋陸游謹記。（毛晉放翁逸稿上）

【題解】

南園，又名勝景園、慶樂園。咸淳臨安志卷八六：「勝景園在長橋南，舊名南園，慈福以賜韓侂胄，後復歸御前。理宗皇帝撥賜福王，御書『勝景』二字爲扁。」董嗣杲西湖百詠卷下勝景園：「在雷峰路口東，開禧間韓侂胄園，陸放翁作南園記。韓游村莊曰『惜無犬吠』，隨有傚之者。韓敗，園屬官，名慶樂園。淳祐中撥賜嗣榮王，易今名。名花娲娲草纖纖，臺榭隨幽逐勝添。十樣結亭環水樹，一碑述記卧風簷。梅關橋落停欂鑰，射圃樓空失垛簾。向日相傳誰學吠，村莊畢竟出沽帘。」周密浩然齋雅談卷上：「韓平原南園既成，遂以記屬之陸務觀。務觀辭不獲，遂以其『歸耕』、『退休』二亭名，以警其滿溢，勇退之意甚婉。韓不能用其語，遂至於敗。」本文爲陸游爲南園所作的記文，闡發韓琦「許閒」、「歸耕」之志，警示韓侂胄應「志忠獻之志」。

本文原未繫年。據文首稱韓氏爲「少師、平原郡王」，考韓侂胄於慶元五年九月加少師，封平原郡王；六年十月進太傅，則本文作於慶元五年九月至六年十月之間；又文末署「中大夫、直華文閣致仕、賜紫金魚袋」，陸游慶元六年三月著文始用此銜，則本文作於慶元六年三月之後。故本文作於慶元六年（一二〇〇）三至十月間。

【箋注】

〔一〕慈福，指宋孝宗謝皇后。幼孤，及長，被選入宮。孝宗即位，進貴妃，淳熙三年立爲皇后。孝宗崩，尊爲壽成皇太后。嘉泰二年加慈佑太皇太后。開禧三年崩，謚成肅。宋史卷二四三有傳。　慈福：宮名。原爲德壽宮，后改重華宮，謝皇后時改慈福宮。　平原郡王韓公：即韓侂胄（一一五二—一二〇七），字節夫，相州安陽（今屬河南）人。北宋名臣韓琦曾孫。以恩蔭入仕。以策立寧宗有功，自宜州觀察使兼樞密都承旨，累遷太師，封平原郡王，除平章軍國事。執政十三年，專權跋扈，貶斥理學，興「慶元黨禁」。開禧元年興兵抗金，發動北伐，初戰略勝，後致失利，遣使請和。爲史彌遠和楊皇后等密謀殺死，函首送金廷乞和。宋史卷四七四有傳。

〔二〕武林：杭州别稱，以武林山得名。葉紹翁四朝聞見録戊集南園記考異：「武林即今靈隱寺山。南園之山，自净慈而分脈，相去靈隱有南北之間。麓者山之趾，以南園爲靈隱山之趾，恐不其然。惟攻媿樓公賦武林之山甚明。園中有亭曰晚節香，植菊二百種，亦取其祖詩句，記中不及云。」

〔三〕禄入：俸禄收入。曾鞏開封儀同三司制：「朕順於舊典，考正官儀，惟是首於文階，是用制其禄入。」

〔四〕窈窕：深遠秘奥貌。宗炳明佛論：「萍沙見報於白兔，釋氏受滅於昔魚，以示報應之勢，皆其窈窕精深，迂而不昧矣。」

〔五〕魏忠獻王：即韓琦。韓琦卒謚忠獻，宋徽宗時追封魏郡王，故稱魏忠獻王。

〔六〕「其瀦水」三句：瀦水，蓄水。藝稻，種稻。囷，圓形穀倉。場，平坦穀場。

〔七〕自處：自持。宋書劉湛傳：「既不能以禮自處，又不能以禮處人。」

〔八〕諛辭：諂媚奉承之辭。劉向九歎離世：「靈懷曾不吾與兮，即聽夫人之諛辭。」侈言：誇大不實之辭。左思三都賦：「且夫玉巵無當，雖寶非用；侈言無驗，雖麗非經。」

閲古泉記

太師、平原王韓公府之西〔一〕，繚山而上，五步一磴，十步一壑，崖如伏黿，徑如驚蛇。大石磊磊〔二〕，或如地踴以立，或如翔空而下，或翩如將奮，或森如欲搏。名葩碩果，更出互見，壽藤怪蔓，羅絡蒙密。地多桂竹，秋而華敷，夏而籜解〔三〕。至者應接不暇，及左顧而右盼，則呀然而江横陳〔四〕，豁然而湖自獻。天造地設，非人力所能爲者。其尤勝絶之地曰閱古泉，在溜玉亭之西，繚以翠麓，覆以美蔭〔五〕。又以其東向，故浴海之日、既望之月，泉輒先得之。袤三尺，深不知其幾也。霖雨不溢，久旱不涸，其甘飴蜜，其寒冰雪，其泓止明静〔六〕，可鑒毛髮。雖游塵墮葉，常若有神物呵護屏除者。朝莫雨暘，無時不鏡如也。泉上有小亭，亭中置瓢，可飲可濯，尤於烹茗釀酒爲宜。他石泉皆莫逮。

公常與客倘佯泉上，酌以飲客。游年最老，獨盡一瓢，公顧而喜曰：「君爲我記此泉，使後知吾輩之遊，亦一勝也。」游按泉之壁，有唐開成五年道士諸葛鑒元八分書題名〔七〕，蓋此泉湮伏弗耀者幾四百年，公乃復發之。而「閱古」蓋先忠獻王以名堂者〔八〕，則泉可謂榮矣。游起於告老之後〔九〕，視道士爲有愧，其視泉尤有愧也。幸旦莫得復歸故山，幅巾衼褐〔一〇〕，從公一酌此泉而行，尚能賦之。嘉泰三年四月乙巳，山陰陸游記。（葉紹翁四朝聞見録卷五）

【題解】

閱古泉，韓侂胄私宅中之水泉。葉紹翁四朝聞見録戊集載：「蓋自寧壽觀梅亭而至太室之後山，皆觀中地也。韓侂胄擅朝，舊居於太廟側，遂奄觀之山而有之，爲閱古堂，爲閱古泉（原注：舊名青衣，有青衣童子見泉上，故以名），爲流觴曲水。泉自青衣下注於池，十有二折，旁砌以瑪瑙。泉流而下，潴於閲古堂，渾涵數畝，有桃坡十有二級。夜燕則殿巖用紅燈數百，出於桃坡之後以燭之。其雲巖之最奇者曰『雲岫』，韓命程有徽校通鑑於中。侂胄居之既久，歲累月積，剔奇抉勝，洗石而雲根出，刳土而泉脈見。危峰穩石，淺灣曲沼，窈窕渟深，疑爲洞天福地之居，不類其爲園亭也。因在天衢咫尺，有旨盡給還寧壽，命復爲禁地云。」田汝成西湖游覽志卷一二：「青衣泉，淅淅出石罅，清鑒毛髪。崖壁鐫有唐開成五年南嶽道士邢令聞、錢塘縣令錢華、道士諸葛鑑（元）八分書題名。傍鐫佛像及大字心經。山頂巨石墜下，有石承之，若餖飣然。前有石門，上横石梁，壁間皆細字水波文，不知何年洚水至此。宋慶元間韓侂胄賜第竇蓮山下，建閲古堂，砌瑪瑙石爲池，引泉注之，名閲古泉，陸務觀記云。」陸游嘉泰二年五月被召入都修史，次年，韓侂胄建閲古泉成，酌酒飲客，囑陸游爲泉作記。本文爲陸游爲閲古泉所作的記文，勉勵韓氏發揚先祖韓琦之遺烈，表達自己復歸故山的心願。

本文據文末自署，作於嘉泰三年（一二〇三）四月乙巳（初七）日。時陸游修史完成，除寶謨閣待制，準備上書乞再次致仕。

【箋注】

〔一〕太師：韓侂胄於慶元六年十二月加太師。

〔二〕礧礧：石多堆積貌。杜甫白沙渡：「水清石礧礧，沙白灘漫漫。」

〔三〕桂竹：竹名。山海經中山經：「又東南五十里曰雲山，無草木。有桂竹，甚毒，傷人必死。」　華敷：花開。　萚解：皮葉脱落。

〔四〕呀然：開闊貌。王禹偁歸雲洞：「碧洞何耽耽，呀然倚山根。」

〔五〕翠麓：青翠的山麓。蘇軾㟧遍：「步翠麓崎嶇，泛溪窈窕，涓涓暗谷流春水。」　美蔭：濃蔭。莊子山木：「睹一蟬方得美蔭而忘其身。」

〔六〕泓止明静：水深静止明澈。

〔七〕開成：唐文宗年號。開成五年即八四〇年。　八分書：書體名，字體似隸書而體勢多波磔。

〔八〕先忠獻王：即韓琦，字稚圭，卒謚忠獻。參見卷四上殿劄子注〔八〕。韓琦安陽集卷一有閱古堂、卷六有閲古堂八詠、卷二一有定州閲古堂記。

〔九〕起於告老之後：陸游慶元五年（一一九九）五月致仕，嘉泰二年（一二〇二）復被起用入都修史。

〔一〇〕幅巾：男子以全幅細絹裹頭的頭巾。李上交近事會元幞頭巾子：「今宋朝所謂頭巾，乃古之幅巾，賤者之服。」　裋褐：粗陋的布衣，亦賤者之服。列子力命：「朕衣則裋褐，食則粢糲，居則蓬室，出則徒行。」

半隱齋記

邯鄲賈逸祖元放，作半隱齋，屬會稽陸游務觀爲之記。務觀曰：天下之名，常晦於有餘，而著於不足。彼真隱者，山巔水崖，草衣木食〔一〕，其身且不欲見於世矣，又何自得而名？故常謂自漢、魏以來，以隱名世者，非隱之至也。而況若元放者，方且不屑下吏身，雜鈴下、五百之間〔二〕，折腰抑首，以冀斗升，而顧自謂，誰則許之？務觀曰：不然，人之出處，視其所存何如耳。審能羞世利，薄富貴，折腰抑首，何害爲隱？否則，終南、少室〔三〕，是仕宦捷徑也。（乾隆鉛山縣志卷九）

【題解】

半隱齋，南宋賈逸祖所築齋室。賈逸祖字元放，邯鄲（今屬河北）人。好學博古。曾應博學宏詞科，官興化令。事迹見江西通志卷九六。賈氏曾寓居鉛山天王寺，作半隱齋，請陸游爲之記。本文爲陸游爲半隱齋所作的記文，辨析真隱、半隱之區别，闡述「羞世利、薄富貴」即爲真隱。本文似爲節録。

本文作年不詳。待考。

【箋注】

〔一〕草衣木食：以草木爲衣食。極言其生活之艱苦。

〔二〕鈴下五百：指侍衛、門卒或僕役。應劭漢官儀：「太常駕四馬，主簿前車八乘，有鈴下、侍閣、辟車、騎吏、五百等員。」

〔三〕「終南」二句：大唐新語卷一〇隱逸：「盧藏用始隱於終南山中，中宗朝累居要職。有道士司馬承禎者，睿宗迎至京，將還，藏用指終南山謂之曰：『此中大有佳處，何必在遠。』承禎徐答曰：『此僕所觀，乃仕途捷徑耳。』藏用有慚色。」終南，終南山，秦嶺主峰，在今陝西西安南。少室，少室山，嵩山别峰，建有少林寺，在今河南登封西北。

銘

素心硯銘

端溪之穴，毓此美質〔一〕。既堅而貞，亦潤而澤。澀不拒筆，滑不留墨。希世之珍，那可得，故人贈我情何極。素心交〔二〕，視此石，子孫保之永無失。老學庵主人。

（西清硯譜卷九）

【題解】

素心硯，產於廣東高要端溪的一種名硯。西清硯譜卷九陸游素心硯説：「硯高七寸六分，寬五寸，厚二寸二分。長方式。石質堅緻，宋坑紫端石也。受墨處正平，有碧暈，大小三，墨池深五分，闊三寸。左側鐫隸書銘五十一字，款署『老學庵主人』。右側鐫御題詩一首，隸書鈐寶二，曰『會心不遠』，曰『德充符』。匣蓋并鐫是詩，亦隸書鈐寶二，曰『乾隆硯』。側上方鈐寶一，曰『乾隆御玩』。硯背左傍中闕寸許，大小長短凡八柱，各有碧暈隱現。考陸游著有老學庵筆記，『主人』蓋其自號云。」又御製題宋陸游素心硯：「猶是端溪出老坑，素心恒泐舊交誠。李仙杜聖詩津逮，張草顏行書體明。染翰抽思同彼伴，桑田海水獨斯更。七言吟罷還成笑，何異放翁當日情。」素心，純潔之心地。顏延之陶徵士誄：「弱不好弄，長實素心。」本文爲陸游爲素心硯所作的銘文。

本文原未繫年。文末自稱「老學庵主人」，考陸游初用「老學庵」名在紹熙二年（見卷二一桑澤卿磚硯銘），故本文當作於紹熙二年（一一九一）之後。

【箋注】

〔一〕毓：孕育。國語晉語四：「黷則生怨，怨亂毓災，災毓滅姓。」

〔二〕素心交：純潔之心的結交。

題跋

浮玉巖題名

陸務觀、何德器、張玉仲、韓无咎，隆興甲申閏月二十九日，踏雪觀瘞鶴銘，置酒上方〔一〕。烽火未息，望風檣戰艦在煙靄間，慨然盡醉。薄晚泛舟，自甘露寺以歸〔二〕。明年二月壬午，圜禪師刻之石〔三〕，務觀書。（焦山志）

【題解】

浮玉巖，在今鎮江焦山。翁方綱復初齋文集卷二六跋陸放翁焦山題名：「焦山陸放翁題名，正書十行，五十八字；後又行楷題二行，十四字。隆興二年甲申，放翁年四十，以左通直郎通判鎮江府事。時莆陽守韓元吉无咎省母於京口，與先生道故舊，有京口唱和集，先生爲之序者也。隆興二年閏十一月二十九日庚辰，其明年二月壬午，則二月三日也。」本文爲陸游爲焦山浮玉巖所作的題名，記載與舊友踏雪觀瘞鶴銘及刻石始末。

本文據文意，作於乾道元年（一一六五）二月。時陸游在鎮江通判任上。

參考韓元吉南澗甲乙稿卷二隆興甲申歲閏月游焦山。

【箋注】

〔一〕何德器：即何佾，字德器。龍泉人。官至江東茶鹽司。事迹見雍正處州府志卷一一。張玉仲：爲誰不詳。韓无咎：即韓元吉，字无咎。參見卷一四京口唱和序題解。瘞鶴銘：焦山江心島上的摩崖刻石。題「華陽真逸撰，上皇山樵書」。參見卷二六跋瘞鶴銘題解。

〔二〕甘露寺：在鎮江北固山。參見卷四三六月二十三日記文注〔六〕。

〔三〕圜禪師：焦山淡庵住持。

鍾山題名

乾道乙酉七月四日，笠澤陸務觀，冒大雨，獨游定林〔一〕。（江蘇金石志卷一二）

【題解】

鍾山，又名紫金山，在今江蘇南京東北。乾道元年七月，陸游在調任隆興府通判途中，冒雨獨游鍾山定林寺。本文爲陸游所作的題名，記載此事。

本文據自署，作於乾道元年（一一六五）七月。時陸游在赴任隆興通判途中。

【箋注】

〔一〕定林：即定林庵。參見卷四四七月八日記文及注〔六〕。

題蘭亭帖

自承平時，中山石刻屢爲好事者負去〔一〕。如此本固已不易得，况太行、北嶽，墮邊塵中已五十年乎〔二〕！撫卷太息。陸游。（蘭亭考卷六）

【題解】

蘭亭帖，指王羲之書蘭亭集序的摹刻本。陸游外甥桑世昌喜愛蘭亭序，家中庋藏數百本。所撰蘭亭考十二卷，記載各種版本蘭亭序一百五十餘種，是研究宋代以前蘭亭序流傳的重要文獻。書中著録諸家題跋，本卷輯録陸游爲蘭亭帖所作的題跋共六首。

孔凡禮按：「此當爲淳熙三年左右作。時距靖康之變約五十年。」

參考卷二八跋蘭亭樂毅論并趙岐王帖、跋毛仲益所藏蘭亭，卷二九跋蘭亭序，卷三〇跋韓立道所藏蘭亭序，卷三一跋陳伯予所藏蘭亭帖。

【箋注】

〔一〕承平：治平相承，即太平。此指北宋金兵未南侵時。中山石刻：指蘭亭序的中山石刻本。四庫全書總目卷八六蘭亭考提要述及中山刻本及他本流傳情況稱：「其中評議不同者，如或謂梁亂，蘭亭本出外，陳天嘉中爲智永所得；又或謂王氏子孫傳掌，至七代孫智永。此蘭亭真迹流傳之不同也。又如或謂石晉之亂，棄石刻於中山，宋初歸李學究。李死，其子摹以售人。後負官緡，宋祁爲定武帥，出公帑買之，置庫中。又或謂有遊士携此石走四方，其人死營妓家，伶人取以獻宋祁。又或謂唐太宗以搨本賜方鎮，惟定武用玉石刻之，世號定武本。薛紹彭見公廚有石鎮肉，乃别刻石以易之。此又定武石刻流傳之不同也。」中山，指古中山國，在今河北定州。

〔二〕太行，即太行山，在今山西與華北平原之間。北嶽：即恒山，五嶽之一，在今山西渾源南。墮邊塵：指被金人佔領。

跋蘭亭帖

一

馮氏所藏蘭亭二本，得之昭德晁氏〔一〕。端彦字美叔，説之字伯以，公耄字武子：其三世也〔二〕。嘉泰二年二月六日，陸游年七十八題。（蘭亭考卷一〇）

【題解】

本文據文末自署，作於嘉泰二年（一二〇二）二月六日。時陸游致仕家居。

【箋注】

〔一〕馮氏：或即跋蘭亭帖二所稱之馮達道。昭德晁氏，參見卷三〇跋諸晁書帖題解。

〔二〕三世：端彦，即晁端彦，字美叔，嘉祐二年進士。歷官提點淮南東路、兩浙路刑獄，知單州、亳州、蔡州、陝州，充賀遼國正旦使，擢吏部郎中、左司郎中、秘書少監等。説之，即晁説之，字伯以，一字以道，號景迂生。晁端彦子。元豐五年進士。官至中書舍人兼太子詹事、徽猷閣待制兼侍讀。參見卷一四晁伯咎詩集序注〔一〕。公毫，即晁公毫，字武子。晁説之之子。曾任遂昌縣令。

二

近見馮達道所藏蘭亭〔一〕，使人欲起拜。留觀百餘日，乃歸之。今又得觀孟達本，清瘦勁拔，亦其流亞也〔二〕。陸游務觀嘉泰二年重午日〔三〕。（蘭亭考卷七）

【題解】

本文據文末自署，作於嘉泰二年（一二〇二）五月五日。時陸游致仕家居。

【箋注】

〔一〕馮達道：爲誰不詳。

〔二〕孟達：即李兼，字孟達，寧國（今屬安徽）人。開禧三年知台州，次年除宗正丞，未行卒。博學工詩，爲楊萬里推許。事迹見陸心源宋詩紀事補遺。流亞：同一類人或物。三國志董劉馬陳董吕傳論：「吕乂臨郡則垂稱，處朝則被損，亦黄薛之流亞矣。」

〔三〕重午：即重五，五月初五。李之儀南鄉子端午：「小雨濕黄昏，重午佳辰獨掩門。」

三

蘭亭刻石，雖佳本皆不免有可恨。此唐人響搨，乃獨縱横放肆，不爲法度拘窘，猶可想見繭紙故書之超軼絶塵也〔一〕。其後書乾符元年三月〔二〕，而觀者或以不與史合爲疑。予按歐陽公集古録率以石本證史家之誤〔三〕，此獨不可據以爲證乎！陸游。

（蘭亭考卷六）

【題解】

本文作年不詳。待考。

【箋注】

〔一〕響搨：古代複製法書之法，將紙、絹覆於墨迹上，向光照明，雙鈎填墨。傳世晉唐法書多是響搨本。説郛卷一二引趙希鵠洞天清禄集古今石刻辨：「以紙加碑上，貼於窗户間，以游絲筆就明處圈却字畫，填以濃墨，謂之響搨。」拘窘：局促窘迫。繭紙：一種書畫用紙。相傳王羲之用其書蘭亭序。超軼絶塵，比喻出類拔萃，不同凡響。張戒歲寒堂詩話卷上：「可喜可愕之趣，超軼絶塵。」

〔二〕乾符：唐僖宗年號，八七四至八七九年。

〔三〕歐陽公集古録，即歐陽修撰集古録跋尾十卷，爲最早的金石學著作，收録周秦至五代金石文字跋尾四百餘首。

四

王逸少一不得意，誓墓不出，遂終其身〔一〕。子敬答殿榜之請〔二〕，辭意峻甚，豈知世間有得喪禍福哉！以此學二王書，庶幾得之！若不辨此，雖家藏昭陵繭紙真迹〔三〕，字字而講之，筆筆而求之，去蘭亭愈遠矣。謂予不信，有如大江〔四〕。（蘭亭考卷七）

【題解】

本文作年不詳。待考。

【箋注】

〔一〕王逸少：即王羲之，字逸少。誓墓：指去官歸隱。典出晉書王羲之傳：「時驃騎將軍王述少有名譽，與羲之齊名，而羲之甚輕之，由是情好不協……述後檢察會稽郡，辯其刑政，主者疲於簡對。羲之深恥之，遂稱病去郡，於父母墓前自誓。」

〔二〕子敬：即王獻之，字子敬。王羲之第七子。以行、草書聞名，與其父并稱二王。晉書王獻之傳：「謝安甚欽愛之，請爲長史。安進號衛將軍，復爲長史。太元中，新起太極殿，安欲使獻之題榜，以爲萬代寶，而難言之，試謂曰：『魏時陵雲殿榜未題，而匠者誤釘之，不可下，乃使韋仲將懸橙書之。比訖，鬚鬢盡白，裁餘氣息。還語子弟，宜絶此法。』獻之揣知其旨，正色曰：『仲將，魏之大臣，寧有此事！使其若此，有以知魏德之不長。』安遂不之逼。」

〔三〕昭陵：唐太宗李世民陵寢。相傳蘭亭序真迹埋入昭陵。秦觀書蘭亭敘後：「貞觀二十三年，高宗奉遺詔，以蘭亭入昭陵。」

〔四〕有如大江：用於誓言。語本晉書祖逖傳：「（逖）仍將本流徙部曲百餘家渡江，中流擊楫而誓曰：『祖逖不能清中原而復濟者，有如大江！』」

五

右定武舊本蘭亭〔一〕，骨氣卓然可見，不以「流」「湍」「帶」「右」「天」五字定真贋也。陸游識。（蘭亭考卷一〇）

【題解】

本文作年不詳。待考。

【箋注】

〔一〕定武舊本：蘭亭的定武石刻本。參見卷二八跋毛仲益所藏蘭亭注〔一〕。定武，在今河北定縣。

跋北齊校書圖

高齊以夷虜遺種，盜據中原，其所爲皆虜政也〔一〕。雖强飾以稽古禮文之事，如犬著方山冠〔二〕；而諸君子乃挾書從之遊，塵壒羶腥〔三〕，污我筆硯，余但見其可耻耳！淳熙八年九月廿日陸游識。

（李慈銘越縵堂日記第三十七册）

【題解】北齊校書圖，北齊楊子華所作繪畫長卷，描繪北齊天保七年（五五六），文宣帝高洋命樊遜和文士高乾和等十一人，借邢子才、魏收的家藏古籍，刊定國家收藏的五經、諸史的情景。稍早陸游好友韓元吉亦撰有跋北齊校書圖，見南澗甲乙稿卷一。本文爲陸游爲北齊校書圖所作的跋文，斥責北齊校書爲「强飾」「稽古禮文之事」，而參與者爲「可耻」。

本文據文末自署，作於淳熙八年（一一八一）九月二十日。時陸游罷職家居。

【箋注】

〔一〕高齊：即北齊，皇帝高姓。文宣帝高洋取代東魏而立，歷六帝而滅於北周，享國二十八年（五五〇至五七七年）。夷虜遺種：高洋之母爲鮮卑人，北齊風俗明顯鮮卑化。陸游站在漢族立場，并在北方被金人佔領的形勢下貶斥北齊爲「夷虜遺種」。虜政，夷虜之政。

〔二〕稽古禮文：考察古事，崇尚禮儀。此指校定古籍。方山冠：漢代祭祀宗廟時樂舞人所戴之冠，蔡邕獨斷卷下：「方山冠以五采縠爲之。漢祀宗廟，大予、八佾樂、五行舞人服之，衣冠各從其行之色，如其方色而舞焉。」

〔三〕塵壒膻腥：指沾染外族的氣味。塵壒，飛揚的塵土。

跋黄山谷三言詩卷

此帖與漢嘉安樂園題名絶相類，豈亦謫僰時所書耶〔一〕！淳熙癸卯二月二十三日，甫里陸游識。（珊瑚網法書題跋）

【題解】

黄山谷三言詩卷，指黄庭堅紹聖元年夏在黄龍山中所作三言詩的書帖。詩曰：「寄嶽雲，安九夏。無間緣，實蕭灑。碧溪頭，古松下。卧槃陀，晝復夜。八德水，清且美。蕩精神，浸牙齒。亂雲根，衆峰裏。掬與斟，隨器爾。」本文爲陸游爲黄山谷三言詩卷所作的跋文。

本文據文末自署，作於淳熙十年（一一八三）二月二十三日。時陸游奉祠家居，主管成都府玉局觀。

【箋注】

〔一〕漢嘉：即嘉州，今四川樂山。安樂園：園林名。范成大吴船録卷上：「九頂之旁，有烏尤一峰小，江水繞之，如巧畫之圖。樓前百餘步，有古安樂園，山谷常游之，名軒曰涪翁，壁間題字猶存，云『見水繞烏尤』，惟此亭耳。是時未有萬景，故山谷以安樂園爲勝，今不足道矣。」謫僰：指紹聖二年黄庭堅被貶涪州别駕，黔州安置，後再移戎州。僰，古代西南少數民族名，亦指僰人所居今川南滇東一帶。漢書伍被傳：「南越賓服，羌僰貢獻，東甌入朝。」

顏師古注：「僰，西南夷也。」

跋世説新語

郡中舊有南史、劉賓客集，版皆廢於火，世説亦不復在〔一〕。游到官始重刻之，以存故事。世説最後成，因并識於卷末。淳熙戊申重五日新定郡守笠澤陸游書。

（四部叢刊影印明嘉靖本世説新語卷末）

【題解】

陸游於知嚴州任上，除刊行自己詩集新刊劍南詩稿外，還刊刻典籍多種。郡中舊有南史、劉賓客集、世説新語三書，書版均已不存。陸游重刻之。本文爲陸游爲所刻世説新語所作的跋文，紀録始末，以存故事。

本文據文末自署，作於淳熙十五年（一一八八）五月五日。時陸游在知嚴州任上。

【箋注】

〔一〕南史：紀傳體通史，記載南朝宋、齊、梁、陳四朝史事。唐李延壽撰。劉賓客集：唐代劉禹錫的文集。劉禹錫晚年在洛陽任太子賓客，故稱劉賓客。世説：即世説新語，記載東漢至晉宋間諸名士言行軼事的筆記小説。分爲三十六門，共一千二百餘則。宋劉義慶撰，梁劉孝標注。

附録一　陸游生平暨渭南文年表

說明：本年表載録陸游生平簡歷及各年作文（含集外文）情況。文章爲可考定的該年作品，按月日時序排列，無法確定月日的附當年後。不繫年文集中列於表後。簡歷及編年主要參考于北山陸游年譜、歐小牧陸游年譜，亦有修訂。

宋徽宗宣和七年（一一二五）乙巳　一歲

十月十七日，陸游出生於淮河邊泊舟中。

高宗建炎四年（一一三〇）庚戌　六歲

隨父母及全家避兵東陽。

紹興三年（一一三三）癸丑　九歲

隨父母自東陽回山陰。

紹興四年（一一三四）甲寅　十歲

在雲門入鄉校。

紹興六年（一一三六）丙辰　十二歲

能詩文。以門蔭補登仕郎。

紹興十年（一一四〇）庚申　十六歲

赴臨安應銓試不第。

紹興十二年（一一四二）壬戌　十八歲

始從曾幾學詩。

紹興十三年（一一四三）癸亥　十九歲

始發憤爲古學。秋赴臨安應進士試，敗舉。

紹興十四年（一一四四）甲子　二十歲

與唐氏結婚。作文一首。

司馬温公布被銘

紹興十六年（一一四六）丙寅　二十二歲

與唐氏仳離。

紹興十七年（一一四七）丁卯　二十三歲

續娶蜀郡王氏。

紹興十八年（一一四八）戊辰　二十四歲

父陸宰卒。

紹興二十三年（一一五三）癸酉　二十九歲

秋赴臨安應鎖廳試，陳之茂擢置第一，觸怒秦檜。作文一首。

秋　謝解啓

紹興二十四年（一一五四）甲戌　三十歲

赴禮部試，又遭黜落。

紹興二十五年（一一五五）乙亥　三十一歲

故鄉家居。作文二首。

正月　跋尹耘師書劉隨州集

十一月　跋唐御覽詩

紹興二十六年（一一五六）丙子　三十二歲

故鄉家居。作文一首。

十二月　跋文武兩朝獻替記

紹興二十七年（一一五七）丁丑　三十三歲

故鄉家居。作文三首。

四月　賀台州曾直閣啓

九月　賀曾秘監啓

十一月　雲門壽聖院記

紹興二十八年（一一五八）戊寅　三十四歲

始出仕，任福州寧德縣主簿。作文三首。

七月　賀禮部曾侍郎啓

八月　寧德縣重修城隍廟記

賀謝提舉啓

紹興二十九年（一一五九）己卯　三十五歲

調官爲福州決曹。作文十四首。

二月　賀何正言除左司諫啓

五月　答邢司户書

八月　福州準赦禱諸廟文代

九月　賀湯丞相啓

秋　福州城隍昭利東嶽廟祈雨文代

秋　福州謝雨文代

秋　福州歐冶池龍鱓溪河口五龍祈雨祝文代

秋　福州閩王閩忠懿王祈雨祝文代

秋　虎節門觀雨賦

冬　皇太后靈駕發引祭文

賀辛給事啓

上辛給事書

答福州察推啓

答劉主簿書

紹興三十年（一一六〇）庚辰　三十六歲

正月奉召赴行在。五月除敕令所删定官。作文六首。

五月　除删定官謝丞相啓、謝内翰啓、謝諫議啓

五月　謝曾侍郎啓

五月　删定官供職謝啓

十二月　灊亭記

紹興三十一年（一一六一）辛巳　三十七歲

七月遷大理司直兼宗正簿。冬任職玉牒

所。作文三首。

四月 上執政書

八月 煙艇記

九月 賀黃樞密啓

紹興三十二年(一一六二)壬午 三十八歲

六月孝宗即位。九月除樞密院編修官兼編類聖政所檢討官。十一月孝宗召見，賜進士出身。作文十七首。

擬上殿劄子

五月 天申節致語三

六月 上二府論事劄子

九月 除編修官謝丞相啓、謝參政啓

九月 論選用西北士大夫劄子

九月 代乞分兵取山東劄子

十一月 上殿劄子三

十一月 辭免賜出身狀二

十一月 謝賜出身啓

十一月 答人賀賜第啓

十二月 條對狀

孝宗隆興元年(一一六三)癸未 三十九歲

三月除通判鎮江府。六月返里。作文十二首。

正月 代二府與夏國主書

正月 賀張都督啓

二月 蠟彈省劄

春 上二府乞勿受慶雲圖劄子

春 上二府論都邑劄子

四月 天申節樞密院開啓道場疏、滿散道場疏

四月 天申節功德疏二

夏 復齋記

十一月 跋杲禪師蒙泉銘

右朝散大夫陸公墓誌銘

隆興二年（一一六四）甲申　四十歲

二月到鎮江通判任。作文九首。

二月　鎮江謁諸廟文

二月　問候洪總領啓

二月　答鈐轄啓

二月　問候葉通判啓

七月　青山羅漢堂記

七月　跋修心鑑

十月　高宗聖政草

答吴提宫啓

賀葉提刑啓

乾道元年（一一六五）乙酉　四十一歲

七月，易任隆興府通判。作文十二首。

二月　京口唱和序

二月　浮玉巖題名

三月　賀吕知府啓

四月　上陳安撫啓

四月　上史運使啓

五月　跋邵公濟詩

六月　鎮江府城隍忠祐廟記

七月　鍾山題名

秋冬　答發解進士啓

秋冬　答廖主簿發解啓

秋冬　上二府乞宫祠啓

秋冬　賀吏部陳侍郎啓

乾道二年（一一六六）丙戌　四十二歲

四月遭言官彈劾罷歸。始居鏡湖三山别業。作文七首。

正月　跋坐忘論

正月　跋查元章書

二月　跋高象先金丹歌之一

三月 跋天隱子之一

四月 跋造化權輿

十月 跋老子道德古文

秋 陳君墓誌銘

乾道三年(一一六七)丁亥 四十三歲

故鄉家居。作文一首。

正月 黄龍山崇恩禪院三門記

乾道四年(一一六八)戊子 四十四歲

故鄉家居。作文二首。

十一月 賀莆陽陳右相啓

十一月 與曾逮書之一

乾道五年(一一六九)己丑 四十五歲

故鄉家居。十二月得報,差通判夔州。作文四首。

三月 謝王宣撫啓

十二月 通判夔州謝政府啓

十二月 謝洪丞相啓

徐稚山給事慶八十樂語

乾道六年(一一七〇)庚寅 四十六歲

故鄉家居。閏五月十八日啓程赴夔州通判任,十月二十七日到達。作文一組、四首。

閏五月至十月 入蜀記

八月 祭富池神文

八月 與曾逢書

十月 跋卍庵語

十二月 送關漕詩序

乾道七年(一一七一)辛卯 四十七歲

在夔州通判任。作文十二首。

三月 王侍御生祠記

春 夔州勸農文

四月 東屯高齋記

六月 樂郊記

六月　賀洪樞使帥金陵啓
立秋　跋武威先生語録
七月　跋關著作行記
十月　雲安集序
十一月　答王樵秀才書
十二月　對雲堂記
冬　上王宣撫啓
謝晁運使啓

乾道八年（一一七二）壬辰　四十八歲

被王炎辟爲權四川宣撫使司幹辦公事兼檢法官。二月啓程，三月抵南鄭。十月幕府解散，改除成都府安撫司參議官。十一月初啓程抵成都任。作文十首。

年初　上虞丞相書
正月　謝夔路監司列薦啓
春夏　答薛參議啓
七月　静鎮堂記
九月　送范西叔序
秋　致語二
十二月　跋司馬子微餌松菊法
十二月　跋周茂叔通書
費夫人墓誌銘

乾道九年（一一七三）癸巳　四十九歲

春權通判蜀州。未久暫還成都。夏攝知嘉州。作文八首。

三月　與何蜀州啓
春　答衛司户啓
六月　東樓集序
八月　跋岑嘉州詩集
八月　藏丹洞記
九月　跋二賢像
秋冬　祖山主塔銘

冬　紅梔子華賦

淳熙元年（一一七四）甲午　五十歲

春離嘉州返蜀州任。冬攝知榮州。除夕，除成都府路安撫司參議官兼四川制置使司參議官。作文十四首。

二月　跋山谷先生三榮集
二月　跋硯録香法
夏秋　答交代楊通判啓
夏秋　與趙都大啓
夏秋　與成都張閣學啓
夏秋　答勾簡州啓
夏秋　與蜀州同官啓
夏秋　與李運使啓
夏秋　上鄭宣撫啓
七月　賀薛安撫兼制置啓
七月　跋唐修撰手簡
九月　跋瘞鶴銘
九月　跋蔡君謨帖
十月　賀葉樞密啓

淳熙二年（一一七五）乙未　五十一歲

正月別榮州，赴成都任。作文五首。

初　除制司參議官謝趙都大啓
初　賀葉丞相啓
初　賀龔參政啓
正月　跋西昆酬唱集
立冬　跋歷代陵名

淳熙三年（一一七六）丙申　五十二歲

在成都任。三月免官。五月得領祠禄，主管台州桐柏山崇道觀。始自號放翁。作文四首。

三月　范待制詩集序
九月　籌邊樓記
九月　跋温庭筠詩集

題蘭亭帖

淳熙四年(一一七七)丁酉　五十三歲

在成都領祠祿。作文四首。

正月　跋王君儀待制易説

四月　銅壺閣記

五月　成都府江瀆廟碑

五月　彭州貢院記

淳熙五年(一一七八)戊戌　五十四歲

春奉召離蜀東歸。秋抵行在,孝宗召對。除提舉福建路常平茶事。返里。冬抵建安任所。作文一組、十五首。

正月　天彭牡丹譜

五月　跋崔正言所書書法要訣

秋　祭龔參政文

秋　祭劉樞密文

秋　曾文清公墓誌銘

秋冬　答交代陳太丞啓

秋冬　與錢運使啓

秋冬　答南劍守林少卿啓

秋冬　與建寧蘇給事啓

秋冬　與本路郡守啓

十月　跋後山居士詩話

冬　福建到任謝表

冬　福建謝史丞相啓

冬　上趙參政啓

冬　上安撫沈樞密啓

冬　福建謁諸廟文

淳熙六年(一一七九)己亥　五十五歲

在福建任。秋奉詔離建安,留衢州待命。十二月改除提舉江南西路常平茶鹽公事。十二月抵撫州任所。作文二十二首。

三月　跋佛智與升老書

春夏　賀泉州陳尚書啓
春夏　答建寧陳通判啓
春夏　答漳州石通判啓
五月　持老語録序
六月　跋古柏圖
六月　跋中和院東坡帖
六月　跋漢隸
九月　賀明堂表
九月　謝明堂赦表
十月　會慶節賀表
十二月　江西到任謝表
十二月　江西到任謝史丞相啓、謝趙丞相啓、謝王樞使啓、謝錢參政啓、謝侍從啓、謝臺諫啓
十二月　與本路監司啓
十二月　答本路郡守啓
十二月　答寄居官啓
師伯渾文集序

淳熙七年（一一八〇）庚子　五十六歲

在江西任上。十一月被命詣行在。未至被劾還里。作文二十首。

二月　跋晁百谷字叙
二月　賀葛正言啓
春夏　江西祈雨青詞
春夏　謝雨青詞
四月　跋陵陽先生詩草
五月　賀周參政啓
五月　賀謝樞密啓
五月　賀禮部鄭侍郎啓
五月　天申節賀表
五月　天申節進奉銀狀
七月　跋荆公詩

九月　賀施中書啓
九月　書空青集後
秋　答撫州發解進士啓
十月　豐城劍賦
十一月　跋續集驗方
十一月　晁伯咎詩集序
十一月　撫州廣壽禪院經藏記
奏筠州反坐百姓陳彦通訴人吏冒役狀
放翁自贊之一

淳熙八年（一一八一）辛丑　五十七歲

落職家居。三月除提舉淮南東路常平茶鹽公事，被臣僚論罷。作文四首。

三月　上丞相參政乞宫觀啓
四月　先左丞使遼録
九月　跋北齊校書圖
十一月　跋朝制要覽

淳熙九年（一一八二）壬寅　五十八歲

落職家居。五月奉祠，主管成都府玉局觀。作文九首。

正月　與曾逮書之二
五月　跋東坡問疾帖
五月　跋東坡詩草
六月　成都犀浦國寧觀古楠記
六月　跋家藏造化權輿之一
立秋　跋孫府君墓誌銘
立秋　跋蘇魏公百韻詩
九月　書巢記
定法師塔銘

淳熙十年（一一八三）癸卯　五十九歲

奉祠家居。作文四首。

二月　跋黄山谷三言詩卷
九月　景迂先生祠堂記

十一月　圓覺閣記

青陽夫人墓誌銘

淳熙十一年（一一八四）甲辰　六十歲

奉祠家居。作文七首。

正月　跋三蘇遺文

二月　跋兼山先生易説之一

三月　跋鄭虞任昭君曲

五月　跋齊驅集

七月　跋傅正議至樂庵記

八月　跋中興間氣集二

淳熙十二年（一一八五）乙巳　六十一歲

奉祠家居。作文三首。

五月　跋柳柳州集

十月　跋説苑

陸孺人墓誌銘

淳熙十三年（一一八六）丙午　六十二歲

正月除知嚴州。赴行在陛辭。返里。七月初抵嚴州任。作文三十二首。

春　謝赦表

春　知嚴州謝王丞相啓、謝梁右相啓、謝周樞使啓、謝黄参政啓、謝施参政啓、謝臺諫啓、謝葛給事啓

春夏　答交代陳判院啓

五月　能仁寺捨田記

六月　與親家書

七月　嚴州到任謝表

七月　嚴州到任謝王丞相啓、謝梁右相啓、謝周樞使啓、謝臺諫啓、謝監司啓

七月　嚴州謁諸廟文、謁大成殿文、謁社稷神文

七月　答方寺丞啓

閏七月　謝賜曆日表之一

閏七月　賀王提刑啓
閏七月　與汪郎中啓
閏七月　與沈知府啓
閏七月　賀留樞密啓
九月　賀蔣中丞啓
九月　賀賈大諫啓
九月　賀謝殿院啓
秋　嚴州秋祭祝文
十月　跋章氏辨誣録
十一月　跋釣臺江公奏議

淳熙十四年(一一八七)丁未　六十三歲

在嚴州任上。作文四十一首。

正月　先太傅遺像
二月　跋高康王墓誌
二月　賀周丞相啓
二月　賀施知院啓
春　丁未嚴州勸農文
春　嚴州祈雨青詞、謝雨青詞
春　嚴州劄子
四月　賀丘運使啓
六月　祭梁右相文
夏　祭韓無咎尚書文
夏　嚴州祈雨疏三
夏　嚴州祈雨祝文之一、之二
夏秋　嚴州馬目山祈雨祝文二
夏秋　嚴州施大斛疏
夏秋　嚴州謝雨疏
七月　謝賜曆日表之二
九月　山陰陸氏女女墓銘
秋　賀蔣尚書出知婺州啓
秋　嚴州祈晴祝文
秋　嚴州廣濟廟祈雨祝文

秋　嚴州謝雨祝文
秋　浙東安撫司參議陸公墓誌銘
秋　祭丘運使母夫人文
秋　焚香賦
秋　自閔賦
秋　思故山賦
十月　會慶節賀表之二
十二月　常州開河記
冬　嚴州謝雪疏
冬　嚴州謝雪祝文
冬　嚴州久雪祈晴疏
冬　嚴州久雪祈晴祝文
王仲信畫水石贊
真廟賜馮侍中詩
傅正義墓誌銘
良禪師塔銘
淳熙十五年（一一八八）戊申　六十四歲

在嚴州任上。四月上書乞祠。七月任滿返里。冬除軍器少監，入都。作文十五首。

正月　陸氏大墓表
三月　跋半山集
春　戊申嚴州勸農文
四月　乞祠禄札子
四月　跋李深之論事集
五月　跋世説新語
五月　跋李莊簡公家書
夏　嚴州祈雨祝文之三
夏　嚴州戊申謝蠶麥祝文
夏　賀葉户書啓
秋　跋之罘先生稿
十一月　跋吴夢予詩編
冬　上殿劄子三

淳熙十六年（一一八九）己酉　六十五歲

在行在。二月初光宗即位。除禮部郎中。四月兼膳部檢察。七月兼實録院檢討官。十一月末被劾罷官返里。作文四十首。

二月　丞相率文武百僚請建重明節表三

二月　立皇后丞相率文武百僚稱賀壽皇表、賀皇帝表、賀皇太后牋、賀壽成皇后牋、賀皇后牋

三月　上殿劄子二

三月　長短句序

四月　上殿劄子二

四月　跋松陵集三

四月　跋王仲言乞米詩

五月　文武百僚謝春衣表

立秋　跋金奩集

八月　重明節明慶寺丞相率百僚啓建道場疏三

八月　跋兼山先生易説之二

九月　會慶節明慶寺丞相率百僚啓建道場疏三

九月　高僧猷公塔銘

十月　文武百僚謝冬衣表

十月　會慶節丞相率文武百僚賀壽皇表

十月　跋韓非子

十一月　丞相率文武百僚賀至尊壽皇聖帝冬至表

十一月　丞相率文武百僚賀皇帝冬至表

十一月　跋却掃編

十一月　明州育王山買田記

丞相率文武百僚請皇帝聽樂表

丞相率文武百僚賀皇太后受册牋

丞相率文武百僚賀壽成皇后受册牋

丞相率文武百僚上皇帝賀三殿受册表

丞相率文武百僚賀壽皇正旦表

丞相率文武百僚賀皇帝正旦表

光宗紹熙元年（一一九〇）庚戌　六十六歲

落職家居。作文九首。

正月　跋彩選

正月　跋陝西印章之一

立夏　跋詩稿

五月　跋秘閣續帖張長史率意帖

六月　跋王深甫先生書簡二

七月　跋尹耘師書劉隨州集

冬至　跋天隱子之二

十二月　書二公事

紹熙二年（一一九一）辛亥　六十七歲

春奉祠家居，提舉建寧府武夷山冲佑觀。作文十一首。

正月　跋郭德誼墓誌二

正月　跋郭德誼書

正月　跋後山居士長短句

三月　跋高象先金丹歌之二

六月　建寧府尊勝院佛殿記

六月　桑澤卿磚硯銘

七月　跋蘇氏易傳

九月　紹興府修學記

十一月　跋資暇集

十二月　跋陸史君廟籤

紹熙三年（一一九二）壬子　六十八歲

奉祠家居。作文五首。

正月　跋法帖二

三月　重修天封寺記

夏　吏部郎中蘇君墓誌銘

夏　別峰禪師塔銘

紹熙四年（一一九三）癸丑　六十九歲

奉祠家居。作文八首。

正月　跋蘭亭樂毅論并趙岐王帖

二月　嚴州重修南山報恩光孝寺記

立夏　跋蔡肩吾所作蘧府君墓誌銘

四月　跋原隸

秋　夫人孫氏墓誌銘

尚書王公墓誌銘

與仲玘書之一、之二

紹熙五年（一一九四）甲寅　七十歲

奉祠家居。七月寧宗即位。作文十二首。

三月　徐大用樂府序

六月　跋李徂徠集

六月　行在寧壽觀碑

八月　跋無逸講義

八月　跋劉文老使君義居遺戒

十月　跋東坡帖

閏十月　跋京本家語

十二月　跋東坡祭陳令舉文

十二月　跋劉凝之陳令舉騎牛圖

冬　尤延之尚書哀辭

楊夫人墓誌銘

海淨大師塔銘

寧宗慶元元年（一一九五）乙卯　七十一歲

奉祠家居。作文五首。

正月　跋東坡七夕詞後

八月　跋家藏造化權輿之二

九月　跋張監丞雲莊詩集

九月　跋淵明集

陸郎中墓誌銘

慶元二年（一一九六）丙辰　七十二歲

奉祠家居。作文四首。

五月　會稽縣重建社壇記

六月　跋巴東集

九月　呂居仁集序

冬　廣德軍放生池記

慶元三年（一一九七）丁巳　七十三歲

奉祠家居。五月，夫人王氏卒。作文十三首。

正月　與杜思恭書

二月　跋呂侍講歲時雜記

五月　令人王氏壙記

六月　跋許用晦丁卯集

七月　跋李涪刊誤

八月　跋歸去來白蓮社圖

九月　跋釋氏通紀

九月　佛照禪師語録序

九月　知興化軍趙公墓誌銘

十一月　跋毛仲益所藏蘭亭

奉直大夫陸公墓誌銘

中丞蔣公墓誌銘

呂從事夫人方氏墓誌銘

慶元四年（一一九八）戊午　七十四歲

奉祠家居。十月，奉祠歲滿，不復請。作文五首。

正月　鎮江府駐劄御前諸軍副都統廳壁記

十月　跋魏先生草堂集

十月　跋王輔嗣老子

十月　夫人陳氏墓誌銘

承議張君墓誌銘

慶元五年（一一九九）己未　七十五歲

五月始以中大夫致仕家居。作文十四首。

三月　跋前漢通用古字韵編

立秋　跋曉師顯應録

七月　跋胡少汲小集

七月　法雲寺觀音殿記

八月　會稽縣新建華嚴院記

八月　跋范巨山家訓

九月　答陸伯政上舍書

十月　嚴州烏龍廣濟廟碑

十一月　跋張安國家問

十一月　跋坐忘論

冬　祭大侄文

祭方伯謨文

德勳廟碑

朝奉大夫石公墓誌銘

慶元六年（一二〇〇）庚申　七十六歲

春除直華文閣致仕家居。作文三十三首。

二月　跋唐盧肇集

三月　趙秘閣文集序

春　除直華文閣謝丞相啓

四月　方德亨詩集序

四月　頤庵居士集序

四月　泰州報恩光孝禪寺最吉祥殿碑

五月　跋居家雜儀

五月　跋南堂語

五月　跋皇甫先生文集

五月　跋漢文帝後元年三月詔

六月　方伯謨墓誌銘

七月　跋注心賦

秋社日　跋朱新仲舍人自作墓誌

八月　居室記

九月　跋黄魯直書
九月　跋蘭亭序
九月　跋樂毅論
九月　跋李朝議帖
九月　跋東方朔畫贊
九月　跋李少卿帖
九月　邵武縣興造記
九月　跋李虞部與范忠宣公啓
九月　跋范文正公書
十月　留夫人墓誌銘
十月　孫君墓表
冬　祭朱元晦侍講文
南園記
跋東坡帖
跋盧衷父絶句
跋四三叔父文集

朝議大夫張公墓誌銘
王季嘉墓誌銘
詹朝奉墓表

嘉泰元年（一二〇一）辛酉　七十七歲

致仕家居。作文六首。

二月　會稽志序
四月　敷浄人求僧贊
五月　跋王右丞集
五月　跋盤澗圖
十月　諸暨縣主簿廳記
石君墓誌銘

嘉泰二年（一二〇二）壬戌　七十八歲

致仕家居。五月詔以元官提舉佑神觀兼實録院同修撰兼同修國史，六月十四日入都修史。十二月除秘書監。作文三十二首。

正月　施司諫註東坡詩序

正月　跋歐陽文忠公疏草
正月　跋爲琛師書維摩經
二月　跋蘭亭帖之一
二月　跋東坡諫疏草
二月　跋東坡代張文定上疏草
四月　跋朱氏易傳
四月　跋晁以道書傳
四月　跋嵩山景迂集
五月　跋任德翁乘桴集
五月　跋蘭亭帖之二
五月　跋洪慶善帖
五月　修史謝丞相啓
六月　除修史上殿劄子
九月　瑞慶節功德疏七
九月　跋蒲郎中易老解
秋冬　賀謝丞相除少保啓
十月　瑞慶節賀表
十月　跋陸子彊家書
十一月　達觀堂詩序
十一月　賀張參政修史啓
閏十二月　跋子聿所藏國史補
閏十二月　跋火井碑
閏十二月　婺州稽古閣記
夫人陸氏墓誌銘
程君墓誌銘

嘉泰三年(一二〇三)癸亥　七十九歲

正月除寶謨閣待制。四月完成修史，上孝宗實録、光宗實録，以致仕乞歸。除提舉江州太平興國宫。五月十四日去國返里。秋轉太中大夫。作文三十首。

正月　除寶謨閣待制舉曾黯自代狀
正月　除寶謨閣待制謝表

正月　除寶謨閣待制謝丞相啓
正月　梅聖俞別集序
正月　楊夢錫集句杜詩序
二月　謝費樞密啓
三月　高宗賜趙延康御書
四月　乞致仕劄子之一、之二
四月　跋韓晉公牛
四月　閱古泉記
四月　跋畫橙
四月　跋臨帖
四月　跋米老畫
五月　高皇御書之一
五月　跋潘豳老帖
五月　跋薌林帖
五月　跋陳魯公所草親征詔
五月　跋蔡忠懷送將歸賦
九月　跋東坡書髓
秋　辭免轉太中大夫狀
秋　轉太中大夫謝表
十月　智者寺興造記
十月　跋范元卿舍人書陳公實長短句後
十一月　與仲玘書之三
十一月　光宗册寶賀表
十一月　光宗册寶賀太皇太后牋
冬　跋謝師厚書
跋楊處士村居感興
洞霄宮碑

嘉泰四年（一二〇四）甲子　八十歲

獲准以太中大夫充寶謨閣待制再次致仕家居。作文三十一首。

正月　與仲玘書之四、之五
正月　乞致仕劄子之三

正月　謝致仕表
正月　致仕謝丞相啓
二月　跋雲丘詩集後
二月　陸伯政山堂類稿序
三月　常州奔牛閘記
三月　普燈録序
四月　與仲玘書之六
六月　跋吕舍人九經堂詩
六月　跋韓忠獻帖
六月　跋高大卿家書
六月　跋諸晁書帖
六月　跋南城吴氏社倉書樓詩文後
六月　跋六一居士集古録跋尾
六月　跋林和靖詩集
七月　與仲玘書之七、之八
八月　跋米元暉書先左丞海岱樓詩
八月　跋陝西印章之二
八月　跋蘇丞相手澤
十月　跋韓幹馬
十一月　跋義松
十二月　跋林和靖帖
十二月　跋東坡集
冬　答權提刑啓
冬　答胡吉州啓
冬　祭周益公文
放翁自贊之二、之三

開禧元年(一二〇五)乙丑　八十一歲

致仕家居。作文二十三首。

正月　跋三近齋餘録
正月　跋陶靖節文集
正月　盱眙軍翠屏堂記
二月　跋望江䴵君集

三月　上天竺復庵記
四月　書安濟法後
四月　東籬記
九月　高皇御書之二
九月　跋吴越備史二
九月　跋卿師帖
九月　跋僧帖
九月　跋松陵倡和集
九月　澹齋居士詩序
九月　傅給事外制集序
十一月　跋吕成叔和東坡尖叉韻雪詩
十一月　跋潛虛
十一月　聞鼙録序
十二月　跋花間集二
十二月　周益公文集序
十二月　嚴州釣臺買田記
朝奉大夫直祕閣張公墓誌銘

開禧二年(一二〇六)丙寅　八十二歲

致仕家居。作文十六首。

三月　今上皇帝賜包道成御書崇道庵額
四月　跋韓晉公子母犢
四月　跋韓立道所藏蘭亭
四月　跋龔氏金花帖子
四月　何君墓表
五月　跋曾文清公奏議稿
五月　跋曾文清公詩稿
六月　跋魚計賦
六月　跋徐待制詩稿
九月　跋周益公詩卷
秋　薦舉人材狀
十一月　跋樊川集
十二月　孺人王氏墓表

山堂陸先生墓誌銘
監丞周公墓誌銘
松源禪師塔銘

開禧三年(一二〇七)丁卯　八十三歲

致仕家居。正月晉封渭南伯。作文二十六首。

正月　仁和縣重修先聖廟記
正月　跋鮑參軍文集
正月　跋周侍郎奏稿
正月　跋周侍郎尋姊妹帖
二月　跋南華真經
二月　湖州常照院記
二月　逆曦授首稱賀表
二月　逆曦授首賀太皇太后箋
二月　逆曦授首賀皇后箋
三月　跋與周監丞書
四月　再跋皇甫先生文集後
五月　跋張魏公與劉察院帖
五月　跋世父大夫詩稿
五月　跋魯直書大戴踐阼篇
六月　跋唐昭宗賜錢武肅王鐵券文
六月　宣城李虞部詩序
七月　東陽陳君義莊記
秋　祭張季長大卿文
秋冬　求志居士彭君墓誌銘
十月　跋司馬端衡畫傳燈圖
十二月　跋吕伯共書後
十二月　跋張敬夫書後
十二月　跋劉戒之東歸詩
放翁自贊之四
法慈懺殿記
夫人樊氏墓誌銘

嘉定元年（一二〇八）戊辰　八十四歲

落職家居。二月被劾落職寶謨閣待制。作文二十七首。

二月　落職謝表
二月　廬帥田侯生祠記
二月　曾裘父詩集序
三月　送巖電道人入蜀序
四月　跋秦淮海書
四月　跋柳書蘇夫人墓誌
四月　邢芻甫字序
四月　跋朱希真所書雜鈔
五月　跋爲子遹書詩卷後
五月　跋吕文靖門銘
五月　靈秘院營造記
五月　曾温伯字序
五月　吴氏書樓記
六月　橋南書院記
六月　跋詹仲信所藏詩稿
七月　跋陳伯予所藏樂毅論
七月　跋伯予所藏黄州兄帖
七月　跋傅給事竹友詩稿
七月　心遠堂記
七月　萬卷樓記
九月　天童無用禪師語録序
十月　跋陳伯予所藏蘭亭帖
十月　皇帝御正殿賀表
十月　皇帝御正殿賀皇后牋
十月　皇帝御正殿賀皇太子牋
十二月　跋坡谷帖
退谷雲禪師塔銘

嘉定二年（一二〇九）己巳　八十五歲

落職家居。入秋得疾。十二月二十九日逝

世。作文七首。

三月　陳長翁文集序

四月　跋山谷書陰真君詩

七月　跋吕尚書帖

七月　跋傅給事帖

八月　皇太子受册賀表

八月　皇太子受册賀皇后牋

八月　賀皇太子受册牋

附：不繫年文　共一百二十首

容齋燕集詩序（作於少年時）

梅子真泉銘（作於少年時）

禹廟賦（作於少年時）

跋臨汝志（作於任職隆興通判時）

吕真人贊二（作於蜀中）

中巖圜老像贊（作於蜀中）

姚平仲小傳（作於蜀中）

跋尼光語録（作於蜀中）

祭魯國太夫人文（作於蜀中）

祭王侍御令人文（作於蜀中）

祭祝永康文（作於蜀中）

跋程正伯所藏山谷帖（作於蜀中）

金崖硯銘（作於蜀地東歸後）

蠻溪硯銘（作於蜀地東歸後）

延平硯銘（作於任職福建常平時）

福州請仁王堅老疏（作於任職福建常平時）

福州請九峰圓老疏（作於任職福建常平時）

福州請聖泉穎老疏（作於任職福建常平時）

錢侍郎海山硯銘（作於知嚴州時）

光孝請廓老疏（作於知嚴州時）

祭許辰州文（作於淳熙末）

素心硯銘（作於紹熙後）

法雲寺建觀音藏殿疏（作於慶元初）

重建大善寺疏（作於慶元中）

祭蔣中丞夫人文（作於慶元中）

開元寺重建三門疏（作於慶元末）

書屠覺筆（作於嘉泰初）

書渭橋事（作於嘉泰末）

保安青詞（作於嘉泰末）

祭十郎文（作於嘉定初）

以下待考：

與尉論捕盜書

崔伯易畫像贊

東坡像贊

鍾離真人贊

僧師源畫觀音贊

宏智禪師真贊

大慧禪師真贊

卍庵禪師真贊

塗毒策禪師真贊二

佛照禪師真贊

大洪禪師贊

奉聖淳山主年八十有四放翁爲作真贊

芋庵宗慧禪師真贊

廣慧法師贊

錢道人贊

記太子親王尹京故事

族叔父元肅傳

陳氏老傳

紹興府衆會黄籙青詞

祈雨疏

謝雨疏

道宮謝雨疏

安隱寺修鐘樓疏

重修光孝觀疏

圓通寺建僧堂疏
道像五藏疏
鷲峰寺重建三門疏
重修大慶寺疏
能仁請昕老疏
雍熙請最老疏
鄉士請妙相講主疏
千秋觀修造疏
雍熙請機老疏
雍熙請錫老疏
求僧疏二
紫霄宫女童徐居慶求披戴疏
成都大聖慈寺念經院僧法慧爲行者雷印
定求度牒疏
雍熙請倫老疏
梁氏子求僧疏
孫餘慶求披戴疏
陶山庵行者求化度牒疏
傅妙和求僧疏
葉可忻求僧疏
書通鑑後二
書賈充傳後
書郭崇韜傳後
書浮屠事
書包明事
書神仙近事
跋熊舍人四六後
跋張待制家傳
跋柳氏訓序
跋祠部集
跋消災頌
跋肇論

先楚公奏檢
跋宗元先生文集
跋韓子蒼語録
跋孟浩然詩集
跋出疆行程
跋李衛公集
跋徐節孝語
跋趙渭南詩集
跋石鼓文辨
跋西崑酬唱集
跋兼山家學
跋淮海後集
跋張季長中庸辨擇
跋法書後
跋李太白詩
跋重廣字説
跋巖壑小集
跋王元澤論語孟子解
祭趙提刑文
祭勤首座文
祭胡監丞文
祭曾原伯大卿文
沈子壽母趙夫人哀詞
回江西王倉
與明遠書
與仲信書
與友人書
半隱齋記
跋蘭亭帖之三
跋蘭亭帖之四
跋蘭亭帖之五

附録二　渭南文集序跋評騭彙録

宋　韓元吉送陸務觀序（節録）

夫以務觀之才，與其文章議論，頡頏於論思侍從之選，必有知其先後者。既未獲逞，下得一郡而施，亦庶幾焉。豈士之進退必有時哉！聖天子在上，二三賢雋在列，不謂之時不可也。然務觀舟敗幾溺，而書來詫曰：「平生未行江也。蒹葭之蒼茫，鳧雁之出没，風月之清絶，山水之夷曠，疇昔皆寓於詩而未盡其髣髴者，今幸遭之，必毋爲我戚戚也。」蓋其志尚不凡如此，吾猶爲之戚戚而言，亦不知務觀者耶！（南澗甲乙稿卷一四）

朱熹答鞏仲至（節録）

向已許爲放翁作老學齋銘，後亦不復敢著語。高明應已默解，不待縷縷自辨數也。……放翁詩書録寄，幸甚！此亦得其近書，筆力愈精健。頃嘗憂其迹太近，能太高，或爲有力者所牽挽，不得全此晚節；計今决可免矣，此亦非細事也。（第四書，朱文公文集卷六四）

放翁筆力愈健，但恨無故被天津橋上胡孫擾亂，却爲大耳三藏覷見。（第六書，同上）

放翁老筆尤健，在今當推爲第一流。近聞復有載筆之招，不知果否？方欲往求一文字，或恐以此疑賤迹之爲累，未必肯作耳。（第十七書，同上）

蘇洞壽陸放翁三首其二

邊松坐石日從容，故國靈光只我公。豈有文章高海内，獨將身世老山中？丹頭躍筍分明異，梅萼含椒即漸紅。千歲斯人要宗主，不妨留眼送歸鴻。（泠然齋集卷五）

杜思恭題跋一則

余在鄉曲，每從放翁陸先生遊，得其書疏詩文，幾數十軸，皆襲藏於家，將爲傳世之寶。兩年來奔走無定止。比至桂林，纔獲一通寒温問，又辱惠近作十餘紙，語精而墨妙，灑然如見其人，置諸篋笥，常隱隱有金石聲。因思王榮老欲渡觀江，傾所蓄珍異，禱於神，而風不休，及取山谷先生所書韋蘇州詩獻之，始得安流以濟。放翁先生文章翰墨，凌跨前輩，爲一世標準。顧余方僕僕羈旅中，得此奇玩，安知不爲幽靈之所覬覦耶？用是不敢祕，命工刻於崖石，與世人共之。慶元三年四月既望，會稽杜思恭書。（廣西通志卷二二四引）

陸子遹渭南文集跋

先太史之文，於古則詩、書、左氏、莊、騷、史、漢，於唐則韓昌黎，於本朝則曾南豐，是所取法。然稟賦宏大，造詣深遠，故落筆成文，則卓然自爲一家，人莫測其涯涘。蓋今學者，皆熟誦劍南之詩。續稿雖家藏，世亦多傳寫。惟遺文自先太史未病時，故已編輯，而名以渭南矣，第學者多未之見。今别爲五十卷，凡命名及次第之旨，皆出遺意，今不敢紊，乃鋟梓溧陽學宫，以廣其傳。渭南者，晚封渭南伯，乃自號爲陸渭南。嘗謂子遹曰：「劍南乃詩家事，不可施於文，故别名渭南。如入蜀記、牡丹譜、樂府詞本當别行，而異時或至散失，宜用廬陵所刊歐陽公集例，附於集後。」此皆子遹嘗有疑而請問者，故備著於此。嘉定十有三年十一月壬寅，幼子承事郎知建康府溧陽縣主管勸農公事子遹謹書。（嘉定本渭南文集卷首）

杜旃陸務觀赴召

四海文章陸放翁，百年漁釣兩龜蒙。數開天地吾何與，老作春秋道未窮。李耳守官逾二

代，張蒼職史到三公。坐令嘉泰追周漢，此是君王第一功。（癖齋小集）

羅大經鶴林玉露陸放翁（節録）

陸務觀，農師之孫，有詩名。……晚年爲韓平原作南園記，除從官。楊誠齋寄詩云：「君居東浙我江西，鏡裏新添幾縷絲？花落六回疏信息，月明千里兩相思。不應李杜翻鯨海，更羡夔龍集鳳池。道是樊川輕薄殺，猶將萬户比千詩。」蓋切磋之也。然南園記唯勉以忠獻之事業，無諛辭。晚年和平粹美，有中原承平時氣象，朱文公喜稱之。（鶴林玉露甲編卷四）

張淏會稽續志（節録）

陸游字務觀，山陰人，左丞佃之孫。自少穎悟，學問該貫，文辭超邁，酷喜爲詩，其他誌銘記序之文，皆深造三昧，尤熟識先朝典故沿革、人物出處，以故聲名振耀當世。張孝祥自謂辭翰獨步一時，每見輒傾下之。（卷五）

葉紹翁四朝聞見録陸放翁

陸游字務觀，名游，山陰人。蓋母氏夢秦少游而生公，故以秦名爲字而字其名。或曰公慕少游者也。……紹興末始賜第。學詩於茶山曾文清公，其後冰寒於水云。嘗從紫岩張公遊，具知西北事。天資慷慨，喜任俠，常以踞鞍草檄自任，且好結中原豪傑以滅敵。自商賈、仙釋、詩人、劍客，無不偏交。遊宦劍南，作爲歌詩，皆寄意恢復。書肆流傳，或得之以御孝宗。上乙其處而踶之，旋除删定官。或疑其交遊非類，爲論者所斥。上憐其才，旋即復用。未内禪，一日上手批以出，陸游除禮部郎。上之除目，自公而止，其得上眷如此。公早求退，往來若耶、雲門，留賓款洽，以觴詠自娱。官已階中大夫，遂致其仕，誓不復出。韓侂胄固欲其出，落致仕，除次對，公勉爲之出。韓喜陸附己，至出所愛四夫人擘阮琴起舞，索公爲詞，有「飛上錦裀紅縐」之語。又命公勺青衣泉，旁有唐開成道士題名。韓求陸記，記極精古，且以坐客皆不能盡一瓢，惟游盡勺，且謂掛冠復出，不惟有愧於斯泉，且有愧於開成道士云。先是，慈福賜韓以南園，韓求記於公。公記云：「天下知公之功而不知公之志，知上之倚公而不知公之自處。」公之自處與上之倚公，本自不侔，蓋寓微詞也。又云：「游老，謝事山陰澤中。公以手書來，曰：『子爲我作南園記。』豈取其無諛言，無侈辭，足以導公之志歟！」公已賜丙第，人謂公探孝宗恢復之志，故作爲歌詩，以恢復自期。至公之終，猶留詩以示其家云：「王師剋復中原日，家祭毋忘告乃翁。」則公之心，方暴白於易簀之時矣。又有鄭棫者，嘗第進士，自作南園記，并礱石以獻。韓以陸記爲重，仆鄭石瘗之地。後韓敗，鄭竟免。（乙集）

又閲古南園

蓋自寧壽觀梅亭而至太室之後山，皆觀中地也。韓侂胄擅朝，舊居於太廟側，遂奄觀之山而有之，爲閲古堂，爲閲古泉（原注：舊名青衣，有青衣童子見泉上，故以名），爲流觴曲水。泉自青衣下注於池，十有二折，旁砌以瑪瑙。泉流而下，瀦於閲古堂，渾涵數畝，有桃坡十有二級。夜燕則殿巖用紅燈數百，出於桃坡之後以燭之。其雲巖之最奇者曰「雲岫」，韓命程有徽校通鑑於中。侂胄居之既久，歲累月積，剔奇抉勝，洗石而雲根出，刳土而泉脈見。危峰穩石；淺灣曲沼，窈窕渟深，疑爲洞天福地之居，不類其爲園亭也。因在天衢咫尺，有旨盡給還寧壽，命復爲禁地云。又，慈福以南園賜侂胄，有香山十樣錦之勝，有奇石爲十洞，洞有亭，頂畫以文錦。香山本蜀守所獻，高至五丈，出於沙蝕濤激之餘，玲瓏壁立，在凌風閣下，皆記所不載。予已略具記於前集。近聞并閲古記不登於作記者之集，又碑以仆，懼後人無復考其詳，今并載二記云。

（戊集）

又慶元黨

慶元六年，公（按指朱熹）終於正寢。郡守傅伯壽以黨禁，不以聞於朝，猶遣人以賻至其家，辭焉。時故舊莫敢致哀。陸公游僅以文祭，云：「某有捐百身起九原之心，傾長河注東海之淚，路修齒耄，神往形留，公没不忘，庶其歆饗。」僅此六句，詞有所避，而意亦至矣。（丁集）

趙與時賓退録

「姚平仲字希晏，世爲西陲大將。……」此陸放翁所作平仲小傳也。放翁亦嘗以詩寄題青神山上清宫壁間云：「造物困豪傑，意將使有爲。功名未足言，或作出世資。姚公勇冠軍，百戰起西陲，天方覆中原，殆非一木支。脱身五十年，世人識公誰？但驚山澤間，有此熊豹姿。我亦志方外，白頭未逢師，年年幸廢放，儻遂與世辭。從公遊五嶽，稽首餐靈芝，金骨换緑髓，飆然松杪飛。」後守新定，再作詩托上官道人寄之云：「太尉關河傑，飛騰亦遇時。中原方蕩覆，大計易差池。素壁龍蛇字，空山熊豹姿。烟雲千萬疊，求訪固難知。」（卷八）

陳振孫直齋書録解題渭南集

渭南集三十卷，劍南詩稿、續稿八十七卷，華文閣待制山陰陸游務觀撰。左丞佃之孫，紹興末召對，賜出身。……及韓氏用事，游既挂冠久矣，有幼子澤不逮，爲侂胄作南園記，起爲大蓬，以次對再致仕。嘉定庚午，年八十六而終。游才甚高，幼爲曾吉父所賞識，詩爲中興之冠，他文

亦佳，而詩最富，至萬餘篇，古今未有，故文與詩别行。渭南者，封渭南縣伯。（卷十八）

又新修南唐書

新修南唐書十五卷。寶謨閣待制山陰陸游務觀撰。採獲諸書，頗有史法。（卷五）

又高宗聖政草

高宗聖政草一卷。陸游在隆興初奉詔修高宗聖政，草創凡例，多出其手，未成而去，私篋不敢留稿。他日追憶得此，録之而書其後，凡二十條。（卷五）

又老學庵筆記

老學庵筆記十卷。陸游務觀撰。生識前輩，年登耄期，所記見聞，殊可觀也。（卷十一）

又會稽志

會稽志二十卷。通判吴興施宿武子、郡人馮景中、陸子虡、朱鼐、王度等撰，陸放翁爲之序。

首稱禹會諸侯，而以思陵巡狩升府配之，氣壯文雅，蓋奇作也。嘉泰辛酉，陸年已七十七矣。未幾，始落仕爲史官，至八十五歲乃終。其筆力老而不衰，於此序見之。（卷八）

葉寘愛日齋叢鈔

陸放翁劍南詩集中有送兄仲高造朝一首云：「兄去游東閣，才堪直北扉，莫憂持橐晚，姑記乞身歸。道義無今古，功名有是非。臨分出苦語，不敢計從違。」規儆之意，不迫不迂，最可誦也。仲高諱升之，爲諸王宫教授，告李莊簡家私史，擢宗正丞。秦檜死，前誣訐之黨悉投竄，仲高亦坐累徙雷州。務觀後爲記復庵有云：「方爲童子時，仲高文章論議已稱成材，一時名公卿皆慕與之交。諸老先生不敢少之，皆謂仲高仕進且一日千里。自從官御史，識者惟恐不得如仲高者爲之。及其丞大宗正，出使一道，在他人亦足稱美仕，在仲高則謂之蹉跌不偶可也。顧曾不暖席，遂遭口語，南遷萬里，凡七閲寒暑，不得内徙。與仲高親厚者，每相與燕遊，輒南望歎息出涕，因罷酒去，如是數矣。然客自海上來，言仲高初不以遷謫瘴癘動其心，方與學佛者遊，落其浮華，以反本根，非復昔日仲高矣。聞者皆悵然，自以爲不足測斯人之淺深也。」末又云：「馳騁於得喪之場，出入於憂樂之域，而自得者乃如此。」大抵善爲隱蓄，而抑揚寄於言表。況其以兄弟爲之，豈不費回護？前詩之直，後記之宛，俱有味。（卷四）

周密齊東野語賈氏園池（節録）

景定三年正月，詔以魏國公賈似道有再造功，命有司建第宅家廟，賈固辭，遂以集芳園及緡錢百萬賜之。……其後，志之郡乘，從而爲之辭曰：「園囿一也，有藏歌貯舞，流連光景者；有曠志怡神，蜉蝣塵外者；有澄想遐觀，運量宇宙，而游特其寄焉者。嘻！使園囿常興而無廢，天下常治而無亂，非後天下之樂而樂者，其誰能？」嗚呼！當時爲此語者，亦安知俯仰之間，遽有荒田野草之悲哉！昔陸務觀作南園記於中原極盛之時，當時勉之以抑畏退休。今賈氏當國十有六年，諛之者惟恐不極其至，況敢幾微及此意乎？（卷十九）

周密浩然齋雅談

韓平原南園既成，遂以記屬之陸務觀。務觀辭不獲，遂以其歸耕、退休二亭名以警，其滿溢勇退之意甚婉。韓不能用其語，遂至於敗。務觀亦以此得罪，遂落次對，太中大夫致仕。外祖章文莊兼外制，行詞云：「山林之興方適，已遂掛冠；子孫之累未忘，胡爲改節？雖文人不顧於細行，而賢者責備於春秋。某官早著英猷，寖躋膴仕。功名已老，瀟然鑑曲之酒船；文采不衰，貴甚長安之紙價。豈謂宜休之晚節，蔽於不義之浮雲。深刻大書，固可追於前輩；高風勁節，得無愧於古人。時以是而深譏，朕亦爲之嘅歎。二疏既遠，汝其深知足之思；大老來歸，朕豈忘善養之道。勉圖終去，服我寬恩。」此文已載於嘉林外制集。或以爲蔡幼學，或謂出於馮端方，皆非也。（卷上）

元 托克托等宋史陸游傳（節録）

游才氣超逸，尤長於詩。晚年再出，爲韓侂胄撰南園、閲古泉記，見譏清議。朱熹嘗言其能太高，迹太近，恐爲有力者所牽挽，不得全其晚節，蓋有先見之明焉。（宋史卷三九五）

戴表元題陸渭南遺文抄後

右陸渭南遺文一帙，用王理得本傳抄。帙後有庚饒州繫譜。饒州端士，惜放翁所作韓氏南園記無甚諛語，而子孫諱之，不載於家集，其論厚矣。自饒州以下，又詆其閲古泉記及賀平原二子除祕閣等啓，以爲不當作。余早聞好事者説，謂放翁晚歲食貧，牽於幼子之累，賴以文字取妍韓氏，遂得近臣恩數，遍官數子。此説既行，而凡異時不樂於放翁之進與忌其文辭者，同爲一舌以排之，至於死且百年，同時争名角進之人亦已俱盡，宜有定論，而猶未止，蓋其事可傷悲者焉。渡江以來，如放翁，可謂問學行義人矣。諗其放阨而不傷，困窶而能肆，不可謂無君子之守。就令但如常人之見，欲爲身謀，爲子孫謀，當盛年時，知己如麻，何待七八十歲之後，始媚一戚里權幸而爲之邪？雖血氣既衰，聖人不免於戒，不可謂世之君子必當然也。謂世之君子必當然者，其自待亦不厚矣。然放翁固有不得辭者。窮不能忘仕，爲文不能不徇人之求，龐眉皓髮，屑屑道途之間，而曰我意非有它也，人誰能諒之哉！此編取饒州之意，於南園、閱古二記存而不去，使世人知放翁不絶於韓氏者，其語止此。其賀除祕閣等啓絶不類本作。余於文不敢謂知之，若俗雅四三，人望而能辯其爲放翁與否也。并告理得，使删去云。（剡源集卷十八）

劉壎隱居通議（節録）

陸放翁名游，字務觀，文士也。……晚年高卧笠澤，學士大夫尊慕之。會韓侂胄顓政，方修南園，欲得務觀爲之記，峻擢史職，趣召赴闕。務觀耻於附韓，初不欲出。一日，有妾抱其子來前，曰：「獨不爲此小官人地邪？」務觀爲之動，竟爲侂胄作記。由是失節，清議非之。有四六前、後、續三集。其文初不累疊全句，專尚風骨，雄渾沈著，自成一家，真駢儷之標準也。因摘其妙語，以訓諸幼。……以上皆放翁集中語。凡此皆以議論爲文章，以學識發議論，非胸中有千百卷書、筆下能挽萬鈞重者不能及。後來惟劉潛夫尚書極力追攀，得其旨趣，壯年所作絶似之，晚年稍變槎牙蒼鬱之態，然覺枯槁矣。（卷二一）

袁桷題放翁訓子帖

放翁先生送其子之官，獨書莊子二章以訓。或曰：「五經切近，而書莊子，何耶？」余曰：自農師右丞師尊臨川，臨川尊老莊，故其家學世守之。此二章足以涉世變，清而容物，遠禍之機也；喜怒哀樂，不入於胸次，進德之本也。紹熙黨禍萌蘖，故逢迎者廢於嘉定，標榜者錮於慶元。雖善惡岐，而當時仕進者寧不自重？先生教子之意深矣。晚歲一出，終能全身以歸，觀此蓋可知矣。袁桷書。（清容居士集卷四六）

郭翼雪履齋筆記（節録）

古來繪風手，莫如宋玉雌雄之論。荀卿雲賦，造語奇矣，寄托未爲深妙。陸務觀跋吴夢予詩云：「山澤之氣爲雲，降而爲雨，勾者伸，秀者實，此雲之見於用者也。予嘗見旱歲之雲，嵯峨突兀，起爲奇峰，足以悦人之目，而不見於用，此雲之不幸也。」從風賦脱胎，雖因襲而饒意味。

明田汝成西湖游覽志餘（節録）

山陰陸放翁務觀之出也，韓平原實招致之。所作南園、閲古泉二記，時雖稱頌，而有規勸之

忠焉。故平原敗，而猶得免禍。（卷十）

吴寬新刊渭南集序

渭南集者，宋華文閣待制封渭南縣伯山陰陸游務觀之文也。凡五十卷，近少其本。致光禄署丞事錫山華君汝德得之，乃嘉定中其子知溧陽縣子遹初刻本也。因托活字，摹而傳之。按待制以文名當時，其言雍雅典則，足爲學者資益。今觀子遹跋語，稱其所聞於父者，以六經、左氏、莊、騷、班、馬、韓、曾爲師匠，而天資工力，自得尤深。然則其言豈剽略割綴之所成哉？宜其沛然爲一家言，而莫之禦也。集中如表、啓、狀、劄、記、序、銘、贊、碑誌、題跋以及道釋詞疏、長短曲調皆具。大率宋多彌文，而四六之習滋甚，偶儷萎弱，士恒病之。若斯集之渾成，讀之新妙可愛，而又何有於厭倦哉！抑今之士，無詞科贄幅之累，而它文所成如是者幾人歟？此又重可激昂，而光禄君之心之功，尤厚且至也。印成，使來徵序，因以幸古人之見於今，而又望今人之追乎古也，於是爲序。弘治壬戌春三月上日，嘉議大夫吏部右侍郎掌詹事府事翰林院學士長洲吴寬書。（弘治本渭南文集卷首）

祝允明書新本渭南集後

放翁文筆簡健，有良史風，故爲中興大家。馬氏通考所載，有渭南集三十卷，今人猶罕見之，想望久矣。一旦忽睹其全，蓋光禄華公活字新本，凡五十卷，視馬考又過之，即翁子子遹初刻所翻也。皎兮若月食而復，燁兮若玉淤而出，絢兮若春林釋霧而葩葉呈妍，誠文苑之一快矣。初，光禄懸車鄉社，年逾七十，而好學過於弁髦。購蓄典帙，富若山轟，又製活字版，擇其切於學者，亟繙印以利衆，此集之所以易成也。自沈夢溪筆談述活板法，近時三吴好事者盛爲之。然所印有當否，則其益有淺深。惟光禄心行高古，動以益人爲志，凡所圖類若此，與彼留情一草譜禽經者迥别。於乎！人之識趣好尚有間，而事力霑被，相去果何如哉？翁之詩曰劍南稿，視此倍多，光禄得其八卷，因并印傳焉。吴郡祝允明書。（弘治本渭南文集卷末）

華珵刊渭南文集跋

余既得放翁劍南續稿印之，而惜未見其文。無幾又得渭南舊本，於是遂爲全帙，急命歸之梓墨。雖物之行塞有數，而一旦完璧，僉爲快睹，蓋不獨余之私幸而已。書完，漫識其末。尚古生華珵記。（弘治本渭南文集卷末）

汪大章渭南文集序

予少讀宋史至陸放翁傳，識其爲山陰人。正德壬申，以巡行之便，廼得登龍山、瞻禹穴，而式翁之故趾。癸酉之春，與省元張君直尚論前輩遺事，又得翁所著渭南文集，逮夜命燭覽焉，文蔚而充，才俊而逸，廓乎萬物之情，而邃乎六經之道，神目爽然，至忘倦寐。廼知考亭與之，西山論之，不我誣也。顧本多訛闕，附以手録，至不能字。因憶史稱翁長於詩，而集未之備，再求善本，雖紹興亦不可多得矣。嗚呼，況他郡邪？況數十載後邪？惟紹興山川秀發，文獻之懿名天下，然莫爲於後，雖盛有不傳者，況欲其盡傳於世？不次第圖之，則三年之艾，不畜終不可得者。廼屬諸郡守梁君喬，倡其寮屬，廣之於時。同知屈銓，通判王翰、李昇，推官杜盛，知縣張焕、黄國泰，僉以爲是不可後者，而予適更蒞浙西矣。又三月，省元以書來曰：「放翁遺集，郡齋正訛補闕，梓而行之，與吾黨之士共矣，乞序其端焉。」予惟翁忠獻在君，惠政在民，直筆在史館，而體制之工，寔備是集，天下後世，孰不誦讀而愛慕之，鄙賤之言，豈敢緣是爲附姓名計？然表章先賢，以風帥後進，此良有司美政，不可不書。若夫學者以前輩文章爲宗而振發之，求道觀行，從善闕疑，不晝乎已能，而不溺其所安，必文行交致其極，則博文之教。良不外是，尤不可不書也。噫！是豈直爲翁計，又豈直爲郡之章縫輩計哉？予不佞，敬書此爲觀者先，相與導其歸焉。正德癸酉仲夏之吉，賜進士第奉議大夫浙江按察司僉事新安汪大章書。（正德本渭南文集卷首）

梁喬渭南文集後序

古之君子足以表見於世而光大其國者，以有言語文章也。學者知之而不信，信之而不篤，何以達其令辭，昭其成式而帥彼後人哉？志於文獻者所當勉焉以振之也。宋之徐希顔嘗以所爲之文章悉自焚之，而不欲徼名於後世，慎習諸篇，從游者默而識之，曾南豐索而傳之於不朽也。陸放翁之文章具在，而南豐之傳者蓋寡，歷宋至今，待吾僉憲汪大夫而後傳焉。大夫東巡於是，而稽古有文，尚賢有道，奚止審於刑書而已。故獲放翁之遺事於省元張君直，知之而信，信之而篤，命予傳之而勿後也。予也德菲能鮮，而守紹興之名郡，其何以堪之？瞻彼清江祠而常目於劉，升諸清白堂而終心於范，惟自濯磨，願學前修而未克也，文獻之事殆將次第以爲之。大夫蓋嘗爲之矣，吾曹莫能逭其責，而且效其勞焉。書既成矣，張君請從大夫之後而書之。嗟夫！五達之交午固所不能，而七序之素餐尤所不免，予豈能文而善傳者乎？張君道其文爲希顔之屬，而大夫傳其事者南豐之徒也。歐陽子云：「從其人而信之可也。」予信大夫之篤而用命云爾，傳之何有於我哉？自是而後，要其所歸，成一代之制度，以備聖天子之疑丞，必有能於彼矣，予於是乎良有待也。正德八年歲次癸酉五月之吉，賜進士出身中順大夫紹興府知府上杭梁喬書。（正德本渭南文集卷末）

陳邦瞻重刻渭南集序

按通考：渭南集三十卷，劍南詩稿、續稿八十七卷，山陰陸游務觀撰。陳氏稱游才最高，詩爲中興冠。他文亦佳，而詩尤富，至於萬餘首，故文與詩別行。今直指陸公刻渭南集計五十二卷，而詩文俱在，與通考異。蓋後人追裒陸集所得，然未備也。頃，不佞亦購得劍南續稿八十卷，方校梓以上之公，而因以公命序之曰：自古才人學士欲以文章命世而垂後者亦衆矣。然或傳，或不傳，或傳而竟泯，或已泯而復傳，或歷時愈久巋然靈光，或簡牒方新棄置覆瓿。若此者，余以爲非直其文之故也。士惟實有所藴持於己，而思以效諸當世，雖百折而志不奪，氣不衰，其胸次之藏逢湧渤鬱，不得已而托諸言以鳴，精溢神焕，千載如見，其人常生，其言不朽，固其理也。不然，而區區托浮論以行世，所謂齊虜以口舌得官，末矣。草木飄花之悦目，鳥獸好音之娱耳，其能久乎？宋世文士，視漢唐尤盛，雖南渡後崎嶇兵戈間，士大夫學術不改承平之舊。務觀之在乾、淳世，尤稱挺出。然余考其生平，似欲以文自見者。蓋自獻納人主之前，與感憤燕私之際，靡不鋭然以修政事、攘夷狄、復祖宗之境土爲説，侵假嚮用矣。因語言泄露，一斥不復，晚乃佐邊幕，刺下郡，流離困頓，至老死而其議不少變。今其詩文中所載，大都此物此志也。嗚呼！是豈可泯滅而不傳也哉？務觀文不爲巉刻峭厲語，然渾質有西漢風；其詩尤竪深抉奥，出以雄放，使人讀之如雲雷交作，又如萬馬躑躅，劍戟森鳴。論者以比唐杜甫，異調同工，非溢評也。直指公與務觀同山陰，雖譜牒無考，而典刑在望，尚論表章之意，直文云乎哉？務觀晚節不絶韓氏，以好談恢復所誤。故朱子嘗憂其才太高，迹太近。若謂南園一記在爲幼子干澤，此庸俗細人之譚，非可與智者道也。萬曆壬子歲季春之吉，福建提刑按察司按察使高安陳邦瞻德遠書。

（萬曆陸夢祖刊本渭南文集卷首）

毛晉重刊渭南文集跋

放翁富於文辭，諸體具備，惜其集罕見於世。馬氏通考載渭南集三十卷，今不傳。邇來吴中士夫有抄而秘其本者，亦頗無詮次。紹興郡有刻本，去入蜀記，溷增詩九卷。據翁命子云，詩家事不可施於文，況十僅一二耶？既得光禄華君活字印本渭南文集五十卷，乃嘉定翁幼子遹編輯也，跋云「命名次第，皆出遺意」。但活板多謬多遺，因嚴加讎訂，并付剞劂，自秋徂冬，凡六月而書成。湖南毛晉記。（汲古閣本渭南文集卷末）

毛晉放翁逸稿跋

渭南文集皆放翁未病時手自編輯者，其不入韓侂胄園記，亦董狐筆也。予已梓行久矣，牧齋師復出賦七篇相示，皆集中所未載，又曰閲古、南園二記，雖見疵於先輩，文實可傳。其飲青衣泉「獨盡一瓢」，且曰「視道士有媿，視泉尤有媿」，已面唾侂胄。至於南園之亂，惟勉以忠獻事業，「無諛辭，無侈言」，放翁未嘗爲韓辱也。因合鐫之，并載詩餘幾闋，以補渭南之遺云。湖南毛晉識。（汲古閣本放翁逸稿卷末）

賀復徵文章辨體匯選

日記者，逐日所書，隨意命筆，正以瑣屑必備爲妙。始於歐公于役志、陸放翁入蜀記。（卷六三九）

清 錢曾讀書敏求記

放翁於乾道五年十二月六日得報差通判夔州，以久病未堪遠役，至次年閏五月十八日晚始即路，十二月二十七日早至夔州。凡途中山川易險，風俗淳漓，及古今名勝戰争之地，無不排日記録。一行役而留心世道如此，後時「家祭毋忘」，蓋有素焉。（卷二）

紀昀渭南文集提要

渭南文集五十卷逸稿二卷（内府藏本），宋陸游撰。游晚封渭南伯，故以名集。陳振孫書録解題作三十卷。此本爲毛氏汲古閣以無錫華氏活字版本重刊，凡表牋二卷、劄子二卷、奏狀一卷、啓七卷、書一卷、序二卷、碑一卷、記五卷、雜文十卷、墓誌銘墓表壙記塔銘九卷、祭文哀辭二卷、天彭牡丹譜致語共爲一卷、入蜀記六卷、詞二卷共五十卷，與陳氏所載不同。疑三字、五字筆畫相近而僞刻也。末有嘉定十三年游子、承事郎知建康府溧陽縣主管勸農事子遹跋,稱「先太史未病時,故已編輯」,「凡命名及次第之旨,皆出遺意,今不敢紊」。又述游之言曰:「劍南乃詩家事,不可施於文,故别名渭南。如入蜀記、牡丹譜、樂府詞本當别行,而異時或至失散,宜用廬陵所刊歐陽公集例,附於集後」云云。則此集雖子遹所刊,實游所自定也。游以詩名一代,而文不甚著。集中諸作,邊幅頗狹。然元祐黨家,世承文獻,遺詞命意,尚有北宋典型。故根柢不必其深厚,而修潔有餘;波瀾不必其壯闊,而尺寸不失。士龍清省,庶乎近之。較南渡末流以鄙俚爲真切、以庸沓爲詳盡者,有雲泥之别矣。游劍南詩稿有文章詩曰:「文章本天成,妙手偶得之。粹然無瑕疵,豈復須人爲。君看古彝器,巧拙兩無施。漢最近先秦,固已殊淳漓。」其文固未能及是,其旨趣則可以概見也。逸稿二卷,爲毛晉所補輯。史稱游晚年再出,爲韓侂胄撰南園、閱古泉記,見譏清議。今集中凡與侂胄啓,皆諱其姓,但稱曰丞相,亦不載此二記。惟葉紹翁四朝聞見録有其全文。晉爲收入逸稿,蓋非游之本志。然足見愧詞曲筆,雖自刊除,而流傳記載,有求其泯没而不得者。是亦足以爲戒矣。(四庫全書總目卷一六〇)

又入蜀記提要

入蜀記六卷(光禄寺卿陸錫熊家藏本),宋陸游撰。游以乾道五年授夔州通判,以次年閏六月十八日自山陰啓行，十月二十七日抵夔州，因述其道路所經，以爲是記。游本工文，故於山川風土，叙述頗爲雅潔，而於考訂古迹，尤所留意。如丹陽皇業寺即史所謂皇基寺，避唐玄宗諱而改；李白詩所謂「新豐酒」者，地在丹陽、鎮江之間，非長安之新豐；甘露寺很石、多景樓皆非故迹；真州迎鑾鎮乃徐温改名，非周世宗時所改；梅堯臣題瓜步祠詩誤以魏太武帝爲曹操；廣慧寺祭悟空禪師文石刻保大九年乃南唐元宗，非後主；庾亮樓當在武昌，不應在江州，白居易詩及張舜臣南遷志并相沿而誤；歐陽修詩「江上孤峰蔽緑蘿」句，緑蘿乃溪名，非汎指藤蘿；宋玉宅在秭歸縣東，舊有石刻，因避太宗家諱毁之，皆足備輿圖之考證。他如解杜甫詩「長年」、「三老」字及「攤錢」字、解蘇軾詩「玉塔卧微瀾」句、解南方以七月六日作七夕之由、辨李白集中姑孰十詠、歸來乎、笑矣乎、僧伽歌、懷素書歌諸篇，皆宋敏求所竄入，亦足廣見聞。其他搜尋金石、引據詩文以參證地理者，尤不可殫數，非他家行記徒流連風景、記載瑣屑者比也。（四庫全書總目卷五八）

史承謙静學齋偶誌

陸放翁金崖硯銘云：「我遊三峽，得硯南浦。西窮梁益，東掠吴楚。揮灑淋漓，鬼神風雨。百世之下，莫予敢侮。」其語氣甚奇放。又延平硯銘云：「聲如浮磬色蒼璧。」句亦佳。（卷三）

又錢侍郎海山硯銘云：「雲濤三山，飾此怪珍。誰其寶之？天子侍臣。煌煌繡衣，福我遠民。一字落紙，活億萬人。勿謂器小，其重千鈞。從公遄歸，四海皆春。」亦可云小中見大，鯨鏗春麗者已。（同上）

放翁自贊云：「遺物以貴吾身，棄智以全吾真。劍外江南，飄然幅巾。野鶴駕九天之風，澗松傲萬木之春。」又一贊云：「名動高皇，語觸秦檜。身老空山，文傳海外。」其人之賢可知矣。平原一記，其白璧之瑕乎！（同上）

渭南集題跋多佳，吾尤愛其在史館時二跋。跋韓晉公牛云：「予居鏡湖北渚，每見村童牧牛於風林煙草之間，便覺身在圖畫。自奉詔紬史，逾年不復見此，寢飯皆無味。今行且奏書矣，奏後三日，不力求去，求不聽輒止者，有如日。」又跋畫橙云：「嘉泰癸亥四月十六日，兩朝實録將進書，予以史官兼秘書監，宿衛於道山堂之東直舍，茶罷，取此軸摩挲久之，覺香透指爪。此物著霜時，予歸鏡湖小園久矣。」讀之，可想見此翁胸次。若騎牛圖、山谷圖二跋，固人人所膾炙也。（卷四）

又跋杲禪師蒙泉銘云：「右，妙喜禪師爲良上人所作蒙泉銘一首。往予嘗晨過鄭禹功博士，坐有僧焉，予年少氣豪，直據上坐。時方大雪，寒甚，因從禹功索酒，連引徑醉。禹功指僧語予曰：『此妙喜也。』予亦不敢辭。方説詩論兵，旁若無人，妙喜遂去。其後數年，予老於憂患，志氣摧落，念昔之狂，痛自悔責。然猶冀一見，作禮懺悔，孰知此老遂棄世而去耶？雖然，良公

蓋一世明眼衲子，不知予當時是，即今是？試爲下一轉語。隆興改元。」此跋亦有深意。（同上）

又何君墓表云：「詩豈易言哉！一書之不見，一物之不識，一理之不窮，皆有憾焉。同此世也，而盛衰異；同此人也，而壯老殊。一卷之詩有淳漓，一篇之詩有善病，至於一聯一句，而有可玩者，有可疵者；有一讀再讀至十百讀，乃見其妙者；有初悦可人意、熟味之使人不滿者。大抵詩欲工，而工亦非詩之極也。鍛煉之久，乃失本指，斲削之甚，反傷正氣。雖曰名不可幸得，以名求詩，又非知詩者。纖麗足以移人，誇大足以蓋衆，故論久而後公，名久而後定。嗚呼艱哉！予固不足爲知此道者，亦致其意久矣，顧每不敢易於品藻。蓋彼皆廣求約取，極數十年之力，僅得其所謂自喜者以示人，而我乃欲一覽而盡，其可乎？」右論詩，深得甘苦之致。（同上）

姚椿題渭南文集後

先生未願詩人老，文集編題是渭南。正似晦翁嵩華觀，平生志事好同參。晦翁嘗主管華山雲臺觀、嵩山沖祐觀，屢以入銜。（通藝閣詩録卷二）

孫梅四六叢話啓第七叙（節録）

陳伯玉雅有清聲，駱義烏時騫逸氣。柳子厚精純而俶儻，李義山密緻以清圓。蘇長公不合時宜，味含薑桂；陸務觀素稱作達，語帶烟霞。斯啓筆之分途，并作家之盛軌也。自任元受、李梅亭之倫，或隸事多冗，或使才太過，真意不存，緣情轉失，我思古人，翩其反矣。（卷十四）

阮元四六叢話後序（節録）

趙宋初造，鼎臣、大年，猶沿唐舊；歐、蘇、王、宋，始脱恒蹊。以氣行則機杼大變，驅成語則光景一新。然而衣辭錦纈，布帛傷其無華；工謝雕幾，簴業呈其樸鑿。南渡以還，浮溪首倡。野處、西山，亦稱名集；渭南、北海，竝號高文。雖新格别成，而古意寖失。（卷末）

趙翼甌北詩話

朱子嘗言：「放翁能太高，迹太近，恐爲有力者所牽挽。」宋史本傳因之，輒謂其不能全晚節，此論未免過刻。今按嘉泰二年放翁起修孝宗、光宗兩朝實録，其時韓侂胄當國，其係其力。然放翁自嚴州任滿東歸後，里居十二三年，年已七十七八，祠禄秩滿，亦不敢復請，是其絶意於進取可知。侂胄特以其名高而起用之，職在文字，不及他務。且借以報孝宗恩遇，原不必以不就職爲高。甫及一年，史事告成，即力辭還山，不稍留戀，則其進退綽綽，本無可議。即其爲侂胄作南園記、閲古泉記，一則勉以先忠獻之遺烈，一則諷其早退，此亦有何希榮附勢依傍門户之意？而論者輒借爲口實以訾議之，真所謂「小人好議論，不樂成人之美者」也。（自注：今二記不載文集，僅於逸稿中見之。蓋子遹刻放翁文集時，侂胄被誅未久，爲世詬厲，故有所忌諱，不敢刻入；未必放翁在時手自削去也。詩集中仍有韓太傅生日詩，并未删除。則知二記本在文集中，蓋因其乞文而應酬之，原不必諱耳。）（卷六）

袁枚小倉山房文集書陸游傳後（節録）

宋史稱陸游爲侂胄記南園，見譏清議，余嘗冤之。夫侂胄，魏公孫，智小而謀大，不過易所稱折足之鼎耳，非宦寺流也。南園成，延翁爲記，出所寵四夫人侑酒。游感其意，爲文加規，勸其禔躬活民，毋忘先人之德。在侂胄親仁，在游勸善，俱無所爲非。宋儒以惡侂胄，故被及於游。然則據宋儒之意，必使侂胄鏟除善念，不許親近一正人；而爲正人者，又必視若洪水猛獸，望望然去之。嗚呼！此宋以後清流之禍所以延至明季而愈烈也！孟子曰：「逃墨必歸於儒，歸斯受之而已矣。」孔子曰：「人潔己以進，與其進也，不與其退也。」侂胄有好名慕善之心，游因而導之以正，宜也。……使游果有附權貴希冀幸進之心，則當曾覿、龍大淵柄國時，略與沾接，早已致身通顯矣；而乃大與之忤，逐歸不悔，豈有垂暮之年反喪其守之理？卒之，侂胄自咎前失，大弛僞學之禁，又安知非游與往來陰爲疏解乎？彼矜矜然自誇清議者，或陰享其福而不知。蓋宋史成於道學之風甚熾之時，故楊時受蔡京之薦，史無譏詞；胡安國受秦檜之薦，史無譏詞。京與檜之奸，十倍於侂胄；游之過，小於楊、胡，而反詆之不休，何也？游不講學故也。張浚伐金之謀與侂胄同，符離之敗與侂胄同，然而張浚不誅，士林不議者何也？則一與朱子交，一與朱子忤故也。善乎寧宗之言曰：「恢復豈非美事，惜不量力耳。」金人葬侂胄首，謚曰忠繆，言其忠於爲國，繆於爲己故也。夫侂胄之罪，尚且一敵國、一君父爲之末減，而游作一記之過乃著於本傳中，不亦苛乎？吾故曰：史不易讀。讀全史而後可以讀本傳，讀旁史、雜史而後可以讀正史。不然，知人論世，難矣哉！（卷三十）

今人　陳康黼古今文派述略（節録）

南宋陸游，字務觀，號放翁，山陰人，有渭南文集。文亦高華朗暢，有大家風。（宋及金元時之文派）

錢鍾書管錐編

王中頭陀寺碑文。按余所見六朝及初唐人爲釋氏所撰文字，驅遣佛典禪藻，無如此碑之妥適瑩潔者。……陸游劍南詩稿卷一〇頭陀寺觀王簡棲碑有感：「世遠空驚閲陵谷，文浮未可敵江山。」渭南文集卷四入蜀記四：「頭陀寺……藏殿後有南齊王簡棲碑……駢儷卑弱，初無過人，世徒以載於文選故貴之耳。自漢魏之際，駸駸爲此體，極於齊梁，而唐尤貴之，天下一律。至韓吏部、柳柳州大變文格……及歐陽公起，然後掃蕩無餘。後進之士，雖有工拙，要皆近古。如此篇者，今人讀不能終篇，已坐睡矣，而況效之乎？」陸氏「古文」僅亞於詩，亦南宋一高手，足與葉適、陳傅良相驂靳；然其論詩、文好爲大言，正如其論政事焉。其鄙夷齊梁初唐文若此，亦猶其論詩所謂「元白才倚門，温李真自鄶」，「凌遲至元白，固已可憤疾，即觀晚唐作，令人欲焚筆」，皆不特快口揚己，亦似違心阿世。「不終篇而坐睡」，渠儂殆「渴睡漢」耳。（二一八全梁文卷五四）

朱東潤陸游選集序（節録）

陸游不僅是詩人、詞人，同時也是一位有名的文人。明代茅坤撰集唐宋八大家文鈔的時候，因爲認識的不足，没有提到陸游。其實陸游的同時人，是把他作爲重要的文人看待的。主要的證明在於他多次參加國史、實録和聖政的撰述。古代對於文人的衡量，常常根據他的是否具有史才作爲評判的標準。司馬遷、班固、范曄、沈約、魏收、李百藥、韓愈、歐陽修，乃至司馬光的成就，都是具體的證明。除了參加官書的撰述以外，陸游的南唐書雖然只是一部私人著作，但是從它的取材、持論看，不但應當列入述作之林，而且是具有重大政治意義的作品。……除南唐書以外，我們還可以指出他的老學庵筆記和入蜀記。……老學庵筆記有一些涉及身邊瑣事，但是更多的卻關涉到當代時政和文學批評，常常在新鮮活潑的筆調中，透露出作者敏鋭的認識。入蜀記六卷收入渭南文集，其實是一部獨立的著作。……入蜀記的好處，在於寫得自然，没有做作，有議論見解，有時還很安詳地流露作者的感情。陸游文，除了這三部著作以外，主要見於渭南文集，平心而論，他的成就，遠在蘇洵、蘇轍之上。他的議論文是不多的，最有價值的還是他討論詩歌的幾篇。他是一位有名的詩人，有獨特的見解，因此他的議論更能中肯。在叙記文中，他的成就較爲突出，有些寫得平静坦適，尤其透露出作者晚年的心情。題跋文是宋人的特長，他們能在少則二三十字、多則百餘字的小品中，寫出對於作者的正確估價，同時又能披露自己的思想感情。蘇軾、黄庭堅在這裏都有卓著的成績，陸游的造就尤其顯著。當然，這不是説他不善於寫作長篇的文字，集中曾文清公墓誌銘長達二千八百字，叙述曾幾的立身大節，以及他和陸游的關係；對於曾幾的堅持對敵作戰，反對屈服，尤其有詳盡的叙述，而布置井井，條理秩然，不得不推爲大手筆。渭南文集所收，除散文外，還有應用的四六文。宋代作者一般都能駢散兼長，陸游也是如此。他常能以排偶之體，運用單行之神。因此在讀他的四六文的時候，我們覺得和散文没有不可逾越的界限。（陸游選集卷首）

附録三　渭南文集宋明諸本源流考辨

陸游晚年親自編定并命名的文集渭南文集五十卷，在他去世十年後的嘉定十三年（一二二〇），由其幼子陸子遹刊刻於溧陽學宫，這是渭南文集的首次刊行本（以下簡稱嘉定本）。嘉定本之後，明代渭南文集刊印本存世的尚有四種：弘治十五年（一五〇二）無錫華珵銅活字印本五十卷（簡稱弘治本）、正德八年（一五一三）梁喬紹興刊本五十二卷（簡稱正德本）、萬曆四十年（一六一二）陸夢祖福建翻刻正德本五十二卷（簡稱萬曆本）和明末毛晉汲古閣刊陸放翁全集本五十卷（簡稱汲古閣本）。宋元明各類書目著録而無實物存世的尚有多種。近年來，多有學者對渭南文集的版本流傳進行梳理和研究，(一)但對諸本源流問題仍語焉不詳。筆者近日以幾種主要的明本與嘉定本進行了全本通校，録得異文共計一千餘條，對渭南文集宋明諸本的源流演變有一些新的發現，特撰此文以求正於方家。

從嘉定本到弘治本

渭南文集嘉定本卷首有陸子遹撰於嘉定十三年十一月壬寅的跋文，其中稱：「遺文自先太史未病時，故已編輯，而名以渭南矣。第學者多未之見，今别爲五十卷，凡命名及次第之旨，皆出遺意，今不敢紊。乃鋟梓溧陽學宫，以廣其傳。『渭南』者，晚封渭南伯，因自號爲陸渭南。嘗謂子遹曰：『劍南乃詩家事，不可施於文，故别名渭南。如入蜀記、牡丹譜、樂府詞，本當别行，而異時或至散失，宜用廬陵所刊歐陽公集例，附於集後。』此皆子遹嘗有疑而請問者，故備著於此。」這一跋文明確揭示了渭南文集爲陸游親手編成，命名、次第、體例均其自定，因而是陸游文章最權威的文本。宋史藝文志即著録此本。嘉定本因爲子遹所刻，故書中「游」均缺末筆以避父諱，此外，文中遇宋帝名諱之處也都避諱，稱皇帝名號時採用提行或空格的形式，這些成爲此本最鮮明的版本特徵。嘉定本問世已近八百年，幸猶傳世，今藏國家圖書館，惟僅存四十六卷，缺卷三、卷四、卷十一、卷十二共四卷。中華再造善本收入此本，使其能方便地爲今日學者所利用。

從嘉定本問世到元代，還有三種卷次的渭南文集著録於多種書目，具體情況如下：

（一）渭南集三十卷，著録於陳振孫直齋書録解題卷十八，同時并列著録的還有劍南詩稿、續稿八十七卷。陳氏并撰有序録概述陸游生平，并作評價稱：「游才甚高，幼爲曾吉父所賞識，詩爲中興之冠，他文亦佳，而詩最富，至萬餘篇，古今未有，故文與詩别行。渭南者，封渭南縣伯。」其後，元代馬端臨著文獻通考經籍考，全部照録了陳氏的著録和所撰序録。（見卷二百四十）但這種三十卷本的渭南集後來再未見著録，故四庫館臣判斷：「疑『三』字、『五』字筆劃相近而僞刻也。」（四庫全書總目卷一六〇渭南文集提要）

（二）渭南集四十五卷，著録於南宋張淏寶慶會稽續志卷五人物之陸游小傳，同時并列著録的還有劍南詩稿二十卷、續稿六十七卷。其後明代萬曆十五年所修紹興府志卷四十著録的陸游著述與此相同，當是照録寶慶會稽續志。而這種方志系統中的四十五卷本渭南集在其他書目中則未見著録。

（三）渭南文集五十二卷，著録於清人彭元瑞等撰天禄琳琅書目後編卷十一，爲元刊本。「書五十二卷，凡表狀二，劄子二，奏狀一，啓七，書一，序二，碑一，記五，雜文十，墓誌、塔銘九，祭文、哀辭二，天彭牡丹譜一，致語一，入蜀記六，詞二。」對照嘉定本的目録，元刊本只是將其第四十一卷祭文、哀辭和第四十二卷天彭牡丹譜、致語各分爲兩卷而已，其他一切同於嘉定本，因此可能是嘉定本的一個翻刻本，且流傳不廣，也未見其他書目著録，且今已不存。

上述兩種宋本的著録者陳振孫和張淏生活的時代比陸游稍晚，直齋書録解題和寶慶會稽續志的編撰也都在嘉定本問世之後，其著録時是否見到過五十卷的嘉定本不得而知。然而，其著録的三十卷和四十五卷本渭南集是刊本還是鈔本？是全本還是選本？是官刻還是坊刻？它們分别包含哪些内容？爲什麽再不見其他書目著録？由於這些基本資訊均無記載，所以二者的存在確是可以存疑的，四庫館臣懷疑前者因「筆劃相近而僞刻」的推斷也是合乎情理的。有的當代學者多方論證其曾經刊行，其依據也多爲推論，并無實據。（見王永波渭南文集版本考述。）筆者認爲，根據現有材料，無論三十卷、四十五卷還是五十二卷本的存佚情況如何，它們在渭南文集的流傳過程中似乎并未發揮過多少作用，應該是没有疑義的。

明弘治十五年（一五〇二），在嘉定本問世二百八十二年之後，又一個渭南文集的全刊本誕生了，刊行者爲無錫人華珵。華珵（一四三八—一五一四）字汝德，别號夢萱，一號尚古生，官至光禄署丞事。他愛好收藏奇器、法書、名畫，也愛好藏書、刻書，曾刻印過百川學海、方言等典籍多種，并刊行銅活字本渭南文集、劍南續稿等。其侄兒華燧的會通館、華燧侄兒華堅的蘭雪堂，更大量以活字銅板刻印典籍。無錫華氏刊刻的銅活字本在中國印刷史上佔有重要的地位。（二）弘治本渭南文集卷首有吴寬所撰弘治新刊渭南集序，卷末則有祝允明撰書弘治新本渭南集後及華珵撰弘治刊渭南文集跋。華跋稱：「余既得放翁劍南續稿印之，而惜未見其文。無幾又得渭南舊本，於是遂爲全帙。」吴序稱：「渭南集者，宋華文閣待制、封渭南縣伯山陰陸游務觀之文也。凡五十卷，近少其本，致光禄署丞事錫山華君汝德得之，乃嘉定中其子知溧陽縣子遹初刻本也，因托活字摹而傳之。」這些序跋將弘治本的來歷做了明確交代，弘治本即是嘉定本的活字翻印本。可惜華氏對「渭南舊本」的具體情況未作詳細描繪，但從翻刻的弘治本看，華氏所得底本是一部基本保存完好的全帙。

筆者以弘治本對校嘉定本，共録得異文約二百五十條（處）。這些異文主要可分爲兩類：一類是弘治本明顯優於嘉定本的約四十條（處），另一類是嘉定本明顯優於弘治本的二百餘條（處），另有少量二本兩可的。這説明，華氏在翻印過程中，對原本作了認真的校讀，對嘉定本一些明顯的舛誤之處進行了校改；但與此同時，又造成了相對於校改數量多達五倍的新的錯誤。這些錯誤包括：脱漏卷二三嚴州謝雨疏全篇三十字，同卷另兩處共二十二字，卷四九和卷五十共二十首詞作的題目共一百三十四字，其餘文中脱漏單字十四字，共計脱文二百字；更多的則是單字的舛誤（包括少量衍文）也有近二百條。造成這些錯誤的原因，可能是活字排版時的疏誤，也可能是底本的缺損或漫漶不清。然而，從總體看，弘治本的刻印品質還是不錯的，對於一部總計達二十五萬字的著作來説，其不到萬分之二的差錯率不算太差。而從渭南文集的傳承着眼，弘治本將二百八十多年前的珍貴「舊本」重新翻刻印行，使陸游親自編纂的全部文章得以完整地傳至後世，其在陸游文章的傳播史上，可謂厥功甚偉，值得充分重視。

正德本源流考

弘治本問世後僅隔十一年，一種新的渭南文集全刊本接踵而出，這就是正德八年（一五一三）紹興梁喬刊本。此本最大的特點是總計五十二卷，卷一至卷四十二爲文，卷四十三至卷五十一爲詩，卷五十二爲詞，與嘉定本、弘治本相比，總數多出兩卷，删去了六卷入蜀記，增入了九卷詩作。由於它改變了陸游自定的詩文分編的原則，在文集中闌入了詩歌，因而歷來不被重視，也少有人研究。其實，它在渭南文集的傳播中十分重要，弄清它的來龍去脈，是梳理陸游文集明代諸本演變的關鍵一環。

正德本前有汪大章正德本渭南文集序，後有梁喬正德本渭南文集後序，大致交待了正德本刊刻的緣由和經過。汪大章爲新安人，時任浙江按察司僉事，其序云：「予少讀宋史至陸放翁傳，識其爲山陰人。正德壬申，以巡行之便，乃得登龍山、瞻禹穴，而式翁之故址。癸酉之春，與省元張君直尚論前輩遺事，又得翁所著渭南文集，逮夜命燭覽焉……顧本多訛闕，附以手録，至不成字。因憶史稱翁長於詩，而集未之備，再求善本，雖紹興亦不可多得矣，嗚呼！況他郡邪？況數十載後邪？惟紹興山川秀發，文獻之懿名天下，然莫爲於後，雖盛有不傳者，況欲其盡傳於世？不次第圖之，則三年之艾，不蓄終不可得者。乃屬諸郡守梁君喬倡其寮屬，廣之於時，同知屈銓，通判王翰、李昪，推官杜盛，知縣張煥、黄國泰，僉以爲是不可後者，而予適更蒞浙西矣。又三月，省元以書來曰：『放翁遺集，郡齋正訛補闕，梓而行之，與吾黨之士共矣，乞序其端焉。』」梁氏後序亦稱：「大夫（指汪大章）東巡於是，而稽古有文，尚賢有道，奚止審於刑書而已。故獲放翁之遺事於省元張君直，知之而信，信之而篤，命予傳之而勿後也。」由兩序可知，此次刊行的發起者爲按察司僉事汪大章，具體執行者爲紹興郡守梁喬，參與者有省元、同知、通判、推官、知縣多人。而整個「正訛補闕，梓而行之」的過程僅歷時三月，可謂雷厲風行。

筆者以正德本通校嘉定本一過，有兩項重要發現。

一、正德本文章部分（含詞）的底本即是嘉定本

關於正德本的底本，即汪大章所得渭南文集，歷來藏書家多有關注。如張元濟涵芬樓燼餘書録著録此本，并謂：「卷中『敦』字有注『光宗廟諱』者。又行文涉及宋帝處均空格。是所祖之本，猶宋槧也。」傅增湘藏園群書經眼録稱：「此本文爲四十二卷，詩九卷，詞一卷，卷中遇宋帝提行空格，知所據亦古本。蓋汪大章巡按浙江時，得省元張君直本，屬郡守梁喬刻之紹興郡齋者也。」張氏、傅氏均斷定此底本爲宋本，有學者據此進一步推斷「可能是宋代書賈糅合陸游詩文，刊刻出其他卷數的渭南文集銷售」（王永波渭南文集版本考述）。正德本底本爲宋本的判斷是正確的，但這個宋本其實就是嘉定本。以正德本對照嘉定本，除删去入蜀記六卷、增入詩歌九卷外，從卷一至卷四十二文章部分，卷次、卷目、篇次、篇目，幾乎完全一樣（僅卷十八、卷三十一、卷三十九卷首各一篇分别移入前一卷之末，這可能是刻工疏誤而未予改正），而卷五十二則是嘉定本卷四十九、卷五十合并而成，篇次、篇目也絲毫不差。當然，「遇宋帝提行空格」的特殊格式也與嘉定本相同。造成這種二本卷篇、格式如合符契狀況的唯一解釋就是正德本依據的底本就是嘉定本，而不是什麽其他臆想出來的宋本。也就是説，省元張君直保存了一部珍貴

的嘉定本，獻出後作爲正德本文章部分依據的底本。

二、正德本詩歌部分的底本淵源有自

正德本在文集中闌入九卷詩歌，一直爲後世詬病。但這九卷詩歌究竟是刊刻者選編的，還是別有所據呢？這一點歷來似無人深究。其實，傅增湘早已注意到此點，其明萬曆本渭南文集跋稱：「（萬曆本）其次第與正德本同，蓋即從紹興郡齋本翻刻者也。各卷詩後偶有評騭，細審之乃劉辰翁之語，蓋此九卷之詩即據澗谷、須溪選本前後二集全部收入，於劍南詩稿固未之見也。」（藏園群書經眼録卷一四）澗谷爲羅椅之號，須溪爲劉辰翁之號，兩人均爲宋末元初人。據祝尚書先生考證，兩家精選陸放翁詩集爲劍南詩稿刊行後流行最廣的選刻本，明初弘治十年（一四九七）有劉景寅合刻本，而別集一卷乃弘治翻刻時劉氏從瀛奎律髓中鈔出附後。（宋人別集叙録劍南詩稿）筆者從陸游資料彙編中檢得劉景寅識放翁詩選後一文，内稱：「詩至蘇、黄而下，後山、簡齋、放翁、誠齋諸公相繼崛起，而翁（指放翁）之作最多。其全集有抄本尚存，然雅聞而未嘗見也；獨羅澗谷、劉須溪所選在。勝國時，書肆中嘗合而梓行，以故傳相抄録，迄今漸出，而印本則見亦罕矣。弘治丁巳，在杭之學究家購得前所謂梓行者，即簿領間取讀，而未詳選者之權度果如何也……顧其書歲久且敝，字復多誤，乃舉似善鳴先生，正其足徵而無可疑者，仍其可疑者而待乎其人。又因取方虚谷所編律髓，悉檢翁詩抄出，與選復者去之，爲別集附焉，以備一家之言。暇置諸几上，方圖披勘，會餘杭冉君孝隆，同年友也，偶見而悦之，遂辱授梓，趣使翻刻以傳。劉氏將這部包含三種選本的放翁詩選的來龍去脈，交代得十分清晰。四部叢刊初編將這部劉氏翻刻本影印收入，題爲精選陸放翁詩集，裝訂成二册，置於渭南文集十二册之後，且共作兩函。（文集前七册爲一函，後五册和詩集合一函。）這二册詩集包括前集澗谷精選陸放翁詩集十卷、後集須溪精選陸放翁詩集八卷和陸放翁詩别集（不分卷）三部分。

據此，筆者將正德本九卷陸詩與精選陸放翁詩集二册進行比對。兩精選均按詩體排列，分爲古詩、七言八句、七言四句、五言八句、五言四句幾類；别集均爲律詩，按五言、七言排列。正德本則分爲古樂府詩、五言古詩、七言古詩、五七言長短句古詩、五言律詩、七言律詩、五言絶句、七言絶句諸類，可見它將古體詩進行了細分，近體詩類則一一對應，具體詩作則同類合并，惟古體另行編排。須溪精選陸放翁詩集中劉辰翁的批語也照樣刻入。各本選詩數量及其對照如下表。至此，正德本九卷選詩的來龍去脈可謂水落石出。

	澗谷精選	須溪精選	虛谷律髓	合計	正德本
古體	三八	九三	/	一三一	卷四三至四六
七律	一五九	四四	一一七	三二〇	卷四八至四九
七絶	六一	六二	/	一二三	卷五一

（續表）

	澗谷精選	須溪精選	虛谷律髓	合計	正德本
五律	三三	十八	五三	一〇四	卷四七
五絶	三	三	／	六	卷五〇
合計	二九四	二三〇	一七〇	六八四	六八四

本文之所以不厭其煩地考述選詩的來歷，是要説明正德本的編刊者并非無所依據。文章取珍藏的嘉定本原樣刊入，惟删去六卷入蜀記；詩歌取名家的精選本三種合并刊入，惟調整了分類和排列次序；全書按文、詩、詞的順序排列。編刊者爲求達到詩文并傳的目的，可算是煞費苦心，可惜在刊刻環節未能把好關，以致錯誤百出，不堪卒讀。

筆者以正德本對校嘉定本，共録得異文七百餘條（處）。其中正德本優於嘉定本的屈指可數，其餘所録均爲正德本的大量脱誤。這些錯誤包括整篇脱漏的八篇（卷二之重明節明慶寺丞相率百僚啓建道場疏、會慶節明慶寺丞相率百僚啓建道場疏，卷九之賀薛安撫兼制置啓，卷二六之真廟賜馮侍中詩、高宗聖政草、高宗賜趙延康御書、高皇御書二），共一千五百餘字；脱漏幾字至幾十字的約三十處，共一千餘字；脱漏單字的二百八十處；三項總計脱漏二千八百餘字；此外還有單字舛誤的約四百處。正德本的脱誤數量約爲弘治本的八倍。造成如此大量刊刻錯誤的原因一是底本太差，所謂「本多訛闕，附以手録，至不成字」；二是時間倉促，前後只用了三個月，就完成了這部約三十萬字大書的刊印。看來梁氏爲首的刊刻者熱情頗高，但非行家。儘管正德本的刊刻品質確實難以恭維，但在渭南文集的傳播史上，仍有它不可替代的作用。一是爲明末汲古閣本恢復嘉定本的原貌提供了重要的校本（詳下節）；二是直接催生出明代的另一個渭南文集的全刊本——萬曆本。萬曆四十年（一六一二），即正德本問世百年之際，福建巡撫、山陰人陸夢祖在任上據正德本翻刻了渭南文集五十二卷。卷首有福建提刑按察司按察使陳邦瞻重刻渭南集序稱：「今直指陸公（指陸夢祖）刻渭南集計五十二卷，而詩文俱在，與通考異。蓋後人追裒陸集所得，然未備也……直指公與務觀同山陰，雖譜籍無考，而典刑在望，尚論表章之意，直文云乎哉？」筆者將萬曆本與正德本對照，正德本大量脱誤之處，萬曆本一仍其舊；少數改動之處，核以嘉定本，亦純屬臆改，不足爲訓。由此可以確定，萬曆本在翻刻之前，并未搜尋他本校勘，從陳序看，主事者對版本亦無研究，只是純粹的翻刻而已，且造成了新的錯誤，因此在渭南文集的校勘上并無價值可言。

集大成的汲古閣本

明代末年，渭南文集的傳播有幸遇到了一位真正的藏書家、版本學家兼出版家，他就是汲古閣主人毛晉。毛晉（一五九九—一六五九）爲江蘇常熟人，家産富饒，醉心藏書、刻書，建汲古閣、目耕樓，高價收購宋、元版本，藏書達八萬四千餘册，四十餘年間刻書總計六百餘種。葉德輝書林清話稱：「明季藏書家以常熟毛晉汲古閣爲最著者，當時曾遍刻十三經、十七史、津逮秘書、唐宋元人別集，以至道藏、詞曲，無不搜刻傳之。」（卷七）毛晉對陸游著作情有獨鍾，他搜輯陸游全部著作，刻成陸放翁全集七種一百五十七卷，包括渭南文集五十卷、劍南詩稿八十五卷、放翁逸稿二卷、老學庵筆記十卷、南唐書十八卷、家世舊聞一卷和齋居紀事一卷，成爲傳播陸游著述的最大功臣。

毛晉以傑出版本學家兼出版家的敬業精神，對陸游著作精校精刻，渭南文集可稱典範。其重刊渭南文集跋云：「放翁富於文辭，諸體具備，惜其集罕見於世。馬氏通考載渭南集三十卷，今不傳。邇來吴中士夫有抄而秘其本者，亦頗無詮次。紹興郡有刻本，去入蜀記，溷增詩九卷。據翁命子云，詩家事不可施於文，況十僅一二耶？既得光禄華君活字印本渭南文集五十卷，乃嘉定翁幼子遹編輯也，跋云『命名次第，皆出遺意』。但活板多謬多遺，因嚴加讎訂，并付剞劂，自秋徂冬，凡六月而書成。」從跋文可知，毛晉用於「嚴加讎訂」的主要版本，爲明代渭南文集的兩大主要刊本，即五十卷的弘治本和五十二卷的正德本，并可能參校了「頗無詮次」的吴中士夫的抄本。

雖然毛晉未能見到陸子遹嘉定十三年的原刊本，[三]但他卻充分利用了弘治本和正德本，基本上復原了嘉定本的原貌，并精益求精，校出了一個更爲完備的版本。比照汲古閣本和弘治本、正德本的異同，可以推測毛氏當年的讎訂工作是以弘治本爲底本，以正德本爲校本。因爲前者是根據原刻本所排印的活字印本，傳承清晰，淵源有自，顯然最爲接近渭南文集的原貌，儘管「活板多謬多遺」，但畢竟更爲可靠；而後者雖然「去入蜀記，溷增詩九卷」，違背了陸游原意，但它所收各體文章完備，又出自紹興，來源明確，正可作爲對校本，以彌補底本的不足。

毛氏的這一選擇無疑是正確的，從實際的讎訂效果看，汲古閣本確實做到了取長補短，擇善而從，從而集弘治、正德二本之大成。這具體表現在：弘治本同於正德本之處，汲古閣本均從之，這是全書的絶大部分。弘治本異於正德本之處，汲古閣本作了不同處理，或從前者，或從後者，以嘉定本核之，絶大多數是準確的，凸顯出校勘者的眼光和功力。如弘治本卷二三脱漏的五十二字和正德本卷二、卷九、卷二六脱漏的八篇一千五百餘字，汲古閣本都在通過互校後予以補足。又如卷一天申節賀表之「望睟表於雲霄」句中「睟」字，弘治本作「睟」，而正德本作「睟」，汲古閣本取後者，核之嘉定本，可知弘治本爲誤（「睟表」指温和慈祥之儀容，「睟表」則不辭）；同卷光宗册寶賀太皇太后箋之「諏穀旦於清臺，蓍龜允協」句中首字，正德本從嘉定本作「詠」，弘治本改作「諏」，汲古閣本取「諏」，顯然語意更優（「諏」爲商量之意，「詠」在此處難通）。有時，毛氏還出於己見，作了少量不同於二本的校改。如卷三蠟彈省劄篇首句「朝廷今來特敦大信，明大義於天下」，弘治本、正德本都從嘉定本用小字「光宗廟諱」避免出現「敦」字，汲古閣本則徑改爲「特敦」二字，方便了後人的閲讀，文義更爲順暢。又如卷八與何蜀州啓之「恭惟某官曠度清真」句中的「恭」字，弘治本、正德本都從嘉定本作「共」，顯然是舛誤而未得到校正，汲古閣本則改正爲「恭」。當然，汲古閣本讎訂中也有少量疏誤，包括底本錯誤未改和校改不妥之處，如卷四六入蜀記八月十九日有「蘇公齏湯蜜汁之戲不虚發」句，弘治本「齏」作「齎」，爲形近而誤，汲古閣本未作校改亦從「齎」；而同月十四日「傳云漢昭烈入吴」句中，弘治本作「昭」，而汲古閣本反而誤刊爲「照」，造成了新的舛誤（入蜀記爲正德本删去，故汲古閣本無所參照）。當然，這樣的疏誤在校書中難以絶對避免，汲古閣本的少量疏誤與其成就相比，更是瑕不掩瑜。

通過汲古閣的精心讎訂，弘治本的優長之處（同於、優於嘉定本的）都得到了保存，其脱誤之處則依據正德本的相應文本得到了校改；正德本的優長之處（同於嘉定本的）得到了利用，其大量脱誤之處則得到了弘治本的糾正。而如果從嘉定本着眼，它的基本面貌通過汲古閣本對弘治、正德二本的取長補短而得到了恢復，它的少量疏誤也因汲古閣本吸取了弘治本的校改而得到了糾正。因此，集弘治、正德二本大成的汲古閣本總體上成爲渭南文集一個更爲完善的版本。

除此之外，毛氏對於渭南文集的貢獻，還在於他搜輯陸游集外遺文爲放翁逸稿卷上，包括賦七篇、文二篇和詞五首。其放翁逸稿跋稱：「渭南文集皆放翁未病時手自編輯者，其不入韓侂胄園記，亦董狐筆也。予已梓行久矣，牧齋師復出賦七篇相示，皆集中多未載。又云閲古、南園二記，雖見疵於先輩，文實可傳。其飲青衣泉獨盡一瓢，且曰『視道士有愧，視泉尤有愧』，已面唾侂胄。至於南園之亂，惟勉以忠獻事業，無諛詞，無侈言，放翁未嘗爲韓辱也。因合鐫之，并載詩餘幾闋，以補渭南之遺云。」雖然宋末早有陸渭南遺文的傳抄，也早有學者對閱古泉記和南園記作出了公正的評價，(四)但對二文的詆毁之聲不絶。毛氏再爲放翁辨誣，肯定其「無諛詞，無侈言」，「文實可傳」，并輯入逸稿，表達了自己鮮明的立場，釐清了幾百年來强加在放翁頭上的不實之詞，爲全面認識陸游提供了文獻依據。後人在陸游佚文輯録上取得的新成績，可以視爲毛氏事業的發揚光大。

汲古閣本渭南文集的面世，集明代諸本之大成，遂成爲陸游文集的權威版本。清代編纂四庫全書時將其收入，更確定了它的地位。因此，陸游文集的傳播與許多作家不同，并無多種版本的參雜淆亂，而以相對穩定的形態爲後代讀者提供了較爲理想的文本。毛晉的汲古閣對此可謂功不可没。

結論

渭南文集宋明諸本的源流傳承可用以下簡圖表示：

嘉定本（一二二〇）——弘治本（一五〇二）——汲古閣本（明末）

正德本（一五一三）——萬曆本（一六一二）

正德本（一五一三）——汲古閣本（明末）

本文的結論是：渭南文集明代諸本的源頭，均出於宋嘉定十三年陸子遹溧陽學宮刊本。嘉定本再次爲我們展示了宋代「家刻本」的精良、權威。[五]弘治本於二百八十餘年後用活字版重新排印嘉定本，對文本有所校改，也造成舛誤，但對文集的傳承貢獻至偉。正德本同樣源出嘉定本，做了不適當的增删，且脱誤嚴重，但對文集的傳承仍不可或缺。萬曆本沿襲舛誤，乏善可陳。汲古閣本用弘治、正德二本互校，取長補短，在未見嘉定本的情況下，基本還原了嘉定本原貌，并更臻完善，成爲文集傳承的最大功臣，爲陸游文章的繼續傳播奠定了基礎。

在歷代名家文集中，渭南文集有其特殊的地位。首先，它是作者親自編定的，命名、次第、體例均其自定，完全體現了作者的意圖，這在歷代存世文集中并不多見。其次，它專收文章，與詩歌分編并存，（入蜀記和詞作附入只是出於保存的考慮，并非違例。）也與大多數詩文并收的文集不同。再次，它由作者之子在其身後不久即已刊行，保存了原始性和完整性，且刊刻精良，十分難得。第四，由於初刻本的權威性避免了流傳版本的蕪雜，後出刊本源頭單一，傳承有序（弘治本、正德本），并有集大成的整理本問世（汲古閣本），加之嘉定年間初刻本仍大體完整傳世，所有這些，使我們在近八百年後仍能見到最爲接近原貌的文本，這在出版史上、文獻傳播史上都是罕見的。這是陸游的幸運，也是今日陸游文章研究者、愛好者們的幸運。

注釋：

（一）如祝尚書宋人别集序録渭南文集，中華書局一九九九年版，第九七一至九七七頁；蔣方渭南文集的編撰與流傳，江漢大學學報二〇〇四年第二期，第四五至四九頁；王永波渭南文集版本考述，陸游與漢中，上海古籍出版社二〇一三年版，第九二至九九頁等。

（二）銅活字本一般理解爲用銅澆鑄的活字來印書，并稱即始於無錫華氏。當代有學者考證認爲實際上是用錫鑄成活字，排列固定於銅板上，然後進行刷印。見辛德勇重論明代的銅活字印書與金屬活字印本問題，燕京學報二〇〇七年第二期（新二十三期）。

（三）雖然流傳有放翁托夢毛晉向錢謙益借集，從而避免了絳雲樓火焚之厄的傳説，但語焉不詳，不足爲據，仍應以毛氏跋文爲準。

（四）見戴表元題陸渭南遺文抄後，載於剡源集卷十八。

（五）在出版史研究中，家刻本與官刻本、坊刻本并列，原指作者親屬私家刻印的文本。渭南文集似用學宫的公帑刻成，由於是陸游幼子子遹主持，亦可視爲家刻本。

原載中華文史論叢二〇一四年第四期

附録四　渭南文集編纂體例發微

陸游渭南文集嘉定十三年溧陽郡齋刊本之首，列有刊刻者陸游幼子陸子遹撰寫并手書的短文一篇：

先太史之文，於古則詩、書、左氏、莊、騷、史、漢，於唐則韓昌黎，於本朝則曾南豐，是所取法。然禀賦宏大，造詣深遠，故落筆成文，則卓然自爲一家，人莫測其涯涘。蓋今學者，皆熟誦劍南之詩。續稿雖家藏，世亦多傳寫。惟遺文自先太史未病時，故已編輯，而名以渭南矣，第學者多未之見。今别爲五十卷，凡命名及次第之旨，皆出遺意，今不敢紊，乃鋟梓溧陽學宫，以廣其傳。渭南者，晚封渭南伯，乃自號爲陸渭南。嘗謂子遹曰：「劍南乃詩家事，不可施於文，故别名渭南。如入蜀記、牡丹譜、樂府詞本當别行，而異時或至散失，宜用廬陵所刊歐陽公集例，附於集後。」此皆子遹嘗有疑而請問者，故備著於此。嘉定十有三年十一月壬寅，幼子承事郎知建康府溧陽縣主管勸農公事子遹謹書。（一）

這是有關渭南文集編纂最爲權威也是唯一的珍貴資訊。本文擬以此文及文集文本爲依據，探索渭南文集的編纂體例，并闡發其在别集編纂中的典範意義。

渭南文集的特殊地位

在數量浩瀚的宋人别集中，陸游的渭南文集佔據着特殊的地位。

首先，這是一部著者晚年親自編定的文集，囊括了著者一生自己確認的全部文章。能在晚年親自編定自己的文集，恐怕是大部分作者的願望，但能實現這一願望的人在古代并不多。由於種種原因，今天能見到的古代文集，絶大部分是作者身後由後代、弟子或其他學者、愛好者搜輯整理編成的。有些作者也編過自己的文集，但往往僅是一個階段的作品，而非全帙。如王禹偁自編小畜集三十卷，後人所編外集亦有二十卷；歐陽修晚年自編居士集五十卷，後人所輯外集有二十五卷；蘇軾手定東坡前集四十卷，并審定劉沔所編後集二十卷，蘇轍自編欒城集五十卷、後集二十四卷、第三集二十四卷，但兄弟二人自編的作品數量與後世流傳的仍相去甚遠（參見祝尚書宋人别集叙録）。陸游以八十五歲的高齡，親自編定渭南文集，「凡命名及次第之旨，皆出遺意」，可以説完全體現了著者的意圖。集中自署撰寫時間最晚的文章是嘉定二年七月的跋傅給事帖，而慶賀寧宗册封皇太子趙詢的三首賀表、賀箋更在八月，此時離陸游逝世僅不滿四月，這可稱奇迹。渭南文集之外，後人輯佚所得佚文數量不多，而且其中大多數也是陸游自己將其摒除在文集之外的（詳後）。再比較陸游詩集劍南詩稿，淳熙十四年知嚴州任上，陸游指導門人鄭師尹編刊劍南詩稿二十卷，而此後詩作，則由其子子虡、子遹在其身後分別刊入八十五卷本和八十七卷本。雖然陸游生前也參與了部分詩篇的校定工作，但與渭南文集由其整體一手編定仍有區别。可見，渭南文集的權威性無疑更爲確定。

其次，這是一部身後經由親人刊刻的文集，保證了内容的原始性和完整性。由於各方面條件的限制，能由自己的親屬在身後主持刊刻文集的作者實不多見。如南宋周必大曾手編自己的多種文集著述如省齋文稿、平園續稿、掖垣類稿等，身後由其子周綸及門客曾三異等編爲周益公集二百卷，刊爲家刻本，這樣的例子實屬鳳毛麟角，可惜此本至明代即已殘闕不全。陸游同樣十分幸運，其幼子子遹長期追隨身邊，爲其整理抄寫文稿，最得其晚年歡心和信任。陸游稱賞子遹學識進步頗大，「吾每爲汗出」（跋爲子遹書詩卷後）。陸游將刊行文集之任托付子遹，子遹也不負所望，在乃父去世十年之後的嘉定十三年，在溧陽郡齋刊行了渭南文集。雖然使用的是公帑，但刊刻精良，堪比家刻本。

第三，這是一部傳承清晰、綫索單一的文集，減少了流傳過程中的錯訛舛誤。典籍傳播過程中，往往出現版本源頭多出、文本交互雜糅的現象，從而使其原貌難以釐清。渭南文集的傳承源出一頭，綫索十分清晰。自子遹嘉定本初刊後，宋代再無别本流行；明代弘治本據嘉定本用銅活字排印，正德本雖闌入部分詩歌，但文章所據仍是嘉定本；明末汲古閣本在未見嘉定本的情況下，用弘治、正德二本互校，基本還原了嘉定本原貌，并更臻完善；清代四庫全書即據汲古閣本録入，其後諸本均循此例。因此，雖然各本仍互有優劣，但基於源頭單一，并無大的出入，汲古閣本更是後出轉精，保證了文集傳播的一脈相承。

第四，這是一部初刊猶在且基本保存完整的文集，最大程度地保留了初始的原貌。儘管宋代的刻書業已十分發達，刊刻的各類典籍包括文人别集不計其數，但能歷經近千年的歷史變遷而幸存下來的仍是極少數，能基本完整保存的更是極爲罕見，渭南文集卻能有幸躋身其中。陸子遹嘉定初刊本之一部明末清初入藏錢謙益絳雲樓，後又經黄丕烈收藏，其百宋一廛書録有著録，今藏於國家圖書館，并先後爲宋集珍本叢刊和中華再造善本叢書收録，得以影印傳播。國圖本渭南文集存四十六卷，闕卷三、四、十一、十二共四卷，但如用弘治等明本補入，則仍可基本保存嘉定本的原貌。因而總體來看，渭南文集的嘉定初刊本仍可視爲完好地保存至今，陸游八百餘年前編定的文集仍能最爲接近原貌地呈現於今人面前。

總括上述四方面，渭南文集是一部著者生前親手編定、由其親屬在其辭世不久即精心刊行、初刊本爲後世傳播的唯一源頭且傳承清晰、初刊本仍基本完整地保存至今的名家文集。在歷經八百年後，我們仍能見到最爲接近編刊原貌的文本，這在文獻傳播史上實爲罕見之奇迹。

渭南文集的編纂體例

由於今存别集絶大多數不是著者自己完整編成，很難體現其編集的真實意圖，而渭南文集則是一部完全體現著者意圖的文集；又由於陸游在宋代文學史上的重要地位，因而渭南文集的編纂就有着極大的典範意義。可惜陸游在書前并未留下「凡例」或「編例」之類的文字，明確條列自己的編纂體例，但我們依據子遹的跋文和保留着原貌的文集文本進行推測，還是能將這一體例大致地梳理勾畫出來。渭南文集編纂的整體框架可表述爲詩文分編、分體編排、以時爲序、附收專著四項，有的項目下還有細分。以下逐項分述。

一、詩文分編

作爲别集，渭南文集的一大特點是專收文章，而與專收詩歌的劍南詩稿有着明顯的分工。這是陸游確立的自己别集編纂的指導原則，理由是「劍南乃詩家事，不可施於文，故别名渭南」。這説明，在陸游的文學觀念中，「詩家事」和「文家事」有别，自己的詩、文創作各有其獨立的價值，不容相淆，不宜合編。劍南詩稿的編刊早在淳熙末年就已開始，因此陸游的這一原則在當時應已確定。(二)

考察今存宋人文集，少數或僅存詩，或僅存文，更多的則是詩文合集，這也是歷來別集編纂的通例。像陸游這樣詩文分編、各自命名的情況幾乎不見。在古人觀念中，詩、文是文學的兩大主要類別，但又有着明顯的分工。詩以言志抒情爲主要功能，重在呈現作者的主觀精神世界；文則要適應社會生活的各種需求，主要記録作者的仕途和生活行迹。陸游對二者不同功能的認識似特别强烈。「此身合是詩人未」（劍門道中遇微雨），「一生事業略存詩」（衰疾），陸游早就將自己準確地定位爲一位詩人，「詩家事」是他的終身功業，自然不宜與其他俗事相混淆，作爲純粹詩集的劍南詩稿是放翁欲傳諸後世的生命結晶。但陸游又生活在現實的俗世之中，從朝廷的應對、官場的應酬，到自己的興趣愛好、親朋的養生送死，都不容怠慢，不敢草率，「文家事」是其立身世俗社會的必備能力，文集是其留給後世的生存檔案。因此，詩、文集分編更能凸顯各自的獨立價值，這或許是陸游的主導思想。這裏對二者似也并無刻意軒輕，只是態度上可能略有差别，即詩集編纂不妨求全，需盡量保存（少時詩作不在其列）；文集編纂務必求精，需格外謹慎。此外，陸游詩作數量極夥，篇幅巨大，與文章合編，比例相差太大，難求協調平衡（中華書局點校本陸游集五册，詩稿居四，文集僅一册，可見一斑），或許也是陸游採用詩文分編的考慮之一。總之，詩文分編、各自命名是陸游編集框架的第一定位，也可看作他在别集編纂上的一項創新。

二、分體編排

渭南文集所收文章，遵循别集分體編排的通例，同樣按一定的文體順序排列，但又有自己的特色。

(一) 文體順序

渭南文集的文體編排順序，依次爲表、箋、劄子、奏狀、啓、書、序、碑、記、銘、贊、記事、傳、青詞、疏、祝文、勸農文、雜書、跋、墓誌銘、墓表、壙記、塔銘、祭文、哀辭和致語，凡二十六體，涵蓋了宋人所用文體的絕大多數。這一順序主要分爲三大部分：經營仕途的上行、平行公文；面向世事的議論、叙事、抒情作品；祭奠死者的叙事、抒情作品。表、箋是直接呈送帝王致賀、稱謝、陳情的文書，劄子、奏狀是上呈朝廷論政、陳事的文書，啓則是呈送上司、平級官吏稱賀致謝、聯絡溝通的文書。這五種文體都是爲仕途公事而作，陸游將其置於文集之首，表示了對這部分文章的特别重視。一方面，它們是陸游一生歷仕四朝的仕宦記録，因而格外珍視；另一方面，在陸游晚年特定的政治背景下，或許也是其避禍自保的一種措施。從書、序到雜書、跋共十四種文體，是陸游在現實生活中面對各類需求寫作的文字。其中既有對現實人事的記述和議論，也有對歷史典籍、事件的考證辨析，還有個人情感的直接抒發；有的應對世俗人事的相處，有的適應宗教儀規的施行，還有的滿足饗神祈福的需求，可謂各緣其體，各遂所求。墓誌銘至哀辭六體，則是爲各類死者而作，或叙事，或抒情，因而居於諸體之後。致語歷來被視爲體卑，更附於最末。這是諸體排列的基本邏輯。

別集的文體排列順序并無明確的規定，各家也不盡相同。如李漢所編昌黎先生集的文體順序爲賦、古詩、聯句、律詩、雜著、書、啓、序、哀詞、祭文、碑誌、筆硯鱷魚文、表、狀（昌黎先生集序）；而歐陽修自編居士集的文體順序爲古詩、律詩、賦、雜文、論、經旨、辯、詔册、神道碑銘、墓表、墓誌銘、行狀、記、序、傳、書、策問、祭文。二者均以詩賦居前，文章諸體排列似無規律可尋。渭南文集諸體依照朝廷公事、世間人事、冥界人事三部分排列，層次更爲分明，次序更爲合理，應是陸游深思熟慮、反復斟酌的安排。

（二）同體細分

在分體編排的前提下，渭南文集對部分文體又進行了細分，使同體之内的文章按題材再次得以類别。最典型的爲卷一表箋，「表」體共二十首，又細分爲三組：即賀表八首，謝表十一首，逆曦授首稱賀表一首。賀表中又有聖節（皇帝生辰）賀表四首，依次呈高宗、孝宗、寧宗；册封、御正殿賀表三首，均呈寧宗；賀明堂表一首，呈孝宗。謝表中又分謝赦、謝賜表四首，到任謝表三首，除官謝表二首，致仕、落職謝表二首，共四小類。因剿滅叛臣吴曦而上呈的賀表别爲一組居末。「箋」體用於上呈太皇太后、皇后、太子，共七首，均爲賀箋，又細分爲兩組：賀册封、御正殿五首，分别上呈孝宗謝皇后（太皇太后）、寧宗楊皇后、寧宗皇太子；賀逆曦授首二首，分别上呈孝宗謝皇后、寧宗楊皇后。可見其排列有序，極爲嚴謹。卷二「南宫表箋」同爲表箋，但因均爲陸游淳熙十六年任職禮部郎中時代丞相所擬，故别爲一卷，與卷一以自己名義所撰表箋區分開來，可見陸游文體分類的細密。

又如卷二三至二四收録疏五十首，疏文是佛事活動常用文體，又分爲道場疏、募緣疏、法堂疏等細類，而道教也時用之。陸游的五十首疏文同樣細分爲多組：從天申節樞密院開啓道場疏至瑞慶節功德疏十一首爲一組，均爲皇家聖節所用疏文（卷二「南宫表箋」中實際包含着六首道場疏，因同爲代擬，故不入此處，可視爲變通處理）。從祈雨疏至嚴州久雪祈晴疏十首爲一組，是陸游任地方官時祈求風調雨順所作祈請疏文；從法雲寺建觀音藏殿疏至重修大慶寺疏九首，多爲陸游爲家鄉寺廟修建所作的募緣疏文；從福州請仁王堅老疏至雍熙請錫老疏十首，多爲陸游爲福州和會稽兩地寺院啓請高僧的法堂疏文；從求僧疏至葉可欣求僧疏十首則爲陸游爲請求出家者所作的募緣疏文。總體上五組疏文類分標準統一，十分整齊，同樣説明陸游的文體觀念十分清晰和嚴謹。

此外，有的文體將有關帝王宰臣的篇目置於前列，隨後再以寫作時間排列，這也是一種細分。如「跋」體將真廟賜馮侍中詩至今上皇帝賜包道成御書崇道庵額六首按真宗、高宗、寧宗的順序排在全部跋文之首，以示對帝王的尊崇。而「祭文」卷則將皇太后靈駕發引祭文、祭梁右相文、祭龔參政文三首以皇族、宰臣爲對象的篇目置於卷首，同樣是推尊其地位的特殊。

（三）棄體原委

渭南文集收録了陸游創作的絶大部分文章，這是没有疑義的，這從後人在集外輯佚所得數量不多可以得到明證。(三)但這些佚文同時也説明，陸游在文集編纂中明顯捨棄了自己創作的某些文體和作品，這主要是賦、書劄二體，閲古泉、南園二記以及策、論之類少時作品。

鋪采摛文、體物寫志的「賦」體歷來是文人十分重視的文體，而且承襲文選的傳統，往往被作者置於別集之首。陸游有賦作七首，卻被摒棄於渭南文集之外，至明末錢謙益出示於毛晉并被編入放翁佚稿之後才得以面世。陸游極富於詩而頗疏於賦，其文學才情全部傾注於詩體，賦體所作既不多，成就亦平平。七首賦作均爲抒情小賦，雖然也有如虎節門觀雨賦鋪叙雨勢、思故山賦狀寫秋景的奇句，但整體格局不大，陳義不高，作於嚴州的焚香、自閔、思故山三賦更顯意志消沉，再加上詩、賦二體的成就反差太大，這或許是陸游不滿己作、因而摒棄賦體入集的原因。

「書劄」更多的被稱之爲「尺牘」，它與「書」體的區别在於：「書」多用來闡述觀點、表明立場，往往用於正式的場合；「尺牘」則篇幅短小，使用隨意靈活，常用於朋友間的日常交往。自蘇、黄尺牘風行天下，宋代文人往往將此體收入别集。陸游交遊廣泛，尺牘之作應不在少數，今輯得佚文近二十首即可證明，其中不少都輯自流傳下來的書帖真迹。渭南文集收録「書」體九首，卻摒棄了大量的尺牘之文，這説明陸游不願將這些用於日常交往的隨意而作的文字，作爲自己的著作正式編入文集，尤其體現了其編纂態度的沉穩和嚴謹。

「記」體被宋代文人視爲「文章家大典册」（葉適習學記言序目）之一，陸游對之也十分重視，渭南文集所收達五卷五十四首，但晚年的兩首重要記文南園記和閲古泉記卻被摒除在外，此事并成爲宋末以來文壇的一段公案。今天來看，後人的誣陷不實之詞不足爲憑，僅就二文本身而言，狀景精細，立言得體，不失爲陸游記體文中的佳作。但韓侂胄「開禧北伐」失敗，旋又被殺，陸游亦遭落職，承受着巨大的精神壓力。在這樣的特殊背景下，陸游在編集時將此二記删去，也是完全可以理解的。故毛晉評論稱：「渭南文集皆放翁未病時手自編輯者，其不入韓侂胄園記，亦董狐筆也。」（放翁逸稿跋）而子遹刊刻文集時，只是忠實地遵照父親的旨意而已。

此外，宋人普遍好議論，論道、論政、論史之文，充斥别集。陸游少年時代也熱衷科舉，科舉必試的策、論之作應亦不少。但渭南文集不收策、論之體，説明陸游不欲保存這些少作，而入仕之後也無興趣寫作此類高頭講章。因此，無策、論之文，也成爲渭南文集的一項特色。

三、以時爲序

在各體及其細類之下，渭南文集依照「以時爲序」的原則排列文章，其中又分幾種情況。

（一）標明時間

渭南文集中的部分文章，陸游在篇中自己標明寫作時間，這是最爲確鑿的篇目繫年。其中主要分爲三類：一是在篇題下注明，如卷三、卷四「劄子」體多數文章篇題下都有標注；二是在篇首或篇末注明，如卷十四、卷十五「序」文、卷十七至卷二一「記」文和卷二六至卷三一「跋」文中的大部分篇目；三是在卷題中注明，如卷二「南宫表箋」都是作者在禮部郎中任内所撰，因此都作於淳熙十六年無疑。上述三類及其他標明時間的篇目總數近四百首。考察以上三類自標時間的篇目，在各體内均嚴格按照時間先後順序排列，僅少數前後略有出入。這説明「以時爲序」是渭南文集編纂的一個重要原則，因此也爲其他未標明時間的各體的排列提供了重要的參照。至於如表箋、疏文之類劃分細類的文體，「以時爲序」更體現在細類中篇目的排列上，因此表面上看各篇排列錯亂無序，實際上在各細類中仍是時序分明的。曾有學者不明此例而提出文集編纂「倉促」、「體例有不嚴謹處」（四）的指責，是完全站不住脚的。

（二）未標時間

除了自己標明的之外，渭南文集中的大部分文章未明確標注寫作時間，但根據文章的内容，還是可以判定或基本判定其撰寫年月。如卷六至卷十二的一百餘首「啓」文，與陸游及相關對象的仕宦經歷緊密相聯，因此都能據以判斷其準確的寫作年月。又如卷三二至卷四十的近五十首墓誌銘、墓表、塔銘等，都可以從文中墓主落葬時間或家屬請銘時間，推斷出陸游撰文的大致時間。從這兩大類未標明寫作時間的文體看，渭南文集的編排也是完全依照「以時爲序」的原則處理的。至如集後附録的「詞」二卷，也有學者研究發現，均是先按調名分類，同調詞則同樣「以時爲序」排列，甚至調與調之間也以每調的首闋詞寫作時間先後爲序。(五)

(三) 附綴增補

對於有些在編集時已難以確認時間的短文，陸游將其集中編排在該類文體的最後，如卷三一從跋熊舍人四六後至跋王元澤論語孟子解二十七首，明顯因無從考定寫作時間而附綴於「跋」體之後。而如「墓誌銘」體，從最早的右朝散大夫陸公墓誌銘(作於隆興元年)至求志居士彭君墓誌銘(作於開禧三年)，均遵循「以時爲序」之例，而末篇「吏部郎中蘇君墓誌銘」則作於紹熙三年，顯然違例，則很可能是編集已定之後增補的。卷五十末真珠簾、雙頭蓮、鷓鴣天、蝶戀花四調與前重複，當也是此類增補之例。

綜合上述，無論是否標明，「以時爲序」應是渭南文集編纂一以貫之的原則，而且陸游把握得十分嚴謹。除了在啓、跋等文體中有個别篇目的次序略有上下，絶大部分文章的順序可謂編排得一絲不苟，堪爲楷模。因此，這就爲集中每篇文章的編年提供了可靠的依據。文集還有約八十篇文章的繫年尚難查考(主要在銘、贊、疏、雜書、祭文等文體中)，但陸游的編排決非隨意，一定有其道理，這是不容置疑的。

四、附收專著

渭南文集與傳統別集的一大區别是，在各體文章之後，又收録了天彭牡丹譜、入蜀記兩種專著和作爲韻文的「樂府詞」三卷。陸游説明稱：「如入蜀記、牡丹譜、樂府詞本當别行，而異時或至散失，宜用廬陵所刊歐陽公集例，附於集後。」這表明，陸游清楚這樣的編排不合傳統的别集編纂體例，但爲了防止「異時」「散失」，故沿用廬陵刊歐陽公集的成例，作了特殊的處理。

廬陵所刊歐陽公集，是指周必大晚年退居廬陵後，廣搜歐集版本，精心主持校勘，編刊成歐陽文忠公集一百五十三卷，集歐文之大成。全書包括居士集、外集、易童子問、外制集、内制集、表奏書啓四六集、奏議、河東奉使奏草、河北奉使奏草、奉事録、濮議、崇文總目序釋、于役志、歸田録、詩話、筆説、試筆、近體樂府、集古録和書簡凡二十種，除歐陽修自編居士集外，還有多種集部單一文體專集和筆記、專著等，開創了别集彙聚一家之作的「大全集」模式。

歐陽公集刊成於慶元二年（一一九六），陸游當在不久後即見到此書，并以其體例爲範本考慮自己文集的編纂。渭南文集將各體文章集於一帙，不設專集，附於集後的僅天彭牡丹譜、入蜀記、樂府詞三種，均承襲歐陽修之作。（天彭牡丹譜承襲居士外集中的洛陽牡丹記、入蜀記承襲于役志、樂府詞承襲近體樂府。）可見陸游在彙集專著時亦採取了十分謹慎的態度，未將老學庵筆記、家世舊聞、齋居紀事等筆記著述編入。直至明末毛晉汲古閣刊陸放翁全集，才將陸游的詩、文、史著、筆記等全部收入，形成陸游著述的大全集。總之，陸游在參考歐陽文忠公集編例的基礎上，在自己各體文章之後，附收若干著作，亦爲斟酌制宜、別存深意。

詩文分編、分體編排、以時爲序、附收專著四項，構成了渭南文集編纂的整體框架，這一體例是陸游深思熟慮的結果，也在子遹的跋文和文集文本中得到了完整的體現。

渭南文集編纂的典範意義

作爲名家自編文集的完整流傳本，渭南文集在文獻傳播史上無疑有其重要地位。而從別集編纂角度著眼，渭南文集同樣有其典範的意義，這主要表現在以下三方面。

首先，編纂態度的嚴謹。與不少由後人編纂的只求其全而編排粗疏的別集不同，渭南文集是陸游在晚年精心籌畫、反復推敲、親手編定的文集，「凡命名及次第之旨，皆出遺意」，體現了極其嚴謹的編纂態度。陸游將文集看作是記録自己仕途和生活行迹的檔案，故相關文章都一絲不苟地留存在文集中。從科舉發解、受挫，到恩賜出身；從初登仕途，到被斥去國；從萬里赴蜀，到奉召東歸；從屢遭攻訐，到奉祠致仕；從晚年復出，到再遭落職，陸游一生的仕宦履歷，都在文集中得到準確無誤的印證。陸游數量不多的上殿劄子奏狀、代執政起草的表箋、與上司同僚聯絡溝通的啓文，都編列在文集中，記録着他仕途上一步步的脚印。此外，陸游一生交往的各類親屬、朋友，在漫長人生中的種種感悟體驗，研習學問、藝術的種種心得收穫等等，所有這一切，都被陸游通過各體文章極爲嚴肅認真地記録在文集中，使之成爲其漫長人生的真實展示。雖然劍南詩稿中或許有更多作者行止細節和内心活動的展示，但渭南文集更像一份作者的履歷表，刻録着他的全部人生軌迹。從這個意義上説，研讀陸游以嚴謹態度自編的渭南文集，應是瞭解其生平的首要途徑。

其次，編纂體例的嚴整。渭南文集編纂中四項框架的設計，無疑是陸游反復斟酌、精心謀劃的結果。它繼承了别集編纂的通例，又有自己的創新。分體編排和以時爲序，是歷來别集的常規，陸游傳承了這一傳統體例，并將其作爲一以貫之的核心。相較劍南詩稿不分詩體而唯按時序（當然這有其長處），渭南文集顯然更爲合規。而詩文分編和附收專著，則是有别於一般别集的創新之處，但它與傳統體例融爲一體，令人并無突兀之感，體現出整個體例的嚴整性。在文體編排順序上，陸游也經過了細緻考慮，將朝廷公事諸體置於首位，隨後是自己應對私事的文章；其中又將針對世間人事的諸體居前，而把爲逝者所作諸體居末；而有的文體還按題材區分爲細類，而集中代言的「南宫表箋」則另立專卷，這些都體現出對文體順序思慮的細密和安排的合理。在「以時爲序」的排列順序上，渭南文集處理得可謂一絲不苟，幾乎少有違例，確已不能考定時間的作品集中置於該體之後，既反映出作者實事求是的嚴肅態度，又解決了排列上的難題。

第三，文章甄選的嚴格。作者對於自己辛勤勞作的成果都是珍愛的，所謂敝帚自珍；但由於種種原因，并非所有的作品都是值得留存的，這就需要認真甄選。由後人編選文集的作者自己無法進行此項選擇，而渭南文集則由作者在生前親自編定，陸游對自己文章的棄取十分嚴格。如前所述，陸游對少時的策論和賦作或不甚滿意，因而都不入文集；對日常朋友間交際的尺牘之作，或覺得過於隨意，也都刊落集外。而附收於集中的三種專著，陸游選擇的都是與集部文章直接相關的著述。天彭牡丹譜脱胎於歐公洛陽牡丹記，入蜀記仿之於歐公于役志，都與「記」體關聯；樂府詞雖是韻語，但本屬集部；而純屬筆記的老學庵筆記、家世舊聞等就不得入集。這些應該都是陸游自己反復推敲後作出的選擇。至於删去後人詬病最多的閱古泉、南園二記，其實也是陸游嚴謹態度的表現。陸游晚年不參與道學集團，與「慶元黨禁」無涉，又長期奉祠，直至致仕家居，遠離政治中心。只是因爲一生主張抗金北伐，因而與韓侂胄走得稍近，并接受了復出修史之任。但修史完成後，堅決再次致仕歸鄉，毫無戀棧之態。陸游奉命作記，立意修辭，均十分得體，「無諛辭，無侈言」（南園記），堂堂正正，磊落光明。但開禧北伐失敗，韓侂胄被殺，一時局勢逆轉，陸游耄耋高齡亦遭落職。此時再將二記編入文集，絶非明智之舉。是非曲直，後世自有公論，遠身避禍，實乃常情，無論對自身和家庭，都是負責謹慎的態度，這或許也是陸游在生命最後階段作出的痛苦無奈的選擇。

「文章千古事，得失寸心知」（杜甫偶題），遺憾的是，很多作者這些「寸心」自知的「得失」，往往很難體現在後人爲他們編纂的文集中。陸游則幸運得多，他以嚴謹的態度、嚴整的體例、經過嚴格甄選親自編成的渭南文集，將他八十五載人生中精心撰寫的篇章，完全按照本人的意圖完整地保存下來，爲後人探索其「寸心」留下了最可靠的依據。渭南文集的編纂，也爲後代直至今人的別集編纂，留下了許多寶貴的經驗和啓迪。

注釋：

〔一〕陸子遹渭南文集跋，渭南文集嘉定十三年刊本卷首。原文没有標題，後人有的稱之爲「序」，有的稱之爲「跋」。據其在卷首的位置，似應看作序文，或因文集别無他人爲序，子遹遂將此文置於卷首。但從全文内容看，雖略有評論，但主要是交待刊行緣起，并轉述父親的編集意圖，與序文的常規作法不合。另從子遹的身份著眼，子爲父序，似也有違禮儀，少見先例。筆者也曾稱其爲序，現在看來，儘管它居於卷首，還是稱跋爲妥。

〔二〕其實對於詩文分别編集，陸游早有關注和思考。他在再跋皇甫先生文集後中，引司空圖論詩之語爲證，説明：「持正（皇甫湜）自有詩集孤行，故文集中無詩，非不作也。正如張文昌（張籍）集無一篇文，李習之（李翺）集無一篇詩，皆是詩文各爲集耳。」可見陸游文集的詩文分編，是有唐人「詩文各爲集」的成例在先的。

〔三〕渭南文集之外的佚文，明人毛晉放翁逸稿、今人孔凡禮陸游佚著輯存、曾棗莊、劉琳主編全宋文等共輯得全篇四十餘首，分屬賦、啓、書劄、序、記、銘、題跋諸體，另有少量殘篇。

（四）見蔣方渭南文集的編纂與流傳，江漢大學學報二〇〇四年第二期。

（五）參見趙惠俊渭南文集所附樂府詞編次與陸游詞的繫年，陸游與南宋社會，中國社會科學出版社二〇一七年版，第七一〇頁。

原載新宋學二〇一九年第八輯

主要引用和參考書目

渭南文集及陸游研究書目

渭南文集五十卷　宋嘉定十三年陸子遹溧陽學宫刊本　中華再造善本叢書本
渭南文集五十卷　明弘治十五年華珵銅活字印本　四部叢刊初編本
渭南文集五十二卷　明正德八年梁喬刊本
渭南文集五十二卷　明萬曆四十年陸夢祖刊本
渭南文集五十卷　明末毛晉汲古閣刊本
放翁逸稿二卷　明末毛晉汲古閣刊本
渭南文集五十卷　清文淵閣四庫全書本
渭南文集五十卷　陸游集點校本　中華書局一九七六年版

陸游文三十二卷　全宋文點校本　上海辭書出版社、安徽教育出版社二〇〇六年版
渭南文集校注四十二卷　馬亞中、涂小馬校注　浙江古籍出版社二〇一五年版
陸游全集校注　錢仲聯、馬亞中主編　浙江教育出版社二〇一一年版
渭南文集校注　浙江教育出版社陸游全集校注本
劍南詩稿校注　浙江教育出版社陸游全集校注本
入蜀記校注　浙江教育出版社陸游全集校注本
南唐書校注　浙江教育出版社陸游全集校注本
老學庵筆記校注　浙江教育出版社陸游全集校注本
家世舊聞校注　浙江教育出版社陸游全集校注本
齋居紀事校注　浙江教育出版社陸游全集校注本
入蜀記校注　蔣方校注　湖北人民出版社二〇〇四年版
劍南詩稿校注　錢仲聯校注　上海古籍出版社一九八五年版
放翁詞編年箋注（增訂本）　夏承燾、吴熊和箋注　陶然訂補　上海古籍出版社二〇一二年版
陸游嚴州詩文箋注　朱睦卿箋注　浙江大學出版社二〇一三年版

陸游年譜　歐小牧著　人民文學出版社一九八一年版
陸游年譜　于北山著　上海古籍出版社二〇〇六年版
陸游資料彙編　孔凡禮、齊治平編　中華書局一九六二年版
陸游研究　朱東潤著　中華書局一九六一年版
陸游選集　朱東潤撰　中華書局一九六二年版
陸游傳　朱東潤著　上海古籍出版社一九七九年版
陸游評傳　邱鳴皋著　南京大學出版社二〇〇二年版
亘古男兒——陸游傳　高利華著　浙江人民出版社二〇〇七年版
陸游家世　鄒志方著　北京出版社二〇〇四年版
陸游研究　鄒志方著　人民出版社二〇〇八年版
陸游研究　歐明俊著　上海三聯書店二〇〇七年版
陸游論集　紹興市文聯編　吉林文史出版社一九八七年版
陸游與越中山水　中國陸游研究會編　人民出版社二〇〇六年版
陸游與鑒湖　中國陸游研究會編　人民出版社二〇一一年版
陸游與漢中　中國陸游研究會編　上海古籍出版社二〇一三年版
陸游與南宋社會　中國陸游研究會編　中國社會科學出版社二〇一七年版

陸游交遊録　孔凡禮著　文史第二十一輯
陸游家世叙録　孔凡禮著　文史第三十一輯
渭南文集的編纂與流傳　蔣方著　江漢大學學報二〇〇四年第二期
陸游碑誌藝術特色與繫年考辨　李强著　陰山學刊二〇〇四年第四期
渭南文集版本考述　王永波著　中華文化論壇二〇一二年第六期
讀陸游入蜀記劄記　莫礪鋒著　文學遺産二〇〇五年第三期
注釋是文本解讀的基石　莫礪鋒著　學術界二〇一二年第八期

經部書目

周易正義　王弼注、孔穎達正義　中華書局影印阮元校刻十三經注疏本
尚書正義　孔安國傳、孔穎達疏　中華書局影印阮元校刻十三經注疏本
毛詩正義　毛亨傳、鄭玄箋、孔穎達疏　中華書局影印阮元校刻十三經注疏本
周禮注疏　鄭玄注、賈公彦疏　中華書局影印阮元校刻十三經注疏本
儀禮注疏　鄭玄注、賈公彦疏　中華書局影印阮元校刻十三經注疏本
禮記正義　鄭玄注、孔穎達疏　中華書局影印阮元校刻十三經注疏本

春秋左傳正義　杜預注、孔穎達疏　中華書局影印阮元校刻十三經注疏本
春秋公羊傳注疏　何休注、徐彦疏　中華書局影印阮元校刻十三經注疏本
春秋穀梁傳注疏　范甯注、楊士勛疏　中華書局影印阮元校刻十三經注疏本
孝經注疏　唐玄宗注、邢昺疏　中華書局影印阮元校刻十三經注疏本
論語注疏　何晏集解、邢昺疏　中華書局影印阮元校刻十三經注疏本
孟子注疏　趙岐注、孫奭疏　中華書局影印阮元校刻十三經注疏本
爾雅注疏　郭璞注、邢昺疏　中華書局影印阮元校刻十三經注疏本
説文解字注　許慎撰、段玉裁注　上海古籍出版社影印經韻樓本

史部書目

史記　司馬遷撰、裴駰集解、司馬貞索隱、張守節正義　中華書局點校本
漢書　班固撰、顔師古注　中華書局點校本
後漢書　范曄撰、李賢注　中華書局點校本
三國志　陳壽撰、裴松之注　中華書局點校本
晉書　房玄齡等撰　中華書局點校本

宋書　沈約撰　中華書局點校本
南齊書　蕭子顯撰　中華書局點校本
梁書　姚思廉撰　中華書局點校本
陳書　姚思廉撰　中華書局點校本
魏書　魏收撰　中華書局點校本
北齊書　李百藥撰　中華書局點校本
周書　令狐德棻撰　中華書局點校本
隋書　魏徵、令狐德棻等撰　中華書局點校本
南史　李延壽撰　中華書局點校本
北史　李延壽撰　中華書局點校本
舊唐書　劉昫等撰　中華書局點校本
新唐書　歐陽修、宋祁撰　中華書局點校本
舊五代史　薛居正等撰　中華書局點校本
新五代史　歐陽修撰　中華書局點校本
宋史　脱脱等撰　中華書局點校本

資治通鑑　司馬光撰　中華書局點校本
續資治通鑑長編　李燾撰　中華書局點校本
建炎以來繫年要録　李心傳撰　中華書局點校本
續資治通鑑　畢沅撰　中華書局點校本
戰國策　高誘注　上海古籍出版社點校本
國語　韋昭注　上海古籍出版社點校本
吴越春秋　趙曄撰　上海古籍出版社點校本
越絶書　袁康等輯録　上海古籍出版社點校本
東觀漢記　班固等撰　文淵閣四庫全書本
十國春秋　吴任臣撰　中華書局中國史學基本典籍叢刊本
南唐書　馬令撰　杭州出版社五代史書彙編本
宋史翼　陸心源撰　中華書局一九九一年版
水經注校證　酈道元撰、陳橋驛校證　中華書局中華國學文庫本
華陽國志校注　常璩撰、劉琳校注　巴蜀書社一九八四年版

元和郡縣圖志　李吉甫撰　中華書局中國古代地理總志叢刊本
太平寰宇記　樂史撰　中華書局中國古代地理總志叢刊本
元豐九域志　王存等撰　中華書局中國古代地理總志叢刊本
輿地廣記　歐陽忞撰　中華書局中國古代地理總志叢刊本
方輿勝覽　祝穆撰　中華書局中國古代地理總志叢刊本
輿地紀勝　王象之撰　中華書局中國古代地理總志叢刊本
嘉泰會稽志　沈作賓、施宿等撰　中華書局影印宋元方志叢刊本
寶慶會稽續志　張淏撰　中華書局影印宋元方志叢刊本
吴郡志　范成大撰　中華書局影印宋元方志叢刊本
乾道臨安志　周淙撰　中華書局影印宋元方志叢刊本
淳祐臨安志　施諤撰　中華書局影印宋元方志叢刊本
咸淳臨安志　潛説友撰　中華書局影印宋元方志叢刊本
嘉泰吴興志　談鑰撰　中華書局影印宋元方志叢刊本
嘉定鎮江志　史彌堅、盧憲撰　中華書局影印宋元方志叢刊本
咸淳毗陵志　史能之撰　中華書局影印宋元方志叢刊本
淳熙嚴州圖經　陳公亮、劉文富撰　中華書局影印宋元方志叢刊本

景定嚴州續志　錢可則、鄭瑶等撰　中華書局影印宋元方志叢刊本
景定建康志　馬光祖、周應合撰　中華書局影印宋元方志叢刊本
淳熙三山志　梁克家撰　中華書局影印宋元方志叢刊本
八閩通志　黄仲昭撰　福建人民出版社福建地方志叢刊本
南宋館閣録續録　陳騤等撰、張富祥點校　中華書局一九九八年版
郡齋讀書志校證　晁公武撰、孫猛校證　上海古籍出版社點校本
直齋書録解題　陳振孫撰　上海古籍出版社點校本
文獻通考經籍考　馬端臨撰　華東師範大學出版社點校本
宋史藝文志　脱脱等撰　中華書局點校本
四庫全書總目　永瑢等撰　中華書局一九八三年影印本

子部書目

荀子集解　荀況撰、王先謙集解　中華書局諸子集成本
老子注　老子撰、王弼注　中華書局諸子集成本

莊子集解　莊周撰、王先謙集解　中華書局諸子集成本
列子集釋　列禦寇撰、楊伯峻集釋　中華書局諸子集成本
墨子閒詁　墨翟撰、孫詒讓注　中華書局諸子集成本
晏子春秋　晏嬰著　中華書局諸子集成本
管子校正　管仲撰　戴望校正　中華書局諸子集成本
韓非子集解　韓非撰、王先謙集解　中華書局諸子集成本
吕氏春秋　吕不韋撰　中華書局諸子集成本
新語　陸賈撰　中華書局諸子集成本
淮南子　劉安撰　中華書局諸子集成本
鹽鐵論　桓寬撰　中華書局諸子集成本
揚子法言　揚雄撰　中華書局諸子集成本
論衡　王充撰　中華書局諸子集成本
潛夫論　王符撰　中華書局諸子集成本
抱朴子　葛洪撰　中華書局諸子集成本
世説新語　劉義慶撰、劉孝標注　中華書局諸子集成本
顏氏家訓　顏之推撰　中華書局諸子集成本

初學記　徐堅等撰、司義祖校點　中華書局一九六二年版
藝文類聚　歐陽詢等撰、汪紹楹校　上海古籍出版社一九八二年版
太平御覽　李昉等撰　中華書局影印本
景德傳燈録　道原撰、朱俊紅校點　海南出版社二〇一一年版
五燈會元　普濟撰　中華書局中國佛教典籍選刊本
古尊宿語録　賾藏主編　中華書局中國佛教典籍選刊本
高僧傳　慧皎撰　中華書局中國佛教典籍選刊本
續高僧傳　道宣撰　中華書局中國佛教典籍選刊本
宋高僧傳　贊寧撰　中華書局中國佛教典籍選刊本
唐語林　王讜撰　中華書局唐宋史料筆記叢刊本
大唐新語　劉肅撰　中華書局唐宋史料筆記叢刊本
封氏聞見記　封演撰　中華書局唐宋史料筆記叢刊本
歸田録　歐陽修撰　中華書局唐宋史料筆記叢刊本
泊宅編　方勺撰　中華書局唐宋史料筆記叢刊本
涑水記聞　司馬光撰　中華書局唐宋史料筆記叢刊本

邵氏聞見後録　邵博撰　中華書局唐宋史料筆記叢刊本
邵氏聞見録　邵博撰　中華書局唐宋史料筆記叢刊本
鐵圍山叢談　蔡絛撰　中華書局唐宋史料筆記叢刊本
青箱雜記　吴處厚撰　中華書局唐宋史料筆記叢刊本
師友談記　李廌撰　中華書局唐宋史料筆記叢刊本
後山談叢　陳師道撰　中華書局唐宋史料筆記叢刊本
東軒筆録　魏泰撰　中華書局唐宋史料筆記叢刊本
侯鯖録　趙令畤撰　中華書局唐宋史料筆記叢刊本
雲麓漫鈔　趙彦衛撰　中華書局唐宋史料筆記叢刊本
石林燕語　葉夢得撰　中華書局唐宋史料筆記叢刊本
建炎以來朝野雜記　李心傳撰　中華書局唐宋史料筆記叢刊本
容齋隨筆　洪邁撰　中華書局唐宋史料筆記叢刊本
范成大筆記六種　范成大撰　中華書局唐宋史料筆記叢刊本
桯史　岳珂撰　中華書局唐宋史料筆記叢刊本
四朝聞見録　葉紹翁撰　中華書局唐宋史料筆記叢刊本
揮麈録　王明清撰　上海古籍出版社一九九〇年版

齊東野語　周密撰　中華書局唐宋史料筆記叢刊本

癸辛雜識　周密撰　中華書局唐宋史料筆記叢刊本

浩然齋雅談　周密撰　中華書局唐宋史料筆記叢刊本

清波雜誌校注　周煇撰　中華書局唐宋史料筆記叢刊本

鶴林玉露　羅大經撰　中華書局唐宋史料筆記叢刊本

集部書目

楚辭今注　屈原著、湯炳正等注　上海古籍出版社一九九六年版

文選　蕭統編、李善注　中華書局影印胡克家本

六臣注文選　蕭統編、李善、呂延濟等注　中華書局影印本

先秦漢魏晉南北朝詩　逯欽立編　中華書局一九八二年版

全上古秦漢三國兩晉六朝文　嚴可均編　中華書局影印廣雅書局本

全唐詩　彭定求等編　上海古籍出版社影印揚州詩局本

全唐詩補編　陳尚君編　中華書局一九九二年版

全唐文　董誥、阮元、徐松等編　中華書局影印嘉慶本

全唐文補編　陳尚君編　中華書局二〇〇五年版
全唐五代詞　曾昭岷等編　中華書局一九九九年版
全宋詩　北大古文獻研究所編　北京大學出版社一九九八年版
全宋文　曾棗莊、劉琳等編　上海辭書出版社、安徽教育出版社二〇〇六年版
全宋詞　唐珪璋、王仲聞編　中華書局一九七九年版
陶淵明集校箋（修訂本）　陶潛著、龔斌校箋　上海古籍出版社中國古典文學叢書本
鮑參軍集注　鮑照著、錢仲聯集注　上海古籍出版社中國古典文學叢書本
謝宣城集校注　謝朓著、曹融南校注　上海古籍出版社中國古典文學叢書本
駱臨海集箋注　駱賓王著、陳熙晉箋注　上海古籍出版社中國古典文學叢書本
王子安集注　王勃著、蔣清翊撰　上海古籍出版社中國古典文學叢書本
陳子昂集　陳子昂著、徐鵬校點　上海古籍出版社中國古典文學叢書本
孟浩然詩集箋注（修訂本）　孟浩然著、佟培基箋注　上海古籍出版社中國古典文學叢書本
王右丞集箋注　王維著、趙殿成箋注　上海古籍出版社中國古典文學叢書本
李白集校注　李白著、瞿蜕園、朱金城校注　上海古籍出版社中國古典文學叢書本
高適集校注（修訂本）　高適著、孫欽善校注　上海古籍出版社中國古典文學叢書本

杜甫集校注　杜甫著、謝思煒校注　上海古籍出版社中國古典文學叢書本
岑參集校注　岑參著、陳鐵民、侯忠義校注　上海古籍出版社中國古典文學叢書本
韓昌黎詩繫年集釋　韓愈著、錢仲聯撰　上海古籍出版社中國古典文學叢書本
韓昌黎文集校注　韓愈著、馬其昶、馬茂元校注　上海古籍出版社中國古典文學叢書本
劉禹錫集箋證　劉禹錫著、瞿蜕園箋證　上海古籍出版社中國古典文學叢書本
白居易集箋校　白居易著、朱金城箋校　上海古籍出版社中國古典文學叢書本
樊川文集　杜牧著、陳允吉校點　上海古籍出版社中國古典文學叢書本
梅堯臣集編年校注　梅堯臣著、朱東潤校注　上海古籍出版社中國古典文學叢書本
歐陽修詩文集校箋　歐陽修著、洪本健校箋　上海古籍出版社中國古典文學叢書本
蘇軾詩集　蘇軾著、孔凡禮校點　中華書局中國古典文學基本叢書本
蘇軾文集　蘇軾著、孔凡禮校點　中華書局中國古典文學基本叢書本
欒城集　蘇轍著、曾棗莊、馬德富校點　上海古籍出版社中國古典文學叢書本
曾鞏集　曾鞏著、陳杏珍校點　中華書局中國古典文學基本叢書本
淮海集箋注　秦觀著、徐培均箋注　上海古籍出版社中國古典文學叢書本
范石湖集　范成大著、富壽蓀校點　上海古籍出版社中國古典文學叢書本
蘇魏公文集　蘇頌著、王同策等點校　中華書局一九八八年版

葉適集　葉適著　中華書局二〇一〇年版
文忠集　周必大著　文淵閣四庫全書本
朱文公集　朱熹著　文淵閣四庫全書本
文心雕龍注　劉勰著、范文瀾注　人民文學出版社一九五八年版
文體明辨序説　徐師曾撰　復旦大學出版社歷代文話本

其他

中國歷史大辭典（宋史卷）　鄧廣銘等撰　上海辭書出版社一九八四年版
中國歷代人名大辭典　張撝之等撰　上海古籍出版社一九九九年版
漢語大詞典　羅竹風等撰　漢語大詞典出版社一九九三年版
中國文學大辭典（修訂本）　錢仲聯等撰　上海辭書出版社二〇〇〇年版
宋宰輔編年録校補　徐自明撰、王瑞來校補　中華書局一九八六年版
宋代京朝官通考　李之亮撰　巴蜀書社二〇〇三年版
宋代路分長官通考　李之亮撰　巴蜀書社二〇〇三年版
南宋制撫年表　吴廷燮撰　中華書局一九八四年版

後記

二〇〇九年秋的歐陽修國際學術研討會上，我榮幸地獲贈華東師範大學洪本健教授的大著歐陽修詩文集校箋。本健教授是著名的歐陽修研究專家，也是我尊敬的一位嚴謹的學者。當我從本健教授手中接過三大册沉甸甸的散發着油墨清香的書册，又瞭解了他爲此付出的巨大心血之時，就萌生了向本健教授看齊，認真做一本宋人文集整理的念頭。宋代文學研究歷來重北宋，輕南宋，而散文尤其少人關注。我曾翻閱瀏覽過四庫全書中所收的南宋别集，給我印象最深的還是陸游的渭南文集。陸游是偉大的愛國詩人，他的文章同樣精彩，卻歷來不受重視。陸游的渭南文充滿了娱憂紓悲的家國情懷和豐富多彩的文人情趣，在道學盛行的南宋文壇上格外清新；作品長於記叙、抒情，文學色彩十分鮮明，并形成了自然穩健、秀雅凝煉的個性風格，在宋代散文中卓然自成一家。陸游的詩、詞都早已有名家的校注本問世，文集卻無人問津。於是，我不自量力，産生了爲渭南文集作箋校的想法，并開始作準備工作。在師友的鼓勵支持下，我幸運地申請到二〇一二年的國家社科基金立項，正式開始了渭南文集箋校的研究和撰寫。這一年，正是我退休的前一年，因而這一項目也就成了我從教三十餘年後爲自己的退休生活準備的一份特殊「作業」。

寒來暑往，時光荏苒，轉眼已是八年，完成這項「作業」成爲我退休生涯的主要内容。我擬訂了箋校工作的整體計畫，按部就班，逐項展開。在推敲擬定全書凡例的基礎上，我首先通過反復校核，完成了一個較爲準確的白文工作本，然後按照凡例的設計，逐卷逐篇地展開題解、校記、箋注，直至編纂附録，撰寫前言，完成全稿。從搜輯資料、編撰書稿到録入文本，我自始至終都是一人獨立完成。由於没有了上班的壓力，整個「作業」過程十分平穩從容。古籍校注工作枯燥而繁瑣，往往爲一個詞、一句話的準確理解和解釋絞盡腦汁，但每當搜尋到一條語詞的出典，或者考證出一篇文章的撰年，就會像發現新大陸一樣的喜悦。爲了潛心研究寫作，我近年來卜居浙江桐鄉，在桑林田頭、河港水塘，呼吸江南土地的芬芳，感受吴越水鄉的情韻，大大提高了工作效率。對於一個學者，還有什麽比在寧静從容的氛圍中從事自己喜愛的學習、研究更爲舒心樂意的！功夫不負有心人，我的「作業」終於完稿，必須結項「交卷」了，當我捧着厚厚三大册打印的項目送審稿，終於長舒了一口氣，多年的功夫没有白費，我享受了辛勞的過程，也收穫了豐收的成果。感謝評審專家的鼓勵，項目得到了「優秀」評價。當然我知道，學無止境，限於自己的學力、精力，書稿中還有一些暫時解決不了的問題，也肯定存有疏誤之處，歡迎專家學者和廣大讀者批評指正，期待拙著有機會進一步修訂補正。

隨着對陸游瞭解的不斷深入，我發現，這位著名的愛國詩人，還是唐宋文人中名副其實的老壽星。歷來的陸游研究，大多集中於其年輕時代的愛情悲劇和入仕後四處奔波、屢遭罷免的坎坷經歷，對於其長達二十年的晚年生活，則關注不夠。從淳熙十六年末罷歸山陰後，二十年間，陸游除復出赴京修史一年外，其餘的全部時間，都是在稽山、鏡湖間的田園中度過的。陸游的晚年生活充實而豐富：他心繫家國，不忘恢復；他徜徉山水，結交鄉鄰；他開闢園圃，種花蒔藥；他教誨子孫，盡享天倫；他佛道兼修，怡然養生……當然，更主要的是，他更勤奮地讀書，更努力地創作。陸游將他晚年山陰故居的讀書之處命名爲「老學庵」，「殘年惟有讀書癖，盡發家藏三萬籤」（次韻范參政書懷其六），「兩眼欲讀天下書，力雖不逮志有餘」（讀書）。晚年又是陸游創作的大豐收期：他留存的九千三百餘首詩篇中，有約六千四百首作于這一時段，占比近百分之七十；他的八百篇左右文章中，有三百餘篇作于這一時段，占比近一半；他在生命的最後五年中，作詩兩千四百三十餘首，作文一百餘篇，更是達到了一生創作的巔峰，可謂愈老詩思愈暢，愈老文筆愈健，實在可稱人間奇跡！陸游的「養老」經驗，對於跨入老年門檻的我們，同樣提供了許許多多的啓迪。我願在完成這份退休「作業」的基礎上繼續努力，追隨陸游的足跡，過好自己的晚年人生。

本書的撰寫出版要特別致謝三位女士。感謝上海古籍出版社領導和編輯的大力幫助：總編奚彤雲女士很早就支持這一選題，長期關注項目的進展，并對全書體例的確定和書稿的修改提出了許多重要的指導性意見；責任編輯彭華女士精心編輯書稿，反復校核，訂正了不少校勘和箋注中的疏誤，提升了書稿質量，并精心爲書名題簽。本書的出版，與她們的辛勤付出是分不開的。感謝老伴李月明女士的長期支持，多年以來，她承擔了大部分的家務，使我能潛心研究著述，卻虧欠了許多陪伴的時光。書稿的完成，自然也有她的功勞。

渭南文集於南宋嘉定十三年（一二二〇）由陸游幼子陸子遹刊行於溧陽郡齋，至今年恰是八百周年。謹以本書作爲對這部陸游自編文集初刊本面世的紀念。

朱迎平謹識於桐鄉合悦江南

二〇二〇年十月

二〇二二年一月改定

敬業堂詩集	[清]查慎行著　周劭標點
納蘭詞箋注	[清]納蘭性德著　張草紉箋注
方苞集	[清]方苞著　劉季高校點
樊榭山房集	[清]厲鶚著　[清]董兆熊注　陳九思標校
劉大櫆集	[清]劉大櫆著　吴孟復標點
儒林外史彙校彙評(增訂版)	[清]吴敬梓著　李漢秋輯校
小倉山房詩文集	[清]袁枚著　周本淳標校
忠雅堂集校箋	[清]蔣士銓著　邵海清校　李夢生箋
甌北集	[清]趙翼著　李學穎、曹光甫校點
惜抱軒詩文集	[清]姚鼐著　劉季高標校
兩當軒集	[清]黄景仁著　李國章校點
惲敬集	[清]惲敬著　萬陸、謝珊珊、林振岳標校　林振岳集評
茗柯文編	[清]張惠言著　黄立新校點
瓶水齋詩集	[清]舒位著　曹光甫點校
龔自珍全集	[清]龔自珍著　王佩諍校點
龔自珍詩集編年校注	[清]龔自珍著　劉逸生、周錫韍校注
水雲樓詩詞箋注	[清]蔣春霖著　劉勇剛箋注
人境廬詩草箋注	[清]黄遵憲著　錢仲聯箋注
嶺雲海日樓詩鈔	[清]丘逢甲著　丘鑄昌標點

張岱詩文集(增訂本)	[明]張岱著　夏咸淳輯校
陳子龍詩集	[明]陳子龍著 施蟄存、馬祖熙標校
夏完淳集箋校(修訂本)	[明]夏完淳著　白堅箋校
牧齋初學集	[清]錢謙益著　[清]錢曾箋注 錢仲聯標校
牧齋有學集	[清]錢謙益著　[清]錢曾箋注 錢仲聯標校
牧齋雜著	[清]錢謙益著　[清]錢曾箋注 錢仲聯標校
牧齋初學集詩注彙校	[清]錢謙益著　[清]錢曾箋注 卿朝暉輯校
李玉戲曲集	[清]李玉著 陳古虞、陳多、馬聖貴點校
吴梅村全集	[清]吴偉業著　李學穎集評標校
歸莊集	[清]歸莊著
顧亭林詩集彙注	[清]顧炎武著　王蘧常輯注 吴丕績標校
安雅堂全集	[清]宋琬著　馬祖熙標校
吴嘉紀詩箋校	[清]吴嘉紀著　楊積慶箋校
陳維崧集	[清]陳維崧著　陳振鵬標點 李學穎校補
屈大均詩詞編年校箋	[清]屈大均著　陳永正等校箋
秋笳集	[清]吴兆騫撰　麻守中校點
漁洋精華録集釋	[清]王士禛著 李毓芙、牟通、李茂肅整理
聊齋志異會校會注會評本	[清]蒲松齡著　張友鶴輯校

范石湖集　[宋]范成大撰　富壽蓀標校
于湖居士文集　[宋]張孝祥著　徐鵬校點
稼軒詞編年箋注(定本)　[宋]辛棄疾撰　鄧廣銘箋注
辛棄疾詞校箋　[宋]辛棄疾著　吴企明校箋
姜白石詞編年箋校　[宋]姜夔著　夏承燾箋校
後村詞箋注　[宋]劉克莊著　錢仲聯箋注
瀛奎律髓彙評　[元]方回選評　李慶甲集評校點
雁門集　[元]薩都拉著　殷孟倫、朱廣祁校點
揭傒斯全集　[元]揭傒斯著　李夢生標校
高青丘集　[明]高啓著　[清]金檀注　徐澄宇、沈北宗校點
唐寅集　[明]唐寅著　周道振、張月尊輯校
文徵明集(增訂本)　[明]文徵明著　周道振輯校
震川先生集　[明]歸有光著　周本淳校點
海浮山堂詞稿　[明]馮惟敏著　凌景埏、謝伯陽標校
滄溟先生集　[明]李攀龍著　包敬第標校
梁辰魚集　[明]梁辰魚著　吴書蔭編集校點
沈璟集　[明]沈璟著　徐朔方輯校
湯顯祖詩文集　[明]湯顯祖著　徐朔方箋校
湯顯祖戲曲集　[明]湯顯祖著　錢南揚校點
白蘇齋類集　[明]袁宗道著　錢伯城校點
袁宏道集箋校　[明]袁宏道著　錢伯城箋校
珂雪齋集　[明]袁中道著　錢伯城點校
隱秀軒集　[明]鍾惺著　李先耕、崔重慶標校
譚元春集　[明]譚元春著　陳杏珍標校

王荆文公詩箋注(修訂版)	[宋]王安石著　[宋]李壁箋注　高克勤點校
王令集	[宋]王令著　沈文倬校點
蘇軾詩集合注	[宋]蘇軾著　[清]馮應榴注　黄任軻、朱懷春校點
東坡樂府箋	[宋]蘇軾著　[清]朱孝臧編年　龍榆生校箋
東坡詞傅幹注校證	[宋]蘇軾著　[宋]傅幹注　劉尚榮校證
欒城集	[宋]蘇轍著　曾棗莊、馬德富校點
山谷詩集注	[宋]黄庭堅著　[宋]任淵、史容、史季温注　黄寶華點校
山谷詩注續補	[宋]黄庭堅著　陳永正、何澤棠注
山谷詞校注	[宋]黄庭堅著　馬興榮、祝振玉校注
淮海集箋注	[宋]秦觀撰　徐培均箋注
淮海居士長短句箋注	[宋]秦觀著　徐培均箋注
清真集箋注	[宋]周邦彦著　羅忼烈箋注
石門文字禪校注	[宋]釋惠洪撰　周裕鍇校注
石林詞箋注	[宋]葉夢得著　蔣哲倫箋注
樵歌校注	[宋]朱敦儒著　鄧子勉校注
李清照集箋注(修訂本)	[宋]李清照著　徐培均箋注
吕本中詩集箋注	[宋]吕本中著　祝尚書箋注
陳與義集校箋	[宋]陳與義著　白敦仁校箋
蘆川詞箋注	[宋]張元幹著　曹濟平箋注
劍南詩稿校注	[宋]陸游著　錢仲聯校注
放翁詞編年箋注(增訂本)	[宋]陸游著　夏承燾、吴熊和箋注　陶然訂補
渭南文集箋校	[宋]陸游著　朱迎平箋校

白居易集箋校	[唐]白居易著　朱金城箋校
柳宗元詩箋釋	[唐]柳宗元著　王國安箋釋
柳河東集	[唐]柳宗元著　[宋]廖瑩中輯注
元稹集校注	[唐]元稹著　周相録校注
長江集新校	[唐]賈島著　李嘉言新校
張祜詩集校注	[唐]張祜著　尹占華校注
三家評注李長吉歌詩	[唐]李賀著　[清]王琦等評注 蔣凡校點
樊川文集	[唐]杜牧著　陳允吉校點
樊川詩集注	[唐]杜牧著　[清]馮集梧注
温飛卿詩集箋注	[唐]温庭筠著　[清]曾益等箋注
玉谿生詩集箋注	[唐]李商隱著　[清]馮浩箋注 蔣凡校點
樊南文集	[唐]李商隱著　[清]馮浩詳注 錢振倫、錢振常箋注
皮子文藪	[唐]皮日休著　蕭滌非、鄭慶篤整理
鄭谷詩集箋注	[唐]鄭谷著 嚴壽澂、黄明、趙昌平箋注
韋莊集箋注	[五代]韋莊著　聶安福箋注
李璟李煜詞校注	[南唐]李璟、李煜著　詹安泰校注
張先集編年校注	[宋]張先著　吴熊和、沈松勤校注
二晏詞箋注	[宋]晏殊、晏幾道著　張草紉箋注
乐章集校箋	[宋]柳永著　陶然、姚逸超校箋
梅堯臣集編年校注	[宋]梅堯臣著　朱東潤編年校注
歐陽修詩文集校箋	[宋]歐陽修著　洪本健校箋
歐陽修詞校注	[宋]歐陽修著　胡可先、徐邁校注
蘇舜欽集	[宋]蘇舜欽著　沈文倬校點
嘉祐集箋注	[宋]蘇洵著　曾棗莊、金成禮箋注

蕭繹集校注	［南朝梁］蕭繹著　陳志平、熊清元校注
玉臺新咏彙校	吴冠文、談蓓芳、章培恒彙校
王梵志詩校注（增訂本）	［唐］王梵志著　項楚校注
盧照鄰集箋注	［唐］盧照鄰著　祝尚書箋注
駱臨海集箋注	［唐］駱賓王著　［清］陳熙晉箋注
王子安集注	［唐］王勃著　［清］蔣清翊注
陳子昂集（修訂本）	［唐］陳子昂撰　徐鵬校點
孟浩然詩集箋注（增訂本）	［唐］孟浩然著　佟培基箋注
王右丞集箋注	［唐］王維著　［清］趙殿成箋注
李白集校注	［唐］李白著　瞿蜕園、朱金城校注
高適集校注（修訂本）	［唐］高適著　孫欽善校注
杜詩趙次公先後解輯校	［唐］杜甫著　［宋］趙次公注　林繼中輯校
新定杜工部草堂詩箋斠證	［唐］杜甫著　［宋］魯訔編　［宋］蔡夢弼會箋　曾祥波新定斠證
杜詩鏡銓	［唐］杜甫著　［清］楊倫箋注
錢注杜詩	［唐］杜甫著　［清］錢謙益箋注
杜甫集校注	［唐］杜甫著　謝思煒校注
岑參集校注	［唐］岑參著　陳鐵民、侯忠義校注
戴叔倫詩集校注	［唐］戴叔倫著　蔣寅校注
韋應物集校注（增訂本）	［唐］韋應物著　陶敏、王友勝校注
權德輿詩文集	［唐］權德輿撰　郭廣偉校點
王建詩集校注	［唐］王建著　尹占華校注
韓昌黎詩繫年集釋	［唐］韓愈著　錢仲聯集釋
韓昌黎文集校注	［唐］韓愈著　馬其昶校注　馬茂元整理
劉禹錫集箋證	［唐］劉禹錫著　瞿蜕園箋證